LOVESONG

Titre original :
Mix Tape
Éditeur original :
Bantam Press, Penguin Random House UK, 2020

ISBN 978-2-330-16633-5

JANE SANDERSON

Lovesong

roman traduit de l'anglais
par Maya Blanchet

ACTES SUD

Playlist d'Ali et Dan

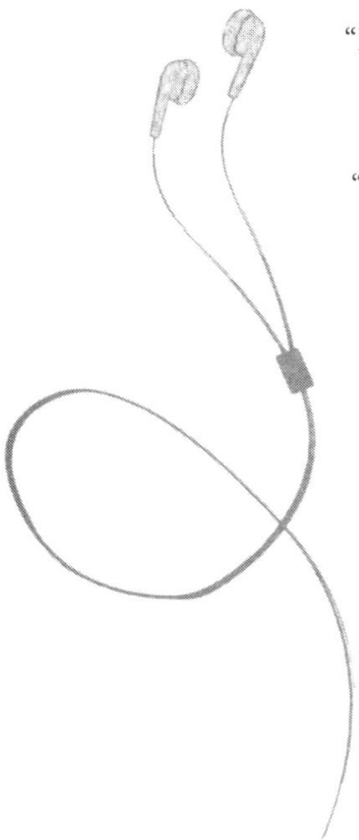

"PUMP IT UP" ELVIS COSTELLO & THE ATTRACTIONS
"PICTURE THIS" BLONDIE
"WAITING FOR A MIRACLE" THE COMSAT ANGELS
"I DIDN'T SEE IT COMING" BELLE AND SEBASTIAN
"THINKIN BOUT YOU" FRANK OCEAN
"SO FAR AWAY" CAROLE KING
"LET'S DANCE" M. WARD
"WILD IS THE WIND" DAVID BOWIE
"NORTHERN SKY" NICK DRAKE
"FROM THE MORNING" NICK DRAKE
"ROAD" NICK DRAKE
"I FALL APART" RORY GALLAGHER
"I'M NOT SURPRISED" RORY GALLAGHER
"DO I WANNA KNOW?" ARCTIC MONKEYS
"OPEN UP YOUR DOOR" RICHARD HAWLEY
"I GO TO SLEEP" THE PRETENDERS
"GO DOWN EASY" JOHN MARTYN
"YOU'RE THE BEST THING" THE STYLE COUNCIL
"SOMEONE LIKE YOU" VAN MORRISON
"A CASE OF YOU" JONI MITCHELL
"SUNSHINE SUPERMAN" DONOVAN
"I WANT YOU" ELVIS COSTELLO & THE ATTRACTIONS
"I CLOSE MY EYES AND COUNT TO TEN" DUSTY SPRINGFIELD

Retrouvez la playlist d'Ali & Dan

sur Spotify :
spoti.fi/3KuDuKW

sur Deezer :
bit.ly/3tFY8Sr

sur Youtube :
bit.ly/3Kpidm2

Pour Melanie.

1

SHEFFIELD,
23 DÉCEMBRE 1978

Les voici, au point de départ, tout jeunes, qui descendent les rues sombres de Sheffield au cœur de l'hiver : Daniel Lawrence et Alison Connor. Il a dix-huit ans, elle seize, on est samedi soir et ils se rendent ensemble à la soirée de Noël de Kev Carter ; ils ne se sont pas dit grand-chose depuis qu'il l'a retrouvée à la sortie du bus, mais chacun est douloureusement conscient de l'autre. La sensation de la main d'Alison dans la sienne est trop bonne pour qu'il s'agisse d'une simple main, la présence de Daniel à ses côtés lui donne la bouche sèche et fait battre son cœur trop vite, trop près de sa peau. Ils marchent d'un même pas sur le trottoir, il n'y a pas loin de l'arrêt de bus à la maison de Kev si bien que rapidement le silence entre eux se remplit des pulsations de la musique, et il baisse le regard juste au moment où elle lève les yeux, ils sourient, et il sent alors pulser ce désir pur qui le traverse dès que les yeux d'Alison se posent sur lui. Quant à elle… eh bien, elle ne se rappelle pas avoir connu un tel bonheur.

La porte d'entrée de Kev était ouverte sur la nuit, la lumière et la musique se répandaient sur les herbes et les drapeaux craquelés de l'allée du jardin. Kev était l'ami de Daniel, pas d'Alison – ils n'étaient pas dans le même bahut –, et comme elle était un peu en retrait au moment où il entra, on aurait dit qu'il la tirait derrière lui. Elle aimait l'idée d'être entraînée dans la pièce par ce garçon, comme ça tout le monde voyait qu'elle était à lui, et lui à elle. La platine cassettes passait "Picture This" de Blondie beaucoup trop fort, ce qui créait de la distorsion et des vibrations. Alison aimait ce morceau, elle n'avait qu'une envie, enlever son manteau, se servir un verre et danser. Mais presque aussitôt Daniel lâcha sa main pour faire signe à Kev à l'autre bout de la pièce, lui crier quelque chose par-dessus la musique avant de rigoler de sa réponse. Il hocha la tête et lança un "Ça va ?" à Rob Marsden, puis adressa un autre signe de tête et un sourire à Tracey Clarke, qui le lui rendit d'un air entendu. Elle était adossée au mur, seule, près de la porte de la cuisine, comme si elle attendait le bus. Une clope à la main, une canette de Strongbow dans l'autre, cheveux châtain clair coiffés à la Farrah Fawcett, rouge à lèvres prune, et regard souligné d'un trait de khôl qui s'attardait sur Alison, froid et appuyé. Tracey tira une longue taffe et souffla la fumée sur le côté.

"Tu sors avec lui ?" demanda-t-elle en désignant Daniel de la tête. Tracey, plus vieille, plus adulte, déjà plus vierge, de l'argent à elle et un petit ami avec une voiture. Alison, qui ne connaissait pas cette fille, se mit à rougir – impossible de s'en empêcher – et répondit que oui. Daniel était maintenant hors d'atteinte, alors Alison fixa son regard sur l'arrière de sa tête brune en priant pour qu'il se retourne. Tracey leva un sourcil et eut un sourire narquois. La fumée flottait entre elles. Les chaussures d'Alison lui faisaient un mal de chien.

"Tu ferais bien de l'avoir à l'œil, dit Tracey. Il est très demandé." Le silence retomba lorsque Alison ne répondit rien, puis Tracey haussa les épaules et lança : "Pour boire, c'est par là."

Elle voulait dire la cuisine derrière elle, et par la porte Alison vit du monde agglutiné autour d'une table en formica vert, des bouteilles, des chips et des gobelets en plastique dans tous les coins. Elle se déroba à l'attention vaguement malveillante de Tracey pour se frayer un passage dans la pièce, en se disant que Daniel aurait quand même pu lui servir un verre. Aurait *dû* lui en servir un. Mais bon, il avait été réquisitionné par toutes ces personnes qu'il connaissait, et pas elle. Maintenant c'était Jilted John sur la compil, alors soudain tout le monde chantait mais plus personne ne dansait, et derrière elle toujours plus de gens se pressaient dans la minuscule cuisine. Les visages ne lui disaient rien, pourtant elle devait bien connaître quelqu'un dans cette pièce bondée. Elle s'approcha lentement de la table où se trouvait l'alcool, sans pouvoir ignorer une forte odeur de cigarette et de cidre, quand soudain : celle du déo Old Spice.

“Ça va, Alison ?”

Elle regarda autour d’elle et vit Stu Watson, hyper sûr de lui, qui frimait dans sa chemise en jean au col relevé et son t-shirt arborant le visage renfrogné de Joe Strummer. À tous les coups il n’était même pas capable de citer une seule chanson des Clash, mais elle était quand même contente de voir une tête connue. De ses petits yeux vifs, Stu la détailla d’un air satisfait.

“Ça a l’air d’aller en tout cas, dit-il.

— Et toi t’as l’air bourré, Stu.

— Tu viens d’arriver ?

— À ton avis, répondit-elle en montrant son manteau. Mais t’es là depuis un bon bout de temps, toi, à ce que je vois.

— Ch’uis un lève-tôt, moi, dit Stu. Tu bois quoi ?

— Rien, encore. Un martini, peut-être.”

Stu fit la grimace. “Putain, comment tu peux boire cette merde ? Ça a un goût de médoc.”

Alison l’ignora. Elle avait trop chaud mais ne savait que faire de son manteau dans cette maison inconnue, alors elle le laissa glisser un peu en dessous de ses épaules, et les yeux de Stu se perdirent sur cette étendue de peau fraîchement exposée, sa gorge, sa nuque. Alison tourna la tête à la recherche de Daniel, qu’elle vit : toujours dans le salon, il ne la cherchait pas mais parlait avec une autre fille. Mandy Phillips. Alison l’avait déjà vue dans le bus. Minuscule comme une enfant, boucles teintes au henné, petit nez de fée espiègle, tête renversée offerte à Daniel, elle était comme baignée de lumière par l’attention qu’il lui portait. Il avait les bras croisés et il y avait un espace entre lui et Mandy mais, visiblement, il n’avait d’yeux que pour elle. Tandis qu’Alison les observait, Mandy tendit le bras pour prendre Daniel par l’épaule et l’attirer à elle, mit son adorable main en coupe et lui glissa quelque chose à l’oreille. Daniel lui fit son sourire caractéristique : un demi-sourire presque hésitant. Ses cheveux, longs et bruns, lui tombaient sur les yeux, et Alison avait envie de les toucher.

Stu regardait dans la même direction. “Moi, c’est Mandy. Emmène-moi, singea-t-il. Enfin, baise-moi, plutôt.

— Oh, dégage, Stu”, lâcha Alison. Elle fit volte-face, s’empara d’une bouteille de martini rouge sur la table, se servit une rasade dans un gobelet et but une longue gorgée. Il n'avait pas tort, c'était effectivement dégueulasse, amer, et en même temps très familier, alors elle en but encore, puis elle s'essuya la bouche d'un revers de main, abandonna son gobelet sur la table et enleva son manteau avant de le suspendre à une chaise. Elle avait aux pieds des Wranglers qu'elle avait portées dans un bain chaud pour les faire rétrécir jusqu'à devenir une seconde peau, et un nouveau chemisier super beau, mais vraiment dingue ; elle ne savait que ça, d'ailleurs : elle avait passé suffisamment de temps à se regarder dans le miroir de la chambre. Il était blanc, avait l'aspect et le toucher tout doux du satin, et elle avait défait un bouton supplémentaire depuis qu'elle était sortie de chez elle. Stu ne pouvait détacher ses yeux d'elle, mais elle ne lui accorda pas même un regard tandis qu'elle reprenait son verre et buvait une nouvelle gorgée avant de fendre la foule pour sortir de la cuisine.

Alison parlait avec Stu Watson, une vraie fouine ce gars, un mort de faim, avec ses yeux avides et ses tentacules baladeurs. Daniel les apercevait tous les deux dans la cuisine, et il était coincé là avec Mandy Phillips dont les yeux manipulateurs s'emplirent de larmes au moment de lui avouer que Kev Carter l'avait larguée le soir même, à sa propre fête, le salaud. C'est ce qui arrivait toujours à Daniel. Les filles s'accrochaient à lui et s'épanchaient. Pas besoin de les encourager, elles sentaient quelque chose chez ce garçon – que pas même lui n'aurait su définir – et elles se mettaient à parler en boucle. Toutes sauf… Alison Connor. Il lui avait demandé si elle voulait sortir avec lui et elle avait répondu oui, mais dans les deux jours qui avaient suivi, c'est à peine si elle lui avait adressé la parole les rares fois où ils s'étaient vus, et malgré tout il la voulait près de lui, il savait que c'était une bonne chose, il savait qu'elle avait quelque chose de particulier. Mais là, dans la cuisine, elle en avait déjà plus dit à ce satané Stu Watson qu'à lui. Et pendant ce temps-là, Mandy ressassait la même histoire triste et il voyait très bien où tout ça menait : un “Allez…” suivi d'un “Pourquoi pas”, puis un baiser, une promesse. Kev faisait le con pour attirer son attention, pouces levés, comme si Daniel avait besoin de récupérer ses rebuts. Pour Kev Carter, la vie n'était qu'un vaste jeu ; bien sûr il avait largué Mandy ce soir – il n'était pas contre un peu de mélodrame, et puis quel intérêt de savoir à l'avance dans quelle culotte on allait mettre la main ?

À présent c'était "Night Fever" que crachaient les enceintes et Mandy commençait à bouger les épaules en rythme. Il y avait au centre de la pièce une rangée de filles qui peaufinaient leurs pas de danse à la Travolta, et une rangée de garçons qui les regardaient, déconnaient et tentaient de les imiter. Mandy tira Daniel par l'épaule, celui-ci se pencha sur elle pour qu'elle puisse à nouveau mettre sa petite main en coupe autour de son oreille.

"Tu veux danser ?" susurra-t-elle, l'haleine chaude.

Comme il n'avait pas saisi, il se dégagea et lui sourit. "Quoi ?

— Tu veux…" Elle marqua une pause, tout sourire. "Tu sais bien… danser…" Elle avait incliné la tête avant de prononcer le mot "danser" d'une façon qui suggérait bien plus que cela. Fini les larmes. Kev, c'était de l'histoire ancienne.

"Non", répondit Daniel et il fit un pas en arrière. Il regarda en direction de la cuisine en quête d'Alison mais ne la vit pas, non plus que Stu. Il aurait dû rester avec elle, la débarrasser de son manteau, aller lui chercher un verre, et il se maudissait de s'être retrouvé mêlé à la petite crise de Mandy.

"Quoi ?" lança Mandy, assez fort maintenant pour être entendue par-dessus la musique sans avoir à lui souffler dans l'oreille. Préoccupé par l'absence d'Alison, Daniel balaya la pièce du regard tout en répondant : "Non, Mandy, j'ai aucune envie de danser avec toi." Il était en panique, allant jusqu'à se demander si Alison était toujours là. Peut-être qu'elle avait déguerpi. Il aurait voulu mieux la connaître, savoir comment elle fonctionnait.

"T'es qu'un connard, Daniel Lawrence", cria Mandy avant de lui envoyer une gifle, sans trop d'effet vu qu'elle était saoule. Ses ongles lui avaient quand même égratigné la joue.

"Mais putain, Mandy !" lâcha-t-il en la dévisageant, incrédule.

Des larmes commodes et insignifiantes coulèrent puis elle tourna les talons, à la recherche d'une nouvelle épaule, et Daniel se toucha la joue à l'endroit où ça piquait. Bon Dieu. Et dire qu'il n'avait même pas pris une bière, encore. Quelle soirée de merde. Il s'avançait vers la cuisine quand les Bee Gees furent brutalement réduits au silence parce que Kev avait arraché la cassette pour en mettre une autre, alors soudain la pièce fut envahie par les basses et les percu appuyées de l'intro de "Pump It Up", et Daniel en fut rivé au sol, attendant plein de révérence que la voix d'Elvis Costello se faufile dans les méandres de son cerveau.

Et bon sang, Alison était là. Elle dansait, seule au milieu des autres. Elle avait enlevé ses chaussures et dansait donc pieds nus, les yeux fermés, sans bouger les pieds du tout, le reste du corps tout entier pris par la musique, et ses bras traçaient de merveilleuses formes au-dessus de sa tête, déchaînés. Elle dansait comme personne. Elle dansait d'une façon que les autres avaient envie de copier, mais dès qu'ils parvenaient à choper un mouvement, elle en changeait, bougeait, faisait quelque chose de différent, sans que ses pieds décollent du sol. Daniel l'observait, subjugué. De toute sa vie il n'avait jamais rien vu d'aussi beau, d'aussi décomplexé, et putain, d'aussi carrément sexy.

2

ÉDIMBOURG,
10 OCTOBRE 2012

Rien de plus facile que de repérer un journaliste à un concert. Debout au fond, rien à boire, l'air de celui qui a déjà tout vu et tout entendu, et sorti de la salle à la seconde où le dernier morceau se termine. Dan Lawrence était l'un d'eux et c'était encore lui, au Queen's Hall, qui regardait Bonnie "Prince" Billy chanter la mort de l'amour avec entrain. Dan ne s'asseyait jamais s'il pouvait rester debout. Il faudrait jamais s'asseoir à un concert ; c'était pas du théâtre, bordel, ni du cinéma, c'était de la musique. La première fois qu'il était venu à Édimbourg, il avait eu une invit pour aller voir Prefab Sprout au Queen's Hall et il s'était retrouvé au balcon sur un siège numéroté, mais il était resté debout malgré tout, le regard rivé sur la tête des musiciens en contrebas, à essayer de déchiffrer leur liste de morceaux qui se trouvait pile en dessous de lui, scotchée à la scène. Ce soir, par contre, il avait sa place de choix : appuyé contre le mur, aussi près de la sortie que possible. Dan aimait bien Billy – un type grisonnant de Louisville qui faisait de la country alternative – mais impossible de le deviner derrière son visage impassible ; il ne prenait même pas de notes, il se contentait d'absorber ces éléments du concert qui feraient un bon papier, il pensait à ce qu'il pourrait faire d'autre de ce matériau, en quoi il pourrait le transformer, contre de l'argent.

À la fin, il sortit de la salle et marcha dans Clerk Street, il n'était pas à l'affût de visages connus ni de l'odeur d'une pinte, et se mit en route vers la maison. Katelin serait déjà couchée et endormie, dans un abandon profond et animal, sur le dos, les bras au-dessus de la tête, comme une enfant. Ils n'avaient pas les mêmes horaires, et lorsqu'il se glissait dans le lit à côté d'elle, il s'endormait facilement grâce à sa respiration régulière, ce doux métronome, et c'est à peine si elle changeait de position parfois : elle dormait du sommeil du juste.

Il se trouvait du mauvais côté d'Édimbourg et il était déjà onze heures et demie, mais quelque chose dans cette ville le poussait à la parcourir à pied, à ne pas prendre un bus ou héler un taxi. Il la considérait comme le grand amour de sa vie en matière d'architecture, austère et majestueuse, mais de plus en plus branchée. Elle était tout à la fois ancienne et moderne. Comparée à Sheffield – bon, le Sheffield qu'il avait quitté au début des années 1980, bien sûr – c'était Xanadu, sans blague. Il faut bien avouer qu'à l'époque, Katelin constituait l'attrait principal de la ville et que, sans elle, Édimbourg aurait été nettement moins attirant, mais malgré tout… Dan s'y était senti chez lui, et c'était toujours vrai.

Il traversait le pont George-IV, tête baissée, mains enfoncées dans les poches de son blouson en cuir, écouteurs dans les oreilles, iPod en mode aléatoire, il faillit donc faire une crise cardiaque quand Duncan Lomax l'attrapa énergiquement par l'épaule, comme un policier avec un mandat d'arrêt.

"Bon sang, Duncan ! dit Dan en retirant ses écouteurs. Tu veux me tuer ou quoi ?"

Duncan se mit à rire et donna un petit coup à Dan entre les omoplates. "Ça fait presque un kilomètre que je te suis, mec, et je t'ai enfin rattrapé. Tu fuis quelqu'un ?

— Je veux juste rentrer chez moi fissa.

— T'étais au concert de Bonnie Billy ?

— Ouais, toi aussi ?

— Ouep, une invit de dernière minute. Quel connard il fait, parfois.

— Comme nous tous.

— Oui, pas faux. Regarde…" Duncan descendit de son épaule son sac à dos de l'armée et plongea la main dedans pour en ressortir un CD sans pochette, sans image, juste un boîtier plastique avec une liste de titres manuscrite. Dan sourit.

"Alors, qu'est-ce que c'est cette fois ? demanda-t-il. Le prochain truc énorme ? Encore ?

— Willie Dundas, un pêcheur d'East Neuk, bon Dieu, qui joue de la guitare comme Rory Gallagher et chante comme John Martyn.

— Ouais ouais ouais…

— Je te jure. Écoute-le."

Il fila le CD à Dan. Duncan avait une oreille exceptionnelle pour repérer les talents les plus excentriques, originaux, hallucinants, et il les dégotait pour beaucoup dans son magasin de disques en faillite de Jeffrey Street : des zicos trop introvertis pour chanter leurs propres louanges, qui composent musique et paroles dans leur piaule chez papa-maman, des morceaux qui sans Duncan seraient voués à ne jamais être écoutés. C'était toujours la même chose avec Duncan, mais ça ne dérangeait pas Dan : c'était quoi la vie, sinon une quête de l'album le plus parfait qui manquait à leur collection, enregistré par le génie que personne d'autre n'avait encore découvert ? Ils se remirent en route, Dan adoptant l'allure plus tranquille de Duncan ; ils marchaient côte à côte dans l'agréable quiétude de la vieille ville un soir tard en pleine semaine.

"Un whisky, ça te dit ? demanda Duncan.

— T'as vu l'heure ?

— Oh, arrête… tu sais bien qu'y a rien de mieux qu'un after avec Duncan Lomax." Ce qui fit rire Dan. Duncan le poussa du coude. "Juste une goutte, lança-t-il en en faisant des caisses avec son accent d'Édimbourg. Eh, où est le mal ?"

Nulle part, se dit Dan, et c'était vrai, alors ils prirent la direction de Niddry Street, où ils pénétrèrent dans la semi-obscurité du Whistle Binkies, ouvert jusqu'à 3 heures du matin, musique live tous les soirs, et qui pétait le feu à minuit passé quand ils franchirent la porte.

Il était rentré chez lui à deux heures et demie, se glissant dans le hall d'entrée calme et silencieux avec des précautions exagérées de gars légèrement éméché, ce qui ne l'avait pas empêché de réveiller McCulloch, le brave petit jack russell, qui s'était levé de son panier avec l'air résigné d'un antique domestique et avait suivi Dan jusqu'à son bureau sous les combles, tout en haut de la maison. C'était vraiment une pièce mal fichue, mansardée, avec une seule petite fenêtre, mais qui donnait à l'ouest, ce qui signifiait qu'un soir sans nuage elle laissait entrer un flot de lumière sur le parquet sombre. Elle était meublée d'un bureau industriel fendillé et plein de rayures, flanqué d'une vieille lampe d'architecte récupérée dans les bureaux d'une minoterie d'Édimbourg ; un fauteuil Eames authentique, cuir noir et armature métal ; une platine, un lecteur CD et une station d'iPod ; trois meubles en acier sur mesure pour ranger les vinyles et les singles, un quatrième pour les CD. Il avait aussi conservé ses cassettes, par centaines, mais elles étaient dans leurs boîtiers plastique à la cave. Un mur consacré aux livres, un autre à une gigantesque carte du monde, et le troisième couvert de souvenirs, tous chers au cœur de Dan. Une photo en noir et blanc dédicacée de lui avec Siouxsie Sioux après un concert à Manchester en 1984. La photo officielle encadrée de l'équipe des Sheffield Wednesday qui avait remporté la League Cup en 1991. Une affiche de la tournée aux États-Unis d'Echo and the Bunnymen pour l'album *Evergreen* – la tournée sur laquelle il les avait suivis, au sens toujours fourré avec eux, pour documenter et écrire leur bio officielle. Des photos d'Alex, des dessins de lui au feutre et au crayon, et un poème pour la fête des pères, abondamment illustré par Alex, alors âgé de huit ans :

He plays guitar and drives our car and makes me chips for tea.
He plays football, he's good in goal and his favourite person's ME[1] *!*

Des photos de Katelin tenant Alex dans ses bras, le poussant sur une balançoire, maintenant ses pieds en l'air tandis qu'il faisait le poirier. Une photo de tous les trois les yeux agrandis de bonheur le soir où Alex avait obtenu ses résultats exceptionnels à la fin du lycée. Et là, au milieu de tous les autres, un cliché de Dan et Katelin, où ils ont l'air de gosses, debout devant un immense bougainvillier dans une allée ombragée de Carthagène, ils ne sourient pas à l'objectif mais l'un à l'autre, comme deux

1. "Il joue de la guitare, c'est pas un chauffard, et il me fait des frites parfois. / Il joue au football, c'est un bon goal et sa personne préférée c'est MOI !" *(Toutes les notes sont de la traductrice.)*

complices d'une blague. C'est à peine s'ils se connaissaient, à l'époque. Dan ne se rappelait plus qui avait pris la photo.

Assis derrière son bureau, il laissa son regard vagabonder sur son passé. Ce mur, c'était l'histoire de sa vie ; il le maintenait debout dans cette maison de Stockbridge, avec son jardin tout en longueur, son abri à vélos, et sa porte d'entrée peinte en bleu des Sheffield Wednesday. Katelin et lui avaient d'abord été nomades : cinq logements en cinq ans. Puis il avait écrit une histoire du *NME*[1] (brillamment précoce et obsessionnelle) et obtenu pour ça un à-valoir à peu près décent, le genre d'avance qu'on ne voit plus dans le monde de l'édition musicale par les temps qui courent, et soudain l'époque où on crèche à droite à gauche était révolue, les matelas à même le sol, les moisissures au plafond, les ampoules nues, les kilims cloués aux fenêtres qui maintenaient leur chambre dans un crépuscule miteux. Bon Dieu… par contre, c'était carrément autre chose au quotidien. Elle étudiait l'espagnol à l'université, et Dan passait ses soirées à écumer les salles de concert et ses journées à écrire des papiers non commandés pour le *Scotsman*. Ils vivaient de la bourse de Katelin et d'un billet de 10 de temps en temps que Dan gagnait avec ses critiques. Ils s'étaient rencontrés en Colombie, dans un bar de Bogotá. Katelin était une rousse robuste et intrépide originaire de Coleraine, elle avait du cran, la peau aussi blanche que le lait, même après deux mois à parcourir l'Amérique du Sud. Elle parlait parfaitement espagnol, buvait comme un trou et chantait des ballades irlandaises paillardes quand elle était bourrée – des trucs cochons, selon ses propres termes. Pour la première fois depuis son arrivée dans le pays, Dan commençait à passer un bon moment.

Ils étaient restés ensemble. En septembre, elle était retournée à l'université terminer son année, et Dan avait rendu visite à ses parents à Sheffield pour les tenir au courant de son avenir, puis, avec son sac à dos et sa guitare, il avait parcouru à pied et en stop la longue route qui le séparait d'Édimbourg. Lorsqu'il avait finalement toqué à la porte de l'appartement de Katelin sur Marchmont Road, il avait des trous à ses tennis, des ampoules

1. Le *New Musical Express* (mythique magazine musical hebdomadaire britannique).

sur la plante des pieds et pas mangé depuis un jour et demi. Il avait attendu sur le seuil, étourdi, à moitié affamé, et durant les quelques minutes qu'il avait fallu à Katelin pour répondre, il avait envisagé la possibilité qu'elle soit horrifiée de le trouver là, ou – pire – qu'elle n'ait pas d'existence réelle. Mais alors la porte s'était ouverte et Katelin était là, avec toute sa chair et ses os, assemblés exactement comme dans son souvenir. Elle avait souri et dit : "T'en as mis du temps, putain", et voilà.

C'était loin, tout ça, très très loin. Assis derrière son bureau, tout là-haut, quelques minutes avant 3 heures du matin, Dan laissa se déverser dans son esprit ses pensées imbibées de whisky à propos du temps qui passe et de sa course effrénée, indifférente. Ça le menait tout droit vers la mélancolie, mais il se souvint juste à temps de Willie Dundas, sortit le disque de sa poche de blouson, le glissa dans son lecteur CD, et immédiatement la pièce fut inondée par une intro à la guitare qui fit sourire Dan : d'abord, un seul accord qui planait dans l'air comme une promesse, puis un riff rapide et mélancolique, et enfin la voix de Willie, grave, moelleuse, impressionniste, posant les paroles avec négligence, comme s'il était ivre, ou avait à peine l'énergie de les articuler. C'était une sorte de génie, mais Dan connaissait les trouvailles de Duncan ; des types si pénétrés d'intégrité artistique qu'il était impossible de les déloger de leur bateau de pêche, de leur piaule ou de leur abri de jardin. Dan laissa la musique tandis qu'il allumait le Mac pour un petit tour rapide sur Twitter, il eut une pensée pour Willie Dundas, qui chantait sur son bateau en mer du Nord, et il se demanda s'il se serait laissé convaincre de chanter dans une salle remplie d'étrangers, au Whistle Binkies par exemple.

Twitter fit resplendir son bleu éclatant sur l'écran face à lui, et un flot de tweets apparut sur son mur, dans toute leur splendeur autocentrée. Vingt-huit notifications de personnes auxquelles il était à peine lié. Sept messages directs de personnes qu'il connaissait vraiment, mais rien qui appelait une réponse à 3 heures du mat'. Il fallait faire gaffe à pas passer pour un dingue en laissant des messages aux petites heures de la nuit sous l'emprise du Laphroaig. Il faisait défiler distraitement le fouillis de posts, avec ce détachement vide que Twitter faisait toujours naître en lui, et il s'apprêtait à éteindre pour aller se coucher quand une nouvelle notification se mit à clignoter à l'écran. Kev Carter. Un message de Kev Carter, ça valait toujours le coup, quelle que soit l'heure du jour ou de la nuit. Dan se rapprocha de l'écran, puis recula brusquement, comme s'il avait pris une claque.

> Hé @DanLawrenceMusic, tu te souviens d'Alison Connor ? Regarde ce qu'elle fait… putain elle est connue !
> @CarterK9
> @AliConnorWriter

Alison Connor. Bon Dieu. Dan fixait son image.
Alison Connor.
Alison Connor.
@AliConnorWriter.
C'était la première fois qu'il posait les yeux sur elle en, quoi, trente ans ? Dieu tout-puissant. C'était la même : plus vieille, évidemment, mais la même. Il cliqua sur son nom et sa page s'afficha, puis il cliqua sur sa photo et elle emplit tout l'écran. Il en eut la bouche sèche, c'était ahurissant, parce que ça faisait trois décennies qu'il s'était efforcé de tourner la page. Mais elle était toujours aussi jolie, intelligente, vulnérable d'une certaine manière. Bon Dieu. Il étudia son visage. Ouais, elle était juste incroyable. Il retourna sur son profil :

Ali Connor	**Tweets**	**Abonnements**	**Abonnés**
@AliConnorWriter	**165**	**180**	**67,2K**

Écrire des livres, écouter ma musique, m'estimer heureuse.

Adélaïde, SA
A rejoint Twitter en novembre 2011

Dan se carra dans son fauteuil, croisa les bras et contempla le monde dans lequel il vivait : le même qu'Alison Connor qui, à son insu, s'était installée en Australie-Méridionale et était devenue romancière. Une romancière à succès, à en croire les stats.

“Bon Dieu mais Dan qu’est-ce que tu as besoin de faire sur ton ordi à cette heure-ci ?”

Katelin s’était levée de leur lit, était montée à l’étage, avait ouvert la porte et était en train de l’observer, appuyée contre le chambranle, clairement contrariée, et il n’avait absolument rien entendu. Il se sentit vaguement coupable, et immédiatement après sur la défensive.

“Des tas de trucs, dit-il. Tu dors peut-être mais la moitié du monde est réveillée.

— Je ne dors pas, Dan. Ta musique s’est infiltrée dans mes rêves.

— Oh, désolé, je t’ai réveillée ?”

Elle haussa les épaules, se radoucissant légèrement. “En fait non, je suis allée aux toilettes, mais une fois réveillée, j’entendais la musique à travers le plafond.” Elle passa une main dans ses cheveux, qui partirent dans tous les sens, elle avait donc l’air un peu comique comme ça, debout devant lui, un peu ronchon, dans son pyjama écossais.

“Bon, dit-il. Désolé. Willie Dundas, pêcheur d’East Neuk.

— Formidable. Tu peux le faire taire et venir te coucher ?

— Ça marche.” Il la regarda et lui sourit mais n’éteignit pas son Mac. “Je note juste quelques trucs à propos de Billy.” Bon sang, se dit-il. Mais pourquoi je mens ?

Elle leva les yeux au ciel. “Maintenant ? Vraiment ? Ça peut pas attendre ?

— Je te promets d’être avec toi dans cinq minutes.

— Oh, McCulloch est ici, lui aussi.

— Il m’a suivi. Je le ramènerai en descendant.

— Cinq minutes.

— Ouep.”

Elle le regarda comme s’il n’y avait plus rien à faire pour lui, avant de tourner les talons et de redescendre à pas feutrés, pieds nus. Il fallait vraiment qu’il y aille ; il n’avait rien à écrire sur Billy, rien qui le retienne en haut, et il était claqué. Mais il resta là à traîner un peu, les yeux rivés sur @AliConnorWriter, juste une minute de plus – deux minutes – trois minutes. Difficile de la quitter, si vite après l’avoir retrouvée. Pendant près de dix minutes, au final, il observa sa photo, fit défiler ses tweets, puis tapa son nom dans Google et tomba sur une mine d'informations à propos de l'ascension fulgurante d'Ali Connor. Là il se dit : Et puis merde. Il retourna sur son profil Twitter, cliqua sur l'icône "Suivre", referma son ordi portable d'un coup sec, coupa Willie Dundas et descendit avec McCulloch.

3

ADÉLAÏDE,
12 OCTOBRE 2012

L'amie de la mère d'Alison Connor avait émigré grâce au système Ten Pound Poms, elle s'appelait Sheila ; le nom parfait, se plaisait-elle à dire, pour bien s'intégrer en Australie. Elle avait fait la traversée de Southampton jusqu'à Adélaïde par un de ces passages assistés qui ne coûtaient rien, avec la promesse d'une nouvelle vie à Elizabeth et d'un travail dans l'usine automobile Holden ; c'est là qu'elle avait rencontré puis épousé Kalvin Schumer, ingénieur, un Australien pure souche né et élevé à Adélaïde par des parents allemands, l'homme le mieux bâti sur lequel elle ait jamais posé les yeux. Le week-end, il cherchait à lui plaire en l'emmenant dans le désert, loin au nord de la ville, où il tuait des kangourous roux pour les donner à manger à ses chiens, et ramassait des serpents sur la terre ocre avant de leur éclater la tête en les fouettant sur un rocher.

On pouvait lire tout ça dans ses lettres. Pendant un certain temps après son arrivée en Australie, elle en avait envoyé une par mois, une correspondance consciencieuse et lyrique qui avait le don de taper sur les nerfs de Catherine. Elle avait connu Sheila Baillie quand elles vivaient dans la même rue, petites filles, puis la famille Baillie avait déménagé à Liverpool et Catherine n'avait revu Sheila qu'une seule fois, à son propre mariage avec Geoff Connor, mais Sheila s'accrochait à leur amitié, sans jamais percevoir l'étendue de l'indifférence de Catherine, ni ses liens étroits avec la bouteille, aussi ignorait-elle que ses lettres d'Australie-Méridionale, pleines de verve et de ce zèle propre aux nouveaux arrivants, ne faisaient qu'ajouter un peu plus de misère et d'amertume à l'âme de Catherine en exhibant devant elle un monde débordant de vie, si éloigné de sa morne et terne orbite.

Rien de morne dans les lettres de Sheila, loin de là... Elle décrivait par le menu ses aventures de son écriture ronde et engageante, mitraillant la page de points d'exclamation, comme si le climat tropical et les araignées mortelles n'apportaient pas déjà leur lot d'exotisme et de surprise, comme s'il lui fallait planter des petits drapeaux partout au cas où son auditoire manquerait les meilleurs morceaux. Ses récits de voyage étaient lus à voix haute à la jeune Alison chaque fois que Catherine recevait par avion les lettres bleu pâle aussi fines que des mouchoirs. Si Catherine avait répondu à Sheila, inutile de préciser que les histoires du pays des kangourous auraient continué à affluer, mais la mère d'Alison ne lisait pas, n'écrivait pas : elle buvait. Elle n'avait prêté attention qu'à la première lettre, qui l'avait mise très en colère, sans qu'Alison sache pourquoi. Après ça, elle les ramassait sur le paillasson et les tenait du bout des doigts, comme des kleenex usagés, l'air désobligeant, et lançait des piques du genre : "La chaleur, la poussière, et ces araignées à la con. Elle croit quoi ? Que ça nous intéresse ?" Puis elle laissait tomber l'enveloppe encore fermée dans la poubelle de la cuisine et, un peu plus tard, quand la voie était libre, Peter, le frère d'Alison – qui avait six ans de plus qu'elle – allait la repêcher au milieu des feuilles de thé et des épluchures, la décachetait à l'aide d'une lame de couteau façon pirate, et organisait dans sa chambre l'heure du conte : ils s'asseyaient tous les deux en tailleur sur son lit, et il lisait la lettre à voix haute à sa sœur.

Les récits de Sheila inspiraient courage et détermination à Alison. Elle les conservait comme des totems, glissant chaque nouvelle lettre entre son sommier et son matelas, et lorsqu'elles cessèrent d'arriver, quand Sheila cessa d'écrire à Catherine, Alison se sentit perdue. Il ne lui était jamais venu à l'idée qu'elle aurait pu y répondre elle-même ; oui, elle était si jeune, elle n'aurait pas su comment faire, elle manquait de confiance, et d'argent pour le timbre, et elle avait Catherine pour mère. Mais elle chérissait ces lettres, les lisait et les relisait jusqu'à en mémoriser les meilleurs passages, si bien que le jour où Catherine trouva la planque et jeta les lettres au feu en guise de punition pour trahison et tromperie, Alison les avait encore en tête et était capable d'en réciter des paragraphes entiers, avec révérence, comme s'il s'était agi de sonnets ou de psaumes.

Il y a des cacatoès dans les arbres, ici, ils sont blancs avec des huppes jaunes, et ils font un bruit de tous les diables ! Ils mangent les prunes de notre jardin et nous fixent de leurs petits yeux noirs effrontés. Les koalas, doux comme le miel, se roulent en boule sur les branches des eucalyptus géants et dorment indéfiniment, comme de vieux messieurs après le déjeuner du dimanche. Les araignées sont grosses comme la main d'un homme quand on leur écarte les pattes. T'imagines ? ! Mais c'est pas d'elles qu'on se méfie – les tueuses ce sont les veuves noires à dos rouge, beaucoup beaucoup plus petites, mais mortelles quand on les énerve. Kalvin dit de toujours regarder dans la boîte aux lettres avant d'y fourrer la main !

Et la chaleur ! L'herbe du jardin fait de la vapeur le matin quand le soleil commence à taper et parfois la route se met à fondre ! On arrive quand même à faire pousser des fleurs. Les flamboyants poussent bien, tout comme les pétunias et les pensées si on leur donne beaucoup d'eau. Mais il y a des petits nuages de poussière à mes pieds quand je jardine et même si le désert est loin, il m'apparaît, rouge et brûlant, et je n'oublie jamais sa présence.

C'est un pays fabuleux, Catherine, un pays né sous une bonne étoile, et tu comprendras ce que je veux dire quand tu viendras nous voir. Viens donc !

Ces mots vivaient en Alison, une fois lus par Peter. *Et tu comprendras ce que je veux dire quand tu viendras nous voir.* Est-ce que cette Sheila les attendait vraiment ? Est-ce qu'il y avait la moindre chance qu'Alison et Peter grandissent dans un endroit aussi lointain qu'Elizabeth à la place d'Attercliffe ? Peter n'en savait rien, et ils ne pouvaient pas demander à leur mère : ni ça, ni quoi que ce soit d'autre d'ailleurs. Catherine Connor n'avait aucune patience pour les questions. Qui la rappelaient à ses responsabilités.

C'est ainsi que chaque fois qu'un journaliste l'interrogeait sur les raisons de son installation à Adélaïde, ces souvenirs – tous sans exception, le plaisir comme la peine – rejaillissaient dans l'esprit d'Ali Connor. Le climat, répondait-elle. Les Adelaide Hills, la ville si charmante, l'océan infini, la nourriture, les perroquets aux couleurs arc-en-ciel, les aubes lumineuses inondées de soleil, les nuits noir d'encre, l'espace pour écrire. Tout cela, c'étaient les raisons qui l'avaient fait rester, mais aucune d'entre elles n'expliquait pourquoi elle était venue. Elle gardait ça pour elle, n'en avait pas parlé à son mari, ni même à Cass Delaney, qui pensait connaître jusqu'au dernier cadavre dans le placard d'Ali. Elles étaient assises dans un café de North Adelaide, elles venaient de se retrouver après la semaine de travail de Cass à Sydney, et Cass avait déjà entendu Ali trois fois ce jour-là : deux à la télé, dans *News Breakfast* et *Sunrise*, une autre à la radio, et bientôt Ali retournerait dans les studios d'ABC pour un pré-enregistrement avec la BBC. Cass en était toute retournée, elle vivait la médiatisation d'Ali à fond, par procuration – mais putain, pourquoi Ali avait toujours l'air si évasive ? se demandait Cass.

"Toutes ces platitudes ! Arrête un peu avec les paysages, ça te donne l'air prétentieux.

— Ben t'as qu'à pas écouter, alors, dit Ali. D'ailleurs je préférerais, pour être honnête. Ça me rend nerveuse.

— T'as l'air coincée, comme si t'avais pas envie d'être là. Eh, ma vieille, t'es une Australienne ! Montre-le un peu, lâche-toi, crache le morceau. Raconte-leur comment tu as dragué Michael en Espagne, et qu'il t'a suivie comme un petit chien triste pendant des semaines avant que tu cèdes et traverses le globe avec lui."

Ali éclata de rire, puis elle but un peu de son café. "Honnêtement, Cass, je suis moi-même, et si ça ne tenait qu'à moi, je refuserais toute cette promo. Je le fais uniquement pour Jade, cette fille adorable qui bosse dans ma maison d'édition. Elle se donne tellement de mal, je lui dois bien ça.

— Allez… profite un peu d'être sous le feu des projecteurs avant que ça s'arrête.

— Je préférerais que tu le fasses à ma place. Tu serais tellement meilleure que moi.

— C'est sûr que moi j'ai pas peur d'être le centre de l'attention…

— Ce que j'aime, moi, c'est être à mon bureau et inventer des histoires, et ne pas avoir à m'habiller ou me laver les cheveux si j'en ai pas envie.

— Ouvre un peu les yeux, lui dit Cass. Tu es célèbre, maintenant, que tu le veuilles ou non, et si tu n'arrives pas avec ta petite histoire à raconter, si t'es pas un peu chaleureuse, les gens vont commencer à ne plus t'aimer. Tu voudrais pas que le vent tourne, quand même.

— C'est des conneries. Je ne suis pas célèbre du tout", répondit Ali. Elle jeta un regard autour d'elle, à tous ces gens qui ne se rendaient compte de rien, occupés à manger, bavarder et passer commande. "Tu vois ? Tout le monde s'en fiche. Mon livre, lui, est assez connu, mais je parie que la moitié de ceux qui l'ont lu sont incapables de citer le nom de l'auteur, Dieu merci." Elle se pencha en avant, les coudes sur la table et le menton posé sur les deux mains. "Bon alors, comment s'est passée ta semaine ?

— Moyen, dit Cass. Débordée, comme d'hab. J'ai écrit un gros article pour le magazine. « L'avarice ou la nouvelle orthodoxie économique », si ça t'intéresse.

— Euh… pas vraiment", dit Ali en secouant la tête.

Cass rigola et lui fit un clin d'œil. "Hé, tu comptes venir à Sydney un de ces jours ? J'ai un nouveau copain, un Australien, il est d'origine chinoise, un peu petit à mon goût mais ils font tous la bonne taille quand ils sont allongés.

— Ouhhh, et comment il s'appelle ?"

Cass fit mine de réfléchir un instant. "Non, dit-elle, son nom m'échappe."

Ali rit à son tour et demanda : "Il est beau, quand même ?

— Disons qu'il mettrait pas le feu à Sydney Harbour mais qu'il est plutôt mignon. Viens juger par toi-même, mais grouille-toi avant que je le dégage.

— Oui, oui, je vais faire ça. Mon éditrice me réclame un rendez-vous, elle veut que je rencontre son patron pour discuter du prochain livre.

— Et il y a un prochain livre ?

— Aucune chance.

— Toujours en panne d'idées ?

— Non, j'en ai des tonnes, mais aucune qui soit dans la veine de *Tell the Story, Sing the Song.*

— Ouais, je vois, ils veulent la même chose, en gros ?

— Exactement. Je ne sais pas encore si je suis prête à me plier à ça pour leur faire plaisir.

— Tu as écrit le nouveau *Les oiseaux se cachent pour mourir*, ma puce, tu peux faire ce que tu veux. Tu ne manges pas ton gâteau ?"

Elle fit non de la tête. "Je t'ai dit que j'en voulais pas. Juste un café.

— Allez… ! On veut pas entendre ton ventre gargouiller à la radio."

Ali secoua la tête et regarda l'heure sur son portable. "Je vais faire un saut chez moi avant l'interview.

— Hein ? Pourquoi ?" Cass était censée la conduire là-bas. C'est ce qui était prévu.

"J'en ai envie, je ne sais pas trop pourquoi." Ali se leva et vida sa tasse de café. "J'ai le temps : on ne m'attend pas à Collinswood avant quarante-cinq minutes. J'irai seule en voiture directement de chez moi, t'en fais pas.

— Tu vas être en retard.

— Non !

— Sérieux, Ali, sois pas en retard pour la BBC. C'est ton peuple, après tout."

Ali se mit à rire. "Cass, tu dis de ces conneries. Y a même pas cinq minutes tu me disais que j'étais une Australienne." Elle mit son petit sac à dos noir en cuir à l'épaule et repoussa ses cheveux en arrière pour dégager ses yeux, glissant quelques mèches derrière les oreilles. Son joli visage était pâle, se disait Cass, son regard fatigué, et elle était peut-être un peu trop mince.

"Dieu merci c'est de la radio, dit Ali comme si elle avait lu dans ses pensées. Peu importe à quoi je ressemble, c'est déjà ça.

— Tu es ravissante, comme d'habitude, dit Cass. Mais un peu de rouge à lèvres serait pas du luxe, au cas où tu rencontrerais des chasseurs d'autographes.

— Très drôle", lança Ali avant de lui envoyer un bisou et de tourner les talons.

Cass la regarda partir. Si elle se retrouvait sur une île déserte et devait choisir entre Ali Connor et Paul Newman jeune, il lui faudrait à regret pousser Paul à l'eau, parce qu'elle ne pouvait pas s'imaginer sans Ali, hors de question. Cass avait des tas d'amis à Sydney, hommes comme femmes, et elle adorait l'effervescence de la vie nocturne, mais bien souvent, le jeudi ou le vendredi venu, elle rentrait à Adélaïde où elle avait ses racines, et c'était d'abord pour Ali qu'elle revenait. Elle observa son amie se frayer un chemin dans le café bondé, ouvrir la porte donnant sur la rue, sortir dans la lumière du soleil, s'arrêter pour mettre ses lunettes, et puis elle n'était plus là.

"Je veille sur toi, ma chérie", dit Cass en la regardant partir.

Il n'y avait qu'un bon kilomètre entre Jeffcott Street et chez elle, mais malgré ça, Ali se dépêchait, elle sentait bien que rentrer à la maison pour repartir ensuite en direction de Collinswood et être à l'heure à l'interview, c'était pousser un peu le bouchon. Elle aurait pu – elle aurait dû – rester avec Cass, prendre un deuxième café puis se laisser conduire tout en douceur dans sa voiture de société, une Mercedes climatisée et silencieuse, jusqu'aux studios d'ABC, où elle serait arrivée bien à l'heure et sereine. Mais elle s'était retrouvée en face de trois présentateurs ce jour-là, avec leur cargaison de questions personnelles, et elle ressentait le désir impérieux de fermer la porte au monde quelque temps, même à Cass. Elle courait à moitié, tête baissée, déterminée, dans les rues de North Adelaide, et lorsqu'elle arriva chez elle, son visage, son cou et ses bras nus étaient recouverts d'une fine pellicule de sueur, et elle sentit une vague de soulagement la submerger au moment de mettre la clé dans la serrure et d'ouvrir la porte. Une fois à l'intérieur, elle la verrouilla et resta quelques instants comme ça sur le parquet poli de l'entrée, haletante, laissant sa maison l'apaiser, absorber et dissiper ses tensions, la maintenir debout entre ses solides murs coloniaux.

Elle était très belle, cette imposante demeure en pierre calcaire dont Michael avait hérité. Ils étaient déjà mari et femme lorsqu'il l'y avait emmenée pour la première fois rencontrer sa famille, mais malgré cela sa belle-mère l'avait cantonnée sans attendre – et assez froidement d'ailleurs – à l'une des chambres d'amis, et il avait fallu attendre douze mois de mariage révolus pour qu'elle consente à les laisser partager ouvertement une chambre, et un lit double. Margaret McCormack avait été une force de la nature aux allures d'impossible, indomptable et despotique tyran, convaincue que son fils était tombé dans le piège d'Ali, parce qu'après tout, qu'avait-elle à offrir ? Margaret ne trouvait aucun charme à l'accent anglais, était insensible à l'indéniable beauté d'Ali et le fait que la jeune femme se soit rapidement trouvé un job de barmaid dans un pub de Hutt Street l'avait exaspérée au plus haut point. Mais le jeune couple avait tenu bon, Michael avait dit à Ali que, s'ils se conformaient aux règles quand ils étaient dans la maison, sa mère finirait par l'apprécier. Et puis, avait-il ajouté, cet endroit était un vrai trésor : pourquoi aller payer un loyer pour quelque chose de moins bien alors qu'ils n'avaient pas les moyens ? Donc pendant une année, Michael – un homme marié, médecin de son état – avait avancé à pas de loup sur l'onéreux tapis d'Orient du palier du premier étage pour rejoindre Ali, qui l'attendait tout à fait éveillée dans son chaste lit simple.

Difficile d'imaginer, quand on n'avait pas la chance de connaître Margaret, qu'une telle situation puisse perdurer sans que personne ne bronche, mais ils s'étaient perfectionnés dans l'art du sexe en silence, et Margaret – qui devait bien se douter de quelque chose, vu qu'il aurait fallu être une imbécile pour passer à côté, ce qu'elle n'était pas – semblait satisfaite de voir sa suprématie intacte. Un an jour pour jour après son arrivée, Ali était montée à son étage et avait constaté que les draps de son lit avaient été retirés et que ses effets personnels – vêtements, affaires de toilette et produits de beauté – avaient disparu. Margaret, postée derrière elle sur le palier, lui avait alors dit ceci : "Vos affaires sont dans la chambre de Michael. J'ai demandé à Beatriz de les déplacer en votre absence. Inutile de la remercier, elle est payée rubis sur l'ongle. En revanche, vous pouvez me remercier moi."

Margaret n'était plus là depuis longtemps, naturellement, mais Beatriz l'était encore et elle se trouvait justement assise devant le plan de travail en train d'écosser des petits pois quand Ali entra dans la cuisine. La vieille dame avait comme à son habitude remonté ses longs cheveux gris en turban, et elle portait une robe d'intérieur au charme désuet, démodée, avec un motif à fleurs et des boutons dorés, pour garder sa tenue propre. Ses doigts experts s'affairaient autour des petits pois et son visage, large et franc, se plissa en un sourire affectueux dès qu'elle vit Ali.

"Ali, ma fille", dit-elle. Elle lui tendit une cosse pleine et Ali la prit, l'ouvrit et fit dégringoler les petits pois dans sa bouche. Le regard de Beatriz était plein d'amour.

"Je ne fais que passer, articula Ali entre les petits pois. Il faut que j'aille du côté de Collinswood, dans les studios."

Beatriz secoua tristement la tête. Elle avait des yeux si expressifs, se disait Ali, capables de transmettre toutes les émotions : joie, désir, peine, dédain, colère, amusement. Pour l'heure, ce n'était que de la pitié.

"Toujours occupée, dit-elle. Toujours débordée, toujours à courir quelque part, jamais le temps de t'asseoir avec moi pour écosser les petits pois." Son accent portugais était toujours aussi prononcé même après presque soixante années passées à Adélaïde, mais il suffisait de bien écouter, c'était comme apprendre à aimer un autre genre de musique.

Beatriz baissa la tête, retournant à sa tâche, et Ali l'observa un moment puis demanda : "Comment va ta hanche aujourd'hui, Beatriz ?"

Celle-ci leva les yeux et répondit : "Toujours pareil.

— Ne reste pas assise trop longtemps. Va faire une promenade, fais-la bouger, cette hanche. Pique une tête, laisse-toi tenter."

Beatriz éclata de rire, la tête renversée en arrière puis dit : "Tu sais comme je déteste être mouillée.

— Ça a des vertus thérapeutiques. Et il y a une piscine ici dont plus personne ne profite." Elle prit un verre dans le placard et se servit de l'eau de la bouteille qu'ils laissaient au frigo. C'était incroyablement froid, et Ali en eut mal aux tempes, comme des coups de couteau, et aussi aux dents. Beatriz s'était remise aux petits pois et Ali sortit, par la porte de derrière restée ouverte, faire un tour dans le jardin, où l'arrosage automatique s'était enclenché et aspergeait la pelouse. Une petite nuée de loriquets arc-en-ciel dansaient au milieu des jolis arcs tracés par l'eau, et quand Ali fit voler ses sandales pour aller les rejoindre sur l'herbe humide, ils lui lancèrent des regards perçants, sans se replier. Elle traversa la pelouse jusqu'à la piscine – un étroit rectangle bleu-vert frémissant contre la vieille pierre qui l'entourait –, remonta sa jupe et s'assit tout au bord, les pieds et les mollets dans l'eau, quasiment jusqu'aux genoux. Puis elle s'allongea, laissant la chaleur de la pierre et la fraîcheur humide de l'herbe la soutenir tandis que l'eau lui léchait les jambes dans un mouvement presque imperceptible. Elle ferma les yeux devant le ciel trop bleu et prêta l'oreille aux cris stridents des oiseaux et au crépitement des gicleurs, elle laissa ses pensées flotter librement ; puis une ombre obscurcit son visage et elle entendit la voix de Stella.

"Maman, ta jupe est trempée."

Ali ouvrit les yeux. Stella, d'une beauté impassible, la regardait d'en haut. Elle avait dix-sept ans, les cheveux châtain foncé d'Ali et ses yeux noisette, son nez, sa bouche et son menton aussi : mais son attitude n'appartenait qu'à elle.

"Mais tu fais quoi, là, en vrai ? T'as l'air trop bizarre."

Ali referma les yeux. "Je me rafraîchis, je décompresse, répondit-elle puis, après une pause : Évite ce genre de commentaires, Stella."

Celle-ci se laissa glisser au sol près de sa mère avant de croiser les jambes, puis Ali ouvrit un œil et jeta un regard oblique à sa plus jeune fille. Elle se mordillait l'ongle du pouce gauche en contemplant l'eau de la piscine.

"Ça va ?" demanda Ali.

Stella haussa les épaules.

"Hein ?" Ali se redressa et, une fois assise, elle constata que Stella avait dit vrai, sa jupe était bien trempée. "Stell, qu'est-ce qu'il y a ?"

De la maison, Beatriz cria : "Ali ! Cass est ici, en voiture, elle dit qu'elle t'emmène à Collinswood", alors Stella lança un regard à Ali puis, levant les yeux au ciel, fit claquer sa langue en signe de désapprobation.

"Cass attendra, dit Ali à Stella. Elle n'était pas censée venir ici de toute façon.

— Peu importe", rétorqua Stella. Elle se détourna, drapée dans un fatalisme sinistre. "Vas-y.

— Stella, qu'est-ce qui ne va pas, chérie ?"

Puis la voix de Cass se fit entendre, claire et forte, par les portes ouvertes. “Ali Connor, ton heure est venue ! blagua-t-elle, se trompant complètement sur l’ambiance du moment dans le petit paradis qu’était le jardin des McCormack.

— Lâche l’affaire, Cass, cria Ali.

— Essaie pas d’être cool, maman, fit Stella de ce ton monotone et méprisant dont les ados ont le secret.

— J’essaie pas d’être cool. Cass me gonfle, c’est tout. Qu’est-ce qui se passe, Stella ?

— Youhouuuuuuu, Stella ma biche ! continua Cass, avec des grands gestes en direction du jardin, mais Stella la regarda à peine.

— Sérieux, maman, vas-y.

— Écoute, OK il vaudrait mieux que j’y aille mais on se retrouve après, d’accord ? Tout à l’heure ou demain matin. Il faut que je retourne aux studios pour…

— … ton livre, je sais, je sais, allez, file.” Stella usait de cette voix monocorde et désabusée qui exprimait un ennui profond, et Ali savait qu’elle n’obtiendrait rien d’elle maintenant qu’elle était dans cet état d’esprit, elle la laissa donc au bord de la piscine, le regard mauvais s’attardant sur les ondulations à la surface de l’eau.

“Oh oh, un souci ? demanda Cass tandis qu’elles quittaient la maison.

— Ça passera”, conclut Ali.

Le livre. Le livre. Un très gros morceau, cinq cents pages, facile d’accès, sorti directement en poche et, de l’avis d’Ali, ni meilleur ni plus mauvais que ses trois précédents romans, qui avaient connu un succès modéré en Australie sans dépasser ses frontières. Mais *Tell the Story, Sing the Song* était officiellement un phénomène de librairie. Ça avait commencé tout doucement après la publication, puis les articles en ligne de critiques influents avaient fleuri, les ventes s’étaient envolées, les clubs de lecture s’en étaient emparé, son éditeur s’était dépêché de réimprimer, puis il y avait eu ce coup de fil à son agent début octobre depuis le bureau de Baz Luhrmann : donnez un chiffre pour les droits, avaient-ils dit ; Baz en veut tant, Nicole est partante, tout comme Hugh. Des milliers de livres s’écoulaient chaque semaine à travers le monde, et l'à-valoir dérisoire d'Ali avait explosé en un temps record. Pour la première fois de sa vie elle vivait de sa plume et Jenni Murray, qui l'interviewait pour l'émission *Woman's Hour* sur BBC Radio 4, venait de lui demander ce que ça lui faisait.

"C'est irréel", répondit Ali, le casque sur les oreilles, seule derrière la table recouverte de feutrine verte d'un studio d'enregistrement d'ABC. Par la vitre de séparation, elle regardait Cass, qui l'avait accompagnée jusque dans le studio et, assise avec les autres, se remaquillait tout en écoutant la discussion. Une jeune régisseuse mâchait du chewing-gum, profondément indifférente à ce qui se passait autour, mais elle gardait un œil vigilant sur les niveaux et les micros.

"Irréel et un peu obscène, compléta Ali.

— Obscène ? répéta Jenni Murray. Un choix de mot singulier.

— Eh bien, je me retrouve dans une situation singulière", dit Ali. Voilà que ça recommençait, elle se renfermait dans sa coquille. Et elle était abasourdie par le son de sa propre voix dans ces circonstances. Sa famille et ses amis à Adélaïde trouvaient son accent britannique très marqué, donc risible, mais à présent qu'elle entendait les riches intonations légèrement snobs et tout en modulation de la journaliste, elle se rendait bien compte que sa voix à elle ne soutenait pas la comparaison. Elle manquait de corps, pensait-elle : un filet de voix hybride, un peu traînante. De son côté de la vitre, Cass faisait de grands gestes avec les mains pour la pousser à développer. Ali opina. *Ouais, ouais, calmos.*

"Est-ce que l'argent vous met mal à l'aise ?

— Ça me fait réfléchir à la nature arbitraire du succès.

— Donc vous ne pensiez pas, en commençant *Tell the Story*, tenir le bon filon ?

— Bien sûr que non, répondit Ali. Mes trois autres livres n'ont pas eu ce destin, et pour être franche je pense qu'ils n'ont pas moins de mérite que le nouveau. Parfois il arrive qu'un livre s'empare de l'imagination du public, enfin je crois.

— Alors comment expliquez-vous son succès ?

— C'est difficile. Si je le savais, je suppose que je l'aurais écrit plus tôt." C'était censé être drôle mais à l'instant où les mots franchirent ses lèvres, elle sut que ça allait juste paraître impoli.

“Non, vraiment, poursuivit-elle histoire de se racheter, je crois qu’on y trouve quelques vérités à propos de la vie en Australie, de notre passé commun. Et c’est accessible, tout en amenant une certaine réflexion ; c’était en tout cas mon objectif. Il renvoie à beaucoup de préoccupations d’Australiens.

— Vous faites allusion à la cause des indigènes ?

— Oui, entre autres, et j’ai beaucoup à en dire, mais mon histoire s’attache à la pauvreté et, bien qu’elle concerne essentiellement et historiquement les Noirs, elle peut aussi toucher les Blancs, en particulier dans les zones rurales d’Australie-Méridionale ; je ne sais pas ce que vous savez de cet État, mais les zones rurales sont vraiment immenses. On y trouve par exemple une ferme d’élevage plus vaste que le pays de Galles, pour vous donner un ordre d’idée.

— Oui, effectivement, ça laisse perplexe. Et à quel point vous êtes-vous documentée ? Il y a tellement de niveaux de lecture dans ce livre, c’est peut-être la raison pour laquelle il parle à tant de gens différents.

— Merci, oui, j’espère que c’est le cas. J’ai fait des tonnes de recherches pour certains aspects du roman, et pratiquement aucune pour d’autres. La musique, par exemple, la jeune chanteuse aborigène, je l’avais parfaitement en tête avant de commencer.

— C’est un personnage extraordinaire. Elle existe vraiment ?

— Oui et non, répondit Ali. Comme la plupart des détails du livre.

— Je ne pouvais plus le lâcher, dit Jenni Murray. Vous avez écrit un roman fascinant, et dans le train, à Londres, cette semaine, j’ai vu tellement de gens en train de le lire.

— Il faut croire que le reste du monde s’intéresse davantage à Oz qu’on ne l’imaginait, dit Ali. Et puis, ça se passe à Adélaïde, et on entend rarement parler de cette ville. C’est ce qui rend le livre différent, peut-être, et attrayant.

— Parce que Adélaïde est différente et attrayante ?

— Oui, je crois. Sydney et Melbourne nous ont collé une étiquette : Adélaïde, c’est barbant. Mais je crois que c’est surtout par dépit. Pour moi, ça a toujours été un genre de paradis, dit Ali.

— Mince alors, des louanges !” Mais comme ce n’était pas une question, Ali ne répondit rien, donc Jenni Murray meubla.

“Vous vivez à Adélaïde depuis environ trente ans, mais bien sûr vous êtes une fille de Sheffield, c’est là que vous êtes née ?

— Oui, c’est exact.

— Et comment ils ont réagi, chez vous, après ce succès ?

— Chez moi ?

— Je vous demande pardon… je voulais dire à Sheffield, à Attercliffe.

— Oh”, dit Ali mollement. Elle eut une hésitation puis répondit : “Je ne sais pas. Je veux dire, je ne suis plus en contact avec personne là-bas.

— Pas avec votre famille ?

— Non.

— Donc votre chez-vous, dans tous les sens du terme, c’est vraiment Adélaïde ?

— Oui, à cent pour cent.”

Une fois dans la voiture de Cass, elle sortit son téléphone et l’alluma avant de faire défiler la myriade de messages et de notifications qui l’attendaient sur son écran. Elle avait refusé de s’inscrire sur Facebook quand son attachée de presse le lui avait suggéré, mais avait accepté à contrecœur d’être présente sur Twitter, et ça la surprenait toujours autant de voir qu’un outil aussi fondamentalement trivial, autocentré et basé sur la flagornerie soit tenu en si haute estime par tant de gens. Il n’empêche qu’elle engrangeait chaque jour de nouveaux followers, le moindre de ses posts était immédiatement liké et retweeté à l’infini, et si elle n’était pas dotée d’une bonne dose d’humilité et de bon sens, elle aurait sûrement commencé à croire qu’elle était adorée et adulée par des milliers de personnes. C’est absurde, se disait-elle, mais bon, nécessité fait loi…

“Je vais faire plaisir à Jade, je vais dire dans un tweet à quel point *Woman’s Hour* est une merveille, dit-elle à Cass.

— Bonne petite, voilà, c’est ça ! C’était top tout à l’heure, ma puce, t’étais très vive.” Elle tendit la main pour allumer la radio, et soudain la voix de Motormouth Maybelle remplit l’habitacle avec “Big, Blonde and Beautiful”. Cass en poussa des cris de joie et se mit à chanter ; Ali ronchonna.

“Sérieux ? lança-t-elle. *Hairspray ?*

— Vive Queen Latifah !" dit Cass en montant le son.

Ali éclata de rire et lui dit : "Tu devrais faire de la comédie musicale, toi." Puis elle retourna à son téléphone, parcourant la liste de notifications.

"Oh… lâcha-t-elle soudain d'une voix bizarre.

— Quoi ? demanda Cass, instantanément en alerte. Des trolls ?

— Non, non, dit Ali. Non, non.

— Ça fait beaucoup de « non »."

Ali restait muette. *Dan Lawrence a commencé à vous suivre.*

"Ali ?"

Elle regardait le visage de Dan, à présent – une photo tout ce qu'il y avait de plus franc, sans fioriture, lui en t-shirt blanc, les yeux braqués sur elle –, et après tout ce temps, après toutes ces années, il lui était totalement familier. Daniel Lawrence. Ciel ! pensa-t-elle. Elle s'obligea à prendre une longue et profonde inspiration, mais son souffle trembla sur l'expiration et la trahit.

"Ali ? Qu'est-ce qui ne va pas ?"

Elle bougea un peu sur son siège et réussit à sourire. "Oh, rien, rien, juste un nom surgi du passé, c'est tout. Ça m'a prise par surprise."

Elle toucha du doigt le nom de Dan pour ouvrir son profil, puis fixa l'écran de son téléphone.

		Abonnements	Abonnés
Dan Lawrence @DanLawrenceMusic	**Vous suit**	**825**	**28,3K**

Je sais, c'est que du rock'n'roll,
mais j'aime ça. WTID.

Édimbourg, Écosse
A rejoint Twitter en juillet 2009

"Je suis désavantagée, là, chérie, dit Cass. Je ne vois pas ce qui t'a fait cet effet."

Dan Lawrence.

Daniel Lawrence.

Daniel. Cet adorable garçon, devenu un homme, il était là et lui souriait de nouveau.

“Ali ?” tenta encore Cass, inquiète maintenant, parce que son amie scrutait son téléphone d’une façon tout à fait inhabituelle, ne répondait pas, n’était temporairement plus là : perdue, en quelque sorte.

“Allez, parle-moi, supplia Cass avant de couper la chique à Maybelle. Dis-moi ce que tu regardes.”

Ali n’ouvrait toujours pas la bouche, mais comme elles étaient arrêtées à un feu rouge, elle inclina son écran pour que Cass puisse voir.

“Hmm, mignon, dit-elle. Il est fait pour moi. Très jolie barbe de trois jours. C’est qui ?

— *C’était* Daniel.

— Non, visiblement, c’est Dan aujourd’hui. Et ça c’est quoi ? demanda-t-elle le doigt pointé sur l’écran. WTID ? C’est une sorte de code ? Ça veut dire quelque chose ?

— Oui. Ça veut dire Wednesday Till I Die.

— Wednesday ? Pourquoi mercredi, pourquoi pas n’importe quel autre jour de la semaine ?

— C’est le nom d’une équipe de foot, dit Ali.

— Un Anglais ?

— Ouep.

— La classe…” dit Cass en se penchant pour mieux voir.

4

SHEFFIELD,
23 DÉCEMBRE 1978

La musique de la pièce en dessous pulsait à travers le plancher, et un brouhaha sourd de voix criardes – mélange de chants, de hurlements et de rires – s'étirait dans la maison comme une bande-son secondaire qui venait s'écraser en haut de l'escalier et entre les interstices sous les portes closes. Alison et Daniel se trouvaient dans une petite pièce à l'arrière de la maison de Kev : un débarras en somme, le genre d'endroit où on remise les objets inutiles, aussitôt déposés aussitôt oubliés. Il y avait des piles de journaux et de magazines en lambeaux, une vieille télé Bush, une cage à hamster, une valise à la serrure rouillée et cassée, une boîte en carton remplie de pinceaux abîmés, un rouleau de lino à motifs galets et un amas d'épais rideaux orange grossièrement pliés, bien qu'il n'y en ait pas à la fenêtre : la pièce était donc éclairée par un lampadaire à sodium qui diffusait depuis la rue sa lumière jaune. Elle était étendue sur le dos, dans ses bras, sur une pile de manteaux posés sur un lit simple. Il la tenait avec précaution, comme si elle pouvait se briser, et à vrai dire, elle craignait que ça lui arrive. Elle se sentait irréelle, aussi fine qu'un mouchoir. Tout à l'heure sur la piste de danse, en bas, elle avait eu un tel sentiment de plénitude, elle s'était sentie si sûre d'elle, et elle savait que Daniel l'observait, elle savait à quel point elle était belle ; mais là elle n'avait aucune idée de ce qu'on attendait d'elle, plus précisément de ce que Daniel attendait d'elle. Elle se sentait stupide, fragile, perdue.

Daniel savait quoi faire – en tout cas, il savait ce qu'il aurait aimé faire – mais il la sentait tremblante à chaque inspiration, et elle restait parfaitement immobile, comme quelqu'un qui attend des nouvelles et se prépare au pire. Elle ferma les yeux et laissa échapper un soupir secoué de frissons, alors il lui demanda : "Est-ce que ça va ?" et quand elle les rouvrit, elle ne répondit rien mais le regarda droit dans les yeux ; il venait de se mettre un peu au-dessus d'elle, en appui sur un coude, l'autre bras passé autour du corps d'Alison, et il étudiait son visage. Elle opina et il se pencha pour l'embrasser. Ça, elle savait faire ; ça, elle l'avait déjà fait. Ses lèvres étaient chaudes et sèches contre les siennes, et il faisait attention à ne pas trop appuyer, il ne voulait pas avoir l'air trop mort de faim, il s'écarta donc de sa bouche pour déposer des baisers sur son visage, encore et encore, et quand elle ferma les yeux il l'embrassa sur les paupières. Puis elle se rapprocha enfin de lui, se tournant à demi jusqu'à ce que leurs corps soient collés l'un à l'autre et, encouragé par ce signe, il continua de la couvrir de baisers tout en passant sa main dans ses cheveux, le long de son visage, de son cou, sur ses épaules. Son chemisier glissa sous sa paume et il trouva l'ouverture, puis la peau, et la courbe de ses seins. C'est là qu'elle se redressa et tout fut fini.

"Quoi ? lâcha-t-il, hébété de désir, se redressant avec difficulté.

— Rien.

— Nan mais si, qu'est-ce qu'il y a ?

— Je sais pas. C'est juste que…" Elle s'arrêta et secoua la tête sévèrement, comme si elle s'auto-exaspérait. Elle ne voulait pas le regarder, mais quand il tendit la main jusqu'à son épaule pour la faire rebasculer doucement sur le lit, elle l'accepta et resta allongée là, passivement, les yeux levés vers lui. Il s'absorba dans son regard.

"Alison Connor, dit-il.

— Daniel Lawrence.

— Regarde-toi.

— Quoi ?

— T'es hyper belle."

Elle sourit.

"Premier sourire de la soirée, dit-il.

— Désolée." Elle tendit la main droite, le prit par la nuque et l'attira à elle, ils s'embrassèrent encore, mais à la fin de ce baiser il s'écarta pour ne pas lui mettre de pression et s'allongea simplement près d'elle, en lui tenant la main, leurs yeux à tous les deux tournés vers le plafond. Il y avait une vilaine fissure dans le plafond Artex, comme si la pièce tentait de se diviser en deux.

“Je vois un Toblerone géant”, dit Daniel, et Alison répondit : “Non, c’est trop irrégulier, ça ressemblerait plus à… un éclair peut-être”, et ils observèrent solennellement la lézarde, réfléchissant à ce qu’elle pourrait représenter. Blondie filtrait à travers le plancher et la moquette : encore “Picture This”. La cassette de la soirée devait tourner pour la deuxième fois, se dit Alison. Elle se mit à chantonner très doucement.

“Tu chantes bien”, lui dit-il, ce qui la fit rougir puis lancer un “Mouais…

— Si, si, c’était joli, continue”, mais même si elle riait et que ça lui faisait plaisir, elle ne voulait pas, pas comme ça sur demande, aucune chance. “OK, alors on danse”, dit-il.

Elle tourna la tête vers lui. “En bas ?” demanda-t-elle, incrédule. Elle ne voulait pas retourner dans la mêlée, où Stu Watson la déshabillerait des yeux et Tracey Clarke lui jetterait son regard entendu lourd de suppositions en voyant Alison et Daniel revenir de l’étage.

“Non, ici, dit Daniel. Tout seuls.”

Alison regarda autour d’elle, par terre, le bric-à-brac à l’abandon. “Y a la place ?

— Bien sûr ! Allez, vas-y, tu l’adores celle-là.

— Comment tu le sais ?” Elle plissa les yeux, et il lui fit un clin d’œil.

“Déduction logique. Allez…” insista-t-il.

Il bondit hors du lit en lui passant au-dessus puis, une fois debout, lui tendit la main comme un gentilhomme. Elle rit en la prenant, ils se retrouvèrent debout au milieu du bric-à-brac, accrochés l’un à l’autre, et se mirent à improviser un jive aussi adorable que maladroit.

On démolissait des pans entiers d’Attercliffe autour de leurs habitants, et quand Daniel et Alison rentrèrent à pied après la fête, ils auraient pu tout aussi bien être en zone de guerre, longeant des rangées de maisons détruites par des bombardements, briques et mortier changés en gravats, habitations réduites en poussière. Cette partie de la ville était sans comparaison avec celle où vivait Daniel,

Nether Edge, et, jusque-là, s'il lui arrivait de penser à Attercliffe, il se disait : Quel trou à rat, condamné, complètement dégradé, le couloir de la mort de Sheffield. Mais à présent il se trouvait qu'Attercliffe renfermait Alison Connor, et elle ressemblait à un trésor si précieux que les seules choses dont il avait parfaitement conscience étaient sa façon de ne pas bien réussir à régler son pas sur le sien, la finesse de ses épaules sous son bras, l'odeur de propre et frais qui émanait de ses cheveux. Elle n'avait pas voulu qu'il monte avec elle dans le bus après la soirée, elle avait tenté d'insister pour qu'ils se disent au revoir à l'arrêt de bus, mais il refusait de la laisser partir seule dans la nuit, et il fallait bien admettre qu'elle trouvait ça chouette qu'ils soient ensemble, plus que ça même, c'était adorable, alors oui, ça valait la peine de rester ensemble encore un peu, avant que Noël ne les retienne dans leurs familles respectives. Elle avait retrouvé sa langue, maintenant ; et il avait du mal à en placer une. Elle s'y connaissait en musique, elle savait ce qu'elle aimait : le post-punk essentiellement, Costello, Blondie, Buzzcocks, et un nouveau groupe qui arrivait avec un son nouveau, The Human League, des mecs de Sheffield. Daniel les connaissait, lui, Kev et Rob les avaient vus jouer des tas de fois, ils discutaient même de temps en temps avec Martyn Ware, et Daniel essaya de le placer dans la conversation mais elle avait déjà embrayé sur Noël, elle détestait ça – la fausse bonhomie, le mercantilisme crasse –, et il réfléchit un instant au fait qu'il n'avait jamais dit "bonhomie" de sa vie, ni entendu quiconque prononcer ce mot. Il se demanda si elle n'était pas trop intello pour lui, et ensuite si lui rouler une pelle était totalement exclu ou pas. Il mourait d'envie de s'arrêter, de la plaquer contre un mur et de l'embrasser jusqu'au lever du soleil. Mais au lieu de ça il dit : "Ouais mais c'est pour Noël que Kev a fait sa soirée, alors on peut quand même être reconnaissants de ça."

Ça la fit rire, et ce rire lui fit l'effet d'une mélodie, alors il se dit : Bon sang mais qu'est-ce qui est en train de m'arriver ?

"Stu Watson, quel naze, dit-elle. Mais à part toi, c'était la seule personne que je connaissais.

— Tu devrais avoir pitié de lui. Tu lui plais. Comme à tout le monde."

Elle s'arrêta de marcher brusquement.

"Quoi ?

— C'est vrai. T'as toute une flopée d'admirateurs.

— Ah oui et depuis quand ?"

Il haussa les épaules. Il n'arrivait pas bien à savoir sur quel ton elle l'avait dit ; elle pouvait tout aussi bien être sincèrement surprise, furieuse ou flattée.

"C'est juste que… reprit-elle. J'ai toujours vécu ici, je t'ai vu dans le bus quatre fois par semaine ces cinq dernières années, et tu ne m'as jamais remarquée avant la semaine dernière."

Ils étaient toujours immobiles dans la rue, face à face, et elle venait de croiser les bras. OK, pensa-t-il. Elle est en pétard.

"C'est faux, dit-il. Je t'ai remarquée depuis un bon bout de temps. J'étais juste trop stupide pour tenter quoi que ce soit."

Elle ouvrit la bouche pour dire quelque chose avant de changer d'avis, s'avança vers lui et prit son cou entre ses deux mains puis l'embrassa, longuement. Daniel se dit : Qu'est-ce qu'elle est belle, putain. C'est la seule chose qui lui vint, la seule pensée dans sa tête. Elle avait inondé son esprit.

Quand elle s'arrêta, elle fit un pas en arrière et son sourire illumina son visage, une fois encore.

"Je vais finir à pied toute seule", dit-elle.

Il était complètement désarçonné. "Quoi ?" Cette fille, il n'arrivait pas à la suivre ; elle était comme du vif-argent.

"Oui, oui, je t'ai embrassé pour te souhaiter bonne nuit. Je suis tout près de chez moi. C'est ici que nos chemins se séparent – j'habite au coin de la rue."

Il ignorait où elle vivait et l'idée de la savoir seule dans les rues obscures le fit paniquer. "Mais je veux te voir entrer chez toi, dit-il.

— Pas la peine."

Elle se mit à s'éloigner à reculons, pour qu'il puisse toujours voir son visage.

"Alison !

— Tout va bien. C'est bon.

— Pas pour moi, dit Daniel, et quand il commença à la suivre, elle mit sa main à plat devant elle.

— S'il te plaît, dit-elle tout bas. S'il te plaît, arrête", et quelque chose dans son attitude le poussa à rester immobile ; puis elle fit volte-face et partit en courant.

Peter ouvrit la porte avant qu'elle ait eu le temps de toquer, et Alison lui sourit, soulagée. Elle était hors d'haleine après sa course, et elle vivait bien plus loin qu'elle ne l'avait dit à Daniel, mais bon, elle était arrivée maintenant.

"Elle est toujours debout ?" demanda-t-elle.

Il opina et leva les yeux au ciel. "Elle l'a ramené ici." Son frère portait ses chaussures de sécurité et son caban.

"Tu arrives juste ou tu t'en vas ? lui demanda Alison.

— J'y vais."

Son cœur se serra. "Drôle d'heure pour partir au travail…

— Ils ont envoyé un mec me chercher. Deux types blessés, un truc comme ça." Il vit son visage et ajouta : "C'est du bonus.

— Non, je sais bien.

— Désolé. Monte, elle sait même pas que t'es rentrée. C'était bien ?

— Oh ouais… tu sais…

— Oui, je sais. Des têtes de nœud bourrées qui dansent sur « Tiger Feet »."

Elle éclata de rire avant de plaquer sa main sur sa bouche. À travers le couloir, la voix de sa mère venait de retentir, mal assurée, nasillarde : "C'est toi, Alison ?", et Peter lui fit la grimace.

"Je dois y aller, sœurette." Et il quitta la maison. Elle écouta le bruit de ses boots sur le trottoir, jusqu'à ce qu'il s'estompe totalement, puis elle prit le couloir et poussa la porte du séjour où Catherine Connor, sur le canapé, se penchait sur un homme corpulent à l'air buté qui avait une canette de Tetley's Bitter dans une main et une cigarette dans l'autre. Martin Baxter. Peter l'appelait Martin Bâtard. Le sol était jonché de canettes vides, il y avait aussi un cornet de la friterie en papier journal bien gras, et Catherine arborait ce regard aigre et pugnace qui était le sien quand elle avait trop bu et qu'elle en avait conscience. Ses lèvres fines étaient pincées, et Alison savait qu'elle devait faire un effort de concentration pour parler ; quand elle le fit, ce fut avec une lenteur extrême et en mangeant ses mots.

"Où tu étais ? Au travail ?

— Non, à une fête.

— Oh, avec ce type. Où est-il ? J'aurais bien voulu voir à quoi il ressemble."

Martin sourit de toutes ses dents tachées de brun avant de demander : “Ah oui ? C’est qui, au juste ?

— Tu connais pas, dit Alison.

— Essaye voir.”

Alison l’ignora. Elle était toujours à la porte, prête à déguerpir, mais sa mère tapota le coussin du canapé à côté d’elle.

“Assieds-toi, lui dit-elle. Qu’est-ce que tu fais plantée là ?”

La pièce empestait : un mélange de fumée de cigarette et de feu de cheminée, de bière, de graillon et de poisson. Alison rêvait de monter dans sa chambre pour être seule avec ses livres, ses disques et ses pensées, mais elle prit place pour éviter une scène, et aussitôt Catherine (non sans effort) se détourna de Martin pour venir se coller à Alison. Son épaule était pointue ; elle était maigre comme un clou, ces derniers temps. Elle baissa les yeux sur les Wranglers d’Alison et fit claquer sa langue.

“Toujours en pantalon.

— C’est un jean.

— Du pareil au même. Mets des jupes, montre un peu tes jambes aux garçons.”

Martin rota puis dit : “Les mecs aiment les filles en jupe.”

Pendant quelques minutes, personne ne souffla mot. Martin éclusait sa bière, le regard rivé sur les flammes. Catherine avait les yeux fermés et sa respiration était calme, comme si elle était en train de sombrer. Alison prit son temps avant de dire : “Bon, il est tard, je vais aller me coucher.”

Les yeux de sa mère s’ouvrirent d’un coup. “Où est parti Peter ? demanda-t-elle d’une voix plaintive en regardant autour d’elle comme s’il avait été là la minute d’avant, comme si son absence l’offensait et la surprenait tout à la fois.

— Au boulot, imbécile, lança Martin, et Catherine gloussa, une main chassant l’air devant elle.

— Ah ouais…” fit-elle.

Elle avait les traits tirés par la fatigue et l’alcool. Et çà et là, des traces du maquillage qu’elle avait appliqué avant l’arrivée de Martin : le fard bleu qui avait bavé sur ses paupières, les taches roses aux pommettes. Alison se dégagea de l’endroit où elle était coincée par l’épaule de sa mère, alors Catherine bascula sur le côté au ralenti, avant de s’échouer contre l’accoudoir du canapé, où elle se mit à rire sans pouvoir s'arrêter. Alison se mit debout et se dirigea vers la porte, quand Martin lâcha : “Hé, reviens, qui t'a dit de partir ?” mais il la défiait sans trop de conviction, et elle ne se retourna même pas en quittant la pièce.

5

ÉDIMBOURG,
1er NOVEMBRE 2012

Dan et Katelin, Duncan et Rose-Ann : le jeudi soir, c'était Démonstration de Force, et ils étaient en tête du classement au quiz hebdomadaire du pub Gordon Fuller's. C'est Duncan qui les avait embringués là-dedans. Duncan Lomax et ses manies de collectionneur, qui classait les faits comme il classait les disques dans son magasin ; il aimait par-dessus tout briller au quiz et faire étalage de ses connaissances. Il ne pouvait pas se passer des trois autres, malgré tout ; il lui arrivait de se tromper quand il était persuadé d'avoir la bonne réponse, et Rose-Ann ne le laissait jamais tenir le crayon, parce qu'il ne consultait pas ses coéquipiers. Elle disait qu'il la jouait perso ; un vrai tyran du quiz.

Les deux couples arrivèrent en même temps de directions différentes, s'engouffrant par la porte pour doubler la pluie qui commençait à tomber. Katelin et Rose-Ann se serrèrent dans les bras comme si elles ne s'étaient pas vues la veille pour déjeuner dans un café de Victoria Street. À la base, elles s'étaient rencontrées grâce à leurs compagnons mais, à présent, elles partageaient une amitié à part entière. Des sœurs de cœur, disait Rose-Ann, mais étant originaire de Santa Monica, elle sortait toujours des trucs de ce genre. Les femmes prirent leurs places habituelles – au fond de la salle, enfoncées dans une alcôve, un petit coin tout en bois avec juste assez de place pour elles deux – et bavardèrent en attendant leurs boissons. Au bar, Dan et Duncan commandèrent deux pintes et deux verres de rouge. *Astral Weeks* passait et c'est en partie pour ça qu'ils venaient chez Gordon ; ce type avait très bon goût. Gordon se foutait pas mal des musiques entraînantes, sauf si c'était ce dont il avait envie. Il ne passait que ce qu'il voulait écouter, et si c'était l'angoisse de Van Morrison, alors banco. Si quelqu'un se plaignait, il montait le son.

"Cet album devrait être rendu obligatoire, dit Duncan tandis qu'ils patientaient.

— Carrément, ils devraient le distribuer dans les campagnes de vaccination contre la polio.

— Mais oui ! Le gouvernement qui prend la responsabilité du goût de chaque enfant en matière de musique."

Dan se mit à rire. "Je crois qu'on tient un truc. *Astral Weeks* et *Abbey Road*, histoire d'être du bon côté.

— Écoute, dit Duncan en regardant les femmes par-dessus son épaule comme s'il craignait que Rose-Ann l'entende et lui ferme son clapet. J'ai eu une idée." Et comme un homme qui abat sa dernière carte, il lui dessina dans les grandes lignes un projet de création de label de disque, spécialisé indie-folk rock, qui pourrait accueillir sa collection grandissante de brillants cassos introvertis. Il voulait que Dan fasse partie de l'aventure.

"Une occasion d'investir, lui dit-il. Dix mille livres et on est bons.

— Comment ça, bons ? demanda Dan.

— Ben, pour nous lancer.

— Du coup c'est cinq mille par tête, tu veux dire ?"

Duncan fit la grimace. "Oh, mec, tu sais comment je suis fauché, et je peux pas dépenser l'argent de Rose-Ann pour un truc comme ça.

— D'accord, donc dix mille de ma poche et rien de la tienne.

— Rien mais du talent et de l'énergie à revendre, et une oreille remarquable, dit Duncan. C'est de l'or en barre, mon pote."

Dan rit encore. "Mes dix mille, je les perdrais, dit-il. Ce serait jeter l'argent par les fenêtres. Ce que tu pourrais faire, par contre, c'est sélectionner tes artistes d'East Neuk, leur trouver des concerts, et faire le buzz. Voilà ce que tu pourrais faire.

— Et toi aussi.

— Tu n'as pas besoin de moi pour ça.

— Eh mais Dan, créer un label…

— … serait la meilleure façon de se faire écraser par un plus gros et plus riche que nous.

— OK, concéda Duncan. OK. Alors faisons l'autre truc."

Meredith, la fille de Gordon, posa lourdement deux pintes sur le bar devant eux, renversant de la bière sur le bois lustré, avant de pivoter pour aller chercher le rouge.

"Elle en a renversé pour cinquante pence, dit Duncan.

— Elle fait la gueule, dit Dan. Elle aimerait être ailleurs.

— Alors, on le fait ?"

Dan haussa les épaules, plus que sceptique, mais Duncan répéta : "Cool… cool", malgré tout, comme si un accord avait été scellé. Quand Meredith s'approcha avec les deux verres de vin, il prit les pintes et lança : "Éloigne-les vite avant qu'elle en renverse la moitié", et il se fraya un chemin au milieu des tablées bondées jusqu'à Katelin et Rose-Ann. Dan lui emboîta le pas, leur servit le vin, et les deux femmes prirent leur verre, trinquèrent et Katelin lança : "Au road-trip !

— Au road-trip ! renchérit Rose-Ann.

— Hein ? dit Duncan.

— On fait un road-trip ? demanda Dan.

— Pas vous, répondit Katelin.

— Mais nous, oui", dit Rose-Ann.

Elles faisaient ça de temps en temps : un petit duo agaçant, à finir les phrases l'une de l'autre, à rire de blagues qu'entre elles.

— Formidable", dit Dan en opinant du chef, d'un ton délibérément calme et provocateur.

Duncan, moins versé que lui dans l'art de la feinte, demanda : "Quoi ? Mais pour aller où ? Vous voulez dire Cambridge ? Pour aller voir Alex ?

— Ah les hommes… dit Rose-Ann à Katelin, incapables de voir grand.

— Attends une minute, dit Duncan, vous partez avec quelle voiture ?

— On va en louer une, Duncan", dit patiemment Katelin, puis à Dan : "Devine où on va."

Il lui sourit, prit sa pinte, en but une longue gorgée et la reposa.

"Vas-y, poursuivit-elle. Tu trouveras jamais.

— Santa Monica, dit-il. Vous allez prendre l'avion jusqu'à JFK et prendre la route pour traverser tous les États-Unis jusqu'à la côte ouest."

Elles en restèrent bouche bée.

“Mon Dieu, Dan Lawrence, ce que tu peux être énervant parfois, dit Katelin, mais elle riait.

— Vous n’allez pas faire ça… ? dit Duncan.

— Oh que si, on vient juste de le décider, pendant que vous étiez au bar, dit Rose-Ann. Il en aura fallu du temps, mais cette fois ça y est, on brise nos chaînes.

— Quelles chaînes ? demanda Duncan.

— Ah, mon petit Duncan, répondit Katelin. Il n’y a pas de chaînes, c’est juste une métaphore.

— Mais ça va prendre des semaines !

— Cinq ou six, dit Rose-Ann.

— Tu plaisantes !” Il regarda Dan pour partager avec lui son indignation, mais Dan n’y voyait que des avantages : potentiellement six semaines sans être observé, jugé, surveillé. Et ça ferait un bien fou à Katelin de voler de ses propres ailes, parce qu’il savait à quel point c’était bon, il en avait lui-même fait l’expérience par le passé, prendre l’avion pour suivre des groupes et rester loin de chez lui – parfois plus longtemps que nécessaire, peut-être.

En son for intérieur, donc, Dan applaudissait Katelin des deux mains, mais quand elle dit : “Ça va être génial !” il se contenta de répondre : “Ouais, presque cinq mille kilomètres dans une voiture de loc à cent kilomètres-heure, ça donne envie…

— T’es jaloux, lui dit Katelin. Clairement.

— Pas du tout. Bon, OK, peut-être un peu. Je vous ferai quelques compils, ça vous aidera à passer le temps.

— Merci, répondit Katelin, mais ce serait comme t’avoir sur la banquette arrière. On va discuter, et parfois on écoutera les radios country, pas vrai, Rose-Ann ?

— WJLS, the Big Dawg”, lâcha Rose-Ann avec un accent du Sud à couper au couteau, et la seconde d’après elles étaient pliées en deux.

Au bar, Gordon se racla la gorge au micro. Il semblait aussi impénétrable qu’à son habitude : le visage dénué de sourire, impressionnant, ses yeux d’acier scrutant la foule des clients, à la recherche de ceux qui ne tenaient pas l’alcool ou n’étaient pas en âge d’être là.

“OK, tout le monde, dit-il. On éteint son smartphone (smart, mon cul) et on n’y touche plus ; quiconque pris sur Google sera immédiatement expulsé et banni des soirées du jeudi à tout jamais. Écrivez le nom de votre équipe sur les bulletins, de façon lisible s'il vous plaît, idem pour vos réponses. Toute réponse que je n'arriverai pas à lire sera considérée comme fausse, pas de discussion, le responsable du quiz a le dernier mot. À vos crayons pour le quiz numéro deux cent onze. Meredith – il marqua une pause pour désigner sa fille renfrognée, debout derrière le bar, occupée à examiner ses ongles – vous déposera les questions à tous le moment venu pour que vous puissiez y répondre dans le temps imparti. Et sans plus tarder, la première série : littérature."

"C'est à toi, Rose-Ann", dit Dan, et il sortit son iPhone de la poche de sa veste pour l'éteindre. L'écran affichait : *@AliConnorWriter a commencé à vous suivre*. Il resta immobile un instant, haussa les sourcils et sourit. Tu as pris ton temps, pensa-t-il. Ça faisait trois semaines qu'il avait commencé à la suivre.

"Éteins-le, lui dit Katelin. Ou Gordon va t'arracher les tripes.

— Quel prix Nobel de littérature, lut Gordon, fut aussi un illustre joueur de cricket ?

— C'est une question sport, ça, pas littérature", lança Katelin assez fort, dans l'espoir que Gordon l'entende. Rose-Ann poussa la feuille et le crayon sur la table en direction de Dan.

"Je crois que Golding était un joueur de cricket", chuchota Duncan comme il le faisait toujours pendant les quiz.

Dan ne pensait qu'à Alison Connor, et à son fantôme âgé de seize ans qui venait de lui faire tourner la tête en direction de la sienne. Ces cheveux bruns, cette odeur d'air frais, et ce secret impénétrable qui l'entourait, rageant.

"Dan ? dit Rose-Ann.

— Quoi ?" Et il se souvint où il était. Il avait toujours son téléphone à la main.

"Éteins-le, putain, siffla-t-elle.

— Et réponds à la question, bon Dieu, ajouta Katelin en tapotant de l'index la feuille de papier devant lui.

— C'est William Golding." C'était Duncan qui venait de murmurer ça en se penchant vers eux. "J'en suis quasi sûr.

— Quelle question ?" demanda Dan. Il éteignit son téléphone avant de lui faire regagner l'obscurité tiède de sa poche. Et voilà, Alison Connor, pensa-t-il, tu seras en sécurité ici quelque temps.

Katelin poussa un soupir. “Prix Nobel de littérature, illustre joueur de cricket, qui suis-je ?

— Ah oui c’est vrai”, enchaîna Dan. Il s’empara du crayon et écrivit Samuel Beckett. Duncan y jeta un œil.

“T’es sûr ? demanda-t-il. J’aurais juré que c’était Golding.”

Quand Dan s’appelait encore Daniel, il partageait sa chambre avec son grand frère Joe ; celui-ci travaillait dans un centre sportif le jour, mais la nuit, le jeune homme aux pantalons Oxford et aux hanches souples qui avait toujours du talc sur lui pour entretenir la glisse de ses semelles était un adepte de la northern soul et allait en stop au Wigan Casino dès qu’il pouvait. Leur sœur Claire – quatre ans de plus que Dan, deux de moins que Joe – adorait les Osmonds, et rien que les Osmonds, comme si changer un peu ses habitudes musicales revenait à trahir ses vœux mormons. Il n’y avait qu’une platine chez les Lawrence, et elle appartenait à Joe, donc chaque fois qu’il était à la maison, Dan écoutait les Vel-Vets, les Pearls et les Dells, en regardant son frère tournoyer puis retomber sur le carré de contreplaqué qu’il avait scotché à la moquette de sa chambre, puis quand Joe partait au travail ou pour une de ses odyssées au Wigan, Claire réquisitionnait le tourne-disque et, juste de l’autre côté de la cloison, c’était parti pour la mièvrerie et le groove de Donny et les garçons. Jusqu’à l’âge de treize ans, Daniel toléra cet état de fait, mais un jour il entendit Genesis chez un copain et ce fut la révélation, le début de sa propre aventure au pays de la musique : celle qui l’avait mené là où il était aujourd’hui ; celle qu’il vivait encore.

Au début, Genesis lui suffisait amplement, mais ensuite il découvrit Pink Floyd, King Crimson, Cream. Pendant quelques mois, il fut à la fois l’éditeur, le rédac chef et le journaliste de son propre fanzine prog-rock entièrement rédigé à la main : *Us and Them*. Il faisait faire les photocopies à sa mère dans les bureaux des aciéries Hadfield’s où elle était la secrétaire du directeur général, puis il les vendait à l’école, deux pence le numéro. Son petit business périclita lorsqu’il changea d’activité pour proposer à la location des cassettes de musique pour les soirées. Ces cassettes portaient des titres comme *Air Guitar*, *Plaisirs coupables*,

Vague de chaleur, et – se croyant futé – il les avait préparées de telle manière que si on voulait faire plaisir à tout le monde lors d'une soirée, il fallait en louer plusieurs. Personne ne passait à la caisse, alors il laissa tomber, mais il avait chopé le virus de la cassette et il ne s'arrêta pas là : il faisait de vrais mix de pro, pour son plaisir, pour ses amis, ou pour les filles qui lui plaisaient, il parlait aux gens à travers la musique. Il se voyait comme un passeur, à cette époque, celui qui envoyait la bonne musique toucher la conscience des non-initiés, malavisés ou non-éduqués, et à seize, dix-sept, même dix-huit ans, il était persuadé qu'il n'existait pas une personne qu'il aimait dont la vie ne pouvait être considérablement améliorée par une cassette de Daniel Lawrence.

Et puis Alison Connor avait fait son apparition et il s'était dit qu'il était né pour faire des cassettes à cette fille, sauf qu'elle lui avait dit merci mais en fait elle préférait écouter de la musique d'une autre manière ; elle n'écoutait que des albums, du début à la fin, parce que c'était comme ça que l'artiste avait pensé les choses. Dan songeait à ça tandis qu'il se hâtait de rentrer du pub avec Katelin par cette soirée humide et maussade : il repensait au fait que, toutes ces années auparavant, il s'était senti à la fois écrasé, impressionné, agacé, sidéré. "Je sais que c'est comme ça que l'artiste l'a pensé, merci, avait-il répondu. Mais les cassettes, c'est autre chose, tu vois ? Par exemple, si j'entends « Alison », j'ai envie d'enchaîner illico avec « Sneaky Feelings ». Je suis comme ça. Et ça me rend dingue quand Fleetwood Mac arrive, ou Thin Lizzy." Elle l'avait poussé du coude pour voir comment il prenait ce rejet. "Désolée", avait-elle fini par dire, mais il savait qu'elle ne l'était pas, pas vraiment.

Dans sa poche, la main de Dan enveloppait son téléphone qui affichait toujours *@AliConnorWriter a commencé à vous suivre*. C'était la première fille qu'il avait rencontrée qui en savait autant que lui sur la musique et avait les armes pour le sécher quand elle contestait une de ses vérités gravées dans le marbre. La première fille ? La seule, pour être honnête, en dehors de celles du *NME*, évidemment, où la musique était comparable à la foi. Mais disons que parmi les filles normales de la vraie vie que Dan avait connues, Alison Connor restait invaincue.

“T’étais totalement absent, tout à l’heure”, dit Katelin, et sa voix le ramena brutalement dans le présent : Stockbridge, St Stephen Street, la pluie comme des flèches obliques fondant sur eux depuis le ciel nocturne.

“Ben, c’était dur, dit-il, retombant à peu près sur ses pattes. Y a même pas eu de question foot.

— C’est pas ce que je voulais dire.

— Quoi alors ? Bon sang, cette pluie !

— Je sais pas, parfois tu avais besoin qu’on te dise où on en était.

— Oh, je savais parfaitement où j’en étais, répliqua Dan. Je portais sur mes épaules la réputation de Démonstration de Force tandis que toi et Rose-Ann vous vous bourriez la gueule. Un voyage à Santa Monica, c’est une super idée.

— Je sais. Je vais demander un petit congé sabbatique au prochain semestre”, dit Katelin. Elle lui prit le bras pour se réchauffer. “Je veux pas cramer toutes mes vacances d’été. On pensait partir fin janvier, rester tout le mois de février et rentrer la première semaine de mars.

— C’est bientôt, alors. Ils vont pas aimer ça, si ?

— Ils devront faire avec. Les profs sont toujours en congé sabbatique.

— C’est vrai.

— Toi, tu es souvent parti, et quand Alex était encore petit, ça me rendait dingue.

— Hé ! Tu m’as entendu contester quoi que ce soit ?

— Non, parce que je devance tes objections.”

Il rit. “Inutile, je n’en ai aucune. Fais-le.

— Oui, bon, à l’évidence Alex n’a plus du tout besoin de moi, toi tu t’en sortiras très bien sans moi, et McCulloch n’aime que toi, il ne remarquera même pas mon absence.”

Dan rit. “Par contre, au travail ils vont s’en rendre compte.

— J’espère bien.”

Elle travaillait à l’université, au bureau de l’aide aux étudiants, gérant les problèmes de tout ordre et de toute taille des première année. Elle ne connaissait d’eux que leurs difficultés, et quand Alex était entré à Cambridge deux ans plus tôt, elle l’avait prévenu des risques potentiels : dépression, solitude, frustration sexuelle, crises de panique. “Tout ça est parfaitement normal”, avait-elle conclu. Alex et Dan avaient éclaté de rire, et Katelin, qui n’était qu’à demi capable de rire d’elle-même, avait rétorqué : “Ouais, ouais, j’avais oublié que vous connaissiez la chanson.”

“Six semaines aux États-Unis”, dit Dan. Ils étaient dans la maison à présent, se débarrassant de leurs manteaux trempés, et s’ébrouant après la pluie. Katelin s’observa dans le miroir de l’entrée et demanda : “Tu vois du gris dans mes cheveux ? J’ai l’impression d’en voir.

— Non, dit Dan, le regard sur son reflet. Pas de gris en vue. Vous pourriez faire une tournée des concerts, tu sais, d’est en ouest. Je peux regarder ça de plus près, si tu veux ?”

Elle le regarda et soupira. “Pourquoi je voudrais tout d’un coup faire la tournée des concerts ?

— Ch’ais pas, peut-être parce que tu veux tout d’un coup faire un road-trip en Amérique et que tu pourrais écouter du bluegrass dans l’État qui l’a vu naître, ce qui correspond à mon idée du paradis sur terre.

— Dan, si je te disais lâche-moi, tu le prendrais mal ?

— Nan…

— Parfait. Alors lâche-moi.” Elle bâilla brusquement, violemment, dans le style Katelin ; on avait largement dépassé son heure idéale de coucher. “Mon Dieu, je suis crevée. Je vais au lit.” Elle s’engagea dans l’escalier et, sans se retourner, lança : “Pas trop fort, s’il te plaît.

— Je mettrai des écouteurs, répondit Dan. Tu entendras les mouches voler.

— Oh, et sors le chien.

— J’y allais.

— Et ne laisse pas les lumières allumées.

— Hé, dit Dan, c’est moi, pas Alex, là”, mais elle n’entendait déjà plus, elle était loin et refermait la porte de la chambre derrière elle, alors il alla jusqu’à la cuisine au pas de course et ouvrit la porte de derrière à McCulloch pour qu’il renifle l’air humide de la nuit. Il alluma la radio, passa de la station de Katelin (BBC Radio 4) à la sienne (6 Music) et tomba sur “Cry a Tear for the Man on the Moon” de Richard Hawley, mais si loin du sous-sol, Katelin ne pouvait pas l’entendre. En allumant son téléphone pour retrouver Alison, Dan vit qu'elle était noyée dans une mer de notifications, dont aucune n'avait d'intérêt pour lui ce soir. *@AliConnorWriter a commencé à vous suivre* ; c'est tout ce qui importait, et elle était là, à l'attendre. Il décala une pile de magazines avant de s'asseoir sur le canapé et se demanda si ce n'était pas un peu puéril, cet intérêt pour une femme qu'il n'avait connue qu'adolescente. Et juste après : Et puis merde, la vie est une chose étrange et magnifique, et il ne s'agit pas de n'importe quelle fille du passé, on parle d'Alison Connor, là. Il cliqua sur son profil pour voir ce qu'elle avait posté depuis la dernière fois qu'il avait regardé : pas grand-chose, juste un truc qu'il ne comprenait pas, adressé à une femme du nom de Cass Delaney, dont Dan savait à présent – après une judicieuse petite traque – qu'elle était journaliste à Sydney, pour l'*Australian Financial Review*. Il réfléchit au fait qu'Alison Connor était parfaitement consciente de l'existence de Daniel Lawrence et que, forte de cette découverte, elle avait décidé d'être sympa et de lui faire savoir qu'elle savait. Il regarda quelle heure il était à Adélaïde. Puis contempla encore sa photo de profil. Il se dit qu'il faudrait vraiment qu'il lise son livre, quand bien même il n'avait rien lu d'autre que des biographies de musiciens ces dix dernières années, et malgré la possibilité qu'il n'aime pas son roman, perspective qui ne le réjouissait pas. Il entendit McCulloch gratter à la porte et le fit donc entrer dans la cuisine, puis pendant quelque temps ils restèrent côte à côte sur le canapé, le chien observant Dan en train d'essayer de rédiger un message à l'intention d'Alison. Ces dernières semaines, il avait décidé, dans le cas où elle se mettrait à le suivre, qu'un message court, amical et direct – envoyé en privé, évidemment, pas devant tout le monde – serait la meilleure chose à faire. Mais bon sang, tous ses essais lui semblaient niais. *Salut Alison, ça alors, comme on se retrouve !* Ou *Salut Alison, comment va la vie ?* Ou *Cool d'avoir de tes nouvelles, Alison.* Jovial, curieux, sobre ; toutes ces déclinaisons ressemblaient à quelqu'un d'autre que Dan : un type sans intérêt, insipide, auquel @AliConnorWriter pourrait bien ne jamais répondre. Il s'assit dans la cuisine froide jusqu'à ce que même McCulloch le laisse tomber pour aller se coucher, et c'est seulement après que Dan eut renoncé – sa mission non accomplie – et commencé à monter à l'étage qu'il eut une idée brillante de simplicité, si bien qu'il regretta de ne pas être en bas avec le chien, parce qu'au moins il aurait pu la partager. Il passa devant la porte de la chambre et continua son chemin en direction de son bureau. Là, sur son ordinateur, il fit une recherche rapide avec pour mots clés Elvis Costello and the Attractions, 1978, "Pump It Up", et voilà qu'il les avait devant lui. Un plateau de studio d'un blanc pur, la perfection de Pete Thomas à la batterie, la magie entêtante des impros de Steve Nieve à l'orgue, Elvis le geek-chic, qui ricanait tout en chantant, se baissait et titubait sur ses chevilles en caoutchouc. Dan regarda le clip plusieurs fois. Un putain de génie. Et voilà le message qu'allait faire passer cette vidéo à Alison Connor : "Tu te souviens de ça ? Parce que pour moi, c'est totalement inoubliable."

Il copia le lien et l'envoya à Adélaïde.

Pas de mot, pas de message. Rien que la chanson, qui en disait long.

6

ADÉLAÏDE,
2 NOVEMBRE 2012

Beatriz Cardoza vivait au domicile des McCormack, et ce depuis cinquante ans, ce qui faisait d'elle une curiosité à Adélaïde, même ici, dans cette avenue de North Adelaide à la végétation luxuriante où tout le monde avait de l'argent. Les premiers temps, sous le régime sévère de Margaret McCormack, on exigeait d'elle qu'elle glisse sans bruit d'un bout à l'autre de la maison dans l'uniforme traditionnel – robe noire et tablier blanc –, mais Margaret n'était plus là depuis longtemps, et cela faisait maintenant des années que Beatriz régnait en maître dans les tenues qu'elle affectionnait : robes d'intérieur florales aux couleurs de l'arc-en-ciel et turbans éclatants. Elle avait trois pièces rien qu'à elle à l'étage : une petite salle de bains toute simple, une chambre avec un lit en fer, un fauteuil à bascule et des rideaux en dentelle portugaise, et enfin un petit trésor de salon rempli de bibelots en porcelaine et de boîtes à bijoux marquetées, de miroirs aux lourds encadrements dorés, et d'un triptyque de peintures à l'huile aux nuances criardes représentant saint Pierre, saint Antoine et saint Jean. Les murs de toutes les pièces étaient peints du même bleu encre qui teinte le fleuve Douro les nuits d'été.

Beatriz participait encore au ménage de la maison, de même qu'elle cuisinait toujours pour la famille. Sa présence avait été une bénédiction pour Ali quand les enfants étaient nés : elle les avait apaisés en leur chantant des berceuses portugaises, leur avait appris des mots de son pays quand ils avaient grandi, avait préparé des *pães de ló* et des *pastéis de nata* pour leurs goûters d'anniversaire, exactement comme elle l'avait fait pour Michael et ses deux frères, une génération au-dessus. Elle répondait au téléphone

– si personne ne parvenait à le faire avant elle – par cette formule grandiloquente : “Résidence McCormack, qui est à l’appareil ?”, ce qui horrifiait Ali chaque fois qu’elle l’entendait. Beatriz, et personne ne pouvait vraiment dire le contraire, était une relique vivante de la grandeur et des prétentions de Margaret McCormack, mais elle était adorée, sa place était ici et, de mille manières, malgré un cœur qui penchait à gauche et des racines ancrées dans la classe ouvrière qui couraient à travers le globe jusqu’à Attercliffe, Ali comptait sur elle. Elle ignorait que Beatriz avait tout fait pour – qu’elle avait regardé Ali la première fois où Michael l’avait amenée à la maison, jeune fille incertaine dans un nouveau pays, et s’était dit : Voilà une enfant qui a besoin d’une mère. Elle avait également compris, avec la même certitude, que Margaret McCormack n’endosserait pas ce rôle, alors elle avait enfilé le costume et commencé à prendre soin d’Ali dès le jour de son arrivée, si bien qu’en moins de temps qu’il n’en faut pour le dire, Ali aimait Beatriz sans réserve, et Beatriz aimait Ali, pas autant qu’elle aimait Michael et ses frères, mais comme une mère protectrice et sévère à la fois. Elle veillait sur elle, même quand Ali n’en avait pas conscience, s’assurant qu’elle ne manquait jamais de rien. Beatriz comprenait les McCormack : elle les connaissait bien mieux que sa propre famille éloignée, ces cousins, neveux et nièces de Porto qui ne la reconnaîtraient même pas si elle s’asseyait à côté d’eux dans le bus. Elle savait que James, feu le grand patriarche McCormack, avait eu son lot de maîtresses, au moins trois d’entre elles avaient assisté à ses funérailles, et que la tyrannie de Margaret lui avait souvent permis de masquer un manque de confiance en elle, un amour-propre abîmé. Beatriz savait aussi que Michael, l’aîné des trois frères, l’orgueil de la famille, le beau pédiatre aux mains guérisseuses qui respirait la santé, pouvait être buté quand il s’agissait d’obtenir ce qu’il voulait. Ali s’appelait encore Alison quand elle avait débarqué ici avec lui à North Adelaide, mais Michael, poussé par cette tendance australienne à tout vouloir abréger, avait commencé à l’appeler Ali, jusqu’à ce que tout le monde l’imite ; et depuis lors, Ali avait adopté le diminutif. Un jour, Beatriz lui avait demandé : “Tu préfères Ali à Alison ?” et elle avait répondu : “Je crois que oui. Je sais que Michael préfère.”

Et pourtant, s'était dit Beatriz, Michael est toujours Michael – jamais Mike, jamais Mick.

Beatriz avait donc veillé sur Ali en silence, elle lui avait préparé du thé comme elle l'aimait elle-même (noir et fort), elle lui avait massé les pieds et les chevilles avec des huiles quand elle était enceinte de Thea puis de Stella, elle lui avait cousu des robes de grossesse amples comme des petits tipis. Elle avait préparé son miraculeux *canja de galinha* quand Ali avait la nausée, le blues ou juste une faim de loup, et en retour Ali faisait à Beatriz le dimanche matin des pancakes comme de la dentelle, regardait les comédies d'Ealing avec elle, et de vieux épisodes de *Coronation Street*, lui avait appris à chanter "On Ilkley Moor Baht'at", que Beatriz aimait entonner devant l'évier ou penchée sur sa machine à coudre, avec dans la voix le feu mélancolique du fado, et un accent du Yorkshire passable.

Aujourd'hui, Beatriz était assise à sa place habituelle dans la cuisine, pile en dessous des pales en bois du ventilateur vrombissant suspendu au vieux plafond, là où l'air brassé venait lui rafraîchir le visage et la tête. Les manches de sa robe d'intérieur rose et violet étaient remontées, ses coudes osseux posés sur le comptoir et une tasse de café noir portugais, bien fort, fumait entre ses mains. Elle était à l'écoute… du silence. Aucun problème avec le silence, vraiment aucun. En réalité, Beatriz adorait ça, mais pas n'importe quel silence, celui qui apportait le calme, le repos, la tranquillité : le silence sacré d'une église vide, disons. Le silence qui l'entourait à présent dans la maison des McCormack était lourd et puissant, et Beatriz savait qu'Ali était au cœur de celui-ci. La petite – Beatriz la voyait toujours ainsi, comme *sa* petite – était dans la pièce au-dessus de la cuisine, celle que la famille avait toujours appelée le bureau, même si, avant que Michael n'amène Ali ici, elle était restée largement inutilisée par ses membres – du moins depuis la mort de James McCormack en 1983. À présent, le bureau était rempli de livres de référence et de romans – ceux qu'elle aimait lire, pas ceux qu'elle avait écrits, lesquels, Beatriz l'avait bien noté, perdaient tout intérêt aux yeux d'Ali une fois publiés, y compris le dernier en date, celui qui avait fait tout ce cirque dans les journaux, à la télé et à la radio.

Beatriz inclina la tête, s'interrogeant sur ce qui avait bien pu mettre sa petite à l'arrêt. Quand Ali travaillait dans la pièce du dessus, il y avait toujours de la musique et, encore quinze minutes plus tôt, il y en avait eu : le boum-boum des chansons que Beatriz ne faisait que tolérer et qu'Ali adorait avait traversé le plancher en tambourinant, puis d'un coup plus rien. Un quart d'heure de silence. Ce n'était pas si long, du reste, mais Beatriz avait déjà été témoin de ce phénomène par le passé, lorsque ce silence profond s'était avéré être un présage de tristesse, quelque chose venu bousculer Ali depuis son passé troublé, dissimulé, une fissure sur la surface parfaitement lisse de son bonheur quotidien. Elle savait raconter des histoires, se disait Beatriz, mais elle gardait les siennes pour elle.

"Ali, ma fille", lança Beatriz, la main en cornet autour de la bouche pour envoyer le son à travers le plafond.

Rien.

"Ali ?"

Rien.

Là il y avait du souci à se faire. Beatriz descendit péniblement du tabouret et se massa la hanche gauche – un réflexe autant qu'un remède – tout en marchant précautionneusement jusqu'au bas de l'escalier, où elle vit Ali en haut des marches, sur le point de descendre, mettant ses écouteurs, son iPod coincé dans un brassard. Elle avait un short et une veste, une casquette des Crows un peu passée enfoncée sur la tête et ses chaussures de course à la main. Beatriz fit claquer sa langue en signe de désapprobation, aussitôt rassurée, aussitôt contrariée. Cette petite avait besoin de plus de chair autour des os, pas moins.

Ali sourit et, tout en retirant ses écouteurs des oreilles, dit : "Salut, Beatriz… est-ce que ça va ?" et Beatriz croisa les bras en guise de réponse, ce qu'elle ne manquait jamais de faire pour signifier sa désapprobation.

"Je n'arrive plus à aligner deux mots, dit Ali. Je suis enlisée. Je me suis dit qu'un footing me ferait du bien.

— Courir, courir, courir, dit Beatriz en levant les yeux au ciel, tout ce mal pour rien", mais Ali haussa les épaules et répondit comme à son habitude : "J'aime ça, ça m'aide à réfléchir. Je serai vite rentrée." Elle s'assit sur la dernière marche pour mettre ses chaussures. "Et cette hanche ?" demanda-t-elle.

Beatriz se frictionna les os et poussa un soupir. "J'ai pas à me plaindre, dit-elle d'un ton lugubre. Pas à mon grand âge.

— Michael dit qu'avec une nouvelle hanche, tu pourrais venir courir avec moi."

Beatriz lâcha une petite bouffée d'air, sceptique. "Tu ne me verras jamais courir après mon ombre dans les parcs."

Ali se redressa et embrassa Beatriz sur la joue. "Alors à tout à l'heure.

— Sois prudente. Il fait chaud, on pourrait faire cuire un œuf dehors."

Ali tapota sa casquette. "J'ai ce qu'il faut.

— Et fais attention à ces chevaux. Un coup de sabot et tu auras vite fait de savoir ce qui t'arrive.

— Sérieusement, Beatriz, arrête un peu", lui dit Ali, mais elle envoya un baiser à la vieille femme en fermant la porte derrière elle, et Beatriz, rassurée de voir une de ses personnes préférées de bonne humeur, reprit le chemin de la cuisine où son café était encore chaud, contrairement à elle qui resterait au frais, perchée sur son tabouret sous le ventilateur.

Dehors, Ali s'assit sur un muret et prit le temps de retrouver ses esprits. Elle avait habilement roulé Beatriz, mais bon Dieu ce qu'elle était chamboulée. La cause de ce trouble ? Daniel Lawrence – Dan Lawrence, @DanLawrenceMusic – avait fait une entrée fracassante dans sa journée paisible en lui envoyant un échantillon magnifiquement étudié de 1978, une chanson – non, pas juste une chanson, *la* chanson, l'unique – qui l'avait propulsée dans le passé. Elle était devant sa boîte mail pleine à craquer – tant d'e-mails, dont si peu avaient d'importance – quand elle avait vu la notification Twitter puis son nom, ouvert le lien (sentant son cœur tanguer) et s'était instantanément retrouvée des années en arrière, à la soirée de Kev Carter, nom d'un chien… ; la soirée pendant laquelle elle était entrée dans une sorte de transe à la Costello, avait ouvert les yeux sur l'accord final pour se rendre compte que tout le monde l'avait regardée danser. Elle avait aussitôt cherché Daniel et il était là :

ses yeux sombres braqués sur son visage, son regard intense, et il avait traversé la pièce pour la prendre par la main et l'emmener à l'étage. "Pump It Up", le morceau des morceaux. Elle avait regardé la vidéo peut-être cinq ou six fois, subjuguée. Une chanson si familière, mais ce matin, étrangement, elle était toute nouvelle car – et elle ne pouvait pas se l'expliquer non plus, elle n'arrivait pas à comprendre pourquoi ça devrait changer quelque chose – elle lui avait été envoyée par Daniel Lawrence, à l'autre bout du monde. Daniel, qui avait été tout pour elle pendant un bref moment, mais dont la place dans sa vie avait depuis longtemps été reléguée à une partie de son passé qu'elle prenait soin de ne jamais explorer. Ce matin, pourtant, il avait surgi du ciel bleu et limpide, et il l'avait percutée de son bon goût et de son jugement, cet éclair de génie tout en sobriété : ne lui envoyer que la chanson, avec son style new wave et sa résonance post-punk.

Elle n'avait pas hésité, cette fois, ni paniqué ou tergiversé comme elle avait l'avait fait pendant quelques semaines quand elle avait vu son nom pour la première fois. Ce matin elle lui avait répondu de la même manière, très résolue et sans une seconde de pause : elle lui avait envoyé un lien, Blondie – évidemment –, "Picture This".

Elle l'avait propulsé à travers le cyberespace jusqu'à Dan à Édimbourg pour lui montrer qu'elle comprenait, qu'elle aussi se souvenait, qu'elle pensait que leur passé commun méritait un hommage et quoi de mieux qu'un autre incontournable de la cassette de Kev Carter ? Ensuite, pendant un moment, elle avait été obsédée par ce morceau, autant que par "Pump It Up" : elle relançait la vidéo dès qu'elle se terminait, complètement séduite par le visage d'ange déchu et le magnétisme sans pareil de Debbie Harry, son allure incroyable dans cette pudique robe jaune. Elle l'avait regardée quatre fois, puis une dernière, juste pour observer le batteur Clem Burke et là soudain, à la moitié de la chanson, un changement d'humeur d'une magnitude extraordinaire s'était abattu sur elle, un violent glissement de terrain qui la menait vers un fatras de regret, de tristesse, d'angoisse laissant la bouche sèche. Elle avait la tête emplie de fantômes et d'ombres : une mère, un frère, un foyer enseveli sous la honte.

Elle avait soudain éteint la musique, refermé d'un coup sec son ordinateur, et était restée assise un moment, s'armant de courage pour ne pas sombrer dans ce chagrin ancien, et ensuite, sachant que Beatriz était capable de renifler la tristesse à des kilomètres à la ronde, tel un limier le gibier, elle s'était mise en tenue de course et avancée en haut de l'escalier – juste à temps, par chance – pour quitter la maison avec une joyeuse nonchalance affichée, retirant ses écouteurs, tout sourire, chassant les avertissements sinistres de Beatriz comme à son habitude, exactement comme celle-ci s'y attendait.

Le footing n'était pas une mauvaise idée, cependant, c'en était même une très bonne, son antidote ultime. Marteler le sol du parc était une sorte de méditation qui empêchait ses pensées de partir en vrille ; elles étaient domptées et maîtrisées si toutefois elle pouvait s'immerger complètement dans la musique et le son de sa respiration régulière. Elle mit ses écouteurs et son iPod en mode aléatoire, et la première chanson fut "Free Bird" de Lynyrd Skynyrd, alors son cœur se souleva parce que c'était son morceau préféré de tous les temps pour courir, pas pour la splendeur de sa construction ni pour le solo épique de guitare – c'était vrai aussi – mais pour la voix de Ronnie Van Zant, qu'Ali aimait à la folie. Elle se mit à chanter en courant, sans se soucier de qui pouvait l'entendre, parce que c'était la thérapie dont elle avait besoin, et celle-là ne coûtait pas deux cent cinquante dollars de l'heure. Le solo avait déjà démarré depuis deux minutes, elle avait calé sa foulée sur les guitares, lorsque dans sa vision périphérique elle vit quelqu'un arriver en trombe à la perpendiculaire, côté gauche, et fondre sur elle, alors elle sursauta, freina et comprit que l'inconnu en sueur qui lui courait après au milieu des eucalyptus n'était autre que son mari, Michael.

"Bon Dieu, dit-il. Ce que tu es difficile à rattraper..." Il portait une chemise Oxford, un chino bleu, des mocassins cognac brillants, et son front était perlé de sueur. Il se pencha en avant, les mains sur les genoux pour reprendre haleine.

"Putain de merde." D'une main posée sur son cœur battant, Ali essayait de se calmer. Elle ôta la musique de ses oreilles à regret. "Je t'ai pris pour un agresseur. Qu'est-ce que tu fais là ?

— Je t'ai appelée sur ton portable, dit-il, comme si c'était une réponse.

— Je l'ai pas pris avec moi, dit Ali. Donc, quoi de neuf ? Tu t'es échappé du travail ?

— Je t'ai appelée deux ou trois fois, il y a une heure à peu près, dit Michael avec une nette pointe de reproche. Tu étais tout le temps sur messagerie, alors je suis rentré à la maison et Beatriz m'a envoyé à ta poursuite.

— D'accord", dit Ali en pensant : Seigneur, il y a une heure... est-ce que le téléphone a sonné ? Tout ce qu'elle avait entendu, c'était Elvis Costello ; tout ce qu'elle avait vu, c'était Daniel Lawrence. "OK, alors vas-y, c'est quoi l'urgence ?"

Michael dit : "Ali, écoute, et la gravité dans sa voix fit déferler une vague de peur dans le ventre d'Ali.

— Quoi ?

— C'est Stella, elle m'a appelé au travail.

— Attends... comment ça ? Stella t'a appelé ?

— Oui.

— Mais je l'ai vue avant qu'elle parte à l'école.

— Oui, bon, peu importe, dit Michael.

— Pour te dire quoi ?" Ali repensa à Stella ce matin. De mauvaise humeur et renfermée. Elle n'avait rien avalé, se souvenait Ali. Dit qu'elle n'avait pas faim, et Beatriz avait levé les mains au ciel en demandant pourquoi personne ne mangeait dans cette maison, ce qui avait fait rire Ali parce qu'elle était en train de manger un bol de porridge pile à ce moment-là, pile en face de Beatriz. Mais ça n'avait pas fait rire Stella. Elle avait bu un verre d'eau, mis son sac d'école sur son épaule et quitté la maison. Est-ce qu'elle avait dit au revoir ? Probablement pas.

"Écoute, ne flippe pas, dit Michael, et Ali ressentit un éclair d'irritation face à l'avantage qu'il avait sur elle : être déjà au courant de ce qu'elle aurait dû savoir elle-même si seulement Stella lui parlait comme elle parlait à Michael.

— Michael, dis-moi !" Une foule de scénarios se bousculaient dans sa tête. Stella harcelée. Stella voulait arrêter l'école. Elle avait encore perdu son portable. Elle s'était fait un tatouage ; un piercing au nombril, au téton.

Il expira une longue bouffée d'air, comme pour se donner du courage. Et puis : "Elle est enceinte", lâcha-t-il.

Ali le fixa du regard. Elle se sentait bête ; bête, naïve, dévastée – tout ça à la fois. Elle s'assit lourdement sur l'herbe rabougrie et mit sa tête dans ses mains. Stella. Sa jolie petite fille.

Michael se laissa tomber près d'Ali et dit : "C'est un sacré choc, hein ?"

Ali le regarda, sonnée. "Je ne savais même pas qu'elle avait des rapports, dit-elle. Je n'en savais rien. Comment c'est possible ?

— C'est Stella, Ali. Fermée comme une huître.

— Elle t'en a parlé à toi. Pourquoi pas à moi ?

— Qui sait ? Elle m'a appelé au cabinet et peut-être que ça lui a semblé… je sais pas… plus neutre.

— Je *savais* qu'elle avait quelque chose à dire. Je l'ai su il y a des semaines." Soudain Ali prit Michael par le bras. "Elle est enceinte de combien ?

— De six semaines, elle pense.

— Merde. Merde !" Ali s'était allongée et gémissait entre ses mains. "Ce fameux week-end avec tout ce monde à Victor Harbor en septembre. Elle était bizarre quand elle est rentrée, non ? Elle a couru en haut et on ne l'a pas entendue de la soirée. Oh, mon Dieu. Pourquoi je ne l'ai pas encouragée à me parler ?" Elle s'immobilisa un instant, visualisant Stella le matin même, l'expression sur son visage quand elle avait quitté la maison, une sorte de morosité résignée, et de son côté, Ali devant ses e-mails, organisant ses rendez-vous autour d'un vol pour Sydney, levant à peine les yeux de l'écran de son téléphone au moment où sa fille s'en allait. Elle se redressa. Michael attendit, le regard braqué sur elle.

"OK, je mets mon travail en stand-by, dit-elle. Ce livre occupe trop de place dans mon esprit, et mon éditeur est toujours sur mon dos pour une chose ou une autre, et pendant ce temps-là Stella tombait enceinte et moi j'ignorais qu'elle avait un copain.

— Hmm… elle n'en a pas, dit Michael.

— Quoi ?

— C'était juste une fois. Elle n'a pas voulu me donner le nom du garçon, elle disait que ça n'avait pas d'importance.

— Oh, bon sang. Il faut que je lui parle." Ali se mit debout. "Elle était où quand elle t'a appelé ?

— Non, dit Michael, faisant des petits mouvements dans l'air entre eux comme pour dissiper sa hâte. Je lui ai dit qu'on la verrait plus tard, à la maison, et qu'on reparlerait de tout ça. Ça n'avancera à rien de tout précipiter, Ali. Je retourne à l'hôpital maintenant, tu fais ce que tu avais prévu de faire aujourd'hui, et on s'occupe de ça plus tard."

Il lui sourit avec une sorte d'empathie travaillée, et elle remarqua qu'il usait avec elle des mêmes talents qu'avec ses malades, calmant ses nerfs à vif par une gentillesse experte. Elle ressentit une furieuse envie de le faire tomber, qu'il salisse un peu son chino, mais à la place elle dit : "Non, je crois que je vais aller la voir maintenant", et avant qu'il ait pu s'y opposer, elle était déjà partie à toute vitesse en direction de la maison, coupant en diagonale à travers le parc écrasé de chaleur, et Michael n'eut d'autre choix que de rester là à la regarder partir.

7

SHEFFIELD,
6 JANVIER 1979

Peter dit que c'était un cauchemar éveillé à Brown Bayley, que se retrouver face aux fourneaux béants, c'était comme regarder dans la bouche de l'enfer, et que c'était un miracle que des hommes ne meurent pas chaque jour, vu que les seules protections contre la chaleur dont la plupart d'entre eux disposaient se résumaient à des casques de chantier et des chaussures de sécurité. Martin, le petit ami de Catherine Connor, y bossait lui aussi – mais qui n'y bossait pas ? Attercliffe semblait produire des hommes pour nourrir la sidérurgie – et ça faisait une raison de plus à Peter pour détester cet endroit, d'autant qu'il savait qu'au tournant il pouvait tomber sur la grande gueule de taureau de Martin, le regard mauvais, toujours prêt à le taquiner pour amuser la galerie, des ouvriers qui vous taxaient de rabat-joie si vous n'étiez pas capable de bien prendre une blague. Peter était entré à l'aciérie à l'âge de seize ans parce qu'il fallait bien que quelqu'un ramène de l'argent au foyer et que Catherine buvait déjà trop à l'époque pour pouvoir garder un job. Il avait commencé comme apprenti et il devait faire brûler les pièces de métal tordues et malformées qui sortaient du laminoir produisant les lingots, ou alors souder et réparer ces parties des fourneaux dont personne ne voulait s'approcher. À cette époque, quand il rentrait à la maison après son quart, il sentait le métal brûlé et son bleu de travail était noirci aux endroits qui avaient été en contact avec le feu. Mais à présent il manœuvrait une grue et déplaçait l'acier à travers l'usine, et ce qui lui était le plus pénible c'était le froid, quand il était perché tout là-haut, que sa veste de travail ne lui paraissait plus si épaisse tout à coup et que ses mains gelaient sur les leviers s'il oubliait ses gants.

Mais on était samedi matin, il avait son week-end et il laissait Alison s'occuper de lui : il la regardait tandis qu'elle lui préparait des haricots et des toasts, six tranches de pain de mie, de la margarine et une montagne de haricots blancs se déversant dans son assiette comme de la lave en fusion. Dave Lee Travis chantait dans la cuisine, Catherine était au lit, dormant d'un sommeil de plomb, et Martin n'était plus là, très probablement rentré chez lui, où il allait de temps en temps nourrir le misérable lévrier qu'il maintenait au bout d'une longue chaîne dans le jardin à l'arrière de sa maison. Tout allait aussi bien que possible dans la maison des Connor.

"Et sinon, commença Alison en s'asseyant en face de Peter pour le regarder manger. Te fâche pas, mais c'est pas une simple sortie cet après-midi, je vais à Hillsborough."

Il la regarda par-dessus une fourchette pleine de haricots.

"C'est un fan des Wednesday ? demanda-t-il.

— Un fan absolu, dit Alison. Il a ça dans le sang, apparemment.

— Je croyais que t'étais une Blade.

— Non, Peter, je suis la sœur d'un Blade, et tu le sais parfaitement. Mon intérêt pour le football est aussi vif que le tien pour... euh... je sais pas, les origamis.

— Mais pourquoi t'y vas alors ?

— C'est une expérience comme une autre. Et puis c'est la Coupe d'Angleterre, un match de barrage contre Arsenal."

Il leva les yeux au ciel. "Merci, je sais contre qui ils jouent, dit-il. Toddy m'a rebattu les oreilles avec ça toute la semaine.

— Il sera là, donc ?" Elle n'avait jamais rencontré Toddy mais elle aimait ce qu'elle en avait entendu. C'était l'élingueur de Peter, celui qui chargeait la grue d'acier que Peter devait ensuite déplacer, et ils partageaient leurs photos et parlaient de films, le genre de sujets qui valait d'ordinaire à un homme une réputation de chochotte, donc Peter et Toddy restaient entre eux. "Il ressemble à quoi ? dit Alison. Je lui dirai bonjour, comme ça.

— Très drôle.

— Daniel dit qu'il va y avoir deux mille fans dans le kop."

Peter grogna. "Fais gaffe. Ils sont vraiment nombreux.

— Il m'a dit de ne pas mettre mon manteau rouge."

Peter rit. "Tu te ferais lyncher, dans le kop.

— Je peux mettre ton caban ?
— Ouais, si tu promets de ne pas te transformer en fan des Owls.
— C'est promis, dit-elle.
— C'est pas une mauvaise idée, le caban, Alison. Personne ne viendra emmerder une fille en caban. Et puis tu seras contente de l'avoir aujourd'hui, ça caille sévère."
Elle acquiesça et dit : "T'as prévu quelque chose, toi ?"
Il secoua la tête. "Je vais bien voir dans quel état elle sera quand elle sortira du lit.
— Ouais, répondit Alison. Je ferai le prochain samedi, Pete."
C'était le deuxième week-end de suite que Peter était d'astreinte pour veiller sur Catherine : il s'agissait de jauger sa capacité à être laissée seule à la maison avant de faire des projets de son côté. Tiens, *Superman* passait au Gaumont. C'est ça qu'il ferait, s'il pouvait sortir tout à l'heure.

Alison retrouva Daniel sur Pond Street dans le centre, à l'arrêt du 53, et elle fut surprise de voir la foule de supporters qui attendaient le bus. Difficile de le trouver au milieu de cette marée humaine où tout le monde se ressemblait, chapeau bleu et blanc, écharpe bleu et blanc. C'est lui qui la vit le premier, qui nageait dans la veste de son frère, dont le col relevé encadrait son joli visage, tout rose à cause du froid.
"Voilà, dit-il en enroulant son écharpe deux fois autour du cou d'Alison. Maintenant tu es des nôtres.
— Pas un mot à Peter. J'ai dû lui promettre de ne pas changer de bord. Tout ce monde ! Ils vont jamais rentrer dans le bus.
— Tant qu'on y arrive nous, c'est l'essentiel."
Et c'est ce qu'ils firent, Daniel l'abritant sous un bras et repoussant de l'autre les petits malins qui essayaient de forcer le passage, jusqu'à ce qu'ils se retrouvent nez à nez dans le 53, accrochés à la barre du haut, et elle lui souriait, ravie de tout ça, malgré le sol marécageux à cause de toutes ces boots trempées, malgré l'odeur fétide de transpiration et de bière. Ils s'entassèrent à la sortie du bus à Hillsborough et, une fois dehors, commencèrent à avancer lentement au milieu de la masse grouillante des supporters, sous un ciel bas qui laissait présager de nouvelles

chutes de neige. Il lui dit que la foule était immense, bien plus que d'habitude, il n'y avait pas eu autant de monde depuis le début de la saison, et il n'en avait jamais vu autant depuis que son père l'avait emmené voir les Owls contre Manchester United quand il avait six ans, et Alison rit de lui et de son enthousiasme vibrant et si sincère. Ces rencontres de la Coupe d'Angleterre avaient quelque chose de spécial, lui dit-il. Arsenal, c'était le haut du panier, la crème de la première division, elle était au courant ou pas ?

"Donc tu veux dire qu'ils sont meilleurs ?

— Non, répondit-il. Je veux dire qu'ils sont vernis, et il la menaça de son doigt brandi : Tiens-toi à carreau, tu entres dans une église."

C'est l'effet que ça leur fit quand ils passèrent les tourniquets et grimpèrent les marches jusqu'en haut de l'imposante tribune Spion Kop. Alison faisait figure d'agnostique au milieu d'une foule de croyants dans une incroyable cathédrale sonore. Elle crut qu'elle allait pleurer tellement elle était impressionnée par le bruit, et elle se dit qu'elle écrirait un poème en rentrant chez elle : c'était si émouvant, toutes ces voix s'élevant à l'unisson pour former des vagues gigantesques qui gonflaient et déferlaient en contrebas, comme si le son avait une masse et une vitesse propres. Elle était sidérée, mais Daniel y était totalement insensible et n'avait qu'une idée en tête, trouver une place derrière les buts, et ce n'était pas le moment de faire du sur-place. Ils avançaient avec précaution, essayant de descendre la tribune sans faire de faux pas car la neige s'était changée en glace, progressant par toutes petites enjambées jusqu'à ce qu'ils soient assez près du terrain pour voir l'haleine sortir de la bouche des joueurs, entendre l'impact de leurs chaussures sur le ballon. Alison était captivée : l'effort, la noble bataille, le choc éprouvant d'une chute sur la terre froide et dure. On avait pelleté la neige du terrain pour la mettre sur les bords, et il y en avait un gros tas boueux au bas du kop. Il faisait un froid de gueux mais le caban et la foule tout autour d'Alison lui tenaient chaud, tout comme la splendeur du champ de bataille en ce jour – elle avait l'impression d'assister à un combat de gladiateurs, de faire partie de quelque chose d'antique, de tribal, où elle n'était pas tellement en sécurité, comme si elle pouvait être appelée à participer à tout moment. Quand Arsenal marqua et que le kop se mit à entonner le cri de ralliement, à insulter le camp adverse qui jubilait – ces veinards de Gunners qui ne méritaient qu'un bon coup de pied au cul –, Alison se joignit à eux, et il y avait quelque chose de si exaltant, se disait-elle, dans cet effort collectif, dans leur timing parfait. "Espèce de hooligan, lui lança Daniel en lui donnant un petit coup d'épaule. Une vraie petite frappe." Elle éclata de rire et puis pendant un moment elle l'observa regarder le match : il était tellement concentré sur la performance des Wednesday et absorbé par le ballon qu'il ne le remarqua même pas. Elle trouvait ça attachant et mystérieux, et elle aurait voulu avoir elle aussi quelque chose rien qu'à elle, d'aussi puissant, d'aussi important, qu'elle aurait pu partager avec lui et qu'il n'aurait pas compris.

L'après-midi se passait de mieux en mieux. Ils prirent du bouillon de viande Bovril à la mi-temps – pour se réchauffer, dit Daniel, pas pour le goût, mais Ali trouva ça bon : un léger goût de viande, extrêmement salé ; on lui avait certainement fait avaler pire chez elle. Puis, juste après le coup d'envoi de la deuxième mi-temps, au moment où le gardien d'Arsenal, Pat Jennings, avançait vers leur kop, il se prit une rafale de boules de neige lancées depuis les gradins, et il était clair que le grand Irlandais se retenait de renvoyer des boules de glace aux supporters des Wednesday pour leur faire la misère. L'arbitre s'en mêla, voulut interrompre le match, alors l'entraîneur des Wednesday, Jack Charlton, se leva du banc pour aller se placer devant le kop, et il se prit lui aussi des boules de neige, mais il tint bon et l'assaut cessa, et puis moins d'une minute après, l'arbitre siffla la reprise, les Wednesday égalisèrent et le kop se déchaîna, Daniel se déchaîna, Alison se déchaîna. Le type baraqué à côté d'elle la serra fort contre sa bedaine et ils firent une petite danse de la joie.

Score final : un partout, la douche froide, match retour dans trois jours à Highbury au nord de Londres, c'est-à-dire hors de portée… mais ils quittèrent le stade ravis, s'achetèrent deux paquets de chips à un camion et prirent le chemin de Nether Edge parce qu'il y avait trop de monde à l'arrêt de bus, et qu'une bande de supporters des Wednesday complètement faits rôdaient parmi la foule en quête de gars en rouge. Le froid était mordant et d'épais flocons de neige fondue tombaient du ciel de plomb comme de petites broches qui se mettaient à scintiller, à étinceler quand elles se déposaient sur la laine noire du caban de Peter.

Daniel l'emmena chez lui ; il voulait l'exhiber mais n'en dit pas un mot. Détendu, il lui proposa de venir boire une tasse de thé avant de lui dire qu'il avait quelque chose pour elle, un cadeau. Alison n'avait pas du tout envie de rentrer chez elle, même si elle savait qu'elle aurait probablement dû, alors ils allèrent chez lui, et tout le monde était là, M. et Mme Lawrence, Claire, et même Joe, qui ne vivait plus avec eux. C'était la première fois qu'ils la rencontraient et ils étaient tout sourire, et aux petits soins pour elle ; c'était "Bonjour, ma grande" et "Donne-moi ton manteau" et "Oh ! Mais tes mains sont à vif !" et "Alors, ce match ?". Claire, qui avait vingt-deux ans mais ne les faisait pas du tout, fixait Alison avec dans les yeux une sorte d'admiration candide, puis elle dit : "J'adore tes cheveux", et Joe lança : "Hé, Daniel, t'as eu de la chance, cette fois", et tout était si familier et chaleureux, à peine le temps de répondre à une question qu'une autre arrivait. La mère de Daniel lui dit qu'il fallait les appeler Bill et Marion, pas de M. et Mme Lawrence qui tienne, alors Alison ne les appela tout simplement ni l'un ni l'autre.

Claire lui proposa de lui mettre du vernis à ongles sur la table de la cuisine, et Alison s'assit à côté d'elle et étendit ses doigts à plat tandis que Claire papotait, sautant allègrement du coq à l'âne, et lui appliquait la laque rose d'une main sûre. Elle travaillait au département cosmétiques de Cole Brothers, une carrière tout à fait convenable, commentait-elle, pas un simple job dans un magasin. Elle portait encore la jupe bleu marine et le chemisier assorti à pois blancs qu'elle arborait derrière le comptoir, et elle sentait l'eau de Cologne, quelque chose de musqué qui faisait adulte, mais honnêtement, pensait Alison, on aurait dit qu'elle avait quatorze ans et qu'elle jouait à la grande en mettant les habits de sa mère. Ce qui ne l'empêchait pas de la trouver adorable, et totalement inoffensive. Alison aimait cette sensation d'être au cœur de son attention méticuleuse, de n'avoir qu'une seule chose à faire : l'écouter bavarder – même si elle venait de lui parler de son job à elle, le jeudi après l'école et quelques samedis de temps en temps, à savoir la mise en rayon au supermarché. "Et quelle tenue tu dois porter ?" lui demanda Claire, et Alison répondit juste une affreuse combinaison en nylon, à carreaux verts et blancs, et Claire eut une mine dévastée. Pendant ce temps-là, Daniel racontait le match à son père et à Joe : la tête de Jeff Johnson, parfaitement frappée, moins d'une minute après le début de la deuxième mi-temps, Pat Jennings évitant les boules de neige et Alison braillant des menaces aux supporters adverses. Là, ça fit rire tout le monde et personne ne le crut.

Mme Lawrence posa une énorme théière marron sur la table et un paquet de biscuits au chocolat. "La couleur est jolie, dit-elle en regardant les ongles d'Alison. Claire, tu es dans le passage, là, ma chérie.

— Fini ! dit-elle. Secoue tes mains, Alison, active le séchage."

Alison fit ce qu'on lui disait de faire. Daniel s'efforçait d'ignorer sa présence, ou du moins de ne pas la regarder en permanence en souriant comme un idiot, mais quand il risquait un coup d'œil, elle était en train de le regarder, et alors ils se souriaient. Mme Lawrence servit le thé et prit place à table, posa des questions à Alison sur les cours, et si elle aimait ça, et si elle avait des frères et sœurs, donc Alison parla de Peter, son grand frère. Il avait le même âge que Claire mais ils ne se connaissaient pas. Pas dans la même école, dit Mme Lawrence, comme toi et Daniel. Hmm, pensa Alison, pas la même vie non plus. Alison lui précisa qu'il était grutier à Brown Bayley ; la mère de Daniel dit que c'est ce qu'elle aimerait faire s'ils laissaient les femmes accéder à ces postes et si elle n'était pas coincée avec le travail administratif ; elle dit qu'elle adorerait passer sa journée à regarder les gens de haut, avant de rire à sa propre blague, puis de pousser le paquet de gâteaux vers Alison en lui disant d'en prendre un parce qu'il faut un biscuit avec le thé sinon c'est trop humide.

M. Lawrence, qui était bien plus silencieux que son épouse et avait à peine ouvert la bouche depuis le début, demanda soudain à Alison si elle aimait les pigeons, et tout le reste de la famille essaya de le faire taire, mais Alison répondit : "Les pigeons voyageurs ?" et lui : "Ouais, j'ai quelques beaux spécimens dans mon pigeonnier, je peux te les montrer si tu veux ?" Alors Alison dit que ça lui plairait beaucoup et M. Lawrence l'emmena dans le jardin par la porte de derrière, et Daniel les suivit pour s'assurer que tout allait bien pour Alison, que son père ne confondait pas politesse et véritable intérêt.

Mais il se trouve que les oiseaux étaient magnifiques. Le pigeonnier était installé dans un ancien abri de jardin où les pigeons – au nombre de six – trônaient, dodus et scintillants, comme des petits princes régents dans leurs boîtes, leurs yeux sombres comme du cassis braqués sur Alison. M. Lawrence sortit de sa cage un oiseau, bien serré entre ses deux mains en coupe. Ses plumes étaient d'un gris exceptionnellement soyeux, avec une bande chatoyante de mauve et d'émeraude sur le cou, vraiment très chic.

"Celle-ci, c'est une championne, dit-il. Trèfle.

— Trèfle ? répéta Alison.

— Ouep, lança Daniel depuis la porte. Un super nom… pour une vache."

M. Lawrence l'ignora. "Salut, Trèfle. Une vraie beauté, une Janssen pure race, c'est moi qui me suis occupé de tout, j'ai acheté un mâle et une femelle à Elsecar pour qu'ils s'accouplent. Le type qui les avait gagnait tous les prix avec, et puis il est mort et sa femme a tout liquidé." Il parlait à l'oiseau autant qu'à Alison, et le pigeon avait l'air de l'écouter attentivement, tout en l'observant tranquillement de ses yeux noirs. "Elle avait aucune idée de ce qu'elle vendait. Tous les oiseaux étaient sous-évalués." Il proposa à Alison de la prendre mais elle fit non de la tête ; elle se méfiait de ce bec, de ces serres.

"Je pourrais la faire tomber, dit-elle. Je préfère que ce soit vous." Elle chercha Daniel du regard, il était appuyé sur l'encadrement de la porte, bras croisés. Il ne dit rien mais d'un haussement de sourcils lui demanda : "Déjà marre ?"

Alison se détourna. "Et si elle s'enfuit ?" dit-elle en désignant la porte ouverte sur le ciel nocturne, ce qui fit rire M. Lawrence.

"Elle ne me quittera pas, sauf si elle fait la course, et alors elle revient au point de départ, rapide comme une flèche.

— Vous n'avez pas peur, euh… qu'elle ne vous retrouve pas ?

— Jamais, c'est une championne.

— Ça, tu l'as déjà dit, papa, dit Daniel depuis la porte.

— Elle a volé mille kilomètres en partant de Lerwick, une fois, expliqua M. Lawrence sans faire attention à son fils. Il faut la voir revenir, la queue en éventail, les ailes en arrière, elle est vraiment unique, unique. C'est une championne."

Daniel fit un petit son avec sa bouche et Alison dit au pigeon : "Comme tu es intelligente, puis elle sourit au père de Daniel, qui semblait aux anges. Merci de me l'avoir montrée.

— Oh c'est rien, reviens quand tu veux", répondit-il, puis Alison et Daniel le laissèrent dans le pigeonnier où il était déjà en train de remettre Trèfle dans sa boîte sans cesser de lui parler.

"Tu t'es fait un ami pour la vie, là", lui souffla Daniel. Il l'arrêta avant qu'ils n'atteignent la maison, la fit pivoter contre le mur et l'embrassa, en tenant son visage entre ses deux mains, et elle ferma les yeux – une chaleur liquide se répandait dans son ventre et elle n'avait qu'une chose à l'esprit : Oh mon Dieu, oh mon Dieu. Elle ne savait absolument pas quoi faire de ce désir qu'elle avait pour lui. Mais de toute façon, ils étaient dans le jardin, son père dans l'abri, sa mère dans la cuisine, alors la seule chose qu'il fit c'est reculer un peu et lui dire, sa bouche encore tout près de la sienne : "J'ai un petit cadeau pour toi, tu te souviens ?"

Elle opina. "Vas-y, qu'est-ce que c'est ?

— Une cassette que je t'ai faite, dit-il, et elle soupira, sourit, haussa les épaules, mais il ajouta : Non, non, une cassette un peu spéciale. Faite sur mesure pour la plus difficile de nos clientes."

Elle se mit à rire. "Ah oui, vraiment ?"

Il la fit entrer dans la maison et sur une étagère de la cuisine se trouvait bien une cassette dans sa boîte. *The Best Last Two*, lisait-on, *Pour Alison*. Pas de liste de morceaux.

"Les meilleures deux dernières ?

— Ouep. Tu comprendras en écoutant."

Il lui donna son manteau et, quand elle l'enfila, il glissa la cassette dans l'une de ses poches et lui fit un chaste baiser sur la joue. Elle quitta la maison sous une pluie d'au revoir, prit le bus et rentra à Attercliffe tout auréolée de bonne humeur, se demandant comment saisir cette journée et la mettre en mots, regrettant que son idole Sylvia Plath n'ait pas assisté au match à domicile des Sheffield Wednesday pour ensuite écrire dessus dans son journal. Cette rêverie la fit tenir tout le trajet, et lorsqu'elle arriva, elle trouva une maison tellement dépourvue de lumière et de vie qu'elle dérailla l'espace d'un instant. Debout, immobile, délaissée, elle tendit l'oreille, à l'affût des bruits de Catherine, ou des pas de Peter sur le palier, ou encore de Martin titubant jusqu'à la cuisine pour aller se chercher une nouvelle canette au frigo. Mais il n'y avait qu'un tic-tac, le silence de l'abandon et une odeur d'œufs au plat, un verre brisé sur le lino devant la cuisinière. Elle suspendit son manteau, ramassa les morceaux de verre et les mit à la poubelle, puis elle tenta de laver les assiettes et la poêle dans l'évier, mais il n'y avait pas d'eau chaude donc tout ce qu'elle faisait, c'était étaler du gras à la surface de la vaisselle, et tout ça avait quelque chose de si vain, de si déprimant qu'elle laissa tomber. Il n'y avait aucun mot de Peter, ce qui était inhabituel ; elle espérait qu'il soit sorti pour faire un truc chouette, quelque chose qu'il aurait choisi. Elle s'essuya les mains sur un torchon crasseux dans la cuisine froide ; elle repensa à la maison de Daniel, sa mère, les flammes bleues et orange derrière la grille de foyer, une théière géante, Trèfle le pigeon, le baiser de Daniel. C'est là qu'elle se souvint de la cassette, alla la chercher dans sa poche de manteau et grimpa dans sa chambre.

8

ÉDIMBOURG,
15 NOVEMBRE 2012

La fille qui faisait des études de journalisme à l'université de Stirling – Sky ? Star ? Quelque chose de céleste en tout cas – prenait frénétiquement des notes tandis que Dan parlait, comme si sa carrière au petit bonheur la chance était un genre de modèle pour atteindre le succès. Il répondait toujours oui à ces jeunes gens quand ils lui demandaient de leur parler de lui, parce qu'après tout, Alex aurait pu être l'un d'eux, et ils essayaient juste de trouver leur voie dans ce monde. Mais cette fille prenait tout au pied de la lettre, et passait à côté de l'essentiel. Quand Dan raconta l'épisode marquant de sa carrière, l'article qu'il avait écrit pour le *NME* après ce concert de 1983 dans le Minnesota où Prince avait présenté son nouveau groupe et où Dan avait eu la chance d'interviewer pendant dix minutes la jeune Wendy Melvoin, Sky-ou-Star prit scrupuleusement ses notes, leva les yeux et demanda : "Vous pourriez m'épeler Melvoin ?"

Bon, elle était très jeune. Elle avait commandé un chocolat chaud quand il lui avait offert un verre, et répondu oui pour la chantilly. Il avait pris un double expresso et ne s'attendait vraiment pas à ce que la conversation dure plus longtemps que son café, mais ils y étaient encore. Dan regarda sa montre. Il fallait qu'il soit à Waverley Station dans vingt minutes pour prendre le train pour Londres.

"Bon, il y a autre chose que tu voudrais savoir ?" demanda-t-il.

L'espace d'un instant, la fille continua à prendre consciencieusement ses notes, puis elle leva la tête. Elle avait une ombre à paupières vert vif et des cheveux teints en noir corbeau, très gothique. Elle avait une sorte de coupe mulet irrégulière, en forme d'hommage à un passé qui ne lui appartenait pas vraiment.

"Hum... commença-t-elle. En fait, euh, à votre avis qu'est-ce qui fait de vous un bon journaliste musical ?

— Oh non, me demande pas ça, je connais un tas de gens qui seraient pas du tout d'accord."

Elle rougit d'un coup et il se sentit mal. "Écoute, il y a toutes sortes de journalistes spécialisés dans la musique, dit-il. Mais on a tous notre côté obsessionnel, et ça aide.

— Vous êtes obsédés par la musique ?

— Eh bien, pas par toute la musique, mais oui je suis prêt à parier qu'on a tous un attachement démesuré à un groupe qu'on aimera toujours, un groupe qu'on défendrait jusqu'à la mort." Il essayait de la faire sourire, mais elle ne dit que : "D'accord" en mâchouillant son stylo machinalement, comme si elle examinait les possibilités devant elle. Il se demanda ce qu'elle écoutait, et décida de ne pas poser la question. Il avait un petit conseil pour elle, par contre, alors il ajouta : "Le truc, Sky – c'est bien Sky ?" Elle fit oui de la tête, Dieu merci. "Le truc, c'est que si tu aimes écouter de la musique, alors continue. C'est pas une vocation sacrée ; c'est un job. Je suis juste un écrivaillon qui fait son boulot. Dès l'instant où tu commences à *écrire* à propos de musique, tu es un journaliste musical – quand bien même tu le fais sur un blog que ta mère et ta grand-mère sont les seules à lire. Alors lance-toi, OK ? N'attends pas que la presse musicale – enfin, ce qu'il en reste – te déroule le tapis rouge, parce que ça n'arrivera pas. Et là, j'ai un train à prendre...

— Oh !" dit Sky en se levant d'un bond, toute rouge. Elle lui tendit la main. Chacun de ses doigts fins était orné d'une grosse bague en forme de crâne ou de serpent, et elle portait du vernis noir, mais elle avait des manières de jeune fille des années 1930. "Je suis vraiment navrée, dit-elle. Merci infiniment pour tout ça.

— Mais de rien. Bonne chance." Il serra sa petite main bien lourde avant de se diriger vers la porte.

"Dan !" lança-t-elle avec insistance. Il se retourna.

"Limp Bizkit", dit-elle. Il la regardait l'air de dire : Mais qu'est-ce qu'elle me raconte ?

"Mon obsession", ajouta-t-elle.

Il rit. “Ah, oui, très bien, bon choix. Donc t’as cinq secondes pour les défendre.”

Elle prit une grande inspiration. “Eh bien, ils ont une façon unique de mélanger musicalité et agressivité, et… ils donnent l’étendue de ce que peut être le metal quand il fusionne avec le hip-hop et la pop.

— Ha ! lança Dan en opinant du chef, agréablement surpris. Excellent. Vraiment excellent. Tu iras loin.”

Elle se fendit d’un large sourire. “Et votre obsession à vous ?

— Comsat Angels, dit-il. Écoute-les, à l’occasion.” Il fit volte-face pour sortir du café et se retrouva dans Cockburn Street à descendre la colline en direction de la gare.

Il était donc dans le train pour Londres, son bureau mobile, un lieu sans distraction où écouter de la musique et écrire étaient les seules choses à faire. Deux fois par mois ces derniers temps, parfois trois, il faisait le voyage et, des années plus tôt, quand il était jeune et avide de travail, il disparaissait là-bas des jours et des jours, il dormait à Kentish Town chez Rocco et Kim, qui travaillaient en freelance pour le *NME*, Rocco comme rédacteur et Kim comme photographe, et ils filaient une pige de temps en temps à Dan, mais Dan, lui, ce qu’il voulait c’était écrire des articles avec sa signature en bas, et être salarié. Il avait abandonné l’université de Durham au bout d’un an seulement, et il était resté quelque temps sans rien, perdu, à boire et à fumer avec Rocco, Kim et leurs potes louches. Il y avait un grand type sympa qui avait un restaurant jamaïcain sur Kentish Town Road dont l’enseigne disait : “Les bons pèt’ font les bons amis”, et il maintenait tous ces amis sous cannabis et les nourrissait de riz et de pois quand la faim s’abattait sur eux après leurs trips. Mais c’était il y a longtemps ; à présent il avait des rendez-vous à honorer, des concerts à voir, des délais à respecter. Il avait aussi une péniche, amarrée en permanence sur Regent’s Canal, une solution rock’n’roll pour contourner le problème du prix outrancier de la pierre dans la capitale. Rien de plus plaisant que d’être installé sur le chemin de halage et de saluer ses voisins dont les bateaux étaient collés au sien.

Cette fois-ci, il avait trois nuits devant lui. Trois rendez-vous, deux concerts, une échéance urgente. Mais, comme d’habitude, il arriverait à s'aménager des temps morts, il se garderait la soirée de demain pour traîner avec ses amis Frank et Lisa sur leur bateau avant d'aller se coucher. Donc un concert ce soir, un autre samedi, et puis retour par le train du dimanche, le tortillard, de King's Cross à Waverley, dans lequel il travaillerait tout du long ; il ne prenait jamais le train de nuit, il détestait ces couchettes étroites, les wagons qui bringuebalaient, et arriver à Édimbourg à sept heures et demie en se sentant minable. Ce qu'il aimait, c'était voyager la journée, avoir une table à lui, un siège dans le sens de la marche, une prise pour recharger son ordi et une connexion gratuite au wifi – même si elle laissait parfois à désirer.

Toutes ces conditions étaient à présent réunies tandis que le train plongeait vers le sud à travers les plaines vert tendre de la campagne bordant Londres, mais il n'avait encore rien fait d'autre que penser à Ali Connor, celle qui avait un jour été Alison. Elle l'avait fait sourire avec "Picture This", elle avait visé juste, et il s'était rendu compte en le recevant qu'il aurait été déçu qu'elle ne lui réponde pas précisément avec ce titre. Bien sûr il ne l'avait pas vu comme un test, du moins pas consciemment, mais c'était… quoi au juste ? Peut-être la validation d'une masse de souvenirs si lointains qu'ils s'étaient presque changés en mythe ; l'un des petits carrés scintillants de la mosaïque, oublié et pourtant toujours en lui, n'attendant qu'une chose : le bon moment pour rejaillir. Et il s'aperçut, à sa grande stupéfaction, que ce qu'il avait en tête à présent, c'était envoyer une autre chanson vers Adélaïde, et le choix de la chanson allait être crucial. Depuis qu'il était assis dans le train, il passait en revue le contenu de son iPod, lançait un titre de temps en temps, il les aimait tous mais ce qu'il cherchait n'était pas là. Bien entendu, il ne savait pas ce qu'il cherchait. Il le saurait en le trouvant.

"Cette place est libre ?"

Oh merde. Dan leva les yeux et vit un homme qui lui souriait. Le type avançait en crabe pour atteindre le siège d'en face, qui était bel et bien vacant.

"Oui, dit Dan. Elle est à vous."

Il se reconcentra sur sa bibliothèque musicale. Stevie Wonder, Patty Griffin, The National. Encore du Blondie ? John Martyn ?

Les Killers ? Il y avait trop de choses, putain. Et qu'est-ce qu'il voulait dire au juste à Ali Connor après toutes ces années ?

"Hum… Daniel Lawrence ?"

Merde, merde, merde. Il leva les yeux et l'homme assis en face lui souriait à nouveau – de toutes ses dents, à vrai dire – et le fixait des yeux. Il avait l'air d'avoir le même âge que Dan. Pas écossais. Fin, les cheveux bruns courts sur les côtés et à l'arrière, les yeux bleus. Il portait un blouson Harrington et un t-shirt avec ce qui ressemblait peut-être à la tête de Bob Marley. Dan ne supportait pas les adultes qui portaient des t-shirts à l'effigie de légendes de la musique ou avec les dates d'une tournée.

"Pardon ?" dit Dan.

L'homme lui tendit la main, Dan la serra, toujours aussi dérouté, même si ce type lui disait vaguement quelque chose. En attendant, l'autre s'amusait bien.

"Merde alors !" répétait-il.

Dan dit : "Euh, je suis désolé…" et l'homme éclata de rire avant de dire : "Tu ne me reconnais pas, hein ?

— Effectivement.

— Ça fait à peu près trente piges. Dave Marsden. Le frère de Rob. Un jour je t'ai enfoncé une sardine dans le pouce.

— Bon sang !"

Dave opina. "Dingue, lâcha-t-il.

— Dave Marsden !

— C'est bien moi. Je t'ai reconnu tout de suite. Tu me diras, je vois ta trombine dans les pages musique.

— Dave Marsden, répéta encore Dan. Oh mon Dieu. Comment tu vas ?

— Bien, bien, et toi ?

— Bien", dit Dan. Il leva son pouce droit pour montrer la petite cicatrice blanche et dentelée qui courait de la base de l'ongle jusqu'au gras du doigt de l'autre côté. "Mis à part cette mutilation, bien sûr", et ils éclatèrent de rire tous les deux. Reighton Gap, 1974 : Rob et Daniel avaient été autorisés à aller camper à condition que Dave les accompagne. Il avait seize ans quand eux en avaient quatorze et, pour toute supervision, Dave avait monté la tente, c'est à ce moment-là qu'il avait enfoncé la sardine dans le pouce de Dan. Ça nécessitait vraiment des points, mais il y avait une femme dans une caravane avec une trousse de premiers secours. Elle avait nettoyé la plaie, versé de l'antiseptique dessus puis superposé les pansements jusqu'à ce que ça s'arrête de saigner.

"À cause de toi, j'ai loupé ma carrière de guitariste, dit Dan. J'ai pas pu me servir de mon pouce pendant des mois.

— Reighton Gap, dit Dave. Quel trou à rats. C'est quand même là que j'ai perdu ma virginité."

Ce qui fit rire Dan. "Les doigts dans le nez, j'imagine.

— Wendy, elle s'appelait. Enfin, je crois. Peut-être Wanda. J'étais nul, mais elle avait l'air de savoir ce qu'elle faisait.

— Pas étonnant qu'on t'ait pas vu du séjour.

— Elle m'a ouvert les yeux, cette fille.

— Rob va bien ?"

Le sourire de Dave se fana. "Non. Non, il va pas bien. Il boit.

— Ah, OK.

— On est tous des gros buveurs chez les Marsden, mais Rob ne sait pas s'arrêter. Il a commencé quand il a été licencié.

— Il était dans quoi ?

— L'acier. Darnall Works.

— Ah, mais Rob était…" Dan eut une hésitation, il ne voulait pas être blessant.

"Futé ? Ouais, il l'était. Il l'est. Le type le plus intelligent de la famille. Il avait participé à un plan de gestion, mais être futé ne vous sauve pas du couperet, dans la sidérurgie." Dave renifla et regarda un instant par la fenêtre avant de revenir à Dan. "Toi, tu as bien tourné.

— C'est dur, pour Rob", dit Dan, et il pensa au temps qui passe et au camarade qu'il avait connu, quelqu'un de stable, attentionné et réservé. À Reighton Gap, Rob avait cherché des fossiles sur la plage – ammonites, bélemnites, crinoïdes – tandis que Dan observait les filles dans l'eau en les imaginant nues. Il se carra dans son siège et regarda Dave. "C'est dingue, dit-il. Toi dans ce train. C'est retour vers le futur, bordel.

— Je sais… T'as pas changé, quasi. Petit con de beau gosse.

— Qu'est-ce que tu faisais à Édimbourg ?

— Je faisais du repérage pour un bar. L'entreprise pour laquelle je bosse reprend des immeubles et les transforme en palaces du gin artisanal." Avec ses index il fit des guillemets autour d'"artisanal".

Dan haussa les sourcils. "À Édimbourg ?

— À Leith, incroyable mais vrai. Sur le front de mer.

— Et sinon, c'est Bob Marley sur ton t-shirt ?

— Un des Wailers, je crois, répondit Dave. Je l'ai eu à Oxfam. Tu revois des gens ? Je veux dire, de Sheffield ?"

Le visage d'Ali se forma dans l'esprit de Dan comme un nuage de fumée, à peine apparu déjà parti, trop fugace pour pouvoir compter dessus. Dave Marsden, lui, était réel ; Alison Connor était un souvenir. *Ali* Connor était peut-être une invention.

"Non, répondit Daniel. Enfin, j'ai revu Kev Carter il y a quatre ans. On discute de temps en temps sur les réseaux. Tu vis toujours à Sheffield ?

— Ah ça non ! lança Dave. J'ai épousé une gosse de riches, on vit à Guildford." Il se marra. "Tu me diras, tout le monde avait l'air snob quand je suis descendu dans le Sud.

— Et moi je suis allé plus au nord, dit Dan. Pas au sud. J'ai suivi une Irlandaise, installée en Écosse.

— Oh mais je sais tout de toi. J'ai lu tes rubriques, tes critiques, ce livre sur les Bunnymen et tout.

— Mais oui, tu as toujours été un grand fan de musique.

— Tu te rappelles ce concert à Donny ?

— Quel concert ?

— Comsat Angels. Sérieux, t'étais une vraie groupie, putain."

Stupéfiant, pensa Dan. Il regarda Dave. "Stupéfiant, dit-il.

— Quoi donc ?

— Comsat Angels. C'est la deuxième fois qu'ils reviennent sur le tapis en une demi-heure. T'y étais, à l'époque ? Je sais que Rob était là."

Dave acquiesça. "Rob et moi on était plus près du bar que de la scène, mais toi tu étais à deux pas du chanteur et tu le regardais comme le Messie."

Dan secoua la tête, le sourire aux lèvres ; il avait à peu près tout dit à cette fille, Sky, sur le concert de Prince and The Revolution au First Avenue Club, mais dans la catégorie des véritables moments clés – ces moments dans la vie où le destin surgissait et l'amenait à réfléchir à son avenir –, le concert au Doncaster

Sports Club, un lundi soir de juin 1979, était indépassable. Dan et sa bande de potes étaient venus dans la Ford Transit de l'un d'eux, et il y avait une cinquantaine de personnes dans le club venues voir le groupe, mais Dan était le seul devant, paralysé face à la scène enfumée. Aujourd'hui encore, il pouvait entendre dans sa tête ce qu'il avait entendu alors, toutes les couches sonores qui l'avaient rivé au sol, sous le choc, conscient de sa chance et se félicitant d'être venu. D'abord la plainte de la guitare sur un accord suspendu, douloureux, torride ; la batterie qui arrive avec la vitesse implacable d'un train sur ses rails ; une basse hypnotique puis les notes de synthé qui s'envolent ; enfin le leader, Stephen Fellows, brun, le visage buriné, impeccablement habillé, qui proférait de loin en loin des paroles pleines de tension, comme un poète des rues désenchanté. Daniel s'était dit : Ça pourrait être moi. Ça *devrait* être moi. Ce que représente ce type sur scène, c'est ce que je suis.

"Après, tu t'es mis à les suivre partout, reprit Dave, ramenant Dan dans le présent.

— Je suis allé à leurs concerts, tu veux dire. À t'entendre, on croirait que je les harcelais." Et de fait, il les avait *quasiment* traqués – le Fusion Club de Chesterfield, un hôtel de Sheffield deux jours après, Rotherham une semaine plus tard. Il les avait même vus répéter dans une salle au-dessus d'un café dans Division Street. Bon, d'accord il avait nourri cette obsession de néophyte, mais à l'époque on aurait dit que ces garçons étaient nimbés d'or : ils scintillaient de leur succès naissant. L'avenir respirait la célébrité et la gloire pour eux, pour Dan, et pour quiconque voulait le suivre dans l'aventure. Alison les avait vus avec lui au concert de Rotherham. Mais à ce moment-là, elle était déjà en train de lui filer entre les doigts, et ça, il ne le savait pas encore.

Dave pointa du menton l'iPod de Dan, qui gisait entre eux sur la tablette. "Alors qu'est-ce que t'écoutes en ce moment ?

— De tout. Comme d'habitude.

— Mais qu'est-ce que tu aimes ?

— Oh, je hante pas mal le passé. Le mien, je veux dire.

— Et ta dernière critique ?"

Bon sang, se dit Dan ; c'était cool de revoir Dave mais Dieu que ça pouvait être pénible, sur tout un trajet jusqu'à Londres...

"BadBadNotGood, répondit Dan. C'est le nom du groupe, pas le titre de ma rubrique. Des Canadiens qui font du jazz blues."

Dave renifla et fit la grimace. "Ça m'a l'air bidon.

— Ils sont bons. Sans doute encore meilleurs quand tu planes. Dis-moi, tu veux un café ? Je vais au wagon-bar, tu veux que je te rapporte quelque chose ?

— Oh oui, merci, mec. Un café au lait avec un sucre. Et un KitKat ? On le partage.

— C'est ton anniversaire ?

— C'est un peu ça, répondit Dave. Je viens de tomber sur le légendaire Dan Lawrence.

— Ouais, ben pousse pas le bouchon", dit Dan. Il quitta sa place et, en traversant la voiture, sortit son téléphone de la poche de sa veste et ouvrit Safari, puis il tapa Comsat Angels dans la barre de recherche et le groupe apparut sous ses yeux, des jeunes gars maussades capturés en noir et blanc dans une série de clichés datant de leurs débuts. Au comptoir du wagon-bar, il fit la queue et cliqua sur "Chansons", ce qui le mena à une longue liste de titres des Comsat. N'importe lequel ferait l'affaire, mais il prit le temps de les faire défiler. Il s'arrêta sur "Missing In Action", le titre qui avait ouvert le concert de Doncaster en 1979, mais il hésita et poursuivit. Plus bas, plus bas, plus bas. Voilà. Celui-là. Le vingt-cinquième de la liste. "Waiting for a Miracle." Il ne lança pas la chanson ; pas besoin. À la place il copia le lien, puis à toute vitesse son pouce ouvrit Twitter, messages, @AliConnorWriter et la courte conversation qui contenait les deux chansons qu'ils avaient déjà partagées, enfin il colla le lien et cliqua sur "Envoyer".

C'était fait. Un morceau fondateur du génie post-punk en route pour Adélaïde. Et un morceau fondateur de Daniel Lawrence aussi.

"Alors, on envoie des textos à son vieil amour ?"

Dan leva les yeux dans un sursaut et la femme derrière le comptoir éclata de rire.

"Oh, je plaisantais, qu'est-ce que ce sera ?"

Daniel sourit et rangea son téléphone, pour prouver qu'il n'y faisait rien d'intéressant comparé à ce qui devait l'occuper – café, KitKat, bouteille d'eau. Il passa commande d'une voix sûre et commença à plaisanter gentiment avec la serveuse tandis que son cœur retrouvait un rythme normal. Mais bon sang, se dit-il quand elle lui tourna le dos pour préparer sa commande, que penserait Katelin de tout ça ? Et à quoi il jouait ? Pourquoi c'était si important, même primordial, qu'Alison Connor ne lui file pas entre les doigts pour la deuxième fois ?

9

ADÉLAÏDE,
16 NOVEMBRE 2012

Rien n'allait plus : Ali, Michael, Thea et Beatriz étaient en bas, Stella en haut dans sa chambre. Mais elle n'adressait la parole à aucun d'eux, donc ce triste apartheid domestique était difficile à éviter. Thea avait pris l'avion pour rentrer à la maison depuis son école de médecine de Melbourne, ce qui renforçait ce climat de crise. Ali ne lui en aurait pas parlé – du moins pas encore, pas si tôt, pas si ça signifiait un retour à la maison –, mais Michael l'avait appelée, mise au parfum, et lui avait envoyé de quoi payer son vol quand elle avait insisté pour les rejoindre, malgré l'imminence de ses examens, pour un week-end de malheur. Thea était bien la fille de son père, une McCormack tout craché : elle croyait dur comme fer qu'elle était indispensable – c'était de famille… Mais tous les deux se trouvaient face à un problème qu'on ne pouvait pas traiter à coups de bon sens, de cash ou de force de volonté. Stella, à peine dix-huit ans, furieuse contre tout le monde, terriblement sur la défensive, était enceinte de huit semaines d'un garçon dont elle ne voulait pas dire le nom. Elle était résolue, disait-elle, à garder le bébé.

“Elle n'est pas dans son état normal, dit Thea. Ou elle fait de la provocation.”

Ils se tenaient dans la cuisine, réunis autour de Beatriz, qui épluchait des pommes de terre de ses mains sûres, la mine paisible. Elle était le centre de leur vie, calme et tranquille, pensait Ali. Elle donnait l'impression que rien au monde n'était plus urgent que la simple tâche de préparer le dîner. C'était une illusion ; ils le savaient tous. En attendant, l'odeur des oignons qui caramélisaient à feu doux était réconfortante, d'une certaine façon.

“Il faut prendre rendez-vous pour un avortement et lui dire que la discussion est close.

— Thea, tais-toi, dit Ali.

— Maman, reviens sur terre. Papa est d’accord, pas vrai, papa ?

— Ce que je sais, c’est que je ne veux pas qu’elle poursuive cette grossesse, répondit Michael en regardant Ali, qui détourna les yeux.

— Bon.” Thea tendit les mains, paumes ouvertes, comme si la question était réglée, rien de sorcier. Elle était vive, enjouée et organisée ; jamais elle ne se serait mise dans ce pétrin, pensait Ali.

“La question n’est pas de savoir si papa est d’accord avec toi, dit-elle, essayant de faire preuve de patiente, de ne pas être cassante. Il s’agit d’écouter Stella et de respecter son point de vue.”

Thea émit un son léger, presque un rire mais pas tout à fait. “Elle ne te dira pas merci, dans un an, quand elle sera coincée ici avec un enfant et que tous ses amis seront partis à l’université.

— Oh bon Dieu, donne-moi la force.” C’était la voix de Michael, pleine d’angoisse et de frustration, qui venait de retentir plus fort que d’habitude. Il abattit son poing sur le plan de travail et une pomme de terre roula avant de s’écraser sur le carrelage. Beatriz cessa d’éplucher et le regarda.

“Dieu *est* bon”, dit-elle.

Michael grogna. “Beatriz…

— Non, dit-elle en pointant l’économe vers lui. Tu devrais te rappeler que Dieu est bon, Michael. Vous devriez tous.”

Un silence s’installa, car personne ne se sentait d’humeur à aborder avec Beatriz la question de sa foi. À l’étage, il y eut des pas sur le palier et tout le monde leva les yeux au plafond. La porte de la salle de bains claqua.

“Écoutez, reprit Ali. Si Stella dit non, que pouvons-nous y faire ? On ne va pas la traîner à la clinique par les cheveux, si ?

— Non, dit Michael. Mais nous pouvons la raisonner plutôt que de tourner autour du pot et de « respecter son point de vue ».

— Exactement.” Thea acquiesça. “Bien dit, papa.”

Ali tourna un regard noir vers ses mains. Elle connaissait ça par cœur : Michael et Thea, forts de leur confiance mutuelle et de leur logique, qui finissaient par l’avoir à l’usure.

“Imaginons qu’elle ait ce bébé, dit Michael d’un ton qui se voulait conciliant. Est-ce qu’on va s’en occuper le temps qu’elle finisse ses études ? Est-ce que tu vas abandonner l'écriture, Ali, pour jouer à la mamie ?

— Oh, lâche-moi, Michael. C'est censé me faire un électrochoc pour que je me rallie enfin à votre cause ?

— Un autre bébé dans cette maison, ça ne peut être qu'un cadeau, dit Beatriz. Un cadeau de Dieu.

— Non, en fait ça ressemble plus au cadeau d'un ado anonyme trop porté sur le sexe, lança Thea.

— Thea McCormack !" Beatriz, qui s'emportait si rarement, venait de prendre la voix qui à l'époque aurait fait baisser la tête de honte à la petite fille. Ce n'était plus le cas.

"Ce sont les faits, j'en ai peur. C'est pas l'immaculée conception, Beatriz.

— Ça suffit", lâcha Ali.

Thea repoussa les cheveux de son visage dans un soupir. "C'est ridicule", dit-elle. Elle regarda Michael, qui tourna les yeux vers elle et lui sourit. "Papa. Il va falloir que tu règles ça. Maman plane trop."

Michael ouvrit la bouche pour parler, mais Ali fut plus rapide. "Thea, tu la boucles, tu deviens désagréable.

— C'est vrai, chérie, dit Michael. Un petit peu.

— Parfait." Le visage de Thea se ferma et devint glacial. Elle prit son téléphone et se mit à parcourir ses messages d'un air nonchalant. Une mèche blonde soyeuse tombait devant l'un de ses yeux.

"Dîner à 7 heures", annonça Beatriz, qui tentait coûte que coûte de préserver un peu de normalité.

Ali la regarda. "En fait, Beatriz, je crois que je vais sortir."

Michael, pris de court, demanda : "Ah bon ? Et depuis quand ?

— Je viens juste de le décider. Je vais aller voir Sheila.

— Sheila ?

— Ouep, Sheila Baillie." Elle recula son tabouret et embrassa Beatriz sur sa joue toute douce. "Navrée, Beatriz, mais il le faut.

— Sheila ? répéta Michael. C'est à quatre heures de route ! Pourquoi ?"

Ali haussa les épaules. "Je le sens comme ça. Je crois qu'elle peut nous aider.

— Mais oui, bien sûr, vas-y, maman, dit Thea sans décoller les yeux de son téléphone. On va s'occuper de tout en ton absence."

Ali regarda sa fille aînée, tellement sûre de sa place dans le monde, tellement convaincue de son excellence, et il fallait bien reconnaître qu'elle éprouvait une sorte de fierté et de plaisir à voir Thea si forte et sûre d'elle, à des années-lumière de la jeune fille de vingt-deux ans qu'Ali avait été. Mais bon sang que cette petite pouvait être arrogante.

"Ne te donne pas cette peine, c'est inutile, lui répondit Ali. J'emmène Stella avec moi."

Elles étaient donc dans la voiture à présent, bien lancées sur la route principale en direction du nord, que les urbanistes avaient baptisée Route principale nord, comme s'ils avaient tous été en panne d'idées. Elle traversait Adélaïde puis continuait au-delà, d'abord environnée de banlieues, puis de magasins discounts, de relais routiers, de parkings de voitures neuves et de stations-services, avant de tracer sa trajectoire à travers les immenses champs brûlés, à mesure que la ville, érigée sur sa plaine extra plate, s'effaçait peu à peu. Ali n'avait pas vu Stella aussi heureuse depuis des semaines. Quand elle était montée toquer à la porte de la salle de bains et avait dit : "Stell, tu veux venir avec moi voir Sheila et Dora ?", elle ne se doutait pas que la porte s'ouvrirait brusquement en grand et que Stella dirait, avec comme de l'espoir, du soulagement dans la voix : "Quand ? Tout de suite ?" Ali avait presque commencé à croire qu'elle ne dirait jamais plus rien qui plairait à Stella, mais en un instant le visage froid et renfrogné de sa fille avait déposé les armes, elle avait souri et dit : "Je vais prendre quelques affaires."

Elles voyaient très peu Sheila parce qu'elle était rarement chez elle. Quand c'était le cas, elle vivait ces temps-ci à Quorn, une adorable petite ville de l'outback au bord de la chaîne des Flinders, dans une minuscule maison qu'elle louait à un artiste. Elle s'était installée là des années plus tôt après avoir fait scandale à Elizabeth en quittant Kalvin, son mari ingénieur, pour une femme, Dora Langford, conductrice bénévole sur le vieux chemin de fer Pichi Richi, qui portait un bleu de travail et une casquette à visière, et pelletait le charbon de ses grosses mains calleuses. Donc la première fois que Stella, deux ans et demi, avait rencontré Dora, c'était à bord d'un charmant petit train à vapeur qui fonçait au milieu des ruisseaux bordés d'eucalyptus et des collines parsemées d'arbustes à fleurs bleues, et Dora l'avait chargée du sifflet. De telles expériences ont un effet durable sur de jeunes cœurs : après cela, quand Stella pensait à Sheila et Dora, c'était toujours une effusion de joie.

Stella était installée sur le siège passager de la voiture d'Ali, ses pieds nus sur le tableau de bord, et elle regardait vers la gauche, par la fenêtre. Les limites de la ville étaient loin derrière elles et le ciel du soir changeant ; des nuages anthracite arrivaient sur elles depuis l'horizon menaçant, mais la voiture était un nid douillet et costaud, un refuge. Elles avaient appelé Michael en haut-parleur pour lui dire où elles en étaient du trajet. Ali l'avait senti plus léger, soulagé. Elle avait littéralement éloigné le problème et, au moins pour l'instant, il pouvait légitimement penser à autre chose. Tout comme Stella, d'ailleurs, et comme Ali aussi – ce trajet, ce voyage : c'était une fuite, un exercice pour retrouver le bonheur. Jusque-là, la grossesse de Stella n'avait pas été évoquée, et si Stella n'en parlait pas, ce n'est pas Ali qui le ferait. Elle jetait de temps en temps un regard à la dérobée sur sa fille et voyait à sa posture sur le siège – les membres relâchés, les jambes relevées, les bras desserrés autour de ses genoux pliés – que Stella était satisfaite et détendue. Ce n'était plus la même fille qui se dirigeait au nord vers Quorn et fuyait la réalité. Les vérités qui dérangent, on avait le temps, pensait Ali, mais d'abord une bonne dose de Sheila.

“Bon, est-ce qu'on peut écouter des chansons ? finit par demander Stella lorsque le paysage s'obstina à ne plus varier d'un pouce. T'as apporté ta musique ?

— Sois pas bête”, répondit Ali. Elle lui passa son iPod et Stella le brancha. Elle fit tourner son pouce sur le curseur, les yeux sur l'écran qui affichait les options, et le curseur cliquetait comme un sémaphore à mesure que la liste défilait.

“Tu devrais jeter ce vieux truc, dit-elle. Tout mettre sur ton téléphone. C'est mille fois plus pratique.

— J'aime cet iPod autant que je t'aime”, rétorqua Ali.

Ça fit rire Stella. “Qu'est-ce que je mets ?

— Ce qui te fait plaisir. Non, attends, va dans les playlists, j'en ai fait une nouvelle. C'est la première, normalement.

— Elle s'appelle comment ?

— *Les meilleures deux dernières.*"

— Tes playlists ont des noms trop bizarres.

— Mais les morceaux sont top. Oh mon Dieu, j'adore cette chanson." Elle monta le son et les premiers accords tonitruants de "Suffragette City" déboulèrent, leur donnant le sentiment immédiat d'être à une fête.

"Waou, maman, mais y a pas mieux ! cria Stella. C'est qui ?"

Ali se fendit d'un sourire. "Bowie."

Elles profitèrent du morceau. Ali chantait les paroles, Stella essayait de les apprendre. À "Wham bam, thank you, ma'am", elle explosa de joie et répéta le passage jusqu'à ce qu'elle soit parfaitement calée et puisse chanter à tue-tête avec Bowie et sa mère, et quand le morceau claqua sa dernière note, elle laissa échapper un grand soupir et dit : "J'ai adoré, y a quoi ensuite ?

— Une autre de Bowie, et ensuite les Byrds – deux chansons aussi –, après Talking Heads, deux, les Kinks, pareil, Police, T. Rex, les Animals, Jimi Hendrix, les Buzzcocks et pour finir les Beatles. Deux de chaque groupe, toujours. Les meilleures deux dernières."

Stella la fixait des yeux : "T'es une grande malade de musique, toi.

— Merci.

— Hmm, je la sens pas trop, celle-ci, par contre, dit Stella.

— « Rock'n'Roll Suicide », dit Ali. La dernière chanson du disque *The Rise and Fall of Ziggy Stardust and the Spiders from Mars*.

— Jamais entendu un titre d'album aussi bizarre, dit Stella. Donc « Suffragette City » c'est l'avant-dernière ?

— T'as pigé.

— Pourquoi ?

— Pourquoi quoi ?

— Ce truc des « meilleures deux dernières » ?

— Oh, répondit Ali. L'idée n'est pas de moi. C'était celle d'un ami, il y a des années, quand j'étais plus jeune que toi encore." L'image de Daniel se forma dans son esprit. Elle se souvint d'un long baiser contre le mur de sa maison, de la sensation de la cassette dans la poche de sa veste, et de la toute première fois où elle avait écouté la playlist, seule dans sa chambre, dans une maison vide, avant de découvrir où son frère avait passé la soirée et où se trouvait sa mère, et ce que Martin avait fait, ou s'apprêtait à faire. Comme la lumière avant les ténèbres, elle avait écouté cette cassette dans le froid de sa chambre, elle l'avait adorée et elle avait adoré le fait que Daniel ait réfléchi à toutes ces choses. "Je n'écoutais pas de cassettes à l'époque, dit-elle à Stella. Il l'a faite pour moi, et chaque paire de chansons était dans le bon ordre, comme dans l'album dont elles étaient extraites.

— Lui aussi c'était un malade de musique, on dirait, dit Stella. Il en faisait un peu trop, nan ? Tu lui plaisais ?

— Oh, c'était il y a un million d'années", répondit Ali, dédaigneuse, évasive. Et pourtant, pensait-elle, il était là avec elles dans la voiture, lui et ses *Meilleures deux dernières* méticuleusement sélectionnées. Elle s'était souvenue de la cassette la veille au soir, et l'avait cherchée dans les combles après qu'il l'avait replongée dans le passé avec les Comsat Angels. Deux heures plus tard, à sa grande surprise, elle était tombée dessus dans une boîte en carton remplie d'objets divers, impeccablement conservée dans son étui. Il n'avait pas recopié la liste des titres, donc Ali avait dû exhumer un vieux radiocassette pour retrouver ce qu'il avait choisi toutes ces années auparavant. Elle avait écouté les chansons dans la semi-obscurité des combles, elle s'était sentie mélancolique, nostalgique et, pendant un moment, complètement perdue dans les obsessions musicales de Daniel en 1979. Puis elle avait rassemblé les chansons qu'elle avait déjà, acheté celles qu'elle n'avait pas, et classé les vingt dans l'ordre des *Meilleures deux dernières* dans son iPod.

"Elle est bien, celle-là.

— « The Girl with No Name », dit Ali. Les Byrds. Avant-dernière chanson de l'album *Younger than Yesterday*.

— C'est vieux ? On dirait pas.

— La bonne musique, ça ne vieillit jamais.

— C'est chouette ce qu'il a fait, dit Stella.

— Qui ça ?

— Ce garçon. Comment il s'appelait ?

— Daniel.

— C'est chouette ce qu'il a fait, répéta-t-elle.

— Oui. Très chouette.

— Hé, dit Stella. T'as toujours « California Dreamin' » en tête ?

— Toujours, répondit Ali. Toujours et à jamais." C'était leur duo habituel quand elles faisaient un long trajet, leur morceau à elles dans les fêtes de famille, quand Stella était encore en primaire et qu'il n'y avait personne d'autre au monde avec qui elle voulait être qu'Ali.

"Tu fais les filles, dit Stella. Et moi les garçons."

Elles coupèrent la musique et chantèrent leur partie à pleins poumons. Dehors, le soir s'était changé en nuit et on ne distinguait plus rien dans l'obscurité jusqu'à ce que se révèlent enfin à elles les lumières éparses et chaudes de Quorn, leur faisant des clins d'œil et les invitant à entrer dans la ville.

Sheila et Dora les attendaient, la porte s'ouvrit donc avant même qu'elles aient pu frapper. La petite maison embaumait la cannelle d'un tajine d'agneau, et quand Sheila enveloppa Ali de ses bras, son odeur était sucrée, exotique, des notes de fleurs d'oranger et d'eau de rose, un câlin loukoum. Stella était restée en retrait, soudain timide, mais Sheila l'attira à elle.

"Quelle belle enfant, dit-elle, les mains autour du visage de Stella. Regarde-la, Dora. C'est le portrait d'Alison."

Dora était solidement bâtie et son visage était plissé par son immense sourire.

"Si tu savais comme j'ai aimé ton livre, dit-elle à Ali. Si émouvant, si vrai. J'ai pleuré à la fin parce que je ne supportais pas l'idée de perdre mes nouveaux amis, ces gens géniaux que tu as inventés. La créativité, c'est un don chez toi, comme pour Sheila. Alors, ma chérie, vous allez pouvoir rester combien de temps ? Est-ce que vous pouvez rester jusqu'à samedi ? Sheila a un vernissage dans une des galeries de la ville, on aimerait beaucoup que vous puissiez venir.

— Un vernissage ? demanda Ali. Sheila, tu peins ?

— Elle fait un carton, dit Dora. C'est la sensation du moment.

— Alison, c'est si bon de te voir, ça fait trop longtemps", dit Sheila. Elle tenait à nouveau Ali tout contre elle, un bras passé autour de ses épaules.

“C’est vrai, répondit Ali. Beaucoup trop longtemps. Tu sens délicieusement bon, Sheila.

— Merci, chérie. On est rentrées de Marrakech il y a peu et, derrière un étal de la médina, on a trouvé une femme qui faisait ses propres parfums. Tu peux garder tes Dior et tes Chanel, hein, Dora ?

— Je veux !” répondit-elle.

Ali sourit à ces deux vieilles femmes rayonnantes, éclatantes, pétillantes, pleines d’une énergie juvénile. “Vous êtes resplendissantes, toutes les deux.

— On essaie d’oublier qu’on est passé du mauvais côté des soixante-quinze… dit Sheila.

— Eh bien, vous êtes resplendissantes, répéta Ali. Je suis vraiment désolée d’avoir laissé passer autant de temps. On devrait venir vous voir plus souvent.

— C’est bien vrai, dit Sheila. Mais le plus dur, c’est de nous trouver à la maison.

— Qu’est-ce que tu peins ?” demanda Stella. Elle avait pris place dans un énorme canapé en cuir vert tout craquelé avec les années et dont le rembourrage ressortait au niveau des accoudoirs. Stella en arrachait machinalement des petits bouts tout en se familiarisant avec son nouvel environnement, meublé de façon si excentrique, avec des objets dépareillés, qu’on aurait dit une petite salle des ventes dans laquelle elles seraient toutes venues prendre part aux enchères. En plus du sofa, il y avait un fauteuil de chintz et un repose-pieds tapissé d’une peau de vache. Un morceau géant de bois de gommier rouge à peine sculpté, et aussi une table basse – un plateau avec un nœud sur une structure en mallee blanc – qui se tenait au centre de la pièce comme un champignon rare.

“Ce que je peins… ? dit Sheila tout en réfléchissant à la question. Eh bien, c’est difficile à dire, ma puce. Mon travail est très…

— … organique, compléta Dora. Leur contenu, leur signification sont en constante évolution.

— Waou, lâcha Stella.

— Et ce sont de grandes toiles, poursuivit Dora. Pas vrai ?

— Trop grandes pour cette maison de poupée, dit Sheila. Je peins dehors pour avoir une totale liberté de mouvement.

— C'est fascinant, dit Ali. Tu les vends ?

— Naturellement", dit Sheila. Elle fit une pause avant d'ajouter : "En principe." Puis elle rejeta la tête en arrière et partit d'un grand éclat de rire en cascade, tellement irrésistible que les trois autres se mirent à rire de Sheila qui riait d'elle-même.

Plus tard dans la soirée, après le tajine d'agneau, la semoule et une bouteille d'un malbec généreux, la maisonnée se prépara à aller se coucher. Dora installa pour Stella un petit nid de coussins et de couvertures sur le sol du salon tandis que Sheila accompagnait Ali à l'étage dans une chambre au plafond décoré de drapeaux de prière tibétains et au matelas immense mais extrêmement fin posé au sol.

"Avant, c'est là que Dora méditait, lui dit Sheila. Om, mani, padme, hum, tout ce charabia. Du grand n'importe quoi, si tu veux mon avis, et maintenant elle a abandonné, mais les drapeaux sont jolis. Tu trouveras un kimono pour les invités derrière la porte.

— Tu penses à tout, dit Ali. Et sinon, est-ce que Dora conduit toujours le train à vapeur ?"

Sheila sourit et lui fit un clin d'œil. "Ah, ça, dit-elle. Peu de chances. On fait ce qui nous plaît, maintenant."

Ali rit et dit : "Et c'est très bien comme ça", puis Sheila la quitta non sans un dernier hug, un dernier bisou et la promesse d'une bonne discussion le lendemain. Une fois son amie partie, Ali se déshabilla et s'allongea en t-shirt et culotte sur le matelas, sous la canopée des drapeaux en lambeaux et – avec un léger sentiment de culpabilité lié à cette pièce dédiée à la spiritualité – elle plongea la main dans son sac pour en sortir son téléphone. Un piège de l'industrie mercantile sans âme, pensa-t-elle ; et pourtant, il fallait bien avouer que c'était grâce à ça que Daniel Lawrence avait pu la ramener au concert du Rotherham Arts Centre de 1979. Et qu'ici à Quorn, à quinze mille kilomètres d'Édimbourg, elle pouvait réécouter les Comsat Angels, et réfléchir à sa réponse. Simple Minds, peut-être : la version luxe des Comsat. Ou, non, peut-être que quelque chose de plus contemporain marcherait mieux, les propulserait dans le XXIe siècle, loin de leur passé musical. Pas de message crypté tout droit sorti des années 1970, juste : C'est ce que j'aime écouter parfois et je le partage avec toi. Quelque chose de léger, joli et mélodique.

Belle and Sebastian, peut-être. Ouais, Belle and Sebastian.

Elle ouvrit Twitter sur son téléphone et fit une recherche rapide dans leur discographie pour débusquer la chanson parfaite qui donnerait une autre tonalité à leur playlist de débutants, et soudain elle était là, elle venait de lui sauter yeux. "I Didn't See It Coming." C'était chouette, oui, c'est vrai, pourquoi ne pas dire l'évidence ? Cela faisait la moitié d'une vie qu'elle n'avait pas eu de nouvelles de Daniel Lawrence ; elle avait rompu leur lien des années plus tôt et pourtant à présent, rien que de penser à lui pensant à elle… alors oui, se dit-elle ; ce serait son cadeau en retour, une chanson mélodieuse et fantaisiste, qui s'ouvre sur ces mots absolument parfaits : du pur Stuart Murdoch, le poète roi de l'indie rock :

Make me dance, I want to surrender,
Your familiar arms I remember.

Les bras familiers de Daniel. Elle écouta la chanson jusqu'au bout, pour le plaisir, allongée sur le matelas, perdue dans ses souvenirs, puis elle copia vite le lien et l'envoya à @DanLawrenceMusic.

"Maman ?"

Stella était dans la pièce. Ali écarta son téléphone et sourit à sa fille. Combien de fois Stella avait fait ça, enfant, au fil des années, apparaître en silence à son chevet comme un esprit dans la nuit ?

"Je peux dormir avec toi ?" demanda-t-elle comme Ali s'y attendait.

Elle tapota le matelas. "Il est un peu dur, mais les drapeaux au-dessus sont jolis."

Stella s'allongea à côté d'elle, les yeux en l'air. "C'est comme une guirlande de fanions ?

— Des drapeaux de prière tibétains.

— Ah, oui.

— Tiens." Ali passa un de ses écouteurs à Stella, puis les brancha à son iPod. "Écoutons quelque chose de doux pour nous endormir toutes les deux."

Stella se blottit contre elle, soupira et ses yeux se fermèrent.

10

SHEFFIELD,
7 JANVIER 1979

Peter avait six ans quand Alison fut ramenée de la maternité et, même si personne n'attendait ça de lui, il l'avait aimée à la seconde où il avait posé les yeux sur elle, ce petit paquet mugissant, le visage rougi, furieuse, en danger dans les bras de sa mère. Il craignait que Catherine la fasse tomber parce qu'elle l'avait déjà fait tomber lui – c'était bien connu ; tout le monde en parlait, de la fois où elle avait raté une marche, dévalé l'escalier, et atterri sur le sol de la cuisine, arrêtant la chute de son bébé, Peter, avec son propre corps, comme si elle avait été héroïque, comme si ce n'était pas sa faute à la base. À son jeune âge, Peter ne pouvait pas comprendre pourquoi les autres adultes trouvaient cette histoire drôle. Il surveillait sa sœur alors que Catherine la trimballait dans la maison pour la première fois, la lâchant sans précaution sur le canapé comme un colis pour attraper le verre qu'on lui tendait. Tous les adultes dans la pièce s'écrièrent "Santé !" et Catherine de répliquer : "Profites-en bien, Geoff, parce qu'il n'y en aura pas d'autre."

C'était le plus ancien souvenir de Peter ; Alison hurlant, animée de la colère des nouveau-nés, et personne pour y prêter attention sauf lui ; le feu dans la cheminée surchauffant la pièce jusqu'à l'inconfort, le tintement des verres, gauche et périlleux, le rire de sa mère.

Dans son tout premier souvenir à elle, Alison a trois ans environ, elle est assise en short, t-shirt et sandales sur le bord du trottoir dans la rue, cette même rue d'Attercliffe dans laquelle ils vivaient toujours. Elle n'avait pas la notion du temps, mais c'était le crépuscule, la nuit approchait, et tous les enfants du voisinage étaient rentrés, rappelés par leur mère les uns après les autres, par un ou par deux, jusqu'à ce qu'Alison se retrouve toute seule. Au sol, les lignes à la craie de la marelle, dans le caniveau un ballon qu'elle pouvait toucher du bout du pied gauche, et ses jambes nues, très froides. Elle avait attendu, attendu et puis Peter était arrivé en sifflotant, un sac de sport bringuebalant à l'épaule. Ils s'étaient fait signe de la main et elle était très contente de le voir. Il lui avait fait un câlin puis ouvert la porte avec la clé qu'il gardait attachée à un cordon autour du cou.

C'était donc son plus vieux souvenir, mais il y avait eu plein, plein d'autres fois ensuite où Alison avait attendu qu'on la trouve, et elle se les rappelait toutes : si tous les détails ne lui revenaient pas forcément, elle se souvenait au moins du cycle de ses sensations. Elle gardait par exemple en mémoire celle, unique, d'une faim intense et le sentiment de solitude qui l'accompagne ; ce moment où la nuit gagne du terrain et où on est sur ses gardes ; le désir que Peter n'aille jamais nulle part sans elle, un désir d'enfant aussi puissant que confus. Chaque fois qu'elle l'attendait, Alison fermait les yeux et tentait de faire apparaître sous ses paupières différents endroits où elle aurait aimé être. Dans un panier, au milieu d'une portée de chiots tout chauds empilés les uns sur les autres. Dans un nid de plumes, lovée entre les oisillons. Dans un champ de maïs, cachée comme une minuscule souris, en secret, en sécurité. Puis Peter se mettait à la chercher ou il rentrait à la maison de là où il venait, et il essayait de la prendre dans ses bras maigrelets, et toute sa chaleur s'insinuait en elle, et il savait comment la faire sourire, toujours. À trois ans, elle l'aimait si fort qu'il n'y avait de place pour personne d'autre dans son cœur, et à seize ans encore, elle était dévouée à son frère : son refuge, son fidèle allié. Quand il était au travail ou sorti avec Toddy, elle guettait toujours le bruit de sa clé dans la serrure, et respirait mieux après l'avoir entendu.

Hier soir, après le foot, quand Alison était arrivée de chez Daniel et qu'elle était directement montée écouter sa cassette dans sa chambre, Peter n'était pas rentré à la maison du tout, mais Martin Baxter si, et il enrageait au rez-de-chaussée, cherchant Catherine, criant son nom. Ses pas étaient lourds dans l'escalier, il faisait un vacarme pas possible, puis il avait ouvert la porte de la chambre de Catherine avec une telle fureur qu'Alison s'était immédiatement levée de son lit où elle était assise et avait traversé sa chambre pour aller ouvrir sa porte avant qu'il ne l'atteigne – un petit geste de défi, qui lui ôtait le pouvoir de la faire sursauter et de l'intimider. Les Byrds chantaient "The Girl with No Name", et Alison faisait face à Martin, debout sur le palier, dégoulinant de sueur et grimaçant. Elle repensa à M. Lawrence dans son pigeonnier et s'imagina là-bas avec lui, il placerait entre ses mains en coupe un oiseau calme et serein, elle ne serait pas effrayée d'entourer ce petit poids de douceur ni de sentir sa poitrine dodue se soulever et s'abaisser sous ses doigts.

"Ta mère est une garce, lâcha Martin. Une putain de garce."

Alison l'observait. Il n'y avait rien à dire.

"Elle est où ? demanda-t-il avec la voix mal assurée du type qui s'est saoulé à la bière. Et avec qui ?"

Alison n'en avait aucune idée et le lui dit. Cette façon de fulminer, elle la reconnaissait, elle l'avait déjà vu comme ça. Il avait des dépôts de salive sur les lèvres, ces lèvres horriblement féminines, pleines, rouges et douces, totalement incongrues sur ce visage grossier. Au niveau de l'œil droit, un vaisseau avait éclaté et rempli de sang la moitié du blanc, ce qui lui donnait un regard ravagé, de déséquilibré, plein de violence. Ses cheveux roux étaient coupés au ras du crâne et il avait un tatouage sur le cou, un serpent aux yeux vides enroulé autour de la lame plate d'une dague. Les Byrds terminèrent leur chanson et en commencèrent une autre, "Why", le dernier morceau de l'album *Younger than Yesterday*, et Alison, solide comme un roc, n'y prêtait que vaguement attention, car elle était occupée à imaginer à quel point ce devait être horrible d'être Martin, elle avait pitié de lui et de son grand gabarit totalement inutile, de sa souffrance idiote et pataude, de toutes ses réactions ralenties par la bière, humilié qu'il était par Catherine qui se trouvait très certainement – il n'avait sans doute pas tort sur ce point – dans le lit d'un autre, offrant son corps en échange de la promesse d'un peu plus d'alcool, repoussant à plus tard la honte et le remords, pour quand elle serait sobre.

Martin fit un pas de plus vers Alison, qui ne recula pas. "Si tu m'dis pas où elle est, je te le ferai cracher, dit-il, laissant ses doigts traîner au-dessus de sa boucle de ceinture.

— J'ai pas été là de la journée, répondit Alison avec assurance. Comment je pourrais savoir ?" Le mépris la rendait calme. Elle était sûre qu'elle le tuerait avant qu'il arrive à poser un doigt sur elle. Martin soufflait l'air comme un taureau, les narines dilatées, et Alison s'attendait presque à le voir racler le sol avec une de ses bottes noires. Elle voulait Daniel, d'un coup et de toute urgence. Daniel, sa famille, sa maison ; elle mourait littéralement d'envie d'avoir tout ça, mais plus encore de l'avoir *lui* à ses côtés, ses bras autour d'elle. Mais pas ici. Jamais ici.

"Mais elle était pas sortie avec toi ?"

La bière et ses effets le firent tituber en arrière puis plonger dangereusement vers l'avant, on aurait dit que le palier tanguait comme un bateau pris dans la tempête. Il jura, se remit sur pied et, lentement, mais de façon tout à fait délibérée, se concentra sur la poitrine d'Alison, et c'était une façon de l'intimider, mais elle n'avait pas peur de Martin Baxter, pas une seule seconde.

"Elle est au Carlton, dit Alison, comprenant soudain que n'importe quel mensonge éloignerait Martin de la maison. Ouais, c'est ce qu'elle a dit. Le Carlton."

Il leva la tête et la toisa de ses yeux humides injectés de sang.

"T'as dit qu'tu savais pas, lui lança-t-il en pointant son gros index vers son visage.

— Le Carlton", répéta Alison, pour qu'il imprime, et il fit prudemment un tour à quarante-cinq degrés, chancela un instant en haut de l'escalier avant de le dévaler dangereusement de son pas lourd, sautant une marche sur deux. Elle attendit d'entendre la porte claquer derrière lui, puis elle ferma celle de sa chambre. À présent, sur la cassette, c'était ce groupe dont Dan parlait tout le temps, Talking Heads, "Take Me to the River". Alison s'assit au bord du lit et écouta, curieuse de voir si elle entendrait ce que Daniel entendait, de voir s'ils lui parlaient à elle comme ils semblaient lui parler à lui. Elle monta le son et s'allongea.

Au matin, Peter était de retour et quand Alison descendit, il était assis à la table de la cuisine avec son caban sur le dos. Il avait l'air tout penaud, se dit Alison, alors elle lui mit un petit coup de coude en lui disant : "Alors, t'as eu de la veine ?" C'était si rare que Peter sorte toute la nuit. À vrai dire, elle ne se souvenait pas de la dernière fois où c'était arrivé. Il haussa les épaules sans répondre, alors elle n'insista pas, elle se contenta de tirer une chaise et de s'asseoir en face de lui.

"Y a du thé ?" demanda-t-elle.

Il acquiesça et poussa la théière marron vers elle, suivie d'un mug propre.

"C'était bien ?

— J'ai vu *Superman* au Gaumont.

— Et ?

— Et quoi ?" Il était sur la défensive, ça la fit rire.

"Et t'en as pensé quoi ?

— Ah. Ouais, fantastique.

— Avec Toddy ?"

Peter fit signe que oui. "Donc ça y est, t'es supportrice des Wednesday maintenant ?"

Alison se mit à rire. "Non… mais attends, je me suis tellement marrée, Peter. On a lancé des boules de neige au gardien d'Arsenal.

— Je sais. Ils l'ont dit à la radio.

— On est rentrés à pied, ça a pris des plombes, on a discuté sur le chemin en mangeant des chips. On est allés chez Daniel. Son père élève des pigeons de race. Sa sœur m'a mis du vernis à ongles." Elle les étala sur la table, parfaitement roses, et les observa un moment, avant de lever le visage vers Peter. "C'était bien."

Peter lui sourit. "On dirait, oui. Je regrette quand même qu'il supporte pas les Blade."

Soudain le cliquetis lointain d'une clé dans la serrure et la porte d'entrée qui s'ouvre, c'était Catherine qu'on entendait dans le vestibule, qui se débarrassait de ses talons hauts et laissait tomber par terre son sac et son manteau. Elle pénétra dans la cuisine, suivie de près par une odeur de clope et d'alcool éventé, mais elle n'avait pas le regard vide ni hostile, elle était juste crevée. Elle se laissa lourdement tomber sur la chaise restante à table et tourna la tête pour regarder d'abord Peter, puis Alison.

"Bon, dit-elle en s'esclaffant. Rien que tous les trois." Ils sourirent, hésitants. Elle était mince, comme le sont les femmes qui fument au lieu de manger, blafarde, et elle avait sur la joue gauche la trace jaunâtre d'un ancien bleu. Elle avait été une très belle femme – il y a très, très longtemps. Le chemisier en crêpe bleu qu'elle portait était à l'envers, on voyait les étiquettes à la taille et au col. Elle frissonna dans la pièce froide, et Peter lui servit un mug de thé, qu'elle accepta en silence et porta à sa poitrine entre ses deux mains, sans le boire.

"Martin t'a trouvée ? demanda Alison. Il est venu ici, il te cherchait."

Catherine leva les yeux au ciel, posa sa tasse et tira un paquet de Benson & Hedges de l'élastique de sa jupe.

"Je regrette qu'il ait une clé", dit Alison.

Peter secoua la tête. "Oui, il devrait pas en avoir, Catherine. Il débarque ici, il la ramène, et il braille ses menaces.

— Oh… il est pas méchant, dit Catherine en agitant la main. Que des paroles, rien dans le pantalon. Trouve-moi une allumette, chérie."

Elle s'adressait à Alison, qui se leva d'un bond pour prendre la boîte d'allumettes à l'arrière du four. Elle s'accrochait à ce genre de moments, quand sa mère était lucide et sobre. Tant qu'elle pouvait continuer à la faire parler, allumer sa cigarette, la faire sourire… Elle gratta une allumette et approcha la flamme du bout de la cigarette de Catherine.

"Là", dit sa mère. Elle tira une longue taffe en tremblotant et fit sortir la fumée par ses narines. "Bon Dieu de bon Dieu. Où serais-je sans mes clopes ?

— Alors, il t'a trouvée ? insista Alison.

— D'une certaine façon", répliqua Catherine. Elle regarda Peter. "Il t'a trouvé, toi aussi."

Peter la dévisagea. "Quoi ?

— Toddy et toi, vous marchiez dans Darnall Road."

Il soutint son regard, mais remua sur son siège et avala sa salive. Elle ne le lâchait pas des yeux, la cigarette aux lèvres. "Vous êtes passés juste devant lui sans le voir.

— Il aurait pu dire un truc, répondit Peter. Pourquoi il a rien dit ?"

Catherine haussa les épaules. "Qui sait ?

— Je supporte pas ce connard.

— Oui, dit Catherine. Je sais bien. Et lui non plus, hein."

Alison observa le visage de son frère. Si seulement il la regardait. Mais il ne le fit pas. Il ne voulait pas.

Catherine fuma un petit moment, sans un mot, puis elle dit : “Si j’étais toi, Peter, je serais courtois avec Martin. Tu te rendrais service.”

Un silence s’installa entre eux deux, qu’Alison ne savait pas comment interpréter, puis Catherine se leva. “Bon sang, j’ai besoin d’un verre”, lâcha-t-elle, et elle se mit à ouvrir et claquer les portes de placard les unes après les autres, à la recherche d’une bouteille. Alison regarda Peter d’un air désespéré, Catherine la surprit et dit : “Hé, la Mère Michel, où t’as caché ma vodka ?

— C’est moi, dit Peter brusquement. C’est moi qui l’ai cachée.

— Ah, très bien, alors va la chercher.”

Un court instant, il sembla à deux doigts de la défier, et Alison retint sa respiration. Puis il dit : “Elle est là, juste derrière cette boîte de céréales.”

Catherine se fendit d’un sourire. “Bon garçon.”

Ils l’observèrent remplir de vodka un gobelet en plastique d’une main tremblante, puis elle lança un “Tchin” dans le silence.

Alison jeta un œil à l’horloge murale. Il était neuf heures moins dix.

Alison passait de plus en plus de temps chez Daniel au fil des semaines. Elle y laissait ses manuels scolaires, faisait parfois ses devoirs à la table de la cuisine, épluchait des carottes et des pommes de terre pour Mme Lawrence, les laissant sur le plan de travail dans des casseroles d’eau froide, prêtes pour plus tard. Elle adorait cette cuisine, l’ordre qui y régnait, son évier en inox étincelant, le frigo débordant de nourriture, et le grille-pain avec ses gerbes de blé dessinées sur les côtés et sa fente plus large pour les pains aux raisins. Toute la famille de Daniel était adorable avec elle, mais il lui arrivait de se demander ce qu’ils pensaient vraiment d’elle, en particulier Mme Lawrence, dont le sourire était parfois en décalage avec son regard soucieux et attentif. Bien sûr Alison avait conscience de ses défauts : son côté solitaire, sa méfiance et sa réserve, qui pouvaient être pris pour de l’indifférence. Mais il se trouve que M. Lawrence était lui aussi quelqu’un de réservé, donc peut-être qu’il la comprenait, et des parents de Daniel, c'était certainement le père qu'elle préférait. Sa gentillesse à son égard semblait n'avoir pas de limite et, pensait-elle, il avait en lui un genre de truc organique, naturel, une façon d'être qui lui était aussi facile que de respirer ou de dormir. Daniel lui avait dit qu'il avait été ingénieur des mines, très compétent et très estimé. Mais il n'était jamais retourné au travail après être resté coincé sous terre pendant deux jours et une nuit derrière une chute de rochers. C'était il y a des années, et il avait commencé à s'occuper des pigeons peu de temps après, à présent ils étaient toute sa vie ; il leur donnait tout son temps et une bonne dose d'amour, et Alison croyait savoir comment se sentaient les oiseaux dans son pigeonnier : enrobés d'une douillette sensation d'appartenance. Il les traitait et il la traitait avec le même respect, la même douceur, et Alison s'y prélassait comme au soleil. Daniel, dont le lycée était plus éloigné de la maison et qui rentrait donc plus tard qu'Alison, savait qu'elle était là à son manteau sur la patère et son sac sur la chaise, mais la plupart du temps il devait aller la chercher dans le pigeonnier, puis ils mangeaient des toasts dans la cuisine et faisaient les idiots, il arrivait toujours à glisser ses mains sous son chemisier avant que sa mère rentre ou que son père vienne faire un tour dans la maison par la porte de derrière. Parfois, mais ça n'arrivait que rarement, ils avaient la maison pour eux tout seuls, et alors si Alison y consentait – ce qui n'était pas toujours le cas –, ils faisaient l'amour dans le petit lit de Daniel. Dans un coin de sa tête, sans trop comprendre, Alison sentait que c'était strictement interdit. L'évolution de leur relation vers quelque chose de si intime, de si adulte – leur peau, toute cette chaleur, leurs membres emmêlés et leur désir mouillé –, leur était si nouvelle qu'après le sexe, ils ne savaient pas quoi se dire et rassemblaient rapidement leurs vêtements en silence pour pouvoir être à nouveau eux-mêmes. Mais dans leurs yeux, il y avait maintenant la connaissance secrète de l'autre, et Alison avait le sentiment d'appartenir à la grande famille des femmes, elle était heureuse de s'être délestée du lourd fardeau de sa virginité, heureuse que ce soit Daniel qui la lui ait fait perdre, et pas une grande gueule d'Attercliffe qui passerait son temps à s'en vanter.

Ce qu'elle préférait, en revanche, c'était simplement être assise contre le lit de Daniel, à côté de lui, dans un nid de coussins et d'oreillers, et écouter leur musique sur la vieille platine de son frère, ou sur le gros radiocassette JVC, la plus grande fierté de Daniel. Elle chantait pour lui. Il jouait de la guitare pour elle. Ils passaient… oh, n'importe quoi, tout, ils partageaient leurs morceaux préférés, supportaient ceux qu'ils pensaient *devoir* aimer, et se repassaient en boucle la musique dans laquelle ils aimaient se perdre : Jimi Hendrix, T. Rex, Pink Floyd, Blondie, les Beatles, John Martyn, Elvis Costello et, surtout, Rory Gallagher – de façon obsessionnelle, religieusement, avec la révérence appropriée. Il lui transmettait son amour pour le prog rock, il l'avait convaincue de s'allonger les yeux fermés pendant toute la durée de l'album *Wish You Were Here*. Elle ressuscitait les vieux disques de northern soul du frère de Daniel, ses sons de la Motown, de vraies trouvailles, et Daniel, qui avait passé son enfance à regarder Joe danser sur son carré de parquet, lui montrait les pas, et ensemble ils faisaient revivre le Wigan Casino dans sa chambre avec Jimmy Radcliffe et Dean Parrish, le volume poussé suffisamment fort pour qu'ils ressentent la musique jusque dans leurs os et dans leurs veines.

Ce soir-là, elle resta dîner. C'était mercredi, six heures moins le quart. Hachis parmentier irlandais, carottes à l'eau et petits pois. Mme Lawrence raconta une histoire du bureau à propos de leur responsable, M. Whitely, qui prenait de grands airs et se croyait au-dessus de tout le monde. Claire dit qu'elle connaissait une femme comme ça chez Cole Brothers, qui prenait une voix snob pour parler aux clients mais ne prononçait jamais les *h* au bon endroit. M. Lawrence parlait très peu à table ; tout comme Daniel. Ils regardaient tous deux leur assiette, enfournaient la nourriture et ne parlaient que si on leur adressait la parole. Alison, qui écoutait, souriait, mangeait aussi de temps en temps, aurait voulu que Peter soit là, une assiette pleine de hachis devant lui, et elle se demandait ce qu'il y avait à manger pour lui à la maison.

“Et qu'est-ce que t'as dit qu'elle faisait, déjà, ta mère ?”

Alison eut un sursaut comme si on l'avait mordue. Claire avait posé la question en toute innocence, et sa mère leva les yeux vers Alison, la fourchette pleine de purée, parfaitement consciente – parce qu'elle avait interrogé Daniel à ce sujet – qu'Alison ne parlerait pas de sa famille, à l'exception de son frère. Une rougeur prononcée se répandit sur le cou et les joues d'Alison, elle avala sa bouchée et répondit : "Elle est sans emploi", puis garda les yeux baissés pour éviter l'expression de confusion polie de Claire devant la gêne évidente qu'elle avait provoquée avec sa question inoffensive.

"Je préférerais pas avoir à travailler", dit Claire pour détendre l'atmosphère, ne faisant qu'empirer les choses. Daniel lui lança un regard noir et elle le fixa d'un air perplexe.

"C'était un festin", dit M. Lawrence, rompant son silence habituel à table, dans le seul but de venir en aide à Alison, dont la détresse était palpable. "Absolument délicieux, s'il en reste, Marion, j'en veux bien encore." Soudain, il y eut du mouvement, on s'affairait, Mme Lawrence alla chercher le plat dans le four et proposa du rab. Alison chercha Daniel des yeux et le trouva en train de la regarder justement, il essayait de lui dire sans mots que tout allait bien, qu'il n'y avait pas de mal.

"Y a pas de problème à pas travailler, lança Claire, qui continuait à faire gaffe sur gaffe. Papa ne travaille pas non plus, pas vrai, papa ?

— Claire", dit Bill calmement et Claire demanda : "Quoi ?" Là-dessus Alison se leva, son assiette à moitié pleine. Elle s'excusa, invoquant ses devoirs et un mal de tête, balayant les gentillesses et inévitables inquiétudes que son départ soulevait, puis quitta précipitamment la cuisine. Dans le couloir, près de la porte d'entrée, elle se débattit avec son manteau pour l'enfiler, attrapa son sac, et s'engouffra dans la nuit glacée de février, mais Daniel était sur ses talons alors elle se retourna et s'accrocha à lui quelques instants, son visage mouillé enfoui dans la chaleur de son cou. Il la tint dans ses bras tandis qu'elle retrouvait son calme.

"Alison, finit-il par dire.

— Je suis désolée." Elle se dégagea. "Vraiment désolée. Dis-le à ta mère.

— Mais qu'est-ce qui s'est passé ?" Sa détresse le faisait réellement souffrir. Il voulait lui prendre sa tristesse, lui faire un sort et l'anéantir. "Qu'est-ce qui va pas ?

— Plus rien, maintenant", répondit Alison même si ce n'était manifestement pas le cas. Elle essayait de reprendre le dessus, reniflant comme une enfant et s'essuyant les yeux du dos des mains. Daniel passa sa main dans l'embrasure de la porte d'entrée pour attraper son manteau, car de toute évidence elle n'était pas en état d'aller où que ce soit toute seule, mais Alison secoua farouchement la tête, furieuse dans son désarroi. "Non !" lança-t-elle, bien plus fort qu'elle ne l'aurait voulu, et elle lut l'inquiétude dans les yeux de Daniel. Pendant quelques secondes, elle fit l'effort de respirer lentement, comme pour résister à la panique qui montait. "Désolée, répéta-t-elle. Ça va aller, j'ai juste besoin de partir."

Daniel rétorqua : "Tu sais quoi, Alison, je monte dans ce bus avec toi ce soir. Je te ramène chez toi. Je suis inquiet pour toi.

— Non ! dit-elle en reculant vers le portail. Non, je t'en prie", mais il avait déjà son manteau sur lui, il avait refermé la porte d'entrée et il la suivait dans l'allée, alors elle se mit à courir, et il trottina derrière elle, l'appelant en évitant de crier. Quand elle dépassa son arrêt de bus comme si elle avait l'intention de détaler comme ça jusqu'à Attercliffe, il ralentit, mit fin à la poursuite et lui cria :

"OK, Alison, je ne viens pas avec toi." Mais elle l'ignora, poursuivant sa course à toute allure, le manteau ouvert au vent et le sac bringuebalant sur sa hanche.

"Alison, arrête-toi, s'il te plaît !"

Sa voix trahissait son trouble, et c'est précisément ça qu'elle ne pouvait ignorer, alors elle s'arrêta, se retourna et le regarda à distance, sa poitrine se soulevant.

"S'il te plaît, dit Daniel, reviens, attends ton bus. Je rentre à la maison."

Elle marcha vers lui et ils revinrent en silence sur leurs pas jusqu'à l'arrêt de bus ; puis elle dit : "Je suis vraiment désolée, Daniel. J'arrive pas à expliquer ce que je ressens."

Il ne dit mot, tête baissée, mains enfoncées dans les poches.

"Je n'ai pas une maison comme la tienne ou une famille comme la tienne, reprit-elle.

— OK mais je m'en fiche de ça.

— Non, je sais, mais moi je m'en fiche pas et je… Daniel, s'il te plaît, laisse faire les choses, d'accord ?"

Il la regarda et acquiesça. "Bien sûr", dit-il ; puis il l'embrassa froidement sur la joue et prit sans un regard le chemin de la maison, où il savait que sa mère l'attendrait à la fenêtre, la mine compatissante et pleine d'interrogation.

"On se voit quand même demain ?" cria Alison avec une note aiguë d'insécurité dans la voix. Alors il leva la main pour lui signifier qu'il l'avait bien entendue et que oui, ils se verraient demain, mais il ne se retourna pas pour lui sourire parce qu'il était blessé, dérouté, et si elle avait l'intention de cacher ses sentiments, alors il ferait pareil.

Sa mère était dans l'entrée quand il arriva.

"Alors ?" demanda-t-elle.

Il haussa les épaules.

"Qu'est-ce qu'elle a ?

— Maman, j'en sais rien." Il vivait comme un échec le fait de ne pas savoir, et elle s'en rendit compte alors elle n'insista pas. Il monta l'escalier.

"Il y a du crumble", dit-elle sans conviction. Si elle pouvait, s'il l'écoutait, elle lui dirait d'y aller avec précaution avec Alison, elle lui dirait de ne pas tomber amoureux d'une fille qui s'enfuyait à la simple mention de sa mère. Mais quand il ferma la porte de sa chambre derrière lui, elle soupira et le laissa tranquille.

Le bus se traînait en direction d'Attercliffe, et quand il finit par s'arrêter pour elle, Alison franchit d'un pas alerte les quelques rues qui la séparaient de sa maison. Elle savait qu'elle pourrait arranger les choses avec Daniel le lendemain, mais elle avait au creux du ventre un nœud d'angoisse maintenant qu'elle ouvrait la porte et se préparait à ce qu'elle allait trouver derrière. Tout était calme. Ni chaos, ni foutoir, ni Martin. Juste une vieille odeur d'urine, pas étonnant vu qu'une pile de sous-vêtements de Catherine attendait au pied de l'évier d'être lavée.

"Peter ? appela-t-elle.

— Là-haut !" cria-t-il.

Elle fut envahie de gratitude de le savoir rentré, il était là quand elle avait passé toutes ces heures chez Daniel à s'amuser. Elle accrocha son manteau, mit les collants et les culottes de sa mère à tremper dans un seau d'eau, puis elle grimpa pesamment jusqu'à la chambre de Peter, pour être avec lui.

11

LONDRES,
16 NOVEMBRE 2012

Dans le voisinage immédiat de Dan sur le canal, il y avait Lisa et Frank à la poupe, et le très compétent Jim à la proue. Les deux premiers étaient de vieux hippies, des piliers du Summer of Love qui prétendaient avoir fait une retraite dans un ashram avec les Beatles, mais c'était sûrement l'herbe qui parlait. Jim était un loup solitaire, un ancien de la marine marchande qui ne pouvait pas vivre dans une maison parce qu'il avait besoin du clapotis de l'eau pour s'endormir, à qui son équipage manquait, tout comme les vents de force neuf dans le golfe de Gascogne, ou les sandwichs à la sardine à 10 heures du matin. C'était aussi un bricoleur hors pair, toujours en bleu de travail, à traficoter sa péniche immaculée, le *Veronica Ann*, à poncer la peinture, à graisser ses entrailles. L'*Ophelia* de Lisa et Frank tombait en ruine, à côté. Sa peinture s'écaillait et rouillait avec une grâce tranquille tandis qu'ils préparaient un *aloo gobi* dans la cuisine et le dégustaient en tailleur sur le toit plat de la péniche, avant de s'étendre sur le dos et de partager un joint. Si Jim se barricadait pour se prémunir de cette activité hautement malfaisante, bien souvent Daniel se joignait à eux, sauf quand Katelin était avec lui. Les conseillers pédagogiques ne pouvaient pas fumer de joints, expliquait-elle, et elle n'avait pas l'intention d'y céder, quand bien même il s'agissait du cannabis cultivé par Frank qui – comme le disait Lisa sans ironie aucune – était plein de bonnes choses et bio. Mais de toute façon Katelin venait rarement à Londres ; c'était l'orbite de Dan, son monde à lui. Cette ville, ces rues, cette péniche… que son précédent propriétaire avait baptisée *Crazy Diamond*, un sacré nom ! Continue à briller[1], avait-il pensé en la voyant pour la première fois, une affichette "À vendre" scotchée à la coque, avec juste en dessous un numéro de téléphone et "Appelez Paddy" griffonné au stylo, comme une instruction à la seule intention de Dan. Alors il avait bel et bien appelé Paddy, et en l'espace de deux semaines, il avait la clé du bateau, une autre pour le portail du chemin de halage, et un permis délivré par la Canal & River Trust stipulant que oui, le *Crazy Diamond* lui appartenait. C'était il y a dix ans, et Katelin avait bien aimé l'idée, au début, avant de découvrir qu'elle s'y sentait trop à l'étroit, et puis les toilettes chimiques lui faisaient péter les plombs, donc au fil du temps, la péniche avait changé de statut et était passée de propriété commune à propriété exclusive de Dan, sa tanière londonienne, et ici, au milieu des habitants du canal, il se sentait coupé du monde, libéré. Ses affaires jonchaient la cabine et l'ensemble ressemblait à un dépotoir, un dépotoir très confortable, selon ses propres termes, et fumer des joints avec Frank et Lisa faisait partie du tableau. Ni imprudents ni irresponsables, ils faisaient parfois griller des branches de romarin sur le barbecue du chemin de halage pour masquer l'odeur.

Ce soir, la conversation serpentait comme la fumée du joint, montant en spirale vers le ciel, sans but. Frank et Lisa parlaient souvent par énigmes. Leur esprit s'était dilaté lors de leur séjour dans l'ashram de Rishikesh en 1967, et maintenant ils n'arrivaient plus à ordonner leur pensée. Au lieu de ça, ils disséminaient des observations et des idées dans le joli chaos de l'univers, sans en être responsables, sans se les approprier.

"Lisa, ma puce, dit Frank de sa voix traînante de hippie de Haight-Ashbury. Cette herbe déchire."

Dan acquiesça. "Mes compliments au chef, dit-il.

— C'est loin d'être fini, répondit Lisa.

— De quoi, l'herbe ?" Dans ce genre de soirées, il appartenait à Dan de tisser quelque chose de réel avec les vagues fils jetés çà et là.

"Le voyage, dit Lisa.

1. Double référence au morceau inaugural de l'album *Wish You Were Here* de Pink Floyd : "Shine on You Crazy Diamond".

— Oui", dit Dan. Elle lui tendit le joint mais il fit non de la tête, alors elle le passa à Frank. Dan avait son compte : il planait, il était heureux. Deux ou trois lattes lui suffisaient généralement pour l'amener à un stade où la conversation de Frank et Lisa semblait à moitié cohérente. Il avait son téléphone dans sa poche, avec Belle and Sebastian dedans, envoyés par Ali. Il avait pour Alison Connor des pensées affectueuses, allongé là sur le dos accueillant de l'*Ophelia*. Son choix l'avait fait sourire ; il n'était pas contre un peu de Belle and Sebastian. Il avait suffisamment écrit sur eux à la fin des années 1990, quand ils décollaient, une bande d'étudiants malins qui venaient de signer avec Jeepster Records. Il se demanda : Est-ce qu'Ali savait qu'ils étaient écossais ? Bien sûr que oui. Par contre elle devait ignorer que leur batteur vendait des tourtes les jours de match devant le Celtic Park.

"Hé, dit-il. Vous voulez écouter un morceau ?

— De la musique douce, très douce, répondit Lisa.

— Ouep, dit Dan. Alors écoutez ça."

Il sortit son téléphone de la poche de sa veste et cliqua sur le lien d'Ali, alors la voix de Sarah Martin, d'une beauté aérienne, les enveloppa, au cœur de la nuit. Frank, défoncé, croyant que toutes les chansons étaient la sienne, se mit à chanter "Waterloo Sunset" par-dessus et Lisa bafouilla de joie à sa façon complètement déjantée, son rire en rafale faisait penser à celui d'une déséquilibrée. Mais ensuite, par miracle, ils se turent tous deux, laissèrent la chanson résonner et, à la fin, Lisa soupira avec émotion et lâcha : "C'est nul de vieillir, d'être vieille."

Dan lui sourit. Inutile de le nier, elle vieillissait, oui ; les rides de son visage et le dessus de ses mains en attestaient. Mais elle avait teint sa longue chevelure grise en une multitude de nuances de rose, elle était encore mince et souple, elle portait toujours avec panache ses jeans pattes d'ef et ses chemises en étamine. "Mais putain t'es sensass, dit-il. Tu t'es vue ?" Elle baissa la tête modestement, et Frank leva vaguement le joint – enfin ce qu'il en restait – en l'honneur de la beauté de Lisa qui ne s'éteignait pas. Frank était plus âgé qu'elle ; il était *vraiment* vieux, proche des quatre-vingts, mais il s'en contrefichait, cet incorrigible vicelard ; il continuait à regarder les femmes avec un œil de connaisseur, comme s'il était toujours dans la course, comme s'il avait la moindre chance.

"Or donc, commença Frank après quelques mesures de silence. C'était quoi cette merde fugace qu'on vient d'entendre ?"

Dan éclata de rire.

"C'était la jeunesse, répondit Lisa. Une chanson."

Et Dan ajouta : "Une chanson adorable, envoyée par une fille adorable."

Il n'avait pas l'intention de dire ça, de dire quoi que ce soit à propos d'Ali à quiconque, jamais, mais Frank et Lisa étaient du genre à ne pas poser de questions. Parfois ils étaient les copains rêvés, se disait Dan. Avec eux, on pouvait tout dire, sans jamais se mettre en danger.

"*Familiar arms*, prononça Lisa. *Make me dance.*"

Frank tourna la tête vers elle et étudia son visage, comme s'il essayait de se souvenir qui elle était. "*L-O-L-A, Lola*, dit-il. *You really got me.* Moi c'est les Kinks que je veux."

Lisa regarda les étoiles, jouant du mieux possible à leur petit jeu sous le ciel trop éclairé de Londres. "Parfois, dit-elle, je crois que je pourrais mourir de bonheur.

— Surtout pas, chérie. Surtout pas."

Le pub de Camden Town était décoré de crânes mexicains du Día de los muertos, de néons en forme de crucifix, et bourré de rockers quand Dan arriva pour le concert le soir suivant. La salle était à l'étage : jauge de cent cinquante personnes, système de sonorisation haut de gamme qui permettait aux groupes de rock, punk et metal se produisant là de jouer sans aucune limite. C'était plein à craquer ce soir et Dan se mit dans son coin préféré à l'arrière de la salle, adossé au mur, et écouta la prestation. Il admirait Lionize, leur énergie, leur personnalité, le clin d'œil à Led Zep et Deep Purple, les paroles un peu grossières, les guitares fantastiques, les mélodies splendides, le tout teinté de psychédélisme, et de l'orgue Hammond dans tous les sens. Ça le ramenait en enfance, mais tout en restant immergé dans le présent. Des types brillants. Après le concert, il ralluma son téléphone et vit trois appels en absence de Katelin et deux de Duncan. Merde. Duncan voulait sûrement lui emprunter du fric, mais Katelin n'appelait que quand elle avait vraiment quelque chose à dire. Planté dans l'obscurité crasse de Greenland Place, il la rappela et elle décrocha illico.

"Dis-moi que Duncan ne trompe pas Rose-Ann", lâcha-t-elle, la voix fébrile.

Dan eut un petit rire de surprise. "Avec plaisir, dit-il. Duncan ne trompe pas Rose-Ann.

— Tu mens.

— Quoi ? Mais c'est quoi ce bordel, Katelin ?

— Duncan a une aventure et tu le couvres.

— Hé, Katelin, tout doux, qu'est-ce que tu me racontes ?"

La violente sirène d'une voiture de police lancée à toute allure coupa court à la conversation, noyant la réponse de Katelin, elle fut suivie de près par une deuxième voiture, et au final Dan dut attendre pas moins de trente secondes avant de pouvoir reprendre la parole.

"Désolé, dit-il enfin. Je t'entendais plus à cause des sirènes. Bon alors dis-moi ce que tu crois qu'il se passe ?

— Ne prends pas sa défense.

— Katelin ! Je prends pas sa défense. Je sais même pas de quoi tu parles."

Elle commença à répondre mais s'interrompit aussitôt, comme si quelque chose venait de lui apparaître. Puis : "Attends, reprit-elle. Il te dit tout, c'est juste impossible que tu ne sois pas déjà au courant de ce qu'il manigance."

À présent il sentait la colère pulser en lui ; à cause de Katelin, prête à lui rentrer dans le lard après quelques verres de vin. Elle avait sûrement passé la soirée avec Rose-Ann et s'était retournée contre lui simplement parce qu'il était un mec, parce qu'il était ami avec l'accusé et parce que ses chaussettes traînaient par terre dans la chambre. Il fit glisser le téléphone sur sa joue et s'octroya quelques secondes pour fulminer en silence tandis que Camden grouillait de vie tout autour de lui ; les pubs mettaient les clients dehors et un type bourré vint pisser contre un mur à deux pas de lui. Il s'écarta en direction de la bouche de métro, et quand il se remit à parler, il le fit d'une voix monocorde, posée et raisonnable.

"Bon, dis-moi ce qui est arrivé.

— Lindsay Miller, voilà ce qui est arrivé. C'est la chanteuse d'un groupe, mais je ne t'apprends rien.

— Putain, lâcha Dan. J'appelle Duncan." Et il raccrocha, indigné – à juste titre – devant cette injustice, cette solidarité féminine, nous contre eux. Il trouva le numéro de Duncan, l'appela puis attendit, s'appuya contre un mur dans Camden High Street, le téléphone collé à l'oreille. Autour de lui, la pagaille habituelle : des embouteillages, les feux clignotants des cyclistes, les trottoirs trop étroits pour contenir la foule qui s'y pressait. Il y avait aussi une odeur écœurante, du pop-corn ou des chouchous, venue du chariot d'un vendeur ambulant non loin de là. Dans l'intervalle, en Écosse, Duncan avait pris son temps mais finit par répondre.

"C'est officiel, l'univers tel que nous le connaissons n'existe plus, dit-il en forme de blague malheureuse. *It's life, Jim, but not as we know it.*

— D'accord, répondit Dan. J'ai pigé. Une chanteuse ?

— Ouais, adorable Lindsay.

— Tu fais chier. Et Rose-Ann !

— Ouais… C'est la merde. Elle a pété les plombs, c'est bien normal.

— Dis-moi qu'elle a pas vingt piges.

— Elle a pas vingt piges.

— Elle a vingt ans ?"

Duncan soupira. "Trente-deux.

— Bon sang, Duncan, moi qui croyais que t'étais enfin devenu le mec rangé.

— Il semblerait qu'il y ait encore de la vie sous la carcasse.

— T'es où, là ?

— En disgrâce, pardi, elle me fait la gueule."

Dan se mit à rire, ravi – mieux que ça, même – que Katelin n'assiste pas à cette conversation.

"Vas-y, raconte, dit-il.

— Elle est venue jouer à Dundee il y a un an à peu près, je l'ai regardée, puis on a discuté après le concert et c'était genre : Salut, te voilà enfin.

— Mais putain, c'était y a un an ? !

— Non, non, il s'est rien passé, et je lui aurais jamais couru après. Mais ensuite je l'ai revue dans un bar de Glasgow il y a trois semaines et elle m'a reconnu, elle m'a mis la main au cul avant de m'embrasser.

— Elle t'a fait du rentre-dedans à *toi* ?

— Sympa.

— Donc t'es pas encore trop impliqué si ça fait que trois semaines.

— C'est pas comme ça que je vois les choses en ce moment.

— Bon Dieu, Duncan, j'espère que tu sais ce que tu fais.

— Bien sûr que non, putain, je sais pas." Sa voix se brisa et, l'espace d'un instant, Dan crut que son ami allait se mettre à pleurer. Mais quand il parla de nouveau, il était presque gai. "Hé mais tu sais, il faut que tu la rencontres.

— Qui ça ?

— Lindsay.

— Mon vieux, Katelin croit que je suis de mèche.

— Elle est fantastique.

— C'est ce que tu m'as dit il y a dix ans quand t'as rencontré Rose-Ann.

— Merde, c'est vrai ?

— Où es-tu ?

— Assis sur les marches de l'immeuble de Mick.

— Mais qu'est-ce que tu fous là ? Bon, viens à Londres demain, tu pourras rester sur la péniche quelque temps si tu as besoin d'un peu de recul.

— Oh non, dit Duncan. Il faut que je sois ici.

— Mick c'est un branleur, Duncan. Pourquoi t'es allé chez lui ?

— Lindsay est là.

— Où ça, chez Mick ?

— À Glasgow. À Laurieston."

Dan soupira, déjà nostalgique de la vie simple. "Quand j'ai vu tes appels en absence, dit-il, j'ai cru que c'était pour me parler d'argent, ou de tes chanteurs.

— Ouais. J'aimerais bien en parler. Ça me ferait pas de mal de retrouver un peu de normalité.

— Ouais.

— Tu rentres quand ?

— Demain, répondit Dan.

— T'as vu qui ?

— Lionize.
— Ah oui, et alors, bien ?
— Oui, très bien."

Il y eut une pause, une sorte de bref silence plein de respect en souvenir du bon vieux temps, puis Duncan dit : "Viens me voir, Dan. Mick est un abruti, et quand j'appelle Rose-Ann, soit elle pleure, soit elle crache son venin. J'ai besoin de quelqu'un qui a toute sa tête." Il semblait triste à présent, comme Dan ne l'avait jamais entendu.

"Un peu, oui ! Je viendrai en rentrant chez moi, demain. Par contre tu me rejoins dans Gordon Street, je ne vais pas chez Mick. J'y serai à 2 heures.

— Merci, mon pote." Et Duncan raccrocha. Dan resta là un moment à se représenter Duncan, dehors dans le froid, dans la cage d'escalier de l'immeuble de Mick Hastie. Il se demanda s'il allait rappeler Katelin, mais décida que non ; trop tard et de toute façon, ça pouvait attendre. Il tâta ses poches pour vérifier qu'on ne lui avait rien volé pendant qu'il parlait au téléphone, puis s'enfonça dans la chaleur nauséabonde de la station de métro.

Minuit et demi à l'arrêt Warwick Avenue, Dan fut le seul à sortir de la rame quasi vide. Il monta les escalators quatre à quatre, pareil dans les escaliers pour atteindre la sortie, puis rejoignit à la hâte les amarrages de Blomfield Road, où il franchit le portail et se faufila sur le chemin de halage entre les chaises en bois repliées, les cordes enroulées, les plantes en pot mortes ou en passe de l'être, et d'autres détritus de la vie sur le canal. Le *Crazy Diamond* l'attendait de pied ferme sur l'eau noire. Tout était calme. À chaque extrémité, l'*Ophelia* et le *Veronica Ann* étaient plongés dans le noir et la quiétude. Frank et Lisa devaient être bien loin maintenant, recroquevillés sur leurs couchettes, dormant du sommeil des défoncés, mais Jim avait l'âme vigilante d'un gardien de nuit, il était du genre à bondir de sa cabine au moindre craquement d'une planche, balayant la zone avec le faisceau de sa lampe torche, donc Dan mit avec précaution un pied sur le pont avant et tourna prudemment, silencieusement la clé dans la serrure.

À l'intérieur, il actionna un interrupteur et les lampes déversèrent une lumière chaude et jaune sur l'intérieur boisé : sol, plafond, murs, tous faits du même bois couleur miel. Il avait apporté quelques livres ici, une boîte de CD pour le joli petit système hi-fi intégré, et sa vieille guitare acoustique, qui restait sur le bateau à demeure puisqu'à présent il ne jouait que pour lui, ça lui faisait une compagnie pour les soirées tranquilles et un peu d'exercice pour ses doigts. Il y avait un petit fauteuil – héritage de Paddy un paquet d'années plus tôt –, une banquette encastrée, une cuisinière, un évier, un frigo. Une minuscule salle de bains – douche, lavabo, sans oublier les toilettes problématiques qui tenaient Katelin à distance à Édimbourg – et un lit (tout juste) double placé sur une plateforme, avec un hublot qui donnait sur une opulente villa en stuc sur l'autre rive du canal.

Dan prit une bière au frigo, la décapsula, se vautra sur la banquette et – comme souvent ces derniers temps – se paya le luxe de penser à Alison Connor : la fille qu'il connaissait, pas la femme qu'elle était devenue. Alison lui apparaissait si facilement à présent, après toutes ces années d'absence, et lorsqu'il fermait les yeux, il la voyait très nettement en 3D, une fille en hologramme parfaitement formée, dans sa chambre de Sheffield, où ils avaient passé la majeure partie de leur temps ensemble. Bon Dieu, elle était tout pour lui quand il avait dix-huit ans. Il croyait qu'ils quitteraient Sheffield ensemble, vieilliraient ensemble, passeraient leur vie ensemble, et qu'ensemble, toujours, ils élèveraient des gamins cools dotés d'un sacré sens de la musique. Son départ – triste jour que celui où il avait compris qu'elle était partie pour de bon – l'avait plongé dans de tels abîmes de souffrance qu'il n'avait vraiment commencé à guérir qu'après sa rencontre avec Katelin quatre ans plus tard à Bogotá. Alison Connor. L'odeur de ses cheveux, qu'est-ce que c'était ? Juste son shampooing et Sheffield, sans doute, mais Dieu que ça sentait bon. Et son rire ! Il n'y avait rien de meilleur au monde que de la faire rire, c'était une fille si sérieuse et grave, comme si elle avait passé sa vie à se méfier de tout ce qui était plaisant. Elle s'était impeccablement coulée dans sa vie de famille ; et puis elle les avait laissés sur le carreau. À l'époque, la question était de savoir lequel des deux cœurs était le plus en miettes, celui de Dan ou celui de son père. Bill s'était retiré dans son pigeonnier pendant des jours, et personne ne voulait croire qu'Alison ne reviendrait pas.

Dan finit sa bière et se redressa. Il lui fallait un morceau pour Ali et maintenant il savait lequel. Frank Ocean, "Thinkin Bout You", une chanson qui démarre tout en douceur, belle et mélancolique, du nouveau petit prodige du R'n'B. Dan copia le lien et le colla dans le fil de leur conversation, de plus en plus fourni.

Voilà pour toi, Alison, pensa-t-il. Voyons ce que tu feras de ça à l'autre bout de la planète, aux antipodes, dans ta chambre d'Adélaïde. Il jeta sa bouteille vide à la poubelle et se dit qu'il allait se coucher, mais il y eut des petits coups à la porte, une ombre se dessinait et une voix hésitante demanda : "Hum, Dan ? Tout va bien ?"

Jim.

Dan soupira et laissa sa tête retomber. "Oui, Jim, ça va. Et toi ?

— Au petit poil. Mais puisque t'es encore debout… j'ai du rhum Lamb's Navy, ça te dirait ?"

Dan déverrouilla la porte et l'ouvrit avec l'intention de répondre que non, merci, il se levait tôt, il avait un train à prendre. Mais Jim était devant lui avec cette lueur d'espoir dans les yeux, une bouteille dans une main et deux mugs en émail dans l'autre.

"Je t'ai pas beaucoup vu, dit Jim. En fait j'ai pas croisé âme qui vive de la journée."

Alors Dan sourit et lui tint la porte ouverte. "Je peux pas boire ça, Jim. Entre."

12

QUORN,
17 NOVEMBRE 2012

Sheila posa deux expressos macchiatos bien forts sur la table dans le minuscule jardin intérieur du Quorn Café.

"Bon, dit-elle en s'asseyant face à Ali. C'est le moment de tout déballer."

Ali sucra son café et mélangea – sa technique habituelle pour gagner du temps dans ce genre de situations –, puis elle regarda Sheila.

"Tu dois garder ça pour toi, dit-elle. À tout prix. Tu ne dois pas en parler à Dora. Du moins tant qu'on est là."

Sheila acquiesça. "Compris."

Ali soupira. "Stella est enceinte."

Sheila, et c'est tout à son honneur, ne parut pas embarrassée, ne fit pas la grimace et ne broncha pas.

"Ah, d'accord, c'est donc ça. Je vois.

— On n'en parle pas, sauf si c'est ce que veut Stella, dit Ali. Ce petit voyage, c'est une façon de fuir momentanément.

— Oui, c'est la ville parfaite pour ça."

En effet, pensa Ali : une petite ville frontalière préservée et loin de tout. À cette heure, Stella faisait un tour avec le Nikon de sa mère, et prenait des photos qui se voulaient artistiques des wagons hors d'usage sur la voie ferrée, et des devantures des magasins de style victorien dont la grandeur n'était plus qu'un souvenir délavé. À Quorn, le ciel semblait plus vaste et plus vide qu'à Adélaïde ; le soleil flamboyait, il n'était pas entravé par les nuages, il brûlait les toits de tôle des maisons, et la chaleur chatoyait et ondulait à la surface des routes. Mais il y avait de l'ombre sous le platane, ici, dans la cour du café ; et une fontaine glougloutant, composée d'un Shiva béat en tailleur, donnait à entendre – sinon à sentir – la fraîcheur de l'eau. De temps à autre, un couple de cacatoès à huppe jaune qui vivaient là à demeure quittaient leur perchoir caché dans les feuilles pour venir plonger leurs becs dans le petit bassin d'eau entre les mains en coupe de Shiva.

"Est-ce que c'est son souhait ? demanda Sheila.

— Elle dit que oui. Mais c'est sans doute uniquement parce que Thea insiste tant pour qu'elle avorte.

— Tu connais le garçon ?"

Ali secoua la tête. "Non, Stella ne veut rien nous dire. Apparemment, c'était juste une fois." Les larmes lui vinrent aux yeux, et elle chercha à tâtons un mouchoir dans son sac. "Bon sang, Sheila, c'est un tel échec pour moi."

Sheila sortit un mouchoir de sa manche et le lui tendit. "Alison", dit-elle.

Ali le prit, s'essuya les yeux, se moucha et renifla d'un air abattu. "Quoi ?

— Ta réussite en tant que mère n'est pas remise en cause, ici." Elle pointa du doigt la tasse pleine qu'Ali n'avait pas encore touchée. "Bois ton café, ajouta-t-elle. Il est délicieux. Et ne te culpabilise pas.

— Difficile de faire autrement, répondit Ali. Je sens bien que je n'ai pas été assez attentive. J'étais si distraite, ces derniers temps, je sens que je l'ai laissée tomber.

— Stella va très bien s'en sortir, dit Sheila. Elle a en commun avec toi cette belle détermination, et Dieu sait que tu as commencé dans la vie avec de moins bonnes cartes qu'elle."

Ali gardait les yeux fixés sur son café et Sheila ajouta : "Oh, ma chérie, on ne parle jamais de ta vie à Sheffield.

— Inutile, rétorqua Ali en levant les yeux avant de les baisser à nouveau.

— Catherine t'a fait vivre un tel…

— Sheila, pourquoi on parle de ça ?

— Parce qu'on ne l'a jamais fait avant, et quelque chose m'est venu à l'esprit. Quand tu m'as rendu visite à Elizabeth il y a des années de ça, que je ne savais pas que tu ignorais que Catherine était morte, et que j'ai lâché ça comme ça de but en blanc

– eh bien, tu étais comme une pierre, tu n'as même pas pleuré, et j'ai regretté d'avoir…

— Sheila, s'il te plaît. On parlait de Stella.

— Il y a encore beaucoup de chagrin contenu…

— Non", lança Ali avec une telle autorité dans la voix que la plus âgée des deux femmes fut coupée net dans son élan. Sheila ne savait rien de rien sur la vie d'Ali à Attercliffe, la peur et la honte, la terreur du scandale, l'horreur à l'idée qu'on puisse avoir pitié d'elle, les efforts sans fin au quotidien pour limiter les dégâts. "Non, il n'y a pas beaucoup de chagrin contenu, et toutes les deux on va finir par se fâcher, Sheila, si tu continues à m'amener sur ce terrain. Désolée d'être cassante, mais tu ne sais rien de tout ça. Catherine était une femme très malade pour qui la vie ne valait pas grand-chose."

Sheila, pas offensée le moins du monde, regardait Ali avec une empathie tout sauf bienvenue ; puis, d'un ton qui ne présageait rien de bon, son cœur se serrant un peu plus, elle dit : "Bon, bref, j'aimerais dire autre chose, voilà : je n'ai pas été là pour toi quand tu es arrivée en Australie pour la première fois.

— Oh non, je ne veux pas entendre ça", dit Ali en pensant : Tout ça c'était il y a si longtemps, c'est si loin. "J'étais déjà avec Michael, on était venus te voir ensemble, tu te souviens ?"

Mais Sheila n'écoutait pas. "J'étais la plus vieille amie de cette pauvre Catherine, dit-elle. Et donc j'avais une responsabilité envers toi, mais je devenais folle à force d'être malheureuse, à l'époque.

— Écoute, Sheila. Si Catherine m'a appris une chose, c'est à me débrouiller toute seule. Je n'étais pas venue te voir pour te demander de l'aide, on était juste venus te rendre visite." Elle n'avait aucune envie d'être ramenée en arrière, aux temps troublés du mariage malheureux de Sheila, des tenants et aboutissants de la mort de Catherine, dont les détails étaient parvenus jusqu'à Sheila via sa propre mère, restée à Liverpool. Et non, se dit Ali, elle n'avait pas pleuré quand Sheila lui avait appris la nouvelle, elle avait seulement pensé : Dieu merci, c'est fini, parce que ça signifiait que Peter était libre.

Ali savait qu'elle avait raison : Michael était avec elle ; il l'avait même conduite jusqu'ici. Mais il n'avait pas assisté à cette conversation, et elle ne lui en avait pas dit un mot après, parce qu'elle venait de démarrer son année zéro, c'était au tout début de son mariage, ces premiers jours étincelants et pleins de certitudes, lorsqu'elle avait réinventé sa vie au point d'avoir parfois du mal à se reconnaître. Oh, comme Michael avait détesté ce séjour – la minuscule maison de Sheila et Kalvin, la petitesse de chaque chose, la banalité, le fait de vivre les uns sur les autres. Il avait passé son temps dans le jardin, faisant mine de s'intéresser à la végétation. Quand Ali était venue le chercher dehors, il avait dit : "Dieu merci, maintenant foutons le camp de Dodge."

Sheila prit les mains d'Ali et les serra entre les siennes, et pendant quelques instants, Ali se soumit à l'intensité de son regard inquisiteur, jusqu'à ce qu'une jeune femme au tablier en jean sorte du café, s'avance vers leur table et lui sauve la mise.

"Salut, dit la serveuse. Comment ça va ?

— Super, merci, dit Ali en retirant ses doigts de l'emprise de Sheila, se libérant de cette urgence émotionnelle.

— Chouette. Est-ce que je peux vous apporter quelque chose à manger ?

— Oh, non merci, répondit Ali.

— Oui, nous allons prendre des toasts aux raisins, Megan, dit Sheila. Nous venons d'avoir une discussion à cœur ouvert, il nous faut notre pitance.

— Deux toasts aux raisins ?

— Oh non, pas pour moi", dit Ali.

Sheila reprit : "*Deux* toasts aux raisins, Megan chérie", et elle fit un clin d'œil à la serveuse, qui sourit et, impuissante, haussa les sourcils à l'intention d'Ali en guise d'excuse avant de tourner les talons et de rentrer à l'intérieur. Ali regarda Sheila et lui lança : "Notre *pitance* ? On a déjà mangé le granola spécial de Dora au miel…

— Je sais, mais quelque chose en toi me pousse à vouloir te nourrir, dit Sheila. Et puis je suis une vraie gloutonne." Là-dessus, elle éclata de rire à en taper sur la table, faisant trembler les tasses à café sur leurs soucoupes et effrayant les cacatoès ; ils se perchèrent plus haut, et leurs ailes blanches battantes étaient immenses, étonnamment belles sur fond de ciel bleu.

Au dîner ce soir-là, Dora proposa une virée vers le nord, à deux heures de Quorn, peut-être un peu moins, sur les routes de l'outback jusqu'à Wilpena Pound. Il se trouvait que Dora, non contente de savoir conduire un train, savait aussi piloter un avion, et qu'elle pouvait emprunter un Cessna ; elle pourrait les emmener survoler les environs au départ du petit aérodrome.

"Ce n'est pas mon avion, c'est celui de Clancy, précisa-t-elle, comme si cette information clarifiait tout.

— Son neveu, expliqua Sheila, et Dora acquiesça.

— Exact. Alors, je l'appelle ?"

Ali n'était pas trop sûre : tout ça ne lui semblait pas très en règle, voire totalement illégal, mais Stella s'écria : "Trop cool !" et Sheila était déjà en train de tirer la glacière du placard sous l'escalier pour passer un petit coup dedans. Dora appela donc Clancy et, très tôt le lendemain matin, elles prirent la route dans la voiture d'Ali, des bouteilles d'eau dans la glacière au cas où, avait dit Sheila, la voiture tomberait en rade au milieu de nulle part. La ville était encore endormie lorsqu'elles la laissèrent derrière elles, et le soleil, très bas, tremblotait à l'horizon.

"Monte le chauffage, ma chérie", dit Sheila. Enveloppée dans un volumineux poncho en alpaga, elle se plaignait malgré tout de la fraîcheur, et c'est vrai qu'il ne faisait pas chaud à cette heure. Mais ce ciel d'aurore était plein de promesses ; pâle et clair, il semblait tout propre. Un jour parfait, dit Dora, pour faire un tour dans les airs.

"Vous allez voir, répétait-elle à Ali et Stella. Vous allez voir. C'est juste le panorama le plus incroyable."

Elle était à l'avant avec Ali, et Sheila avec Stella à l'arrière. L'ambiance était pour le moins joyeuse ; comme dans un voyage scolaire, commenta Stella, comme en dernière année de primaire, la journée de surf à Aldinga Beach. Leur itinéraire était on ne peut plus rectiligne, la route, un ruban d'asphalte résolu, filait droit vers le nord et se déployait à travers d'antiques paysages, les kilomètres défilant aisément tandis que les champs dorés près de la chaîne des Flinders du sud se transformaient en quelque chose de radicalement différent, une vision dramatique, archi sèche, de broussailles sur fond ocre : arroches, arbustes à fleurs bleues, mallees. Stella prenait par la vitre ouverte des photos de kangourous indifférents, et elles durent carrément arrêter la voiture alors qu'un troupeau d'émeus poussiéreux en file irrégulière traversaient la route au petit trot.

"Ça, c'est vraiment trop cool, dit Stella.

— Les couleurs de l'outback, renchérit Sheila. Une palette de rouilles et d'ocres.

— Je parlais des émeus, précisa Stella. Et des kangourous."

Ali chercha le regard de sa fille dans le rétroviseur et lui fit un clin d'œil. Le plaisir de Stella scintilla comme le soleil à la surface de l'eau.

Elles atteignirent l'aérodrome peu après 8 heures, et Clancy les y attendait, adossé à son Cessna ; c'était un rustre dans la cinquantaine, le gars estampillé Victoria Bitter : mal rasé, petite bedaine de buveur de bière, chapeau de brousse patiné, treillis militaire et chemise en jean délavée. Il sourit et fit signe de la main quand la vieille Holden break d'Ali s'arrêta devant la clôture de barbelés.

"Bonjour mesdames", lança-t-il quand elles sortirent de voiture. Il leva son chapeau et se rinça l'œil devant Ali et Stella avant de lancer : "Le paysage est vachement plus beau, tout d'un coup", alors Ali croisa les bras et soutint son regard, l'air de dire : Eh mec, je t'ai repéré.

"Sensass, le timing, reprit-il. Vous serez là-haut avant que les vents d'est vous culbutent." Il ouvrit la portière du petit avion puis les observa en train d'y grimper. "Cul de tank à l'avant, pour le lest, dit-il en claquant les fesses de Sheila. Et les jolis petits culs à l'arrière. Dora, j'en ai besoin cet aprèm, donc te perds pas."

Dora leva les yeux au ciel et lança : "Tout en finesse…", mais elle lui envoya quand même un baiser et il claqua la portière ; puis il leva le pouce et s'éloigna de l'avion, tenant son chapeau tandis que Dora, aussi surprenant que ça puisse paraître à Ali, empruntait la piste et faisait décoller l'avion comme une pro. Il leur fallait maintenant crier pour se faire entendre, mais presque instantanément, tout le monde se tut, renonçant à la conversation pour regarder la terre s'éloigner avec une sorte d'humilité émerveillée, alors que le petit avion s'efforçait de s'incliner vers le haut pour se retrouver au-dessus de la couronne magnifiquement dentelée de Wilpena Pound. Cet amphithéâtre primitif se dressait hors de terre, avec ses proportions si majestueuses que le paysage autour paraissait minuscule en comparaison. Le soleil, à présent plus haut dans le ciel sans nuages, baignait les crêtes irrégulières des montagnes d'une lumière surnaturelle, et tandis que le Cessna suivait leur contour monumental, Stella mitraillait avec l'appareil photo et dit quelque chose de complètement inaudible au milieu du vrombissement et du vacarme du moteur.

"Comment ?" cria Ali. Et juste après, un peu plus fort : "Comment ?"

Stella se pencha vers elle. "J'ai dit : Sensass, la vue", hurla-t-elle, et peut-être était-ce l'altitude qui les étourdissait un peu, ou la beauté peu familière de la planète Terre, ou ce ciel d'un bleu étincelant, mais toujours est-il qu'elles se mirent à pouffer de rire sans pouvoir s'arrêter, et Sheila, qui s'était retournée pour les observer avec tendresse, sourit devant ce qu'elle reconnaissait comme l'extase de l'hilarité.

Après le vol, elles reprirent le chemin du retour et s'arrêtèrent à Hawker pour déjeuner au bar d'un petit hôtel où Dora semblait connaître quasiment tous les gens qu'elles croisaient. Sheila dit que c'était toujours comme ça avec Dora ; elle donnait l'impression d'avoir vécu mille vies pour ne jamais se retrouver seule. Elle avait aussi été mariée plusieurs fois et s'était donc constitué au fil du temps un vaste réseau de familles élargies qui l'avaient toutes aimée puis perdue. Elle s'appelait Dora Langford désormais, car elle avait repris son nom de naissance au moment de sa rencontre avec Sheila, mais à une certaine époque, très ancienne, elle avait été – certes brièvement – Dora Franklin, de *la* famille Franklin, celle qui avait établi un immense élevage de moutons dans les années 1840 et fait fortune avec la laine mérinos. Quelques années durant, Dora avait roulé sur l'or et joui du prestige que lui conférait ce patronyme de pionnier. Ensuite elle avait largué le fils Franklin pour épouser William Tremblath, le descendant aux joues rouges d'un mineur d'étain de Penzance.

"Waou, dit Stella, fascinée. Dora Tremblath !

— C'est bien moi, plaisanta Dora en revenant du bar avec une bouteille de vin blanc dans un seau à glace et un coca pour Stella. Enfin… *c'était* moi.

— Deux maris et une femme, Dora, récapitula Ali. Bien joué.

— Trois maris, en fait, ma chérie, rectifia Sheila. Il y a eu ce mineur d'opale à Andamooka.

— Oh purée, lâcha Dora. Crikey, je l'avais oublié…"

Elle versa du vin dans trois verres et en fit glisser un vers Ali puis un vers Sheila, qui le leva et dit : "La tournée des duchesses !", et elles trinquèrent toutes les quatre. Autour d'elles, le bar se remplissait : vendeurs, camionneurs, touristes. Le barman leur apporta leur commande, des burgers frites, et Stella applaudit, les yeux pétillants de joie. "Du coca et un burger, dit-elle. Beatriz pèterait un câble.

— À tous les coups, oui, dit Ali. Et ton père aussi s'il t'entendait parler comme ça.

— À propos du puissant McCormack, dit Dora à Ali, sa famille c'était pas des barons de la laine originaires de Burra ?

— Le cuivre, d'abord, et après la laine, répondit Ali. Mais évidemment c'était bien avant que j'arrive.

— Il n'y aurait pas un magnifique élevage de moutons dans les parages, alors ?

— Carrément ! dit Stella en s'immisçant dans la conversation. Avec une *immense* baraque et même une chapelle rien qu'à eux, où les McCormack se mariaient, jusqu'à ce que papa et maman transgressent les règles."

Dora regarda Ali. "Allez, raconte.

— Oh, on s'est mariés vite et très jeunes, dit-elle sur un ton qui se voulait le moins dramatique possible.

— Ils se sont mariés à l'étranger, dit Stella. Maman n'avait que dix-huit ans, pas vrai ? Ils se sont rencontrés et mariés au cours d'un voyage. Oh là là, ce burger est trop trop bon.

— La mère de Michael était furax." Ali prit son verre et but une gorgée timide de riesling ; le liquide était si froid et pur qu'elle eut envie de se l'envoyer d'un trait, comme Sheila et Dora venaient de le faire. Mais il lui fallait conduire en ligne droite jusqu'à Quorn et, même si l'une et l'autre lui proposaient de prendre le volant – ce qui n'était pas le cas –, elle ne pouvait plus accepter de les laisser conduire, maintenant. Dora avait déjà fini son verre, s'était resservie et avait fait de même pour Sheila. On aurait dit qu'elles buvaient de l'eau.

"Oui, ça m'étonne pas, dit Sheila. Je veux dire, que la moutarde lui soit montée au nez. Ces matrones d'Adélaïde, c'est quelque chose.

— Vous étiez pressés ?" demanda Dora.

Ali haussa les épaules. "Pas du tout. Mais il aimait bien l'idée, le grand élan romantique, et je crois que j'étais prête pour un nouveau départ." Elle sourit à Stella et ajouta : "Grand-mère McCormack pensait que j'en avais après la fortune familiale.

— Ah, quel dommage qu'elle soit plus là, parce que t'es devenue bien plus riche que papa maintenant.

— Oh, Stella ! dit Ali. Qu'est-ce que tu racontes ?

— Et ton livre va être adapté en film.

— Oui ! dit Sheila. Je l'ai lu quelque part. Toute cette musique qui va revivre… J'adore Baz Luhrmann. Le casting est fait ?

— J'ai entendu que le casting serait ouvert aux enfants indigènes, dit Dora.

— Arrêtez un peu, on ne sait même pas si ça va se faire ou non. On peut parler d'autre chose ?

— Mais Alison, dit Sheila, tu as sacrément bien réussi, ma chérie. Une fille de la classe ouvrière avec le monde à ses pieds.

— C'est ça… Je suis un rouage dans la machine.

— Alors, qu'est-ce que tu vas faire de tout cet argent ?" C'était Dora qui avait posé la question, elle était saoule et ne se rendait pas compte qu'elle la mettait mal à l'aise. "Tu vas t'acheter un cheval de course ? Une Maserati ? Une grande baraque au bord de la mer à Port Willunga ?

— Oh, oui, maman, fais ça ! lança Stella.

— Non, dit Ali en prenant son temps, car une idée se dessinait. Je vais en faire don."

Sheila rit de bon cœur, certaine qu'elle disait ça pour les faire taire. "Ne fais pas ça, ma puce. Regarde la tête de Stella, regarde comme elle la veut, la maison au bord de la plage.

— Non, je suis sérieuse, dit Ali. Je viens d'avoir une révélation."

Les coffres des McCormack n'avaient que faire de la contribution d'Ali Connor. Mais si elle faisait fortune avec les musiciens qu'elle avait inventés, pourquoi ne pas l'utiliser pour en subventionner de vrais ? Elle se souvenait d'un soir, il y a longtemps de ça, où elle avait assisté à un concert avec Cass à Port Adelaide : c'était une fille pitjantjatjara sur scène, vive et totalement absorbée par ce qu'elle faisait, une chanteuse qui composait ses chansons et écrivait ses textes, certains dans sa propre langue, et sa musique était parcourue d'une fureur poétique, une artiste douée d'une musicalité si exceptionnelle qu'à la fin du concert, Cass avait initié une *standing ovation*, et fait se lever tout le monde pour partager ensemble ce ravissement. Ali l'avait revue en concert plusieurs fois depuis, mais tout avait commencé là : les graines de *Tell the Story, Sing the Song* avaient été plantées ce premier soir, avec cette fille et sa musique, dix ans avant qu'Ali n'écrive son roman. Aujourd'hui elle avait le pouvoir de donner à toute cette histoire une fin parfaite, dans le monde réel. Elle ressentit une soudaine et merveilleuse légèreté d'esprit, une sorte d'optimisme inébranlable, comme si rien ne lui était impossible. Elle sourit à sa fille, adorable Stella, qui ne le lui rendit pas, pas encore, pas tant que sa mère se montrait si *bizarre*.

"Tout va bien se passer, ma chérie, dit Ali. Tu verras, ce sera super."

Plus tard, alors qu'elles se préparaient à reprendre le chemin de la maison, Ali alluma son téléphone pour la première fois de la journée et vit immédiatement, au milieu des notifications, la seule qu'elle cherchait. *Dan Lawrence vous a envoyé un lien.* Elle sortit de table et prit la direction des toilettes, où elle s'enferma dans une cabine et resta debout dos à la porte, là elle prit le temps de simplement fermer les yeux pour faire apparaître l'image de Dan, et elle tenta – sans succès – d'entendre sa voix. Elle donna libre cours à ses pensées, les laissant aller où elles voulaient, et elle comprit (ça lui semblait extraordinaire) qu'elle avait envie de lui parler de sa grande idée : tout lui expliquer, écouter ce qu'il aurait à en dire, le rendre réel.

Mais elle n'avait pas son numéro, en plus c'était les petites heures du jour au Royaume-Uni, et puis de toute façon, qu'est-ce qu'il penserait si elle l'appelait comme ça à l'improviste, elle, la petite amie à l'accent australien depuis longtemps perdue ? *Salut, Dan, c'est Alison, comment ça va ?*

Non. Non. Elle devait se contenter de cliquer sur le lien, rien de plus : écouter la chanson comme il le voulait. Elle ouvrit donc les yeux et parvint jusqu'à "Thinkin Bout You" de Frank Ocean – un titre et un artiste qu'elle ne connaissait pas, et elle frémit de plaisir à l'idée de la nouveauté, de la découverte à venir.

Ses écouteurs étaient dans son sac, qui était resté à table, alors elle appuya sur "Play" et tout de suite quelque chose de brillant et d'envoûtant emplit l'espace autour d'elle, elle s'appuya à la porte et profita de ce moment, les paroles lui rappelèrent à quel point elle s'était autorisée à oublier. Elles parlaient d'un premier amour, d'incertitude, d'une relation qui reste hors de portée, et sous les mots un accompagnement aérien, sublime, beau à en pleurer. Daniel Lawrence, se dit-elle, tu étais et tu es mon âme sœur en musique. Puis elle entendit la porte cliqueter derrière elle, on frappait avec insistance, et la voix de Stella, pleine de désarroi, monta dans les aigus :

"Maman ? C'est toi ?"

Ali coupa la musique illico. "Coucou ma chérie. Ça va ?

— Maman ? Qu'est-ce que tu fais ?"

Ali déverrouilla la porte et sortit. "J'écoutais une chanson."

Stella la dévisagea, le regard dur et plein de confusion. "Pourquoi ? demanda-t-elle.

— Et pourquoi pas ?" Ali sourit et ébouriffa les cheveux de Stella. "Tout va bien de votre côté ?

— Elles sont complètement saoules, répondit Stella. Elles se tiennent la main par-dessus la table. Elles m'ont même pas vue partir.

— Uh uh, fit Ali. Faut qu'on les ramène." Elle glissa le téléphone dans la poche de son jean, se passa les mains sous l'eau chaude avant de les agiter pour les faire sécher. "Tu as besoin d'aller aux toilettes ?

— Non. Je suis juste venue te chercher.

— Très bien, allons évacuer ces deux dépravées.

— Maman ?

— Ouep ?"

Stella, qui s'apprêtait à parler, se mit à hésiter.

"Rien."

De retour à Quorn, Dora et Sheila s'étaient écroulées sur leur lit pour cuver leur vin, Stella était ressortie avec l'appareil photo profiter de la lumière dorée de début de soirée, et dans le silence qui l'entourait, Ali choisit une chanson pour Dan, lui faisant remonter le temps avec Carole King. "So Far Away." Amour, perte, envie, regret, une connexion puissante à travers les continents.

Oui. Son visage, à sa porte. Ce serait bien. Vraiment très bien[1]. Elle s'allongea sur le vieux canapé et écouta *Tapestry*, l'album entier, du début à la fin. Ils ne l'avaient jamais écouté ensemble à l'époque, c'était pas leur truc, mais là, pensa-t-elle, si Dan Lawrence n'aimait pas ce morceau aujourd'hui, tout serait fini. Tout quoi, au juste… ?

Stella rentra quand la lumière baissa.

"Maman, dit-elle, et Ali se redressa, alertée par le ton sérieux de sa fille.

— Qu'est-ce qu'il y a, chérie ?

— J'ai vraiment aucune envie d'avoir un bébé", dit Stella. Et elle fondit en larmes.

1. Dans ses pensées, Ali reprend à son compte les paroles de la chanson : *It would be so fine to see your face at my door.*

13

SHEFFIELD,
27 JUILLET 1979

De temps en temps, Daniel était *roadie* pour un groupe du coin, trois mecs de Sheffield et un de Rotherham. Steve Levitt, Mark Vernon, John Spencer et un autre qu'ils appelaient tous Dooley. Ils s'étaient appelés les National Union mais maintenant c'était juste Union. Une formation post-punk, des gars lunatiques et bourrés de talent, avec un manager à temps partiel et les yeux braqués sur une petite lueur qui pourrait bien être leur avenir dans le rock. Steve, huit ans de plus que les autres, avait fondé le groupe, c'était lui le boss incontesté, l'architecte du futur immédiat. Charismatique, plein d'assurance, ambitieux, un peu mauvais genre aux entournures : petits larcins, incivilités – ça datait de quelques années, mais pas non plus très étonnant, et puis de toute façon une telle réputation ne faisait pas de mal dans un groupe comme le leur. John Spencer dealait de l'herbe ou du speed, il avait toujours l'un ou l'autre sur lui, et leur manager – un sponsor plutôt… un homme d'affaires du cru qui se prenait pour Malcolm McLaren – avait un temps envisagé de le livrer à la police juste pour leur faire un coup de pub.

Bref, les Union étaient meilleurs que la plupart des groupes qui se disputaient l'attention du public à Sheffield, et ils décrochaient des concerts dans d'autres villes que la leur – des petites salles, un public pas encore très nombreux, mais le buzz fonctionnait de plus en plus, de semaine en semaine, et on leur proposa une date au Mayflower à Manchester, le club tout en bas de l'échelle, mais pour partager la scène avec du lourd, des groupes de punk et new wave comme Joy Division, The Fall, les Distractions, les Frantic Elevators. On vendait la "Grande

Nuit des Superstars" et ça ressemblait à la chance de leur vie, mais deux jours avant le concert, Mark Vernon trouva la mort, percuté par un automobiliste qui prit la fuite, à Arundel Gate dans le centre-ville de Sheffield, et Steve dit à Daniel qu'il fallait qu'il le remplace. Ça se passa sans émotion, il était hors de question d'annuler le concert, et Steve ne toléra aucune objection ; il dit que Daniel connaissait la liste des morceaux prévus, qu'il connaissait leur son, et qu'il avait le look. Mais sa guitare était pourrie, dit Daniel à Steve ; et il avait jamais joué ailleurs que dans sa chambre, bordel.

"Vernon est mort, mais pas sa guitare, répondit Steve. Prends-la."

C'est ainsi que Daniel alla chercher la Gibson noire, lisse et brillante au fond du camion et eut une soirée pour répéter avec le groupe, une session en urgence dans une arrière-salle du centre socioculturel High Green, où le père de John Spencer était barman. Daniel se sentait comme un imposteur, à prendre la place du mort, mais la guitare était parfaite entre ses mains, elle était hyper belle et sonnait mieux qu'il n'avait osé l'imaginer.

Alison était venue écouter. Elle se posta très loin des amplis surpuissants, juste à côté d'une montagne de chaises en métal empilées les unes sur les autres, et observa le groupe avec une concentration intense, comme si elle les jaugeait. Ça marchait bien, ils étaient bons ensemble. Steve était plus que bon. Il était brillant, un vrai leader : chant hypnotique et look bien à lui, une sorte de dandy en col bleu. Daniel était suffisamment talentueux pour avoir l'air plus doué qu'il ne l'était en réalité. Dooley, à la basse, c'était du solide, on pouvait compter sur lui et John, à la batterie, jouait comme un maestro si nécessaire, comme un maniaque quand il pouvait.

Steve chanta chaque morceau les yeux braqués sur Ali. Quand la répétition fut terminée, il traversa d'un pas raide la salle au parquet poussiéreux pour la rejoindre et lui demanda si elle savait chanter. Steve était grand – largement plus d'un mètre quatre-vingts – et il portait une paire de boots de sidérurgiste impeccables, un pantalon de camouflage dans les tons beiges, un t-shirt jaune canari et un manteau en sergé brun. Daniel regardait la scène de loin, la Gibson de Mark Vernon toujours en bandoulière. Il avait l'impression d'avoir douze ans.

“Je suis quoi ?” dit Alison l’air sceptique, le visage plissé par une grimace. Elle était tombée sous le charme de Steve, mais il ne le savait pas.

“Tu es sublime, dit Steve. Qui es-tu ?

— Alison Connor.” Elle désigna Daniel à l’autre bout : “Je suis avec lui.”

Steve jeta un regard à Daniel par-dessus son épaule et ouvrit grand les yeux, comme s’il était en train de réviser l’opinion qu’il avait de lui, puis il revint à Alison. “Je vais avoir besoin d’une chanteuse, et je veux qu’elle te ressemble, dit-il. Choriste, pour deux ou trois chansons. Tu sais chanter ?

— Quelles chansons ?” demanda Alison.

Il lâcha un petit rire avant d’énoncer patiemment, comme pour lui faire plaisir : “« Juliet. » « No Safe Place. » Et peut-être « Evermore ».”

Elle acquiesça. “D’accord.”

Il l’observa un moment. Pencha la tête. La toisa. “T’es belle à en crever, Alison Connor. Mais est-ce que tu sais chanter ?”

Alison, tout en contrôle, rencontra le regard calculateur de Steve. “Oui, je sais chanter. Mais tu vas devoir dire s’il te plaît.”

Bon sang, elle a peur de rien, pensa Daniel. Il ignorait que Steve voulait une choriste ; Dooley et John aussi, à en croire leur tête. Ils devaient déjà se farcir leur satané *roadie* à la guitare, pourquoi il faudrait en plus prendre une nouvelle choriste inexpérimentée ? Seul Daniel avait entendu Alison chanter, dans sa chambre, quand elle accompagnait sans y penser Debbie Harry, Marc Bolan, Elvis Costello et Bowie. Il connaissait son talent. Il se demanda s’il ne devrait pas aller les rejoindre. Faire un tour dans la salle, nonchalamment, juste pour appuyer sur le fait qu’elle n’était pas libre. Mais il n’en fit rien et resta avec le groupe en retrait, observant sa copine en faire gentiment baver à la légende locale.

“Alison Connor, reprit Steve, est-ce que tu veux bien essayer de chanter les chœurs pour moi, s’il te plaît ?

— OK”, répondit-elle. Elle connaissait les chansons ; elle avait écouté le groupe répéter leur concert entier, ce soir, et les soirées d’avant aussi ; les paroles qu’elle aimait tentaient de s’insinuer dans sa tête comme une parole d’évangile : le chemin, la vérité, la vie. Elle traversa la salle avec Steve pour rejoindre le reste du groupe et se mit face à Daniel, dos à Steve. Et là elle leva les yeux au ciel, ce qui le fit sourire.

"T'as été bon", lui dit-elle.

Il hocha la tête, acceptant le compliment. "Mais tu vas être meilleure, ajouta-t-il.

— Très bien, dit Steve au micro. « Juliet. » Dooley, trouve un micro à Alison. Alison, je veux que tu chantes après moi à la dernière phrase du premier couplet, que tu la répètes, peut-être deux fois, vois ce qui marche, on fera traîner. Ensuite, tu reviens dans le pont, fais au mieux. On essaie et on verra bien."

Dooley lui passa un micro et le brancha.

"Merci", lui dit-elle. Et puis à Steve : "Je vais tenter.

— Ah merde, il te faut les paroles. Dooley, dégote-moi ça, putain."

Dooley, qui s'était à nouveau penché sur sa basse, prêt à démarrer, parut blessé. "Quoi ? !

— Les putains de paroles ! brailla Steve, comme s'il parlait à un débile. File-les à Alison.

— Non, c'est bon, Dooley, dit Alison. Je les connais déjà."

Steve leva les yeux en direction des dieux du rock, assis là-haut aux premières loges. "Elle les connaît déjà, dit-il. Alleluiaaaaaa."

Après trois ou quatre répétitions, Alison assurait grave, sa voix comme du miel à côté du gravier maussade de Steve. Elle connaissait les paroles aussi bien que lui et elle avait tous les bons réflexes : elle chantait sans ego, percevait les espaces dans la musique qui n'attendaient que sa voix, doublait celle de Steve avec une nouvelle couche sonore, tout en charme et légèreté. Mais dans "Juliet", elle jouait avec les mots, proposant des reparties insolentes aux excuses machos et peu convaincantes qu'il faisait à une fille qu'il avait larguée. Dooley regarda Daniel avec un air ébahi et plein d'admiration, ce à quoi Daniel, aussi impressionné que lui, répondit par un haussement d'épaules.

Après la répétition, Steve n'avait qu'une idée en tête, caler avec elle des dates et des horaires – pour des concerts, des répétitions – et il rôdait autour d'elle, la harcelant de questions, alors qu'elle faisait des allers-retours entre la salle et la nuit d'été étouffante pour aider à ranger le matos dans le camion. Le père de

John observait tout ça depuis la porte ouverte, les bras croisés sur sa bedaine, un trousseau de clés hérissées s'échappant de son gros poing.

"J'avais dit jusqu'à 10 heures, répétait-il chaque fois que quelqu'un passait devant lui. 10 heures. Pas 11 h 20. 10."

Alison s'arrêta et lui fit un sourire plein de regrets. "Vraiment désolée, monsieur Spencer. C'est parce qu'ils ont voulu que je chante."

Il la regarda d'un air désapprobateur, la remarquant véritablement pour la première fois. "Me dis pas que tu as quelque chose à voir avec cette bande de crétins ?" répondit-il. Il avait le visage rougeaud, le nez protubérant, la malédiction du patron de bar trop porté sur la bière et la main lourde quand il se sert. "Quel barouf vous faites, bon sang."

Alison éclata de rire. "Je suppose que si vous avez aimé, c'est qu'on a raté quelque chose", dit-elle, mais de façon si convenable, avec un sourire si amical, qu'il le prit pour un compliment sur son bon goût.

"Oui, bon, ça va, dit-il. Pas de problème." Et il se mit à siffloter en patientant presque gentiment tandis qu'ils traînaient leur barda dans le Transit de Steve. Puis ils grimpèrent dedans, Dooley et John refermèrent de l'intérieur les portes arrière aveugles, comme des otages, tandis qu'Alison et Daniel s'installaient à l'avant à côté de Steve. Quand il tourna la clé dans le contact, les Buzzcocks rugirent des haut-parleurs, assez fort pour faire se retourner les passants, qui secouèrent la tête d'exaspération. Il s'alluma une clope, tira dessus comme un fou, la cala entre son pouce droit et son index et se mit à conduire de la main gauche dans un style décontracté et imprudent, lâchant carrément le volant pour changer de vitesse. Il comptait déposer Alison en dernier – en toute logique – mais elle sauta du van avec Daniel à Nether Edge et refusa de remonter.

"Allez… dit Steve en se couchant littéralement sur la banquette pour pouvoir parler à Alison par la vitre ouverte. Sois pas bête, je me tiendrai tranquille."

Et Daniel de répliquer : "T'as plutôt intérêt, ouais", mais Alison les ignora tous les deux et tourna les talons, donc il la suivit au petit trot. "Tu veux qu'on te ramène ? lui demanda-t-il.

Parce que je peux aller jusqu'à Attercliffe, je peux m'asseoir entre lui et toi. Ça t'éviterait d'attendre le bus ?" Elle fit non de la tête. Il était tard, mais elle ne voulait pas rentrer chez elle tout de suite, et encore moins qu'on la ramène jusque devant sa porte. De toute façon, Steve était déjà en train de faire demi-tour, les pneus du Transit crissant en direction de la rue principale, donc ils allèrent chez Daniel et y trouvèrent Claire et Joe, son frère, qui ne venait qu'une fois tous les 36 du mois. Ils étaient tous les deux dans le salon, dont la lumière douce provenait d'une simple lampe et du halo de la télévision. Il y avait une telle quiétude, une telle beauté même, dans cette scène si anodine qu'Alison prit la main de Daniel et entrecroisa leurs doigts, pour mieux se sentir appartenir à tout cela.

"Salut, vous deux", dit Joe sans quitter l'écran des yeux. C'est le film en deuxième partie de soirée qui vient de commencer.

— Coucou Alison", chantonna Claire, dont la voix et le sourire exprimaient la joie à l'état pur. Elle tapota le canapé. "Viens t'asseoir à côté de moi pendant que Daniel va allumer la bouilloire." Elle avait les deux pieds plantés dans une bassine d'eau savonneuse. "Bain de pieds, dit-elle avant qu'Alison demande. C'est très bon quand on reste debout toute la journée." Elle agita les orteils et éclaboussa, faisant rire Alison. Claire avait la peau douce et rose de celle qui s'est dorlotée, elle s'était enveloppée dans une robe de chambre bleu clair ; elle semblait choyée. Ses mains, croisées pudiquement sur ses genoux, étaient couleur crème et se terminaient par des ongles ovales framboise. Alison s'assit à côté d'elle. Daniel était parti dans la cuisine.

"Tu sens bon, dit Alison.

— J'ai pris un bain moussant tout à l'heure." Elle découvrit un avant-bras tout tendre et le fit sentir à Alison, qui s'exécuta.

"Délicieux.

— Minéraux marins, ou un truc du genre, précisa Claire. Touche comme ça rend la peau douce."

Joe lui lança un regard. "Claire, tais-toi. Je regarde le film."

Claire sourit gentiment. Alison regarda l'écran, où se déployait une sorte de séquence de rêve psychédélique. "Qu'est-ce que c'est ?" demanda-t-elle.

— *The Underground Man*, répondit Joe. C'est un super livre à la base.

— Ça ne me dérange pas de le voir, dit Claire. De toute façon, y a rien d'autre à cette heure-ci."

Joe monta le son.

"Alors où es-tu allée ? demanda Claire, un peu plus fort. Dans un endroit chouette ?

— High Green, le centre socioculturel", répondit Alison, et Claire fit une moue dubitative, et quand Daniel revint avec quatre mugs de thé, elle lui lança : "High Green, Daniel ? Drôle d'endroit pour emmener ta copine…"

Il se tenait face à Alison, elle tendit la main, prit un mug et lui sourit. Ses cheveux lui tombaient à nouveau sur les yeux et il souffla vers le haut du coin de la bouche pour pouvoir la voir correctement, un geste qu'il faisait sans y penser, qui était si familier à Alison à présent. Ils se regardèrent dans les yeux un moment, puis Alison se leva.

"On va boire ça en haut ?" proposa-t-elle.

Elle se réveilla en sursaut, comme si elle avait reçu un petit coup. La lumière du jour. Elle était dans le petit lit de Daniel, qui dormait à côté d'elle, étendu sur le dos, un bras au-dessus de la tête. Son autre bras enlaçait si bien Alison que pour se lever elle devrait le décoller d'elle prudemment et s'extirper loin de sa chaleur. Elle n'était jamais restée dormir là, et se disait à présent que ça n'avait pas du tout été son intention, même si le dernier bus pour Attercliffe était parti depuis longtemps quand ils avaient viré leurs vêtements en trois contorsions avant de se laisser tomber sur le lit. Chaque fois qu'ils faisaient l'amour, Alison se sentait un peu moins gênée, Daniel un peu plus expérimenté, et tous les deux toujours plus à l'aise. Cette nuit, après l'amour, alors que leurs corps étaient encore serrés l'un contre l'autre, Alison avait collé sa bouche à l'oreille de Daniel et lui avait murmuré qu'elle l'aimait, mais il était à deux doigts de s'endormir, à cet instant, et il n'avait pas vraiment entendu, il avait juste marmonné quelque chose d'incohérent, même pas des mots. Puis ils avaient dormi profondément jusqu'à ce que cette bande de lumière frappe Alison en plein visage, ne la laissant plus ignorer le jour naissant.

Elle se glissa hors du lit et s'habilla vite, observant Daniel, se demandant si elle devait le réveiller. Elle resta un moment au-dessus de lui, à étudier le contour de sa bouche, hésitant à l'embrasser pour finalement renoncer. S'il se réveillait, ça ne ferait que retarder son départ et puis de toute façon ils allaient se revoir dans quelques heures ; Steve passait les prendre à l'arrêt de bus à 13 heures, direction le Mayflower Club, après avoir traversé les Pennines. Elle sortit donc de la chambre à pas de loup, ses chaussures dans une main, leurs deux mugs de thé de la veille, tout froids, auxquels ils n'avaient pas touché, dans l'autre. Elle descendit l'escalier, prudente et légère comme un chat. Arrivée en bas, elle déposa doucement ses chaussures au sol et alla pieds nus dans la cuisine avec les mugs ; elle y trouva le père de Daniel en train de lire le *Star* de la veille avec en face de lui une théière pleine de thé fumant qui attendait sous sa petite housse en tricot. Il leva les yeux et lança : "Tout va bien, ma grande ?", comme s'il n'y avait rien de plus naturel que de voir Alison débouler à cinq heures et demie un samedi matin dans sa cuisine. Elle rougit, comme prise sur le fait, honteuse, mais il ajouta simplement : "Assieds-toi, il te faut quelque chose de chaud dans le ventre avant de partir. De toute façon, y a encore aucun bus." Alors elle versa le thé froid dans l'évier et lava les mugs tandis que derrière elle, Bill Lawrence leur servait deux nouvelles tasses.

Elle aimait beaucoup M. Lawrence. Elle aimait bien Mme Lawrence aussi, et celle-ci aimait bien Alison, globalement ; c'est juste qu'elle gardait un œil vigilant sur son plus jeune fils, et que ça freinait un peu ses ardeurs, elle se demandait si cette fille n'était pas trop jeune, ou trop instable, pour avoir le cœur de Daniel entre ses mains. Mais Bill, lui, était complètement sous le charme. Daniel disait que c'était parce que Alison lui posait des questions sur les pigeons, alors que personne d'autre ne s'y intéressait. C'était peut-être vrai, mais Alison se fichait de savoir pourquoi ça collait entre elle et Bill ; tout ce qu'elle avait besoin de savoir, c'était qu'elle pouvait compter sur son sourire.

"Je suis vraiment désolée, monsieur Lawrence, dit-elle en s'asseyant face à lui. J'aurais dû rentrer chez moi hier soir.

— Mais non. Pas une fois la nuit tombée, pas à cette heure tardive. Tu as bien fait de rester.

— Merci." Elle savait qu'il ne lui demanderait jamais si son absence avait été remarquée. Il semblait comprendre ce qui était tabou chez Alison sans que personne ne lui en ait parlé.

Elle but son thé à petites gorgées, il aspira le sien à grand bruit.

"Vous vous levez toujours aussi tôt ? lui demanda Alison.

— Oui. Enfin… à cette époque de l'année, oui.

— À cause de la lumière ?

— Oui, et j'aime le calme.

— Et les pigeons se lèvent tôt eux aussi, non ?

— Oui, c'est ça."

Il y eut une pause agréable, puis Alison dit : "On pourrait aller boire notre thé dans le pigeonnier ?"

Il rayonnait tout à coup. "Allez, viens", dit-il en se levant. Il déverrouilla la porte de derrière et la lui tint. "Après vous, ballerine."

Elle éclata de rire et, toujours pieds nus, se fraya un chemin avec précaution dans l'allée du jardin. M. Lawrence lui emboîta le pas. Il dressait une nouvelle recrue, Bess, alors il raconta à Alison ses progrès – fantastiques – et lui demanda si elle voulait l'accompagner dans une semaine environ pour le premier vol de huit kilomètres de Bess.

"Oh oui !

— Tu fais bien", dit-il, et ils s'installèrent avec leur thé dans l'atmosphère chaude et étouffante de l'ancien abri de jardin. Voyant qu'ils avaient de la compagnie, les oiseaux se ragaillardirent, ils firent leur petite danse, roulèrent des mécaniques et rentrèrent leurs petites têtes parfaites. M. Lawrence et Alison discutèrent du bac, du groupe et des pigeons. En janvier prochain, ils se rendraient tous les deux aux Winter Gardens de Blackpool pour le spectacle annuel de la Royal Pigeon Racing Association, et ils prendraient deux chambres dans une pension près de South Beach Promenade. Daniel trouvait qu'Alison était complètement dingue, mais tout était réservé et elle ne cachait pas son enthousiasme.

De retour chez elle, Alison s'arrêta sur le seuil pour tâter le terrain, mais la maison ne lui donna pas la moindre information ; le calme régnait, ce qui ne voulait pas toujours dire que c'était paisible. Pendant quelque temps cette année, au printemps dernier,

Catherine avait arrêté de boire. Ce n'était pas la première fois, mais elle avait tenu mieux que jamais. De début mars à mi-avril. Six semaines sans vin ni vodka dans la maison. Pas de pipis au lit ni de vêtements souillés. Pas de coups de sang inutiles ni d'expiations larmoyantes. Pas de Martin, non plus, ni aucun autre homme étrange et malsain qui la collerait aux basques après la fermeture des bars pour venir boire un dernier verre à la maison ou pour une baise sans attache sur le canapé d'une ivrogne à demi comateuse. Mais le 15 avril – la date était gravée dans la mémoire d'Alison, et pour cause, c'était le jour de ses dix-sept ans –, sa mère avait replongé dans les grandes largeurs et s'était embarquée dans une beuverie effroyable, une soûlerie extraordinaire, destructrice, désespérée, un festival d'anéantissement qui avait duré vingt-quatre heures. Et depuis, elle restait incontrôlable, imprévisible, et Martin était de retour, avec son double de clé et un tout nouvel air de propriétaire, comme si, ayant survécu à ce bref exil, il revenait triomphant, plus fort, dans son fief.

Elle entra, ferma la porte, et Peter devait sans doute être à l'affût parce qu'elle entendit immédiatement son pas dans l'escalier, et le temps qu'elle enlève son manteau, il était là, devant elle. Il semblait sous le choc, lessivé, livide, et il avait les yeux rouges de fatigue, ou de chagrin, difficile à dire. Elle tendit les bras dans sa direction et il fit un pas pour qu'elle l'enlace, elle le garda tout contre elle un moment, sans un mot. Il se tenait debout dans le cercle que formaient ses bras, il mesurait bien quinze centimètres de plus qu'elle mais il était aussi passif qu'un enfant accablé de tristesse. Puis il articula : “Faut que je te dise quelque chose”, et elle desserra son étreinte.

“Quoi ?” demanda-t-elle, mais il partit vers la cuisine et alla dans le salon, donc elle le suivit, le cœur en panique. Il ne s'assit pas et fit les cent pas.

“Peter, je t'en prie, dit-elle. Qu'est-ce qui ne va pas ?”

Alors il se figea et la regarda. “C'est la merde.

— C'est-à-dire ?” Il semblait à Alison que c'était *toujours* la merde dans la maison des Connor. Elle ne voyait pas bien ce qui pourrait encore leur arriver, après tout ce qu'ils avaient subi.

Peter renifla, soupira – une longue expiration, comme s'il se préparait à dire ce qu'il avait à dire.

“Peter. Dis-le-moi.

— OK. J’y vais. Je suis homo.” Il y avait comme du défi dans son regard maintenant qu’il attendait une réaction de sa part. Elle ne dit rien, mais elle s’avança vers lui et lui prit la main. Il tremblait, comme s’il avait très froid, et il ajouta : “Toddy et moi, on…” Il s’interrompit, secoua violemment la tête, puis : “Et ce connard de Martin est au courant.” Des larmes commençaient à lui monter aux yeux.

Alison tenta d’intégrer au plus vite ce qu’il venait de lui dire. Il avait besoin d’elle, alors que ça avait toujours été elle qui avait eu besoin de lui, d’aussi loin qu’elle s’en souvienne. Mais à présent, pour Peter, pour lui, il fallait qu’elle soit forte et solide, et puis après tout, ce n’était pas un désastre, aucune raison de flipper. Elle l’ignorait, cependant, elle ignorait ça de lui, et elle se sentait bête, longue à la détente, indélicate, comme si elle avait passé sa vie à se regarder le nombril et, par la même occasion, était passée à côté de cette vérité essentielle, au cœur de cet être adorable, tendre, patient et fiable qu’était son frère.

“Ça ne fait rien, dit-elle. Toddy et toi… ça ne fait rien, Peter, pas vrai ?

— Il nous a suivis.” Sa voix se brisa dans un éclat de détresse et de colère. “Le salopard. Il a pris des photos, Alison. Il me les a montrées.”

Elle était horrifiée, atterrée, perdue. Elle n’était pas sûre de tout comprendre. Des photos ? Mais pourquoi ? Et de quoi ? Elle se sentait trop jeune et trop idiote pour gérer l’angoisse de son frère.

“Des photos ? demanda-t-elle. Comment ça ?”

Il la fixa du regard, misérable au possible. Il n’avait vraiment aucune envie d’avouer à sa petite sœur que Martin Baxter détenait des polaroïds – certes mal éclairés et pris d’assez loin, mais mettant en scène sans l’ombre d’un doute Peter Connor et Dave Todd – des polaroïds sur lesquels on les voyait tous les deux dans une allée à l’arrière du Gaumont en position terriblement compromettante. Indécente. Illégale. Oh bon Dieu, Alison ne pouvait pas apprendre ça. Il se couvrit le visage des mains et mugit de douleur, alors Alison recula et se mit elle aussi à pleurer, sans pouvoir s’arrêter, car la peur avait refermé ses griffes sur elle ; elle en était toute glacée. Dehors, dans la rue, un garçon envoya sa balle au pied dans un mur et le livreur de lait lui cria : “Attention aux bouteilles ! Si t’en casses une, t’auras de mes nouvelles.” Il remplaça les vides par des pleines, à bouchons dorés et argentés ; les bouteilles cliquetèrent dans leur caisse, et il se mit à siffloter gaiement en ce dimanche comme un autre de la fin juillet.

14

ÉDIMBOURG,
2 DÉCEMBRE 2012

Duncan dormait dans la chambre d'amis de Dan et Katelin, mais pour autant, elle refusait de lui adresser la parole. Elle dit à Dan de prévenir son pote que si Lindsay Miller mettait un pied chez eux, Duncan dégagerait illico et irait dormir sous les ponts, elle n'en avait rien à faire.

"Je suis sérieuse, Dan. Si je sens la moindre trace de son parfum à la con, il dégage."

Dan s'abstint de préciser que Lindsay Miller n'était pas du genre à mettre du parfum ; qu'elle sentait plutôt la cigarette et les fins de concert dans des clubs miteux. Par contre il ne se gêna pas pour dire à Katelin qu'elle devrait arrêter de le juger. Il comprenait sa loyauté envers Rose-Ann, évidemment. Mais elle connaissait Duncan depuis bien plus longtemps, c'était un ami proche, et il était au plus mal. Et puis c'était juste un feu de paille, il n'était pas vraiment *avec* Lindsay, elle avait ajouté Duncan à sa collection, c'est tout, et à présent son monde à lui volait en éclats.

"Ne rends pas les choses plus difficiles qu'elles ne le sont, ajouta Dan. Il souffre, alors que pour elle c'est une aventure insignifiante. Lindsay n'a pas besoin de Duncan, et il serait très probablement déjà rentré chez lui avec Rose-Ann si tout le monde se calmait un peu."

Katelin ne fit que hausser les épaules. "Alors il sait ce qu'il lui reste à faire, lâcha-t-elle.

— Quoi ? Ramper jusqu'à New Town en portant le cilice pour faire pénitence ?

— Oui. Pourquoi pas ? Ces chrétiens du Moyen Âge savaient comment expier leurs fautes, eux.

— Et sinon, t'as pris la peine de te demander pourquoi il était allé voir ailleurs ?" lança Dan, mais Katelin haussa encore les épaules, donc il laissa tomber. Il savait que faire le procès de Rose-Ann n'était pas à l'ordre du jour, alors il ne parla pas de sa froideur de pierre, de cette façon qu'elle avait parfois de se changer en mur d'acier. De toute façon, cette histoire était finie ou presque. Il avait fait la connaissance de Lindsay deux semaines plus tôt, le jour où il avait fait le voyage Londres-Glasgow pour aller voir Duncan. Elle était avec lui dans Gordon Street quand Dan était sorti de la gare. Jean déchiré, veste de motard, t-shirt Levi's, boots noires, jolies pommettes, cheveux blond décoloré et sourire effronté, décomplexé. Elle était guitariste, chanteuse et compositrice dans un groupe d'indie rock qui s'appelait Many Minds. Ensemble depuis dix ans, ils en étaient toujours au stade où ils auraient presque fêté la promesse non tenue d'un passage à la radio. Tous les trois étaient allés boire un verre dans un pub bondé, ils avaient parlé fort autour de trois pintes de Tennent's et de chips oignon-fromage, Lindsay s'était assise en face de Duncan sur une chaise, et non sur la banquette à côté de lui, ce que Dan avait apprécié, parce que ça rendait la situation un peu moins bizarre. Duncan semblait plus mince, alors que ça ne faisait qu'une semaine que Dan ne l'avait pas vu. La fatigue avait laissé comme des bleus sur son visage au teint pâle, mais il était animé d'une sorte d'énergie fébrile, une lueur ardente brillait dans ses yeux. Lindsay discutait, riait, posait des questions à Dan, appelait Duncan Dunc, mais ne remarquait pas vraiment son désir de ne faire qu'un avec elle, malgré la table en bois poisseuse qui les séparait. Elle avait l'air jeune, agile, sexy, et si ça n'avait pas été complètement déplacé, il lui aurait demandé à quoi elle jouait avec Duncan. Une fois sa pinte finie, elle s'était levée et excusée. Ils avaient certainement envie de parler d'elle et ils ne pouvaient pas le faire tant qu'elle était là, avait-elle dit avant de partir d'un rire caverneux de fumeuse, en pure habitante de Glasgow. Elle avait donc filé, déambulant entre les tables animées et s'arrêtant pour s'allumer une clope avant même d'avoir atteint la porte.

"Bon sang", lâcha Duncan dans un long soupir, les yeux fixés sur elle jusqu'à ce qu'elle sorte.

Dan ne dit rien ; il se leva et alla au comptoir. Il revint avec deux pintes et se rassit. “Bon, Duncan, mon grand. C’est vraiment fini avec Rose-Ann ?”

Duncan le dévisagea. “C’est quoi cette question ? Je suis amoureux de Lindsay !

— Je vois ça. Je me demandais juste si elle ressent la même chose pour toi. Lindsay, je veux dire.”

Duncan ne répondit rien, même s’il sembla réfléchir à la question, mais ensuite tout ce qu’il trouva à dire fut : “Alors, tu la trouves comment ?

— Je l’aime bien, dit Dan sans hésiter. Mais comment ça va pouvoir marcher ?

— Marcher ?

— Oui.

— Du genre… ?

— Du genre, marcher.”

Ils échangèrent un regard solennel, puis Duncan dit : “Mais qu’est-ce que j’en sais, bordel !” et ils rigolèrent, avec malgré tout une note de gravité.

Dan secoua la tête. “Ah, Duncan.”

Il opina. “Ouais. Je sais.”

Il était déjà passé par là, il s’était déjà tenu sur les ruines d’une relation amoureuse tandis qu’une nouvelle femme attendait en coulisses. Rose-Ann avait un jour été cette nouvelle femme, une riche Américaine – une avocate pleine aux as venue de Santa Monica mais d’ascendance écossaise, qui avait une maison à New Town et un faible pour les hommes comme Duncan, complètement à l’opposé d’elle : adorablement dépenaillé, pas matérialiste pour un sou, guidé par des ambitions artistiques qui n’avaient aucune chance d’être un jour florissantes. Elle avait réussi à l’avoir parce qu’être adoré, ça lui allait bien, mais il aurait peut-être fallu qu’elle sache que Duncan n’avait pas été célibataire un seul jour depuis ses vingt ans, et que rien que sur les quinze dernières années, il avait quitté Alice pour Rose-Ann, Sharon pour Alice et Monica pour Sharon. Pour un mec qui n’avait rien d’un bon parti d’après les critères traditionnels, Duncan semblait irrésistible. Lindsay, en revanche, c’était la bourlingueuse par excellence ; aucune chance de la garder.

“Donc, dit Dan, elle t’a proposé d’emménager chez elle ?
— Mais non ! Quoi, dans l’appart de Laurieston ?
— Oui, bien sûr.
— Oh, ben c’est juste temporaire, je paie pas de loyer mais c’est un peu flou tout ça. Un appartement avec genre six ou sept autres personnes.
— Un squat, quoi ?
— Oh, ben… répéta Duncan en grimaçant. De toute façon, elle est toujours en vadrouille, en tournée, tu vois ?
— Oui.
— Le groupe marche mieux en Europe, sur le continent, c’est là qu’il y a du travail.
— Ouep.” Pour Dan tout était clair comme de l’eau de roche, et le fait que Duncan reste évasif était révélateur. Il pensa à la jolie maison géorgienne de Rose-Ann, tout confort, et non, bien sûr qu’on ne restait pas avec quelqu’un pour sa belle maison… mais d’un autre côté, il fallait vraiment que ce soit une nana exceptionnelle pour accepter de la suivre dans un squat du Gorbals.
Dan soupira. “Faut que tu reviennes à Édimbourg, mon pote.
— Hm hm, je sais, je sais bien.” Duncan acquiesça tristement.
“T’as ton magasin à gérer, et, pardon si j’y vais fort, mais c’est uniquement grâce à l’argent de Rose-Ann que t’as pas mis la clé sous la porte il y a quelques années. Reviens, mec. Ce truc avec Lindsay, c’est une chimère. Elle finirait par te faire plus de mal que de bien.”
Duncan ne répondit rien, mais il ne nia pas non plus. Ils restèrent silencieux un moment, Duncan absorbé dans la contemplation de sa bière, Dan les yeux au plafond à étudier les taches de nicotine. Ses pensées dérivaient vers toutes ces fois où Duncan et lui s’étaient retrouvés à Glasgow, toujours pour un concert ; il n’avait pas souvenir d’y être venu pour autre chose que ça, mis à part aujourd’hui. Au bout d’un moment il dit : “Et ce concert des Comsat, celui au King Tut’s.”
Duncan leva les yeux et son visage s’égaya tout de suite. “26 juin 1993, dit-il.
— Une super soirée, vraiment. Et pourtant, j’aimais pas cet album.
— Ah oui. Moi je l’aimais par contre.

— Ouais, mais c'était plus pareil, rien à voir avec 79, à leurs débuts.
— Bon, t'as gagné.
— Mais King Tut's, commença Dan.
— Extra, et ça n'a pas changé.
— La meilleure salle que je connaisse."
Duncan opina, prit une gorgée de bière et dit : "Attends, et le soir d'Oasis…
— Oh purée… Toi, moi et une douzaine d'autres dans la salle, et Alan McGee qui en était à son troisième Jack Daniel's coca et qui disait : Ils sont doués ou je suis bourré ?"
Une vieille histoire, mais qui les faisait toujours beaucoup rire, et maintenant l'atmosphère était plus respirable et ils pourraient se dire au revoir dans de bonnes conditions. Ils se serrèrent dans les bras rapidement sur le trottoir. Duncan promit de rentrer bientôt à Édimbourg, le surlendemain, ou le jour d'après, et Dan répondit : "Très bien, OK, appelle si besoin, et viens à la maison si tu peux pas rentrer chez toi", puis il rebroussa chemin dans Gordon Street jusqu'à la gare, tandis que Duncan rentrait la tête pour se protéger du froid en cette fin de soirée, direction les *badlands* de Glasgow pour aller retrouver Lindsay.

Et tout le temps, tout le temps, tout le temps.
Qu'il soit avec Duncan, avec Katelin, ou avec n'importe qui d'autre, Dan abritait Ali Connor dans ses pensées, présence discrète mais constante, et si c'était de l'hypocrisie, il ne le sentait pas comme ça, et si c'était de l'infidélité, ça ne lui apparaissait jamais comme quelque chose de mal. Elle avait trouvé le moyen de s'infiltrer dans son esprit, de sorte que partout où il allait, elle était là. Il n'avait jamais besoin de la convoquer, elle était simplement là. Elle formait un monde à part entière à l'intérieur de sa tête, un monde dont il était le seul à connaître l'existence, essentiellement composé de conjectures, et Dan ne savait pas ce que tout ça signifiait, mais bon Dieu, quelle merveille et quel délice. Il connaissait mieux que quiconque le pouvoir et l'impact d'une bonne chanson, et quand il avait envoyé "Pump It Up", il l'avait imaginée sourire, se souvenir, mais pas plus. Ce qui était certain, c'est qu'il n'avait pas anticipé ce… comment

appeler ça ? Un dialogue intime en musique, une éloquence derrière les paroles des chansons. C'était brillant. Il devrait exploiter ce truc, créer une application ou quelque chose du genre.

Il aurait snobé Carole King quand il avait dix-huit ans. Mais quelle jolie chanson Ali avait envoyée, une leçon de fausse simplicité ; il l'avait écoutée dans le train, pris de court par l'émotion contenue dans ses mots, venue à bout de son cœur cynique qui avait déjà tout entendu, parce que c'était Ali Connor, Alison, cette fille perdue de vue qui lui parlait à travers cette chanson, un baume pour une douleur qu'il ne se connaissait pas. Bon sang, s'était-il dit ; c'était dingue. C'était mal. Mais en bien. Il avait écouté la chanson trois fois, en avait extrait toutes les nuances possibles, puis avait répondu en envoyant la reprise de "Let's Dance" par M. Ward, pour la poésie fascinante du texte de Bowie réinventé et – inutile de nier la vérité – le désir tout nu, brûlant. Elle était à quinze mille kilomètres de là ; où était le mal ?

Après lui avoir envoyé le lien, il n'écouta rien, il vit qu'il était incapable d'écrire, de lire. Katelin l'avait appelé et ils avaient parlé de Noël, de la famille de Dan, de qui dormirait où, du menu, une conversation facile connectée au monde réel. Mais ce qu'il voulait c'était parler à Alison Connor. Il voulait que son téléphone sonne à nouveau, et que ce soit elle.

Tandis que le train se frayait un passage vers le nord, il avait regardé le paysage sans le voir, laissant ses pensées voyager jusqu'à Sheffield en cet été lugubre et noir de 1979, jusqu'aux événements de cette soirée de juillet et ce qu'il aurait pu faire différemment. Il pensa à Duncan et à sa malencontreuse liaison, qui n'avait rien de comparable à ses yeux avec ce qu'il pouvait ressentir pour Alison. Il pensa à Katelin, à son sens du bien et du mal, aussi implacable que fragile, et il pensa à l'amour, aux apparences multiples qu'il revêt, à la loyauté, et à la confiance. Mais ses pensées revenaient encore et toujours à Alison Connor, il se demandait où tout ça le menait, s'il pouvait la revoir, et si oui, comment, et quand au plus tôt. Ces chansons étaient incroyables, chaque nouveau titre illuminait sa journée ; mais il avait envie de lui parler, et il voulait la tenir à nouveau dans ses bras, voilà.

Fin décembre, deux jours avant Noël. Alex avait colonisé le salon, déplacé le canapé au centre de la pièce, bien en face de la télé à laquelle il avait reconnecté la Xbox, et avec obstination il faisait vivre aux Sheffield Wednesday une saison exceptionnelle de championnat, jusqu'aux barrages et à la promotion. Fifa mode Carrière : un petit goût de puissance et de gloire accessible aux fans meurtris par les résultats d'une équipe à la ramasse dans le monde réel. C'était l'antidote d'Alex aux rigueurs de Platon, Kant et Nietzsche au Trinity College de Cambridge, et les Owls n'avaient jamais eu un entraîneur aussi sage, inébranlable et exaltant qu'Alexander Lawrence. Sur Google, en deux secondes, on pouvait accéder à un programme pirate qui permettait d'avoir un budget illimité pour le mercato, mais Alex refusait de tricher. Au lieu de ça, il faisait le job avec les fonds alloués, faisait grandir son groupe et amenait dans ses rangs des jeunes joueurs de talent. Ce qui faisait la fierté de son père. Un capitaine fiable à la barre, un talent made in Sheffield, quelques achats malins grâce à des sources improbables et, match après match, tout tendait à prouver qu'on n'achète pas le succès au football, on le cultive. C'est ce que Dan venait d'expliquer à Katelin qui se plaignait que leur fils ait perdu deux jours vissé au canapé, rideaux tirés.

"C'est juste pathétique, disait-elle à Dan tandis qu'ils marchaient le long du Water of Leith, voûtés à cause du froid, pour faire faire un tour à McCulloch.

— Allez, arrête, dit-il. Laisse-le un peu tranquille. C'est pas bien méchant.

— Je ne voulais pas dire qu'Alex est pathétique, mais toi plutôt – cette façon de parler d'un stupide jeu de Xbox comme si ça se passait réellement. Talent made in Sheffield, achats malins, toutes ces conneries."

Dan répondit : "Ça n'a rien de stupide, t'as vu le graphisme ? C'est hyper bien. Dans cette équipe des Wednesday, on arrive à identifier n'importe quel joueur."

Katelin claqua la langue. "Ouais, mais c'est pas non plus *Match of the Day*, hein. Y a rien qui explique que tu restes assis à regarder ça, si ?"

Dan rit, bien décidé à ne pas flancher. "Coupable, dit-il. Mais attends, c'était le derby."

L'idée était de marcher quelques kilomètres en direction de Roseburn et Murrayfield, mais ils ne voyaient plus trop l'intérêt maintenant qu'ils étaient dehors, et même le chien trottinait d'un air morose derrière les talons de Dan, visiblement sans aucun plaisir. Dan avait au départ prévu d'emmener le chien courir, comme ça lui arrivait de temps en temps, pour faire cavaler un peu ce petit fainéant qu'on baladait toujours à deux à l'heure, il était prêt à partir – baskets aux pieds, écouteurs dans les oreilles, iPod dans la poche de son short – quand Katelin avait dit qu'elle devenait folle, qu'elle avait besoin d'air et est-ce qu'elle pouvait venir avec lui ? Mais Katelin ne courait pas, elle détestait ça, elle ne courait même pas pour attraper un bus, et voilà où ils en étaient, à marcher d'un pas lourd. Et avec ça le temps était épouvantable, une journée d'hiver morne, humide sans qu'il pleuve, glacée mais sans ciel clair.

Katelin était dans son habituelle déprime pré-Noël, quand l'arrivée imminente de la famille de Dan – ou de la sienne une année sur deux – colorait ses pensées en gris. Elle finissait toujours par en sortir, elle se montrait parfaitement aimable et sociable, prête pour leur arrivée, mais il y avait quelque chose dans toute cette préparation, les attentes que ça générait, la liste de courses interminable, le frigo débordant de dinde, de légumes, de bière et de vin… et le côté implacable, inévitable de la chose, cette sensation que tout ça s'insinuait furtivement, on était en octobre et la seconde d'après c'était déjà Noël. Teeellement énervant. Et ensuite il y avait les lits à faire, les matelas supplémentaires à sortir pour les cousins, sans oublier la salle de bains et les toilettes du bas qui devaient être plus propres qu'à n'importe quel autre moment de l'année (c'était une règle universelle, ce truc ?), oh et puis bien sûr les festivités en elles-mêmes, cette invasion pleine de bonnes intentions, un marathon de folie, trois jours de rêve éclairés à la guirlande lumineuse.

“Hé, dit Dan en passant un bras autour de ses épaules. On fait demi-tour ? On rentre à la maison boire un verre ?”

Elle se tourna vers lui et réussit à lui sourire. “Je veux qu'Alex bouge du canapé, dit-elle. C'est l'horreur, cette pièce”, et Dan répondit : “Très bien, les Wednesday devront attendre après Noël pour connaître la gloire et la renommée.

— Et il faut préparer les légumes.

— Alex peut s'en charger. Il faudra bien occuper ses mains quand il aura lâché la manette."

Elle riait enfin, et ils rebroussèrent chemin, l'air autour d'eux leur sembla plus chaud de quelques degrés, l'atmosphère s'était clairement détendue. Même McCulloch était plus joyeux, mais ce n'était peut-être que le changement bienvenu de direction, l'odeur de la maison, reconnaissable entre toutes.

Ils étaient dix à table pour le déjeuner de Noël. Dan, Katelin et Alex, Bill et Marion, Claire, son mari Marcus et leurs trois enfants, Will, Jack et Molly. Joe était moniteur de ski à Courchevel depuis quelque temps. Ça faisait des années qu'il n'avait pas fêté Noël chez lui, il passait l'hiver et le début du printemps à skier, puis parcourait ces mêmes montagnes à vélo pendant l'été et le début de l'automne. Alex adorait ses cousins de Sheffield, il n'était jamais aussi heureux d'être à la maison que quand il les avait avec lui. Il n'y en avait que trois du côté anglais puisque Oncle Joe n'avait jamais eu d'enfants, mais du côté de Coleraine, les cousins ne manquaient pas, il y en avait dix-neuf en tout, même si seulement cinq d'entre eux, toujours les mêmes, venaient leur rendre visite. Katelin avait quatre sœurs et deux frères et, parmi ces six-là, leurs six conjoints et leurs dix-neuf rejetons, il y en avait un certain nombre qu'elle ne pouvait pas supporter. Oh, ces Noëls passés dans la ferme d'Irlande du Nord… C'était un peu comme atterrir en pleine tragédie grecque des temps modernes : intrigues, rivalité frères-sœurs, disputes à propos du droit de naissance, des terres, de l'argent, tout ça attisé par la Guinness, le Jameson's et le *poitín* de l'arrière-arrière-grand-père, distillé dans l'alambic vieux de deux cents ans du père de Katelin, toujours à base de pommes de terre, la recette originale. Ce tableau plaisait bien à Dan, mais Katelin ne voulait plus y mettre les pieds. Elle disait qu'elle n'aimait pas la personne qu'elle était quand elle était là-bas.

Aucun souci de ce genre avec le clan Lawrence en ce jour où le festin de Noël venait d'être allègrement réduit en miettes, la dinde n'était plus qu'une pauvre carcasse ravagée, et les légumes, la farce et la sauce, de l'histoire ancienne. C'était la fin d'après-midi, il faisait noir dehors et de la neige fondue tombait dans les rues désertes de Stockbridge, mais la maison ronronnait et rayonnait d'une joie festive, les plus jeunes triaient les paquets et faisaient des piles, car l'heure des cadeaux était venue, tout le monde s'y mettait, ouvrait les siens dans un farfouillis de papier froissé, un méli-mélo de mercis. Chaussettes et boxers ; orangettes de tous côtés pour Marion et Bill ; maquillage pour Molly ; foulards, gants, parfum, calendriers, rien que du neuf, et à la fois certaines choses ne changeaient pas : Alex et Dan s'offraient toujours de la musique, un vinyle, cette année c'était Kelley Stoltz pour Alex et Fiona Apple pour Dan. Dans le brouhaha, ils tentaient chacun d'expliquer le pourquoi du comment de leur choix quand Dan entendit Katelin s'exclamer : "Waou, Marion, génial ! Je voulais le lire !" Il se retourna pour voir ce que sa femme tenait entre ses mains et c'était le best-seller d'Ali Connor, *Tell the Story, Sing the Song*.

"Regarde, lui dit-elle en agitant le livre sous son nez tandis qu'il faisait son possible pour paraître détaché. Je l'ai entendue dans *Woman's Hour* récemment. Elle est australienne, mais elle vient de Sheffield. Je voulais t'en parler mais j'ai oublié."

Dan ouvrit la bouche pour parler mais sa mère le doubla.

"Alors ça !" lâcha-t-elle. Elle fit un grand sourire à Dan puis à Katelin. "Eh bien je ne savais pas ! Je n'avais aucune idée que l'auteure était de Sheffield. J'ai juste vu le livre chez Smith's et la dame m'a dit qu'il se vendait comme des petits pains, et je me suis dit : Katelin aimera sûrement, parce que je sais que tu aimes lire.

— Ouais, c'est extra, Marion, merci." Katelin se faufila entre présents et emballages pour aller embrasser la mère de Dan sur la joue.

"Ici, là, commença Bill, penchant la tête pour voir la photo en quatrième de couverture. Ici, là, c'est Alison."

C'était ses premiers mots depuis le "Tchin" collectif au déjeuner, parce que Bill, à présent sourd, vieux et dépressif, était l'âme la plus tranquille qui soit, un ermite au milieu de la foule familiale. Sa voix eut donc un impact, elle attira l'attention de tous dans la pièce, et de Claire en particulier, qui lui demanda : "Quoi ? Fais voir", et prit le livre des mains de Katelin. Elle le retourna et vit la photo officielle d'Ali Connor – celle que Dan avait vue quand il était tombé sur elle pour la première fois sur le net, et qu'il voyait encore chaque fois qu'elle lui envoyait une chanson. Chemise en coton bleu, cheveux courts, bruns et ondulés, yeux bleus tirant sur le vert, bouche sensuelle, et la mine intelligente, légèrement interrogatrice, légèrement amusée.

"Oh mon Dieu, mais oui c'est Alison, dit Claire. Elle n'a pas changé." Elle tendit le livre à son frère. "Regarde, Daniel. Alison Connor ! Tu y crois ?"

Il le prit et, pour sauver les apparences, fit semblant de jeter un œil à la biographie sur le rabat. Mais il ne lut rien. Il essaya plutôt de formuler une phrase ou deux pour l'aider à soutenir le regard que Katelin ne manquerait pas de lui adresser. Elle ignorait tout d'Alison Connor, absolument tout. Au moment de sa rencontre avec Katelin, Dan venait de passer quatre années à faire son possible pour l'oublier. Il y avait eu plein d'autres filles et Katelin l'avait mis sur le gril à propos de chacune. Mais pas Alison, non. Ne pas mentionner Alison était devenu une habitude, par la force des choses, une habitude pour tous et pour Dan en particulier.

Bill, plus vivant qu'il ne l'avait jamais été ces dernières années, se mit à dire : "Alison, elle était extraordinaire. Épatante.

— Ça alors !" lança Marion, plus tellement sûre d'avoir bien fait. Elle regarda Dan, puis Bill, puis Claire. "Pas croyable ! Quelle coïncidence ! Alors elle se fait appeler Ali maintenant, et plus Alison ? Et qui aurait imaginé qu'elle atterrisse en Australie ?

— Ouais, dit Dan à Katelin, qui le dévisageait. Une ex."

Rien de grave.

"Et… commença Katelin, la tête un peu penchée, les bras croisés… tu savais qu'elle avait écrit un roman, cette dénommée Ali Connor ?

— Alison, corrigea Bill. C'était Alison, à l'époque.

— Non, mentit Dan sans mal, sans y penser, parce que répondre oui ne ferait de bien à personne. Je ne savais pas du tout qu'elle avait écrit un roman."

Will lui prit le livre des mains.

"Eh, elle est plutôt pas mal, Oncle Daniel", dit-il, ce qui n'arrangea rien.

Puis Molly lâcha d'une voix chantante un de ces "Trop bizarre" dont seuls les ados ont le secret. Et c'est vrai que ça l'était, parce que Katelin était toujours en train de décider si elle devait s'amuser ou s'offusquer de l'apparition de cette nouvelle ex. Elle dit : "Eh bien, je croyais que je connaissais toutes tes ex, mais il y en a encore, visiblement.

— C'est très très vieux, dit Dan. On était gamins.

— Elle était super bonne en anglais, par contre, hein, Dan ? Tu te souviens ? Elle laissait tous ses livres chez nous, ses poèmes, tout ça – elle avait quasi emménagé à la maison, pas vrai ?"

C'était Claire, on pouvait toujours compter sur elle pour continuer à creuser plus profond quand tous les autres avaient posé leur pelle. Et à présent, Marion tentait vaillamment de les tirer de là pour mettre tout le monde en sécurité : "Bref, j'espère que tu aimeras, Katelin. La dame de chez Smith's a dit que c'était épatant."

Un court silence, que Katelin ne remplit pas.

Puis : "Je suis content qu'Alison aille bien, dit Bill. Je me suis fait du souci pour cette petite."

15

ADÉLAÏDE,
9 JANVIER 2013

C'était l'été à Adélaïde, et jour après jour la ville se trouvait ralentie et paralysée par des températures à faire fondre le bitume, dépassant les quarante degrés, jusqu'à ce que le soir se déploie. Alors c'était l'appel de l'eau et les gens se massaient sur les plages de Brighton et Glenelg, où le soleil couchant offrait un spectacle de couleurs débridées. Michael McCormack n'aimait pas tellement l'ambiance plage, donc la plupart du temps la famille se réunissait autour d'un dîner dans le jardin, l'air sentait les crevettes au barbecue, le steak grillé, l'ail, le romarin, le parfum méditerranéen du citron et, toujours présente, l'odeur vieillotte des roses anglaises de Margaret McCormack, leurs fleurs gonflées de soleil, trop lourdes sur leurs tiges pour lever la tête vers le ciel.

Thea était rentrée de Melbourne pour les longues vacances d'été, la famille était donc au complet et Beatriz satisfaite, sauf que, quand ils se réunissaient pour manger, discuter ou lire au jardin, à l'ombre de la longue pergola en bois d'hibiscus, ils n'étaient bien souvent que quatre, car à l'intérieur de la maison, à l'étage, Stella restait seule, inerte sur son lit, sa tête de poupée, si pâle, posée sur l'oreiller blanc tout propre. Elle n'était plus enceinte. Chez Sheila et Dora, à Quorn, le jour où elle avait fondu en larmes en disant à Ali que finalement elle ne se sentait pas prête à être mère, elle avait fait une fausse couche juste après, comme si son corps avait décidé de lui éviter d'en passer par le cycle tourmenté de l'indécision et pris les choses en main. C'était incroyable de voir à quel point ce processus était efficace, rapide et complet. Cela avait pris quatre-vingt-dix minutes, et toute une pile des serviettes de hammam de Sheila et Dora. Le choc avait été grand pour elles deux

– tout ce sang, les douleurs brèves mais aiguës, être si loin de la maison, et ensuite, une fois que tout fut fini, les montagnes de culpabilité face au soulagement ressenti, à la fois terrible et doux. Plus tard dans la journée, Stella avait été examinée par une infirmière pragmatique et brusque aux mains expertes, qu'Ali scruta tandis qu'elles se déplaçaient sur le ventre de sa fille et à l'intérieur de son corps, exerçant des pressions pour évaluer la situation. Et pendant son examen elle ne cessait de parler de la façon dont la nature faisait les choses et des raisons en béton qui se cachaient derrière le moindre événement de la vie.

"Tu l'as perdu pour une raison, ma jolie, dit-elle. Quand on grandit dans une ferme, on comprend vite que la jument perd son poulain, la brebis son agneau, il y a toujours une raison à tout." Stella ne répondit pas. Elle était allongée sur le petit lit d'hôpital, les yeux fermés, mais quand les mains d'Ali pressèrent les siennes, elle les pressa à son tour. "Très bien, conclut l'infirmière en rassemblant ses instruments. Un petit détartrage-polissage et on est bon."

"À coup sûr c'est Brianna que vous avez vue, dit Dora quand Ali lui raconta la scène un peu plus tard. Rustique, mais elle connaît son affaire. Tout ira bien pour Stella."

C'était le cas, elle allait bien, mais pas tout à fait non plus. Elle n'était pas exactement la Stella d'avant, mais une version d'elle-même plus calme, apathique et réfléchie. Beatriz disait qu'il fallait lui laisser du temps, mais Michael – qui se faisait fort de trouver les solutions et de régler les problèmes – était convaincu que ce qu'il lui fallait, c'était un voyage en famille à Burra, rien que tous les quatre puisque Beatriz détestait s'aventurer dans le bush ; quelques semaines à Lismore Creek, comme au bon vieux temps, quand les filles étaient petites et qu'elles pouvaient passer tout l'été à manœuvrer les portillons dans le hangar de tonte des moutons et à faire du poney à côté des éleveurs montés sur leurs chevaux.

"Mais ça fait des années qu'on n'est pas allés là-bas tous ensemble, dit Ali à son mari.

— Exactement.

— Mais être dans les terres en pleine chaleur, tu es sûr que c'est ce qu'il nous faut ?"

Michael soupira. “Pour ma part, oui. Allez, je veux passer du temps avec mes filles. On vit au ralenti, là-bas, Ali, tu te souviens ?

— Bien sûr que je m’en souviens – mais Stella et moi on était à Quorn il n’y a pas si longtemps, à vrai dire.”

Michael balaya Quorn d’un geste de la main, comme si ça ne comptait pas. Ses souvenirs d’enfance dans le grand élevage de moutons familial revêtaient un lustre particulier, une série d’images mentales toutes plus parfaites les unes que les autres. D’abord l’élégante propriété, construite pour ses ancêtres en 1866 : une coûteuse maison de campagne “à l’anglaise”, avec sa remise à calèches et son écurie, le tout classé patrimoine historique ; puis le terrain domestiqué, aménagé en pelouses, jardins de nœuds, bordures herbacées et tonnelles de rosiers grimpants, tout ceci impeccablement entretenu par quatre jardiniers à plein temps ; quant à Michael et ses deux petits frères, Rory et Robert, ils avaient vécu ici en toute liberté : ils s’amusaient à construire des barrages sur le ruisseau, ils conduisaient le pick-up depuis l’âge de neuf ans, ils participaient au concours de cracher de noyau de cerise et aux courses de canards à la fête du village, ils posaient des pièges à lapin et chassaient le kangourou. Ali, assise sur le porche dans la balancelle à côté de Michael, savait donc pertinemment que cette discussion était purement cosmétique. À sens unique. Il était déterminé, sa décision était prise.

“Rob sera là, il doit être en train de mettre les filets sur les vignes à l’heure qu’il est, dit-il. Tu l’aimes bien, Rob.

— Je sais que je l’aime bien.”

Une pause puis Michael reprit : “Au-delà de tout ça, je pense à Gil et Alma. Ils ont dû se tuer à la tâche ces dernières semaines. Ça a dû être un enfer, malgré l’aide qu’ils ont autour. Les incendies ont été terribles. Tu sais comment est Gil ; il est jamais tranquille, il en a trop vu…

— Ouais, dit Ali. Je sais.” Gil Henderson, le big boss, le patron, et sa femme Alma, la reine du domaine ; ils géraient Lismore Station comme si c’était leur affaire. Gil avait été embauché comme simple apprenti par James McCormack en 1962 ; Alma était arrivée en 1968 comme femme de ménage. Ils étaient l’alpha et l’oméga de l’univers McCormack.

“Et donc, reprit Michael. Je crois qu’il faut qu’on y aille.”

Il faut. Voilà, on y était, ce subtil changement d’intensité, de l’envie à l’obligation. Oh, et puis zut, se dit Ali. Ils pouvaient bien tous aller à Lismore Creek, pourquoi pas ? Michael avait sûrement raison : c’était là que Stella aurait une chance de leur revenir, et Thea avait besoin de changer d’air. Elle traînait son ennui dans toute la maison comme une prisonnière assignée à résidence.

“OK, finit par dire Ali. Donne-moi quelques jours ici avant. Je dois régler quelques trucs avec mon éditeur, m’occuper de deux ou trois choses.”

Michael était ravi. Il tendit le bras et la rapprocha de lui tout en le passant autour de ses épaules, et Ali savait que si elle s’était opposée à ce voyage à Lismore, il n’aurait pas eu ce geste ; mais elle avait appris à être souple au fil des années. Elle ferma les yeux et se réfugia dans sa tête, elle passa d’une réalité à l’autre, de cette vie à Adélaïde à son autre vie, dans laquelle Daniel l’attendait toujours, pensait à elle en train de penser à lui. Elle savait que c’était ce qu’il faisait, qu’il n’arrêtait jamais vraiment, parce que c’était pareil pour elle ; elle gardait le contact avec sa présence, et lui avec la sienne.

Elle repensa à la magnifique chanson qu’il lui avait envoyée, à ces larmes si inattendues qui avaient coulé le long de ses joues tandis qu’elle l’écoutait. Puis elle réfléchit à celle qu’elle allait lui envoyer en guise de réponse, la version de Bowie de “Wild Is the Wind”, avec toute son émotion, son intention, sa conviction, et elle s’imagina l’écouter allongée près de Dan.

Elle regarda sa montre. En Écosse, il était neuf heures et demie du matin. Elle pensa à Édimbourg et se demanda pourquoi la vie l’avait mené là. Elle savait qu’il était avec Katelin et qu’ensemble ils avaient eu Alex, parce que c’était facile de le savoir sur internet, et cela avait suscité chez elle des regrets et de l’incertitude, mais aussi une sorte de soulagement de voir qu’il avait une vie chouette. Sans cette toute première chanson envoyée, jamais elle n’aurait cherché à le retrouver sur internet : jamais. Il serait resté coincé en 1979, comme toute sa vie à Sheffield, vague, lointaine, les horloges arrêtées, une chambre forte de souvenirs à l’épreuve du passage du temps. Mais Daniel était là, à présent, bien au centre de son esprit, et à cause de lui, d'autres fantômes étaient attirés par la lumière, inévitablement, d'autres souvenirs de sa jeunesse, parmi lesquels son frère. Et quand elle revoyait son sourire, elle baissait la tête de honte, celle d'avoir trop longtemps détourné les yeux de son passé – têtue, impassible et égoïste qu'elle était – en pensant que ça la sauverait.

Michael parlait de son travail, des problèmes de personnel, d'un chef de service adjoint incompétent. Elle l'écoutait à moitié, en même temps que les cacatoès qui se chamaillaient avant de s'endormir pour la nuit, le crachotement des arroseurs automatiques sur la pelouse desséchée par l'été, le chant des sauterelles dans les arbustes. Cela ressemblait bien au paradis, mais elle se demandait si sa place n'avait pas en fait toujours été ailleurs. Une autre vie, dans cet autre monde, où janvier n'était pas synonyme de chaleur suffocante mais de pluie et de neige fondue, où les bus d'Attercliffe envoyaient des gerbes d'eau marronnasse glacée sur les piétons qui ne se méfiaient pas, et où sa mère, qui plongeait toujours dans une spirale négative de haine après Noël, aurait tout fait – tout – pour un autre verre. À Sheffield, en 1979, le paradis c'était la chambre de Daniel, sa musique, et la chaleur brûlante de son corps contre le sien. Mais son sanctuaire, l'endroit où elle se sentait le plus en sécurité, c'était le pigeonnier de Bill Lawrence, là où il avait un jour placé un oiseau frémissant entre ses mains en coupe et où Alison, percevant ce petit battement de cœur affolé, s'était sentie invincible – pour un instant seulement.

Cass décréta qu'il était temps qu'elle soit invitée à Lismore Creek, et puisque Michael ne le lui proposerait jamais, elle pensait que c'était à Ali de le faire. Ali pouffa et renversa du vin.

"Quoi ! lança Cass. Qu'est-ce qu'il y a de drôle ?

— Toi." Ali tenta en vain d'éponger la table avec un dessous de verre à bière. "Toi en train de proposer un séjour chez les ploucs. Y aura pas de grand latte à Lismore, tu sais ?

— Hé, j'ai été guide, je te signale ! Je sais vivre à la dure, et c'est un scandale que tu m'y aies jamais emmenée, dit Cass.

— Oh, j'y mets presque jamais les pieds moi-même. Et..." Elle hésita, réfléchissant à ce qu'elle s'apprêtait à dire.

“Et c’est le domaine de Michael, pas le tien, c’est ça ?
— Ouais, c’est à peu près ça.” C’était vrai, et un peu bizarre, il faut bien le dire. Lismore Creek faisait partie intégrante de la légende familiale, le symbole – fièrement mis en avant – de leur histoire et de leur statut, et Ali ne se sentait jamais autant Connor et aussi peu McCormack que quand elle était là-bas. Emmener Cass à Lismore sans Michael et de sa propre initiative ? Ça ne tenait pas trop la route.

Elles étaient dans un bar de Pirie Street. Cradingue, bondé, bruyant. Cass et elle y venaient de temps en temps le vendredi pour les concerts live de fin de soirée où le génie côtoyait la médiocrité sur la scène du premier étage. Tahnee Jackson jouerait ce soir à 22 h 30, et Ali était venue rien que pour elle. C’était la jeune aborigène qui, douze ans plus tôt, les avait fait se lever dans un pub de Port Adelaide, et depuis, Ali essayait d’être là chaque fois qu’elle jouait quelque part en ville. Tahnee avait vingt-huit ans maintenant ; sa voix avait mûri pour atteindre encore plus de richesse, de plénitude et de sagesse. Ses concerts avaient l’intimité d’un confessionnal, comme si elle partageait tout, absolument tout, et quand Ali l’écoutait, elle pensait à Joni Mitchell, Nina Simone et Carole King. Mais Tahnee était aussi unique, c’était le troubadour du Territoire du Nord qui chantait devant ses fervents admirateurs des chansons qui parlaient d’étrangers, de sa vie, de ses pensées et du désert où elle avait grandi. Ali avait commencé à en parler à un type de la branche régionale du ministère de la Culture – Arts South Australia – chargé de l’émergence des jeunes musiciens indigènes, et ils avaient rendez-vous lundi, avant le départ des McCormack pour Burra. Cass demanda si elles resteraient amies quand Ali serait un grand ponte de l’industrie du disque, dans son bureau aux vitres teintées, avec une seule touche à presser pour avoir Kanye au bout du fil.

Elles partageaient une bouteille de vin blanc, elles prenaient leur temps, et en attendant que la musique commence là-haut, elles faisaient les commères et les idiotes. Ali se sentait joyeuse, la tête lui tournait presque. L’idée de partir à Lismore Creek avait plu aux filles et c’était vraiment bon de voir Stella sourire. Ali disait qu’une fois là-bas, elle allait essayer d’écrire un peu, en espérant que ça vienne tout seul. Le truc c'est que *Tell the Story, Sing the Song* ne se prêtait pas à une suite, et Ali se sentait contrainte par ceux que Cass appelait ses "petits copains" de Sydney – agent, éditeur, attachée de presse – qui n'avaient que les mots calendriers et titres à la bouche.

"T'inquiète, lui dit Cass, c'est toi qui fais la pluie et le beau temps maintenant que t'as cassé la baraque. Ou alors tu te la joues Harper Lee et t'écris plus jamais rien.

— Non, j'en écrirai un autre.

— Alors ce sera quel genre ?

— Ch'ais pas. Une histoire d'amour, peut-être."

Cass haussa les sourcils.

Ali sourit de toutes ses dents. "Pourquoi pas ? dit-elle. Qui n'aime pas les histoires d'amour ?" Elle avança son verre au centre de la table pour se resservir. "Ce riesling est délicieux.

— Oui, répondit Cass, surtout vu l'endroit où on se trouve..." Elle tolérait ces salles miteuses et blindées où Ali la traînait mais si elle avait le choix, elle préférait mille fois un bar à cocktails sur les toits ou une table dans un resto sur liste d'attente.

Ali leva son verre et elles trinquèrent. "À la nôtre !" dit-elle ; puis elle soupira d'aise et coula un regard aux gens qui fourmillaient autour d'elle dans le bar, tous ces inconnus qui avaient choisi de faire la même chose qu'elle et Cass ce soir-là, à savoir venir écouter Tahnee Jackson, et elle ressentit un élan de sympathie envers chacun ; peu importe qui ils étaient, elle était à sa place parmi eux, ces adeptes de la musique live.

"Bon, reprit-elle, c'est peut-être le vin mais j'ai un bon pressentiment pour l'avenir."

Cass scruta son visage un moment avant de répondre : "Je vois ça."

Ali éclata de rire. "Ah oui ?

— Oui oui, t'as l'air différente. Comment ça se fait ?

— Différente en quoi ?

— Tu sembles vraiment heureuse."

Elle eut un moment de recul et regarda Cass d'un air soupçonneux. "Eh bien, c'est parce que je le suis, dans l'ensemble.

— Plus heureuse qu'avant, je voulais dire. Plus enjouée, plus légère. Ces temps-ci t'étais un peu rabat-joie.

— Bah, il y a eu Stella et…
— Nan, avant ça, bien avant ça. Tu étais monotone, mais là tu as retrouvé de l'allant."
Ali empoigna la bouteille pour se donner une contenance et remplit leurs verres. Cass gardait les yeux fixés sur elle.
"Qu'est-ce que tu regardes ? dit Ali.
— Tu as une sorte de… d'éclat.
— Il fait chaud ici.
— Un éclat amoureux."
Ali fut très surprise et saisie d'une angoisse sourde : elle n'en revenait pas que son corps, son visage laissent si facilement transparaître les secrets abrités dans son cœur et sa tête.
"Et puis tu as dit que tu allais écrire une histoire d'amour.
— Et alors ? Je suis romancière, j'invente des trucs.
— Hé, dit Cass. Tu vois quelqu'un ?"
Ali lui fit son meilleur rire incrédule, mais elle ne put rien faire contre le rouge qui lui monta à la gorge et aux joues. "Non, Cass. Je ne vois personne.
— Tu n'aurais pas une aventure sans me le dire, pas vrai ?
— Je ne vois personne.
— Allez, déballe. On se dit tout, tu te souviens ? Tu sais tout de moi, les pires trucs."
Ali parvint à soutenir le regard de son amie et l'idée de tout lui raconter la traversa : lui dire que ce n'était pas une aventure mais qu'il se passait bel et bien quelque chose, quelque chose qui l'absorbait, qui l'enveloppait, entre elle et Dan Lawrence. Mais elle ne dit rien. Elle le garda caché, elle garda pour elle leur connexion ; trop précieuse pour être exposée au regard des autres, même de Cass, sa meilleure amie, qui était peut-être capable de lire dans ses pensées, Ali n'en était pas sûre.
"Je suis pas née de la dernière pluie, dit Cass. Je suis passée par là. Alors, raconte ? C'est qui ?"
Ali était déterminée. "Rien à raconter. Il n'y a personne.
— Très bien, tu m'en parleras quand tu seras prête." Malgré le regard inquisiteur de Cass, Ali ne dit pas mot et la regarda la fixer.
"Presque la demie, dit Ali. Viens, on monte."

La première fois qu'Ali était allée à Lismore Creek, c'était pour les dix-huit ans de Rob, une fête raffinée en tenue de soirée donnée par Margaret, quelque chose dans le goût des célébrations consacrées de sa propre jeunesse. C'était en mars, deux ans après que Michael avait ramené Ali à Adélaïde. Avant cela, la seule ferme qu'elle ait jamais visitée était celle de l'oncle d'un camarade de primaire : un patchwork terne de prés accroché à la bordure irrégulière de Rotherham, dont les limites étaient marquées par des murets de pierre sèche en ruine et de minces haies. Mais à Lismore Creek elle avait devant elle un monde sans fin, et ce monde appartenait aux McCormack.

Michael l'avait conduite d'Adélaïde à Clare Valley et quand il avait dit : "On y est" en quittant la route pour emprunter une piste blanche pierreuse, elle avait cru qu'ils étaient arrivés. Mais il avait continué à rouler, encore et encore, à travers un paysage ondulant marron, or et vert : pâturages, taillis et vignes se déployaient sous leurs yeux avec une grâce infinie. Ils finirent par atteindre la maison, d'une beauté grave et majestueuse, flanquée de chênes imposants ; à l'ombre du porche Alma leur faisait signe près d'une carafe de limonade fraîche et d'une assiette de sandwichs au concombre et à l'aneth, et Gil surgit de l'écurie et se mit à applaudir en voyant Michael, avant de prendre Ali par la taille pour la faire valser dans la poussière du chemin.

Elle était émerveillée par cette entrée gratuite dans un monde en apparence enchanté dans lequel les McCormack avaient opéré une légère translation à l'intérieur de leur rang de privilégiés pour faire une place à Ali, une jeune fille perdue, sans ascendance et presque sans passé. La fête d'anniversaire de Rob avait été une réussite, le hangar de tonte joliment éclairé par des guirlandes lumineuses et décoré de fanions et de fleurs. Il y avait un orchestre puis un DJ, le service traiteur avait été assuré par la Country Women's Association, avec Margaret aux manettes. Ali et Michael avaient bu, dansé et fait les fous avant de se retirer près du ruisseau pour faire l'amour sous l'œil bienveillant de la Croix du Sud. Au matin, ils avaient tous joué au cricket dans leurs beaux habits froissés et mangé des pancakes et du bacon. Puis Ali – qui n'était jamais montée à cheval et en avait une peur bleue, pour tout dire – était restée assise sur les marches en bois du petit pavillon et avait regardé son mari jouer au polo, habile et intrépide, doré dans la lumière du soleil, né pour cette vie, tel un prince, l'héritier du royaume de son père.

À présent, bien entendu, c'était Michael le roi. Peu importait qu'il n'ait pas grand-chose à voir avec les moutons mérinos – c'était Rory, le benjamin de la fratrie, qui était toujours présent pour la tonte, pour les ventes. Et Rob, le cadet, s'occupait des vignes, vivait sur place de janvier jusqu'aux vendanges, bien occupé à placer les filets, vérifier les ceps, les arroser et chanter des chansons aux grappes de syrah et de riesling. Peu importait, effectivement. Quand Michael arriva au domaine avec Ali, Thea et Stella, Alma poussa un cri de joie et le visage de Gil se fendit d'un immense sourire plein de chaleur, il ouvrit grand les bras aux filles, qui se ruèrent vers lui comme des chiots. Alma et Gil étaient âgés, maintenant, mais minces et sémillants, pleins d'une vigueur et d'un entrain un peu vieillots. Ils estimaient avoir vécu une vie heureuse, et le fait de ne pas avoir eu d'enfants à eux ne leur en avait fait qu'aimer les McCormack davantage. Aucun d'eux ne se sentait négligé par les longues absences de Michael ; après tout il était médecin, médecin pour enfants, rien que ça. Ils ne ressentaient que fierté et joie à son égard, mais comme toujours, Michael ne s'en rendait pas particulièrement compte.

Le lendemain matin, Ali fit la grasse matinée. Quand elle descendit, Michael était parti consciencieusement faire faire le tour du propriétaire à Thea dans le pick-up. Alma avait entrepris le nettoyage des tiroirs et des placards, entassant le linge de maison, la vaisselle et les couverts sur la table de la cuisine, sa corvée traditionnelle des jours de grosse chaleur. Elles discutèrent des températures extrêmes : quand Alma mettait à sécher du linge dehors, il devenait raide comme du carton avant même que la machine suivante ne soit terminée. Puis Ali flâna dehors, son café à la main, jusqu'au porche où elle vit Gil et Stella en train de passer les box en bois au jet pour les imprégner d'eau et leur éviter d'être réduits en cendres. Il n'aimait pas ce vent qui leur arrivait du désert, et à l'est de Burra un incendie faisait rage, qui avait déjà détruit près de mille hectares et était encore loin d'être maîtrisé. La plupart des habitants de Lismore étaient dehors pour tenter de le repousser. Stella, en vieux t-shirt, short et bottes de caoutchouc, fit signe à Ali et vint lui raconter une des histoires de Gil à propos d'un eucalyptus qui s'était enflammé trois mois après avoir été frappé par la foudre, ses racines comme du petit bois en sommeil, brûlant en secret sous terre jusqu'à ce qu'un vent du sud-ouest – exactement comme aujourd'hui, pareil – attise les braises enterrées et finisse par détruire douze mille hectares de terres cultivées, sans oublier toutes les habitations qui se trouvaient sur son chemin.

"Le feu", dit Stella. Elle était transpirante et sale, ses cheveux pas coiffés, pas attachés. Elle était belle. "C'est un truc de fou.

— Comme l'océan, dit Ali. On se sent petit.

— Oui, dit Stella avant de jeter un regard à Gil et d'ajouter : Petit mais pas sans défense.

— C'est sûr, pas avec Gil dans notre camp. Il pense vraiment que le feu va arriver jusqu'à nous ?

— Nan, je crois pas. C'est juste un éternel inquiet." Elle s'assit tout près d'Ali. "Je suis contente qu'on soit venus ici.

— Alors moi aussi."

Elles restèrent assises en silence une minute ou deux, puis Stella reprit : "Maman, il y a des gens à Adélaïde que je ne veux plus jamais voir.

— Oh, ma chérie." Ali lui caressa la tête, en attendant la suite. Il était vain d'essayer de la faire parler. Stella décidait seule du moment où elle était prête à révéler les choses.

"Et je crois pas que j'ai envie de faire cette école de théâtre.

— Alors n'y va pas, ma puce."

Stella regarda sa mère. "C'est si simple ?"

Ali lui sourit et l'embrassa sur la joue. "Mais oui."

16

SHEFFIELD,
28 JUILLET 1979

Alison n'arriva jamais ce samedi après-midi-là, le jour du concert de Manchester. Daniel quadrilla l'arrêt de bus, faisant les cent pas, vérifiant l'heure à sa montre, les horaires de bus. Dooley, John et Steve attendaient dans le camion en double file, et Steve tambourinait avec ses doigts sur le volant tandis que le moteur du Transit tournait au ralenti. Il attendit plus longtemps qu'il n'aurait dû, plus longtemps qu'il ne l'aurait fait pour quiconque, et quand il finit par partir en trombe sans elle, ils étaient très très justes niveau timing et il fulminait, dégoûté. Daniel, qui se sentait obscurément responsable, commença par être furieux, puis agité, puis angoissé, piégé par l'obligation de rester avec le groupe quand il ne désirait qu'une chose, sauter du camion en marche et aller la retrouver. Mais il ne savait toujours pas exactement où elle vivait, ce qui le remplissait de honte à présent, même si elle avait toujours refusé farouchement de l'inviter chez elle, et ça faisait des semaines – voire des mois – qu'il ne lui en avait pas reparlé. Elle venait chez lui à Nether Edge de façon si fidèle qu'il en était même arrivé à ne plus se poser de questions à propos de chez elle, où ça se situait exactement dans les rangées de maisons mitoyennes d'Attercliffe. Et alors que le van blanc roulait à toute blinde dans Woodhead Pass, Daniel, fou d'inquiétude, gardait le silence tandis que les trois autres ne pensaient qu'au concert, mais, tous autant qu'ils étaient, sentaient que quelque chose de chouette venait de foirer avant même d'avoir eu une chance de commencer.

Peter avait besoin d'aide, Alison le voyait bien, mais elle ne savait pas quoi faire. Sa terrible crise de larmes était passée, mais à présent un épais silence avait remplacé les sanglots, et son visage était de pierre, complètement fermé. Quand il levait les yeux vers elle, ce n'était qu'un bref coup d'œil, comme s'il avait oublié qu'elle était là, et ensuite, la voyant à nouveau, il se souvenait qu'elle ne lui était pas d'un grand secours. "Peter, répétait-elle sans cesse, s'il te plaît, s'il te plaît, Peter", et elle lui touchait le bras, tirait sur sa manche, cherchant son frère derrière ce masque pour le faire revenir, mais sa voix était implorante et cajoleuse, elle s'entendait, alors elle stoppa et essaya plutôt de réfléchir.

Toddy. Elle devait trouver Toddy. S'il était au courant du comportement déviant de Martin, qui les avait suivis pour les photographier dans la pénombre, alors il pourrait être ici avec Peter et l'aider à dépasser cette souffrance. S'il n'était pas au courant, alors il fallait absolument qu'il le soit. Elle déposa un baiser sur sa tête baissée, tant aimée, et lui dit qu'elle n'en avait pas pour longtemps. Puis elle quitta la maison. Elle portait toujours ses vêtements de la veille, ceux dans lesquels elle s'était réveillée le matin chez Daniel, mais elle n'y prêta pas attention. Pas plus qu'au concert au Mayflower Club d'ailleurs ; cela ne lui avait même pas traversé l'esprit.

Dave Todd habitait à quelques encablures des Connor, à l'ombre de la sidérurgie Brown Bayley. Les rues y étaient pratiquement en ruines et, à l'intérieur des anciens logements réduits en miettes, Alison vit des cow-boys et des Indiens, des gendarmes et des voleurs, avec des petits frères et des petites sœurs qui leur collaient aux basques et restaient là sans surveillance au milieu des briques, fouinant dans la poussière. Alison connaissait la rue de Toddy mais pas le numéro, alors elle frappa à quelques portes, une sorte d'hystérie s'emparant d'elle, jusqu'à ce qu'une femme réponde, ne révélant qu'un visage méfiant aux lèvres bien serrées dans l'entrebâillement de la porte, comme si sa maison était la prochaine sur la liste et qu'elle s'attendait à voir une boule de démolition. Quand elle constata que ce n'était qu'Alison, elle ouvrit la porte normalement et écouta patiemment ses explications décousues, à bout de souffle. Toddy. Dave Todd. David Todd. Est-ce que les Todd habitaient bien dans cette rue ?

"Oui, ma grande. Ils habitent au 45. Mais je l'ai vu partir tôt. Essaie au travail." Elle sourit à Alison, qui se sentit réconfortée par cet échange tout à fait ordinaire et plaisant, puis dans une rue parallèle un marchand de glaces dans son camion fit retentir sa petite musique, une version allegro de la chanson traditionnelle "Greensleeves", et ça la réconforta aussi. Elle respira mieux, remarqua que c'était une belle journée, le ciel sans nuages, la chaleur du soleil sur ses jambes et ses bras nus. Mais ça ne l'empêcha pas de trembler un peu en courant vers les bâtiments massifs de Brown Bayley ; et puis elle ne savait pas du tout où trouver Toddy dans ce vaste chaudron. À peine avait-elle franchi le grand portail qu'un gros type en veste de travail et gilet jaune l'interpella.

"Hé, lui lança-t-il. Tu ne peux pas entrer ici."

Ses paumes épaisses tendues devant lui. Des hommes, casques sur la tête, allaient et venaient, et certains regardaient cette jeune fille qui portait un short en jean et un fin t-shirt de coton.

"Il faut que je voie Dave Todd, dit Alison à l'homme qui lui faisait face.

— Vraiment ? Et qui dois-je annoncer ?

— Alison Connor.

— Vraiment ? il répéta. T'es la sœur de Pete Connor ?

— Oui." Elle opinait vigoureusement, en se disant : Merci mon Dieu, merci mon Dieu, quand elle vit qu'au lieu de l'aider il la menait en bateau, parce qu'il venait de se mettre à rire, à crier pour attirer l'attention des hommes dans la cour, qui s'agglutinèrent autour de lui.

"Écoutez, les gars, cette fille en a après Toddy", il beugla, et un autre balança : "Tu perds ton temps, trésor, t'es pas son genre", et puis il y eut des huées, des sifflets et encore des rires moqueurs. Les larmes lui montaient aux yeux et elle avait envie de s'enfuir mais la pensée de Peter la fit tenir bon. Peter. La tête dans les mains, le visage vide, de marbre, indéchiffrable.

"Toddy est là ? elle insista. Il est là ?" Sa voix montait dans les aigus ; il fallait qu'elle crie maintenant pour se faire entendre pardessus le brouhaha. Un ou deux hommes, les plus âgés, virent sa détresse et tentèrent de faire taire le groupe, mais ensuite le cauchemar s'assombrit encore car Martin Baxter était en train d'approcher à grands pas, il fonçait droit sur Alison, au centre de l'attention, pour vivre son petit moment de triomphe. Il l'avait tant attendu… et on pouvait lire ses pensées rien qu'à voir sa bouche déformée par un rictus : *Cette petite conne va avoir ce qu'elle mérite. Je vais la faire redescendre de son putain de grand cheval.* Alison scruta la ribambelle d'hommes à la recherche de Toddy, mais aucun signe de lui, et Martin la menaçait à présent en brandissant quelque chose. Elle ne pouvait pas bouger ses membres : ses jambes ne voulaient pas se mettre à courir ; ses bras ne voulaient pas la protéger. Il lui mit sous le nez ce qu'il tenait à la main. C'était la photo d'un homme à genoux devant un autre. Alison enregistra l'image très rapidement avant de défier Martin du regard, puis elle ferma les yeux.

"Ouais, c'est ça, cracha Martin, vas-y, ferme les yeux, petite snob de mes deux, mais ça changera rien. Ton frère, ce gros pervers dégueulasse, il est fini."

C'est alors qu'Alison rouvrit les yeux, s'approcha de lui autant que supportable et lui cracha au visage. Il y avait foule maintenant autour d'eux ; les gars acclamèrent Alison pour cette attaque en règle, et quand elle les regarda, elle vit leur agitation pathétique, ils étaient rouges d'excitation, et elle les méprisa tous. Martin voulut lui en mettre une mais elle esquiva son poing, le ridiculisant.

"Salope, lâcha Martin en s'essuyant le visage sur sa manche. Espèce de salope."

Alison lui arracha la photo des mains, mais ça le fit rire : "Oh t'inquiète, tu peux la garder. De toute façon ils les ont tous vues, ils ont vu ce que ces deux putains de pédés trafiquent le samedi soir."

D'abord elle ne comprit pas, puis elle suivit son regard et vit à l'autre bout de la cour un petit bâtiment, un abri bas en bois sur les murs duquel était accroché un vilain patchwork de photos, tout désordonné. Elle ramena ses yeux sur Martin, qui avait les bras croisés, un sourire jubilatoire et sans pitié aux lèvres. Alison avait toujours eu ce mec en horreur mais à présent cette haine était alimentée par une fureur d'une pureté et d'une intensité exceptionnelles, qui lui donnait de la force, et un but. Elle bondit en direction de l'abri, poussant les gens autour d'elle, leur marchant presque dessus si bien qu'ils n'avaient d'autre choix que de s'écarter, elle fondit sur les photos de Martin et commença à tout arracher et déchirer dans une sorte de frénésie.

Elle entendit les railleries, les cris derrière elle, et perçut aussi un vague début de bagarre près du portail, mais elle ne regarda pas, concentrée sur sa tâche, et même la voix de Martin la traitant de salope et de pute n'avait pas d'importance – au contraire, elle continuait de plus belle. Puis un vieux monsieur – qui semblait trop vieux pour être encore ouvrier mais portait quand même tout le barda, casque, chaussures de sécurité, bleu de travail – surgit près d'elle et, sans dire un mot, posa une main sur son épaule quelques secondes, tranquillement, comme on calme un animal pris de panique. Sous son regard bienveillant, elle s'interrompit, se reprit ; il lui sourit et se mit à l'aider, et ensemble ils s'y remirent, ramassant les photos tombées par terre, décrochant celles encore aux murs, en veillant à bien les laisser face cachée, et à deux ça alla vite, bientôt Alison les avait toutes rassemblées dans une main.

"Merci", lui dit-elle, et il attendit avec elle qu'elle retrouve une respiration régulière. Sa compassion et sa gentillesse dans cette fosse aux ours n'étaient rien de moins qu'un acte de salut et, peut-être justement pour cette raison, la foule aboyante s'était dissipée. Il ne restait plus que Martin Baxter et son regard noir ; mais sans public, il semblait avoir perdu de son pouvoir.

"Et maintenant, dit le vieil homme, tu rentres à la maison.

— Mais je suis venue voir Dave Todd. Vous savez où il est ?"

Il secoua la tête. "Non, ma grande, je ne sais pas.

— Quelqu'un m'a dit qu'il serait là.

— Je ne crois pas que tu devrais aller voir. C'est pas un endroit pour une fille. Rentre."

Elle le regarda et son bon sens lui fit l'effet d'un baume. Elle acquiesça, il sourit et elle partit, passant devant Martin Baxter sans un regard pour lui. À mesure que la distance entre eux augmentait, il continuait à rugir et à beugler, à lui balancer des insultes et des injures, mais elle était inatteignable ; il le voyait bien et ça le rendait furax, il bouillait de fureur.

Sa mère était à la maison quand Alison rentra. Elle était allongée sur le canapé, dos au reste de la pièce.

"Catherine", murmura Alison. Elle avait toujours les photos à la main et elle ne savait pas trop comment s'en débarrasser. Peter devrait les garder, se dit-elle ; il devrait aller les brûler quelque part. Mais Peter restait introuvable.

"Catherine."

Sa mère articula : "Quoi ?" sans bouger ni tourner son visage vers elle. Sa voix était embrumée, tout ensommeillée. Dans la lumière de fin de matinée, la pièce paraissait abattue, délaissée, une triste collection de meubles dépareillés, un radiateur à halogènes débranché, un tapis constellé de trous de cigarette noirs.

"Est-ce que tu as parlé avec Peter ?"

Pas de réponse.

"Catherine ? Tu as vu Peter ?"

Elle se tourna lentement et avec précaution. Son visage était couvert de sang et de bleus, et une entaille non soignée avait laissé sa tempe droite à vif et rouge violacé. Une lassitude sans nom s'abattit sur Alison. Elle posa les photos sur le manteau de la cheminée, alla chercher un bol d'eau et un torchon propre à la cuisine, un paquet de pansements dans le buffet, puis s'assit sur le bord du canapé. Elle mouilla le tissu et très délicatement commença à nettoyer le visage de sa mère. Catherine s'y soumit comme une enfant, soupirant et se pelotonnant contre Alison. Elle sentait mauvais ; comme souvent ces derniers temps. Transpiration, cigarette, sécrétions.

"Je viens de voir Martin Baxter", dit Alison avant de se pencher pour examiner l'entaille de plus près. Elle n'était pas très profonde, pas besoin de points de suture, juste un désinfectant, de la gaze et une bande d'Elastoplast. Elle remouilla le tissu, essuya le sang, les traces de mascara et les résidus de son ombre à paupières bleu ciel, la préférée de sa mère. Elle avait toujours accompli cette tâche, d'aussi loin qu'elle s'en souvienne, la partageant avec Peter : nettoyer sa mère, retirer touche après touche les stigmates de ses nuits passées à faire la bringue. Les yeux de Catherine étaient fermés. Elle était détendue et à l'aise, encore trop engourdie par la vodka pour ressentir la douleur.

"Catherine ?"

Sa mère ouvrit un œil. "Tu es une gentille fille.

— Tu as vu Peter ?"

Sa mère fit oui de la tête comme elle put. "Là-haut, dit-elle.

— Il va mal. Martin a pris des photos de lui et Toddy.

— Aide-moi à me lever, chérie, demanda Catherine. Faut que j'aille aux toilettes.

— Dans une seconde. Dis-moi juste si tu sais ce que Martin a fait."

Catherine fit la grimace et lâcha : "Il devrait pas être aussi méchant.

— Martin ?

— Non, notre Peter. Il est méchant et Martin, ça le rend fou.

— Ce n'est pas la faute de Peter. Martin est un porc, un monstre, et tu le laisses faire tout ce qu'il veut."

Catherine ouvrit grand les yeux. "Moi ?" dit-elle, perplexe, stupéfaite.

Alison la regarda avec une tristesse indicible, et sa mère demanda : "Quoi ?

— Tu crois pas qu'on a besoin de toi, Peter et moi ?"

Catherine claqua sa langue. "Oh, c'est reparti… dit-elle.

— Il faut qu'on l'aide, Catherine." La voix d'Alison se brisa. "Je ne me sens pas de faire ça toute seule. Je ne sais pas quoi faire."

Catherine crachota un rire et poussa Alison comme une bonne vieille copine. "Tu sais pas quoi faire ? Arrête un peu…", dit-elle. Elle pointa un index tremblotant trop près du visage d'Alison. "C'est toi la plus intelligente. Ma petite étincelle." Elle bâilla, se passa une main sur le visage et, quand ses doigts effleurèrent sa blessure, elle grimaça. "Aïe… Merde, c'est quoi ce truc ?"

Alison baissa les yeux sur le torchon dans ses mains, et le bol sur ses genoux. L'eau était trouble maintenant, le tissu taché de sang et de maquillage. Sa mère dessaoulait, ce qui signifiait qu'elle allait bientôt se remettre à boire, et Peter était trop calme ; il fallait qu'elle le trouve, qu'elle l'affronte, mais bon sang elle n'en avait pas du tout envie, du moins pas toute seule. Rien n'allait plus, ici. Il n'y avait rien de bon. Elle irait chez Daniel. Elle s'assurerait d'abord que Peter allait bien, et puis elle irait chez Daniel. Un sac, quelques vêtements. Elle ne pouvait pas rester ici.

"Hé, lui lança Catherine dans un élan de sympathie. Pleure pas. T'as des raisons de pleurer ?" Puis elle se hissa en position assise. "Bien, décale-toi. Je vais aux toilettes et tu me gênes."

Alison se déplaça pour laisser sa mère se lever du canapé en titubant. “Et ne t’enferme pas à clé, OK ? lui dit-elle.

— Et ne t’enferme pas à clé, OK ?” répéta sa mère en la singeant.

Premier étage.

Catherine se cognait partout dans la salle de bains, Peter était dans sa chambre, et Alison était debout devant le miroir de sa coiffeuse, à examiner son reflet.

Elle avait commencé par aller voir Peter, jetant un regard hésitant dans l’embrasure de la porte de sa chambre, et elle l’avait vu allongé sur son lit, les yeux clos, tranquille. C’était une image réconfortante, alors elle était allée dans sa propre chambre, s’était déshabillée, avait enfilé des vêtements propres, et s’était brossé les cheveux avant de se faire une queue de cheval. Ça aurait été pas mal qu’elle fasse un brin de toilette. Un bain, encore mieux. Mais Catherine avait envahi la salle de bains et de toute façon elle se sentait suffisamment neuve avec ses fringues propres ; elle resta devant le miroir quelques instants, cherchant dans son reflet des traces de Catherine. Elle savait qu’elle lui ressemblait ; certaines vieilles photos de Catherine à l’âge d’Alison en attestaient. Catherine avec une bande de filles en route pour Blackpool. Catherine qui partait danser à City Hall dans une robe aux épaules dénudées. Catherine vêtue de dentelle, un bouquet de muguet à la main, sous le porche de la jolie église de Dore, auréolée de bonheur et de promesses. Peter était le portrait de leur père, c’est ce que tout le monde disait avant, mais impossible de savoir si c’était toujours vrai, car Geoff Connor avait été sauvagement écarté des archives familiales, découpé de toutes les photos sur lesquelles il apparaissait. Geoff Connor, célèbre pour avoir baisé avec sa belle-sœur le matin même de son mariage, et pas seulement ce jour-là, des tas de fois ensuite, avec des tas d’autres femmes aussi, des femmes à profusion, bien qu’il soit difficile de savoir où s’arrêtait la réalité et où commençaient les bobards. Où était-il à présent ? Il avait fichu le camp dès le retour de la maternité de Catherine et Alison, mais ce n’était pas l’histoire d’un amour perdu : à ce stade, de l’amour, il n’y en avait déjà plus, plus une miette. Geoff s’était barré et il avait au moins laissé ceci à Catherine : quelqu’un à accuser de tous les maux survenus ensuite.

C'était de l'histoire ancienne. Alison observa encore son image dans le miroir. Elle avait les yeux rougis – elle avait sans doute bien trop pleuré aujourd'hui – mais en dehors de ça, ça allait, tout bien considéré. Jeune, jolie, une fille qui avait de l'avenir. Encore un an et elle ne serait plus ici. Direction l'université, peut-être Durham, où Daniel était censé aller s'il obtenait les résultats pour. Ou peut-être une autre ville, très loin, pourquoi pas Exeter. Un nouveau départ, le début d'un autre commencement. Elle tendit la main dans un geste solennel et la plaqua sur le miroir, paume contre paume, et se fit la promesse d'être plus inébranlable pour l'année à venir, moins intimidée par les circonstances. On pouvait décider d'être heureux, et le bonheur suivrait. C'est ce qu'elle dirait à Peter quand il se réveillerait. La situation était terrible, mais a priori les choses ne pouvaient pas s'aggraver encore. Martin avait fait le pire, et si Peter n'avait plus aucun avenir à Brown Bayley et alors ? Il détestait cet endroit, de toute façon. Il pouvait tout faire, Peter. Il était habile de ses mains, bricoleur, adroit ; il gâchait son talent à faire le grutier à l'aciérie.

Elle entendit un grand fracas, quelque chose qui tombait ou qu'on avait lancé. L'œil toujours sur son reflet, Alison poussa un long soupir et s'avança jusqu'à la porte de la salle de bains.

“Catherine ? appela-t-elle puis elle essaya la poignée. Pour une fois, sa mère avait tenu compte du conseil d'Alison et ne s'était pas enfermée à clé. Assise en culotte sur les toilettes, elle avait entrepris de se couper les ongles des pieds.

“Vas-y, fais-le, dit-elle sans lever les yeux. C'est trop minutieux pour moi.

— J'ai entendu un boum.

— C'était pas moi pour une fois.” Catherine la toisa, un demi-sourire aux lèvres, en lui tendant le coupe-ongle.

— Attends, je reviens tout de suite.”

Alison ouvrit la porte de la chambre de Peter. Il était face à elle, pendu au plafonnier par un nœud coulant passé autour de son cou, il la regardait avec des yeux exorbités, terrifiés. Il y avait une chaise renversée, mais maintenant il semblait lutter pour rester en vie, agrippant en vain la corde qui se resserrait, agitant ses jambes dans tous les sens pour atteindre la chaise. Sa bouche s'ouvrait et se refermait mais aucun son n'en sortait. Alison prit une seconde pour se rappeler comment respirer puis elle se précipita dans la chambre, redressa la chaise et la replaça sous ses pieds, pour qu'elle puisse porter son poids. Il sentit sa surface solide et sécurisante puis il baissa ses mains pour les diriger vers sa sœur dans un geste implorant, plein de remords, une sorte de supplication. Elle le dévisagea et recula. Que Peter ait tenté de faire ça… qu'il ait pu imaginer la laisser, d'une manière si abjecte, égoïste et lâche. Elle vit son visage, mouillé de tristesse, mais à ce moment précis, son cœur sembla de glace.

"Coupe-la", murmura-t-il dans un souffle rauque. La chaise n'était pas stable, elle était penchée d'une drôle de façon, c'était juste une chaise de bureau en bois tout ce qu'il y a de commun, avec un dossier à barreaux et des pieds tournés. Pas faite pour empêcher un homme de se tuer. Peter tâtonna, essayant de centrer ses pieds pour maintenir la chaise debout. "Alison", dit-il. Et puis une fois encore : "Alison."

Elle comprit soudain qu'elle devait agir et elle sortit en trombe, dévala l'escalier et alla chercher les ciseaux dans le tiroir de la cuisine. Ses poignées étaient en plastique noir et ses lames émoussées, décolorées par le temps. C'est à peine si elles pouvaient découper du papier à présent, alors sauver un homme… Alison, anormalement calme, prit une deuxième chaise avec elle aussi, pour pouvoir se tenir à hauteur de son frère sans le mettre en péril. Elle la plaça près de lui, se hissa dessus, puis commença à presser les lames des ciseaux contre la corde, en la sciant et en tirant dessus pour aider, tandis que Peter bringuebalait et gémissait, tendait les mains pour la toucher, s'agrippait à ses bras. Elle l'ignora. "Ça marche pas, dit-elle comme pour elle-même. Je vais devoir couper le fil électrique." Elle se débarrassa de ses mains d'un coup d'épaule et descendit de la chaise, retourna en bas et alla couper l'électricité dans l'armoire à fusibles près de la porte d'entrée. Puis elle remonta et se remit debout sur la chaise.

"Lâche-moi, dit-elle à Peter. Il faut que je me grandisse et je peux pas si tu t'accroches à moi comme ça." Elle savait qu'elle semblait hostile, mais il y avait du boulot à abattre et elle persévéra, se grandit plus haut que son frère pour atteindre le fil, qui résista d'abord mais finit par céder sous les lames émoussées des ciseaux. La rupture de tension au-dessus de lui envoya Peter valdinguer par terre. Alison descendit de sa chaise. Ils échangèrent un regard, puis elle se baissa et donna du mou au nœud coulant jusqu'à ce qu'il soit suffisamment large pour pouvoir le lui passer par-dessus la tête. Il la fixait des yeux, mais à présent elle ne voulait plus lui rendre son regard.

"Voilà." Elle plaça la corde et le fil toujours accroché à l'ampoule au sol près de lui ; puis elle prit le temps de retrouver ses esprits et de masquer sa rage. Il avait voulu en finir. Il s'était préparé à la laisser tomber. Elle sentit une vague de solitude l'envahir, la réalité froide de la trahison.

Il fallait qu'elle voie Daniel. Elle avait besoin de lui.

"Peter, dit-elle. Il faut que je m'absente, si tu me promets que tu seras là quand je reviendrai." Il ferma les yeux et opina. Des larmes coulèrent le long de ses joues, mais pour l'heure il ne restait plus de force à Alison pour gérer ce mal-être. Elle se pencha tout de même vers lui et appliqua une paume sur son front, la laissant reposer là en lieu et place de tous les mots qu'elle n'avait pas, avant de se redresser et de quitter la chambre, refermant la porte et restant la tête appuyée dessus un instant.

"Alison", cria Catherine de la salle de bains, irascible, exigeante. "Alison, viens ici !"

Alors elle descendit l'escalier, remit le courant, prit son sac par terre et sortit. L'horloge indiquait 2 h 45, mais elle avait l'impression d'avoir souffert des jours et des jours à cause de Peter. Il y avait un bus qui partait de Shortridge Street dans cinq minutes. En moins d'une heure elle serait chez Daniel, là où le monde était synonyme de sécurité.

17

ÉDIMBOURG
17 JANVIER 2013

Katelin avait espéré qu'elle détesterait le livre, mais *Tell the Story, Sing the Song* était tout simplement brillant : intelligent, accessible, lyrique, coloré, tout ce que les critiques avaient décrit, et plus encore, à tel point que c'en était énervant ; elle n'avait pas pu faire autrement que de l'adorer. Et elle n'arrêtait pas d'en parler ; il avait déclenché une sorte de soif intellectuelle pour l'Australie et, par conséquent, un pays auquel elle n'avait jamais accordé la moindre pensée était soudain devenu central dans son esprit. Elle s'était mise à lire *Le Chant des pistes* de Bruce Chatwin, et rebattait les oreilles de Dan avec les rêves et les anciennes pistes qui parcouraient le pays ; avec les chansons, les ancêtres, les totems sacrés. Dan ne savait pas ce qui lui prenait et à vrai dire Katelin n'avait pas vraiment saisi l'essence de la chose, mais c'était un concept insaisissable, difficile à appréhender, pour être honnête. Ce qui ne l'empêchait pas d'essayer. Ni de s'interroger. Son intérêt pour Ali Connor était une conséquence malheureuse – et naturelle – de tout cela, et Dan en avait plus que marre de faire comme s'il se souvenait à peine d'elle, de nier son importance. Claire avait mis les pieds dans le plat en lâchant qu'Alison avait "quasi emménagé à la maison". Dan avait dû noyer le poisson en prétendant qu'Alison était plus une amie qu'une petite amie. Il n'avait aucunement l'intention de dire la vérité ; ça ne ferait que du mal à Katelin. Elle était de nature jalouse et possessive, et s'il lui avait dit aujourd'hui ou à n'importe quel autre moment de leur relation qu'une certaine Alison l'avait presque détruit, avait fait voler en éclats sa foi en l'amour pour des années, et n'était pas loin d'avoir brisé le cœur de son père aussi, jamais cette histoire ne les aurait quittés. Mais à l'époque où il avait rencontré Katelin, qui n'était jamais rassasiée du passé de Dan, il l'avait inondée de suffisamment d'anecdotes – des coups d'un soir aux histoires importantes sans importance – pour se protéger et s'éviter de réveiller le traumatisme, tout en donnant à Katelin les innombrables détails qu'elle brûlait d'envie d'entendre. Pour elle, les ex étaient comme des croûtes sur la peau : elle ne pouvait s'empêcher de les gratter et de les faire saigner. Dan n'arrivait pas à concevoir ce truc, il ne voyait pas pourquoi les relations qu'il avait eues avant elle l'agaçaient tant. Pour sa part, il n'en avait rien à faire de savoir avec quels mecs elle s'était envoyée en l'air derrière le garage à vélos. Ça n'avait aucun sens. Mais Katelin, bon sang… Elle ne lâchait jamais.

"Elle doit être intelligente", commença-t-elle ce matin-là, debout devant le miroir de la chambre, en train d'appliquer un anticernes sur les ombres bleutés en dessous de ses yeux. Bien entendu il sut instantanément qui se cachait derrière ce "elle" et il grogna intérieurement. Allongé au lit, il aurait préféré dormir plutôt que de répondre à ses questions, réfuter ses affirmations. "Je veux dire, pour écrire ce livre", poursuivit-elle. Oui, ça n'avait l'air de rien, comme ça mais… oh non. Non, non et non. Ils avançaient en terrain miné.

"Elle était bonne en anglais, dit Dan avant d'ajouter par précaution : je crois.

— Ouais, c'est ce que Claire a laissé entendre à Noël. Mais elle devait être vraiment au-dessus de tout le monde, à l'école ?

— Non. Enfin, peut-être. On n'était pas dans le même lycée, donc je peux pas vraiment dire."

Silence. Puis : "Et comment vous vous êtes rencontrés, déjà ?"

Il soupira et se redressa pour voir l'arrière de la tête de Katelin. Il était éclaté, il s'était couché aux alentours de 2 heures du matin parce qu'il avait eu la gentillesse d'accepter une conversation décousue en direct avec une radio new-yorkaise où un ancien camarade des années *NME* consacrait une émission hebdomadaire aux classiques du rock anglais. Il regarda l'heure à son téléphone. 10 h 07. Bon sang ! Il aurait dû aller se coucher dans le lit d'Alex – il fallait être fou pour se glisser dans celui-ci et espérer qu'on le laisse tranquille. Katelin lui lança un bref regard avant de se tourner à nouveau vers le miroir et de s'observer ; elle attendait.

"Comme je te l'ai dit, on prenait le même bus parfois, dit Dan. On parlait.

— De quoi ?

— Sérieux ? Tu te rends compte que ça fait une éternité ou pas ?

— Je veux dire, est-ce que vous aviez plein de choses en commun ? Ou c'était juste qu'elle te plaisait ?

— Écoute, arrête de faire une fixette."

Elle se mit à rire et se tourna face à lui. "Ça m'intéresse, lâcha-t-elle d'une façon si gaie que c'en était inquiétant. C'est tout !

— OK, eh bien, elle aimait la même musique que moi."

Katelin opina lentement. "Je vois. La musique, dit-elle comme s'il venait de répondre qu'ils étaient tous les deux collectionneurs de timbres et espérait en plus qu'elle le croie.

— Ouais." Pas question qu'il perde son calme. "On parlait musique.

— Et donc le fait qu'elle soit hyper jolie n'avait absolument rien à voir dans tout ça, hein ?"

Il ferma les yeux. Et maudit sa mère pour ce cadeau candide. Il maudit le manque de confiance maladif de Katelin. Bien sûr qu'elle tenait quelque chose, ce n'était pas seulement dans son imagination (inlassable) mais, se répétait-il, on n'était pas non plus dans le cas de figure Katelin contre Alison puisque… eh bien, l'une était ici avec lui à Édimbourg, l'autre à quinze mille kilomètres de là. Et de toute façon, qu'est-ce qu'il était censé faire ? Tout raconter à Katelin ? OK, ouais.

"Je parie que t'as tapé son nom sur Google", lança-t-elle.

Il resta silencieux, mais elle savait que c'était le cas, et bien sûr que c'était vrai. Presque tous les jours, depuis plus de trois mois.

"Moi en tout cas je l'ai fait, dit Katelin. Y a pas une photo où elle est pas belle."

On est d'accord, pensa Dan. Lui aussi avait écouté l'interview de *Woman's Hour*, il l'avait trouvée sur le net quand Katelin lui en avait parlé. La voix d'Ali avait changé, c'était celle d'une Australienne, pas étonnant après toutes ces années. Mais il subsistait des traces d'Alison Connor dans ses voyelles, et il s'était fait cette réflexion : il suffirait de la ramener à Sheffield pour que tout revienne. L'écouter, l'entendre parler lui avait causé autant de peine que de plaisir. Aujourd'hui encore, il ignorait pourquoi elle avait fui. Il savait que ça avait quelque chose à voir avec sa famille en miettes, sa mère, son frère, mais difficile à l'époque pour Daniel de ne pas se dire qu'il l'avait profondément déçue, et que cet abandon constituait sa punition. Et quelle punition… C'était comme si on l'avait privé d'oxygène. Il était resté longtemps au purgatoire, et ça lui avait sans doute fait rater ses études à l'université ; il avait eu beaucoup de mal avec cette expérience, tous ces gosses de riches dans son cours et sa résidence, qui passaient leur vie à faire sauter des bouchons de champagne, mixer des cocktails et faire la fête sur du Queen et du Abba, avançant dans la vie avec une assurance sans bornes que personne ne remettait jamais en cause, tout ça parce que les amis qu'ils s'étaient faits pendant leurs années d'école privée semblaient être ici avec eux à Durham. Dan avait tenu trois trimestres avant de tout plaquer. Et encore aujourd'hui, dès qu'il entendait "Bohemian Rhapsody" il était propulsé à l'université, seul dans sa chambre plongée dans le noir, à ruminer dans son coin, aigri, avec sur le visage, par défaut, une expression de pur dédain. Il s'était pourtant donné les moyens d'oublier Alison : il avait chassé son fantôme en couchant avec des filles audacieuses de Newcastle Poly, l'Institut polytechnique, qui étaient plus son genre que celles de l'université, au son de tous les morceaux qu'il n'avait jamais partagés avec Alison. Et, plus tard, avec des filles encore plus audacieuses de Camden et Kentish Town. Il s'était donné du mal pour les satisfaire, aussi ; il avait fait en sorte d'être meilleur au lit qu'il ne l'avait été avec Alison Connor. C'était une affaire sérieuse pour lui, qui requérait toute sa concentration, et ainsi il avait élevé cette activité à un rang supérieur, c'était tout sauf de la baise machinale. Il avait fallu un an pour que la douleur soit moins viscérale, une année de plus pour qu'Alison cesse de lui manquer, et encore un an pour qu'il ne repense à elle que rarement. Il était jeune, et on guérit de ses blessures, c'est ce qui avait fini par arriver, il avait gommé son souvenir, ou celui-ci s'était estompé tout du moins, jusqu'à l'oubli. Et voilà qu'elle était à nouveau là, de retour dans cette forme lointaine et attrayante, visiblement toujours liée à lui par un fil très fin qu'il n'allait pas laisser se casser, pas question de l'oublier, cette fois. Il la connaissait. Elle l'avait aidé à devenir qui il était. Elle faisait partie de son ADN. À la radio, dans son échange avec Jenni Murray, elle avait d'abord été un peu piquante, un peu susceptible, et il avait ensuite compris qu'elle n'avait pas tant changé que ça. Puis elle avait clamé haut et fort qu'elle était la plus heureuse du monde à Adélaïde, mais il n'était pas dupe, il sentait qu'elle le disait avec trop d'insistance, qu'elle n'était pas aussi heureuse qu'elle prétendait l'être. Bon, comme tout le monde.

"Pourquoi je n'ai jamais entendu parler d'elle, Dan ?" demanda Katelin.

Il se laissa aller en arrière sur le lit dans un profond soupir et regarda le plafond. "Katelin, s'il te plaît, arrête avant qu'on se fâche. C'est limite indigne, ce que tu fais."

Elle l'observa dans le miroir. "Je sais bien. Je sais que tu me trouves puérile. Mais j'ai vu le visage adorable de cette femme sur la couverture du meilleur bouquin que j'aie lu en vingt ans. Cite-moi une nana qui ne ressentirait pas une pointe de jalousie devant l'apparition d'un ancien amour de cette trempe."

Il la comprenait, il voyait parfaitement ce qu'elle voulait dire et il avait de la peine pour elle, vraiment. Elle s'était mise en quête de la vérité et se heurtait à son hypocrisie et à sa lassitude. Malgré tout, Dan savait qu'il ne gagnerait rien à tout révéler, juste un océan de questions supplémentaires auxquelles il serait incapable de répondre.

"C'est une drôle de coïncidence, Katelin, dit-il. C'est tout.

— Non, je suis désolée, je n'y crois pas. Ça sonne faux.

— OK. Très bien.

— Je pense qu'elle était importante pour toi.

— C'était une amie ! Et des amis j'en avais d'autres, dont tu n'as jamais entendu parler non plus. Tu veux une liste des élèves de la promo 79 ?

— Ouais, une amie, et vu comment elle était belle et vive d'esprit, ça n'a jamais effleuré le gamin de dix-huit ans que tu étais de tenter quelque chose, c'est ça ?

— Elle était trop bien pour moi, dit Dan, tentant une autre approche. On jouait pas dans la même catégorie.

— Ah, très fort !" D'indignation, la voix de Katelin venait de monter dans les aigus. "Fantastique. Et donc c'est là que tu t'es mis à chercher en deuxième division. Quel bol j'ai eu."

Il renonça au sommeil à cet instant, rabattit les couvertures et se leva d'un bond.

"Qu'est-ce que tu fais ?" lui demanda Katelin.

Il s'approcha d'elle, caressa l'une de ses cuisses jusqu'aux fesses où il appuya fermement sa main tandis qu'il passait l'autre dans ses cheveux en faisant basculer sa tête en arrière, puis il l'attira tout contre lui et Katelin dit : "Tu plaisantes, j'espère. Y en a qui bossent."

18 h 30, le même jour, et Dan avait perdu son après-midi en bière et musique, ce qui n'était pas la pire façon de passer un jeudi de janvier. Il avait écouté Nick Drake et pris le temps de choisir un morceau pour répondre à Ali, mais on ne prenait pas ces décisions à la légère, encore moins après quatre bières. Une chanson mène à une autre, puis à une autre, et à la fin elles réclament toutes d'être réécoutées. Il fit une première sélection de dix titres, puis la réduisit à cinq, et enfin, après un ballottage à trois titres, il s'avéra qu'il ne pouvait pas en choisir un seul, il les avait donc envoyés tous les trois : "Northern Sky", l'une des plus adorables chansons jamais écrites, pleine de sentiment ; "From the Morning", parce qu'il pensait qu'elle l'aimerait ; et "Road", parce que chaque fois qu'il l'entendait, il était tout simplement scotché. Trois chansons de Nick Drake, bim, bam, boum. Puis il avait écouté un peu de Rory Gallagher – un véritable génie – et avait repensé à sa chambre de Nether Edge, du temps où écouter de la guitare blues avec Alison semblait tellement sophistiqué. Mais purée, on peut dire qu'ils avaient sacrément bon goût pour deux ados. Daniel et Alison, il devait en être ainsi. C'est ce que tout le monde disait ; enfin… c'est ce qu'ils avaient dit quand elle s'était volatilisée, évaporée dans le ciel de juillet sans laisser la moindre trace. Elle avait raté ce concert au Mayflower, celui qui était censé les rendre tous célèbres. Steve Levitt avait fulminé tout le trajet jusqu'à Manchester, et après le concert, plein d'amertume, il

l'avait rendue responsable de leur performance ratée. Il y avait du vrai là-dedans. Si Dan s'était foiré ce soir-là, c'était parce que Alison n'était pas venue, il le savait. Il avait passé le concert les yeux rivés sur la porte du fond comme si elle pouvait surgir n'importe quand. Et comme ce n'était pas arrivé, il avait forcé sur la boisson.

Il alla se chercher une autre bière à la cuisine avant de se décider à lui envoyer un peu de Rory en plus du reste, à vrai dire il ne voyait pas pourquoi il ne l'avait pas déjà fait. Et ça ne pouvait être que "I Fall Apart" : parfaite, absolument parfaite, en plein dans le mille. Quatre chansons, donc. C'était trop ? Et après coup, il décida d'envoyer "I'm Not Surprised", sorte de coup de pied au cul à retardement pour l'avoir abandonné. Cinq chansons. Il en faisait carrément trop, mais tant pis, maintenant c'était parti, miraculeusement téléporté jusqu'à son écran. Qu'elle soit bombardée de messages. Il but sa bière en les réécoutant, dans l'ordre, il songeait même à la possibilité d'un troisième morceau de Rory Gallagher quand un courant d'air froid et un claquement lui indiquèrent que la porte d'entrée venait de s'ouvrir et de se refermer, et l'instant d'après Katelin était dans la maison puis dans la pièce. Elle alluma la lumière et McCulloch, roulé en petite boule chaude bien serrée sur les genoux de Dan, leva la tête et lui décocha un regard maléfique.

"Bon Dieu, mais qu'est-ce que vous fabriquez tous les deux dans le noir ? cria-t-elle par-dessus la musique, à la fois sèche et pleine de sérieux dans son trench et ses bottines en daim. Dan ? Ma parole, tu es pire qu'Alex... Je ne m'entends même pas penser !" Elle retira son manteau et s'assit dans le fauteuil pour enlever ses bottines. Dan éteignit l'enceinte Bose et son téléphone. Il était par terre, le dos appuyé au canapé.

"Alors, tu fais *quoi*, au juste ? lui demanda Katelin, le regard coincé entre lui et la rangée de bouteilles alignées comme des quilles dans l'âtre. T'es pas saoul, au moins ? C'est pas ton genre de boire tout seul comme un pauvre gars, hein ?"

Il tapota le sol près de lui. "Viens, dit-il. En souvenir du bon vieux temps.

— Du bon vieux temps ? Redescends sur terre, idiot."

Il regarda par le goulot de sa bouteille de bière.

"Ahhh, t'es bourré. C'est bien ça ?"

Il y réfléchit. Possible. *Comfortably numb*, ça oui.

“Tu as préparé à manger ?”

Non, bien sûr. À la place, il s’était gavé des talents exceptionnels de guitariste de Nick Drake et de Rory Gallagher. Et merde, il venait de dire ça tout haut.

Katelin se leva et le regarda avec pitié. Elle lui conseilla de se ressaisir et de la rejoindre dans la cuisine dans vingt minutes, mais il savait pertinemment qu’il ne fallait pas la prendre au mot. Il écarta McCulloch, se hissa debout et la suivit.

“Alors, dit-il en la regardant s’affairer, un peu étourdi par son agitation. Quelles sont les nouvelles du monde ?”

Elle sortit un faitout du tiroir et le remplit d’eau froide, avec toujours ce regard plein de pitié rivé sur lui. “Tu es resté enfermé ici toute la journée ?” demanda-t-elle. Il opina. Elle mit le faitout sur la cuisinière et alluma le brûleur avant d’aller s’occuper d’un oignon. Appuyé contre le plan de travail, Dan étudiait son profil. C’était précisément sous cet angle qu’il l’avait remarquée la première fois dans le bar de Bogotá. À l’époque, elle lui avait tout de suite plu, même si elle n’était pas exactement jolie. “Étonnante”, c’est ce que sa mère avait dit quand il la lui avait présentée quelques mois plus tard. “C’est une fille étonnante”, avait dit Marion, et elle était parvenue à avaler le “mais” sur le point de lui échapper. Katelin, en fait, ce qui attirait chez elle, c’était un tout. C’était une force redoutable. Il n’y en avait pas beaucoup, au milieu des années 1980, des filles qui sillonnaient toutes seules la Colombie ; ça l’avait énormément impressionné, cette indépendance, cette assurance. Elle était si sûre de sa place sur la planète. C’est ce qui la rendait sexy. Il était tombé sur elle alors qu’elle était en train de jouer à un jeu d’alcool, six shots d’aguardiente bien alignés devant elle, un challenge qu’elle entendait relever face à un gaucho, et tout le bar était derrière elle. Daniel l’avait observée s’enfiler les verres l’un après l’autre tandis que ses cheveux partaient en arrière telle une folle vague auburn, et que ses boucles d’oreilles – des plumes, si sa mémoire était bonne : des plumes, des rubans et de minuscules clochettes – accrochaient la lumière, se balançaient et tintaient.

L’oignon, épluché et émincé finement, atterrit dans une poêle où chauffait de l’huile d’olive, puis elle écrasa une gousse d’ail avec le plat de la lame d'un couteau, avant de l'éplucher et de l'émincer également. Et hop dans la poêle.

"Est-ce que tu peux te rendre utile et râper un peu de parmesan par exemple ? lança-t-elle en remuant l'oignon et l'ail.

— Elles sont devenues quoi, ces boucles d'oreilles que tu portais à Bogotá ?

— Quoi ?" Elle le regardait comme un prof regarderait un élève spectaculairement lent d'esprit.

"Avec les plumes et les clochettes.

— C'est quoi cette question…"

Il haussa les épaules. "Ouais. Laisse tomber.

— C'est la bière. Dès que t'en bois trop, tu deviens morose.

— Je suis pas morose !

— Bon. Si tu le dis. Tout le monde n'a pas la chance de pouvoir passer sa journée à boire de la bière en écoutant de la musique et appeler ça du travail."

Il ne releva pas, sortit le fromage du frigo, la râpe du tiroir, et commença à former un petit monticule de parmesan sur une planche. "C'est juste que je repensais à ce bar de Bogotá et que j'aimais bien ces boucles d'oreilles.

— Je les ai jetées il y a vingt ans à peu près. Elles commençaient à perdre leurs plumes.

— Tu te souviens du groupe ?

— Il y avait un groupe ?

— Oui, bien sûr qu'il y en avait un ! Deux gars, une fille qui jouait de la guitare classique, et l'un des types était à la trompette. Ils assuraient grave, tu te souviens ?

— Non, Dan, je ne m'en souviens pas.

— C'étaient des gens du coin, pas des professionnels, mais ils étaient incroyables."

Elle prit une mine incrédule. "Passe-moi les spaghettis, dit-elle en tendant le bras.

— Oh, allez ! lança Dan en lui donnant le paquet. On a même dansé.

— Dan, je ne m'en souviens pas.

— De la danse ?

— Oh, je me rappelle qu'on faisait les idiots, qu'on faisait semblant de danser le tango ou un autre truc, mais sincèrement je ne saurais pas te dire qui jouait, quelle musique c'était et encore moins comment ils jouaient. J'aurais plutôt dit que la radio était allumée."

Elle appuya sur les pâtes pour les immerger dans l'eau bouillante, les observant se soumettre avant d'être submergées. Puis elle éminça un piment rouge, l'ajouta aux oignons, fit le même sort à des saucisses de porc, puis versa le contenu d'un paquet de pancetta en cubes et monta le feu. Quand Alex était petit, il avait baptisé ce plat les pâtes-à-tout. Ils s'en faisaient chaque fois qu'il n'y avait rien d'autre que des restes. Une demi-barquette de tomates cerises rejoignit la poêle, et quelques feuilles d'épinards, la fin du sachet. Sel. Poivre. Puis elle tourna le dos à la cuisinière et laissa les ingrédients saisir.

"Bien, annonça-t-elle. Dans cinq minutes c'est bon. Dan, il y a assez de fromage, on ne va pas nourrir le quartier."

Elle se servit un verre de vin blanc d'une bouteille entamée dans le frigo et prit place face à Dan. "Tu es d'une drôle d'humeur, dit-elle. Bogotá, les boucles d'oreilles."

Il haussa les épaules et se leva pour aller se reprendre une bière. Drôle de période, plutôt, voilà ce qu'il aurait pu dire ; drôles de jours, oui. Il se demanda quelle heure il était à Adélaïde.

"Mon Dieu ce que j'ai hâte de prendre cet avion", dit Katelin. Elle coinça son pied gauche sur sa cuisse droite et se mit à le masser à travers son collant. "Je l'ai bien mérité, ce voyage."

Elle partait pour les États-Unis dans une semaine. À un moment, ça avait bien failli ne pas se faire, quand Duncan avait déserté le foyer pour suivre sa rockeuse, que Rose-Ann s'était effondrée, oscillant entre fureur et chagrin. Mais Duncan était revenu avant Noël et Rose-Ann avait triomphé. Lindsay n'avait pas besoin de lui, elle avait juste envie de lui de temps en temps, et si au début elle l'avait fait se sentir incroyablement jeune, à la fin – et très vite –, c'était terriblement vieux qu'il s'était senti. Alors Rose-Ann l'avait repris et maintenant c'est comme si on lui cautérisait les couilles très, très lentement. C'était déprimant de les voir ensemble, se disait Dan. Son pote serait toujours en position d'infériorité.

"Dan ?"

Il regarda Katelin. "Ouais ?

— Laisse pas tout partir à la dérive en mon absence, OK ?

— Oh c'est pas vrai…" Dan vérifia la cuisson des pâtes. "Elles sont prêtes, au fait.

— Alors égoutte-les, mais avant, mets une louche d'eau de cuisson dans la sauce. Disons simplement que je t'ai trouvé bourré dans le noir en train d'écouter Dieu sait quoi encore.

— Rory Gallagher, dit Dan. Un Irlandais. Tu devrais savoir ça." Il versa les spaghettis dans la passoire avant de les ajouter à la sauce. Une fois sur le feu, elles se mirent à crachoter et à siffler.

"Bon, bref, reprit Katelin. Écoute mon conseil.

— Hé, quand tu ne seras pas là, je ferai ce que je fais toujours : écrire des critiques musicales, écouter de la musique, regarder le mur et parfois boire de la bière dans le noir. Oh, dit-il en se souvenant du coup de fil qu'il avait reçu plus tôt dans la journée, Tess de 6 Music m'a appelé aujourd'hui. Ils veulent me proposer une tranche horaire fixe, un genre de table ronde, moi et d'autres journalistes."

Elle dit : "Bien" sur ce ton qu'elle employait parfois et qui le rendait fou. Il n'avait pas du tout décidé d'accepter – il s'agissait d'un créneau le jeudi matin, et faire le voyage jusqu'à Salford dans les locaux de Media City tous les mercredis soir n'était pas exactement la proposition la plus tentante qu'il ait jamais eue. Mais il y avait Katelin et son "Bien" aussi encourageant que condescendant, comme s'il avait bossé dur pendant des années en pure perte et qu'enfin un répit se présentait par chance.

"Bien dans quel sens ?" demanda-t-il.

Elle haussa les sourcils comme si c'était une évidence. "Un travail régulier.

— Katelin, *j'ai* un travail régulier, mais je le fais de manière irrégulière et, que je sache, on a toujours pu compter dessus.

— Oui, je sais, mais il y a toujours cette impression que ça pourrait s'arrêter."

Il l'observa par-dessus le goulot de sa bouteille de bière. "Non, rien de tel. Je n'ai pas cette impression.

— Tu sais ce que tu devrais faire ? Écrire un nouveau livre."

Il éclata de rire. "Ah oui ?

— Le dernier commence à dater, ce truc de *Made in Sheffield*."

Ce truc de *Made in Sheffield*. Un livre qu'il avait écrit et que Katelin n'avait jamais lu, qui parlait de musique qu'elle n'avait jamais écoutée. "Ouais ouais, fit-il. Chaque chose en son temps. La plupart des livres de musique ne se vendent pas. On ne distribue plus d'avances comme avant.

— Mais tu ne sais pas quoi faire de ton temps.

— Katelin, c'est des conneries, ça !

— Mais non ! dit-elle en faisant un geste de sa main libre dans sa direction comme s'il était derrière une vitrine au musée, l'incarnation vivante de l'écrivaillon sous-employé.

— C'est faux, j'ai du travail par-dessus la tête.

— Bon, répéta-t-elle avec entrain pour mieux faire passer son scepticisme. Super. Alors mangeons."

Plus tard, là-haut dans son nid d'aigle, il travailla jusque dans la nuit. Il rédigea un article sur Bon Iver pour *Uncut*, et pour Quietus une critique du nouvel album des Bunnymen prévu pour la fin de l'année. Il fit un premier jet pour le texte qui figurerait sur la pochette d'un album remasterisé des Clash, remania une interview d'Ian McCulloch pour le *Guardian*, relut son article pour Pitchfork à propos des cinquante meilleurs albums d'indie rock de 2012, répondit à neuf e-mails, puis prit l'appel d'un journaliste de *Rolling Stone* qui voulait lui poser quelques questions pour un article consacré à Hunter S. Thompson. Katelin, qui avait regardé la télé en bas avant d'aller se coucher à 22 h 30, n'avait aucune idée des efforts qu'il fournissait. C'était comme ça. Et c'était le cœur du problème. Katelin ne savait pas ce qu'il faisait, au fond. C'était son monde à lui, pas le sien, et les deux ne se rencontreraient jamais. Il y a des années de ça, il avait compris que dans l'esprit de Katelin, le journalisme musical finirait par déboucher sur… quelque chose de plus respectable, quoi elle ne savait pas, mais quelque chose de moins douteux que ce qui faisait son existence actuelle. Dan n'avait jamais rien dit ou fait pour l'encourager à penser ainsi, c'était juste sa façon à elle de voir les choses, leur évolution naturelle, elle n'arrivait pas à comprendre pourquoi toutes ces années d'expérience n'aboutissaient pas à un poste digne de ce nom dans un bureau, mais à la même chose qu'avant peu ou prou. En revanche, lui, il savait ce qu'il faisait, il l'avait toujours su, et d'ailleurs tout avait bien fonctionné, non ? Il avait écrit les livres qu'il voulait écrire, il s'était fait de l'argent, et c'était toujours le cas, d'une façon ou d'une autre. D'accord, il y avait une part de frustration ; il consacrait au moins un jour par semaine à courir après des factures non réglées, et puis le tarif de ces articles en ligne était minable, mais l'argent arrivait toujours de quelque part, et jamais de toute sa vie professionnelle il n'avait eu à se plaindre d'un mauvais jour au bureau. Simplement de temps en temps d'un mauvais jour à la maison.

Il prit son téléphone et vérifia l'heure. Deux heures et demie du matin. Comme d'habitude, son écran était le théâtre de rivalités : des gens se disputaient son attention, mais un seul message attira son regard. *Ali Connor vous a envoyé un message.* Il fallait absolument qu'il désactive ces notifications Twitter, la dernière chose dont il avait besoin c'était que Katelin tombe sur ce nom à l'écran, à ce moment délicat de leur vie tous les deux. Mais elle était profondément endormie, alors pour l'instant il se dépêcha de se frayer un chemin jusqu'au message d'Ali et vit qu'en réponse à son bombardement d'artillerie musicale, elle ne lui avait pas envoyé de lien vers un titre mais seulement un vers, sans doute les paroles d'une chanson, un vers qu'il reconnaissait sans pouvoir dire d'où il venait : *And I feel your warmth and it feels like home.*

Il fixa la rangée de mots simples, les intégrant, dans l'attente de l'éclair. Ce ne fut pas long. Depeche Mode, “Here Is the House”. Cette femme avait une classe folle. Il garda les yeux rivés sur le message qu'elle avait tapé pour lui, espérant y trouver davantage, sans trop savoir comment ; tentant d'arracher une intention à cette poignée de mots, mais le constat c'était qu'il ne pouvait parler que pour lui, et il savait qu'il était sans défense. Vraiment. Elle était absolument captivante, elle virevoltait à travers le temps, elle était de nouveau à lui ; il pouvait presque sentir la douceur de sa peau, la douceur de ses cheveux. Il appuya son front sur l'acier froid de son bureau et attendit que ce désir violent retombe. Bon Dieu, il était habité par Alison et ça le rendait complètement dingue.

Puis il se redressa. Voilà ce qu'il allait faire : il irait jusqu'à elle. Sérieusement. Il débarquerait à Adélaïde et vérifierait si tout ça était réel. L'éthique de la démarche, la déception, l'audace – rien de tel n'obscurcissait son esprit à cet instant. C'était on ne peut plus simple, et totalement nécessaire. Sur son téléphone, il ouvrit le fil de leur conversation et répondit de la même manière qu'elle, par des paroles de chanson, un échantillon parfait du génie des Bunnymen, extrait de "All That Jazz". Il regarda le vers partir en se demandant quand elle le verrait et si elle le connaissait.

See you at the barricades, babe.

Elle ne devinerait probablement pas, mais l'intention était là, palpable ; il pensait ce qu'il disait. Il recula sa chaise, alla jusqu'à la carte du monde et traça des yeux la longue ligne reliant l'Écosse à l'Australie-Méridionale tout en bas. Mon amour est là-bas, pensa-t-il ; mon amour est là-bas, avec un autre.

Il voulait être en première ligne, et le plus tôt serait le mieux.

18

ADÉLAÏDE,
23 JANVIER 2013

Beatriz pleura de joie quand les McCormack rentrèrent à la maison. Elle s'était convaincue qu'ils allaient mourir brûlés dans un incendie parce que tout ce qu'elle voyait aux infos du soir n'était que drames et catastrophes. Sept hommes avaient trouvé la mort près de Burra deux jours plus tôt quand les flammes avaient dépassé la ligne de maîtrise et les avaient pris au piège dans un vortex de chaleur et de fumée, et une petite fille et son papa avaient survécu de justesse à un mur de feu près de Koonoona en imbibant d'eau une couverture de laine à un abreuvoir avant de s'allonger dessous dans leur pick-up, laissant le feu leur passer dessus.

"Les feux de l'enfer se sont déchaînés, dit Michael le premier soir de leur retour. Mais on a eu de la chance." Il alla chercher au frigo un riesling de la Clare Valley bien frais et servit cinq verres.

"Un tout petit peu pour moi, dit Beatriz. Et, pour ta gouverne, la chance n'a rien à voir là-dedans. J'ai demandé à Dieu, chaque matin et chaque soir, de vous épargner, et il l'a fait." Son ton était sévère. Cinquante ans au service de cette famille et Dieu n'était toujours pas reconnu pour sa bonté.

"Dieu, Gil et les pompiers, dit Michael. La sainte trinité." Il fit glisser les verres de vin en direction d'Ali, Stella et Thea, puis donna à Beatriz son demi-verre avant de trinquer avec elle.

"Tchin, chère Beatriz, dit-il. Tes prières nous réconfortent.

— On était si près, Beatriz, dit Stella. C'est affolant, la vitesse à laquelle le feu avance. On le croit à des kilomètres et l'instant d'après, il menace le grenier à foin."

Abasourdie, la vieille dame secoua la tête d'un air horrifié ; elle était si heureuse qu'ils s'en soient sortis, elle avait tellement cru au désastre qu'elle avait cuisiné un *caldeirada* pour leur témoigner sa joie de les retrouver sains et saufs à la maison. Un ragoût de poisson portugais, le plat de fête par excellence, une façon de rendre grâce. Elle sortit le plat du four et souleva le couvercle pour vérifier l'assaisonnement : une vapeur parfumée s'éleva comme une promesse de la fidèle cocotte toute marquée.

"Alma refuse de cuisiner du poisson, rebondit Thea. Elle dit qu'après ça sent trop dans la cuisine."

Beatriz renifla avant de répondre : "Une cuisinière qui ne cuisine pas de poisson n'est pas une cuisinière." De façon assez injuste, elle n'avait jamais de mots très tendres pour Alma, qu'elle n'avait rencontrée que deux fois, mais dont le règne à Lismore Creek représentait (dans sa tête) une menace pour sa propre suprématie ici à Adélaïde.

"Ça sent fort, quand même, poursuivit Thea. Le matin, par exemple, quand tu mets les arêtes et les têtes à cuire dans la casserole, Beatriz. C'est un peu dégueu." Elle fit la grimace en plissant son joli nez.

"Ingrate, lança Michael. Ce vin est extraordinaire, Ali. Ali ? Goûte le vin." Elle était perdue dans ses pensées et sursauta en entendant son nom.

"Pardon ?" Elle pensait à Daniel Lawrence, à Nick Drake et à Rory Gallagher.

"Goûte ce vin, c'est un délice." Il l'observa en boire une gorgée et approuver de la tête. Michael appréciait qu'on lui dise ce qu'on pensait des vins qu'il choisissait ; et pour tout dire, il aurait bien aimé un peu plus qu'un hochement de tête, peut-être un petit commentaire favorable. Mais Ali ne s'y connaissait pas et, malgré tous ses efforts, il n'était pas parvenu à changer ça ; tant que le vin était frais, blanc et sec, tout lui allait.

Beatriz dit : "À Porto, dans ma rue, quand j'étais petite, ça sentait les têtes de poisson bouillies tous les vendredis. Dans toute la rue !

— J'irai peut-être au Portugal quand je voyagerai, dit Stella d'un air désinvolte. Italie, France, Espagne, Portugal." Elle avait les yeux rivés sur son verre et faisait tournoyer le vin qui léchait les bords.

Ali hocha la tête puis se souvint que Michael n'était pas au courant que Stella avait changé d'avis à propos de l'école d'art dramatique de Sydney. Elle ouvrit la bouche pour amorcer le sujet mais Thea, maligne comme un singe, la devança : "Après l'école de théâtre, tu veux dire ?" et Stella répondit : "Non, à la place", et Ali se dit : Oh bon sang, nous y voilà.

"Je te demande pardon ?" réagit Michael. Il s'arrêta, le verre à mi-chemin entre la table et sa bouche, et fixa sa plus jeune fille des yeux. Stella jeta un regard à Ali. Michael reposa son verre et regarda Ali à son tour.

"Stella a décidé qu'elle renonçait à sa place à l'Institut d'art dramatique." Ali n'arrivait pas à savoir pourquoi elle ne lui en avait pas parlé. C'était une énorme omission, pour le coup.

"Oh, fit Michael. C'est sympa d'en parler. Et ç'a été décidé quand ?

— À Lismore, répondit Stella. Mais c'était tout sauf un événement. Tu avais pris le pick-up pour aller vérifier les clôtures ou un truc du genre. On n'a pas voulu te le cacher.

— Pas un événement ?

— Oh, Stella, t'es vraiment chiante, dit Thea avant de laisser échapper un soupir pesant. Je suppose qu'on va devoir encore parler de toi toute la soirée.

— Et qui va au Portugal ?" demanda Beatriz, rayonnante, en apportant le ragoût à table, ne se rendant absolument pas compte de la tension qui venait d'emplir la pièce jusque dans ses moindres recoins. Elle plaça la cocotte au milieu de la table. "Maintenant, mangeons.

— Tu as pris l'avion pour aller passer cette audition en novembre, dit Michael à Stella. Tu te voyais déjà partie avant même d'avoir été prise.

— Oui, ben, peu importe. Je n'y vais plus.

— Si, tu iras.

— Maman !" lança Stella.

Michael prit la louche et commença à servir le ragoût de poisson dans le plus haut des cinq bols empilés devant lui. Il en allait toujours ainsi quand ils prenaient un repas ensemble comme ce jour-là, Michael servait la nourriture préparée par Beatriz. Mais pourquoi ? se demandait Ali. Parce que son père le faisait avant lui. Parce que, pour Beatriz, il était le chef de famille. Parce que Michael prenait les choses en main naturellement, aisément, sans discussion.

“Michael, dit Ali. Parlons-en à un autre moment.

— Déjà qu'elle avait choisi le théâtre... reprit Michael, qui servait les crustacés dans les bols en faisant s'entrechoquer les moules et les coques. Mais au moins elle visait haut avec l'Institut national d'art dramatique. Et maintenant, à ce que je vois, elle n'est même plus prête à le faire.

— Papa !” lança Stella, les yeux remplis de larmes de colère.

Michael la regarda, la mine sombre. “Tu as eu un score phénoménal aux examens, dit-il. Phénoménal. Tu pourrais tout faire, tout. Nom de Dieu, tu as fait mieux que Thea et elle est en école de médecine !

— Michael ! Ne prononce pas le nom du Seigneur en vain”, le réprimanda Beatriz, et Thea enchaîna avec un : “À la tienne, papa, profite de ce bon repas.” Elle prit le bol qu'il venait de remplir et le fit passer à Beatriz, le suivant à Ali, puis à Stella, et enfin un pour elle. Michael remplit le dernier bol avant de repousser le reste de ragoût au centre de la table. Il était divin, et le safran, les tomates et les herbes lui donnaient leurs couleurs, jaune, rouge, vert, mais Beatriz était en train de comprendre que le plat qu'elle avait mitonné n'était plus au centre de l'attention.

“Si tu crois que tu vas bourlinguer en Europe toute seule, tu te fourres le doigt dans l'œil”, dit Michael. Il était vraiment en pétard, contre Ali plus que contre Stella ; il réprimait tellement sa colère qu'il en était tout pâle.

“Tu pars seule ? demanda Beatriz.

— Je ne serai pas seule, du moins au début”, répondit Stella.

Elle parlait d'un ton monocorde, elle ne voulait pas trahir son émotion. Elle était leur petite rebelle, celle qui n'en faisait qu'à sa tête, mais malgré tout, pensait Ali, elle était quand même affectée par le fait que son père désapprouve. Il avait le chic pour la faire se sentir très jeune et peu sûre d'elle. Mais Stella s'était battue pour se présenter à l'école de théâtre alors que son père et tous ses professeurs la croyaient destinée à des études de langues à l'université d'Adélaïde. À présent elle allait se battre pour ne pas faire l'école de théâtre. Et elle gagnerait ; Ali le savait.

“Je vais partir trois mois en Italie en tant que bénévole dans une ONG”, poursuivit-elle.

Ali et Thea, toutes deux impressionnées, s’exclamèrent en chœur : “C’est vrai ?

— Non, coupa Michael. Non, Stella. C’est non.

— Je crois pas que tu puisses l’en empêcher, papa, dit Thea, encore furax après la mention du score de sa sœur, qui n’avait en fin de compte eu que trois points de plus qu’elle.

— Je préférerais vraiment qu’on parle de ça plus tard, dit Ali. Beatriz a préparé ce délicieux repas, et nous devrions tous le savourer et avoir cette conversation après dîner.”

Beatriz fit un signe de tête à Ali, pour appuyer sur le fait qu’elle avait tout à fait raison. Stella dit aussitôt : “Oui, désolée, Beatriz, c’est ton meilleur plat, *obrigada*.” Beatriz lui sourit puis, pendant quelques instants, plus personne ne dit rien. Le bruit des couverts sur la porcelaine, si présent que c’en était gênant. Ali but son vin, trop vite. Thea se saisit d’une moule à moitié ouverte, en scruta avec méfiance l’intérieur, la piqua du bout de sa fourchette puis la tendit à Beatriz qui d’un signe de tête lui signifia que c’était bon, elle pouvait y aller.

“Stella”, dit Michael, et tous les regards se tournèrent vers lui. Ce n’était pas le genre à capituler s’il n’était pas allé au bout. “Ces trois derniers mois, tu m’as montré que tu n’étais pas capable de t’occuper de toi. Tu pourras voyager après, mais commence par être diplômée, et grandis un peu.”

Stella reposa avec précaution sa fourchette et sa cuillère sur la table. “Quand j’ai dit à maman que je ne voulais pas aller à l’université, elle m’a juste répondu : « Alors n’y va pas. »

— Oui, eh bien ça, c’est uniquement parce que maman ne sait pas ce que tu rates.

— Pardon ?” C’était Ali. Qui attrapa la bouteille et se resservit.

“Tout ce que je dis, c’est que tu n’es pas allée à l’université, dit Michael. Tu n’as même pas fini le lycée. Donc tu n’es pas à même de juger.”

Ali fut prise d’un rire jaune. “Non, Michael, dit-elle. Ce n’est pas parce que je suis mal informée, c’est parce que je veux qu’elle fasse ses propres choix. Elle peut rejoindre l’école d’art dramatique l’année prochaine, ou bien la suivante. Ils la prendront

– ils n'ont jamais auditionné une jeune fille aussi talentueuse, c'est ce qu'ils ont dit.

— Ce que je veux dire, c'est qu'elle est trop jeune pour voyager.

— Je n'avais que dix-huit ans quand tu m'as rencontrée, en Espagne."

Michael regarda sa femme, incrédule, il n'en croyait pas ses oreilles de l'entendre se servir de son propre exemple pour étayer ses arguments. "Trouvée, pas rencontrée, dit-il. Je t'ai trouvée en Espagne. Et Dieu seul sait où tu serais aujourd'hui si je n'avais pas été là."

Alison Connor était assise en tailleur par terre, seule, à l'ombre d'une voûte de pierre au cœur de la cité médiévale de Santo Domingo de la Calzada. Elle portait un short en jean, un t-shirt kaki tout simple portant l'inscription "Wild Willy Barrett", et des sandales plates en cuir. Sa casquette, elle aussi kaki, reposait par terre à côté d'elle, ainsi qu'un sac en toile, une sorte de petite sacoche qu'elle portait en bandoulière. Elle avait le visage, les bras et les jambes bronzés mais les zones habituellement recouvertes par le cuir usé de ses sandales avaient la teinte gris pâle de la poussière des rues. Ses cheveux bruns étaient coupés juste au-dessus des épaules, mais de façon plutôt irrégulière, comme si elle l'avait fait elle-même, sans miroir et à l'aide de ciseaux émoussés. Ses yeux étaient clos. Elle semblait en train de faire un somme, ce qui était assez naturel dans ces lieux ; des tas de pèlerins aux pieds endoloris faisaient halte dans cette charmante petite ville espagnole, si bien que le monde coulait autour d'elle avec autant d'aise et de naturel que l'aurait fait un ruisseau.

Michael McCormack l'observa jusqu'à ce qu'elle se réveille et ouvre les yeux.

"Salut, dit-il. Ça va ?"

Elle ne se montra ni surprise ni inquiète devant cet étranger qui l'observait, elle se contenta de le fixer d'un regard placide. Il avait d'abord cru qu'elle mendiait, mais il n'y avait pas de gobelet pour recevoir la monnaie, et pas de pancarte écrite à la main. C'était juste une jeune fille endormie, qui venait de se réveiller. Il s'accroupit pour ne plus avoir à la regarder de haut. Elle avait les yeux marron-vert et des cils noirs, la peau dorée, un visage parfaitement symétrique. Il lui tendit la main et dit : “Michael. Michael McCormack”, et après une brève hésitation, elle la serra.

“Alison Connor.

— Tu fais le Camino ?

— Pardon ?” Elle bâilla et se passa les mains sur le visage, puis dans les cheveux. Il l’observait toujours.

“Le chemin, tu sais, jusqu’à Saint-Jacques-de-Compostelle ?

— Oh, répondit-elle. Plus ou moins. Et toi ?”

Il éclata de rire. Il avait un sac à dos plein, de grosses chaussures, des vêtements imperméables, une tente et un matelas.

“Est-ce que je peux t’offrir un verre ?” demanda-t-il. Il essayait de paraître décontracté, comme s’il s’en fichait pas mal qu’elle dise non.

“T’es australien.

— Et toi t’es une rosbif.”

Elle sourit. “Y a une femme en Australie que je connais plus ou moins.”

Il se redressa. “Pas possible ! Comment elle s’appelle ? Je suis sûr que je la connais.”

Alison trouva ça drôle, alors elle prit la main qu’il lui tendait et se laissa hisser sur ses jambes. Il était plutôt beau, respirait la santé, les cheveux blond-roux, large d’épaules et les hanches étroites, un physique de nageur. Il avait l’air super affûté, en pleine forme, et merveilleusement bien organisé, se dit Alison. Elle avait rencontré tous les genres de mecs possibles depuis qu’elle était devenue une sorte de pèlerin par accident, et Michael McCormack appartenait à la catégorie des alpinistes, selon elle. Il aurait été parfaitement à l’aise sur un camp de base de l’Everest ; d’ailleurs il avait tout ce qu’il fallait pour faire l’ascension d’un sommet.

Ils trouvèrent un bar minuscule où il commanda deux bières. En attendant, elle lui expliqua qu’elle avait fait le chemin depuis Logroño avec trois bonnes sœurs allemandes, ravies de partager leur pain et leur fromage avec elle. Avant ça, elle avait marché de Los Arcos à Logroño, d’Estella à Los Arcos, de Puente la Reina à Estella. Parfois elle était seule, racontait-elle, mais le plus souvent elle se retrouvait avec des gens, qui marchaient à la même allure.

"Tu verras. Les gens viennent marcher avec toi ou c'est toi qui les rejoins, et puis on bavarde, voilà."

Il réfléchit un instant, se figurant des chemins poussiéreux se perdant à l'infini. "Je crois que je marche trop vite pour ça."

Ah, se dit Alison : un coureur, donc à ranger dans la catégorie compétiteur, pas alpiniste. Quelques jours plus tôt elle était tombée sur une Écossaise pleine de vivacité qui fonçait sur tous ceux qui lambinaient ou flânaient, et se créait son propre couloir en braillant : "En file indienne sur la gauche, allez, hop hop hop !"

"Si tu lambines comme moi, tu rencontres toutes sortes de gens.

— Mais ils parlent pas tous anglais."

Oh là là, pensa-t-elle.

Un serveur s'avança vers eux, leurs bières en équilibre sur un plateau métallique. Il les déposa sur la table, avec une assiette de tortilla coupée en fines tranches. Alison dit : "Ah, *gracias*", et il lui fit un clin d'œil, puis un sourire. Michael le remarqua ; tout comme le fait qu'elle lui tende l'assiette avant même de se servir.

"Alors, dit-il, où est tout ton matos ?

— Mon matos ?

— Pour la rando.

— Tout est là. Ce que tu vois, c'est tout ce que j'ai.

— Mazette, lança-t-il. Mais tu as perdu la tête ?"

Elle haussa les épaules. "Le Camino s'occupe de tout, c'est ce qu'on dit, et je crois que c'est vrai. Je n'avais pas prévu de marcher, je me suis juste décidée un jour comme ça. Je me suis retrouvée à discuter avec un homme et sa fille à Pampelune qui m'ont dit qu'ils faisaient le pèlerinage jusqu'à Saint-Jacques-de-Compostelle. Et ils ont ajouté : « Viens avec nous », alors je les ai suivis."

Michael songea à cette phrase, à son incroyable simplicité. De son côté il avait planifié cette aventure dix-huit mois à l'avance depuis chez lui, à Adélaïde. Il avait lu les guides attentivement, comparé les avantages des différents itinéraires – la distance et le type de terrain, la variété et la beauté des paysages, le nombre de monuments historiques, le meilleur chemin pour goûter une certaine authenticité médiévale. Avant de quitter l'Australie-Méridionale, il avait réservé des chambres dans des auberges de jeunesse et des *refugios* sur tout le parcours du Puy jusqu'à Saint-Jacques. Il avait une bonne liasse de chèques de voyage dans sa banane et, en cas d'urgence, un numéro de téléphone secret à l'ambassade d'Australie à Madrid, où un vieil ami de son père était chargé d'affaires. Toutes ces précautions lui avaient semblé non seulement prudentes mais aussi nécessaires, et ce n'était que maintenant, en face de cette belle créature dépouillée et irréfléchie, qu'il se sentait bêtement surpréparé.

"Et ils sont où maintenant tes amis de Pampelune ?"

Alison haussa les épaules. "Aucune idée. Ils ont fait un arrêt de deux nuits à Laredo, mais moi j'ai continué. Tu marches seul ?"

Michael n'avait pas envie de parler de lui, ni de penser à lui ou aux centaines de kilomètres qu'il lui restait à parcourir avant que ce long périple en solitaire ne touche à sa fin. Ce n'était pas ce qu'il attendait, ou avait espéré. Il s'était imaginé un éveil spirituel, apprendre quelque chose de l'histoire, ou de la vie, ou sur lui-même. C'était la promesse des guides qu'il avait lus, mais à la place, il avait l'impression de se retrouver en compétition avec tous ceux qui croisaient sa route. Il prit brutalement conscience qu'il était complètement passé à côté du Camino. Il ignora donc sa question, et répondit par une autre.

"Tu as une carte, quand même ?"

Elle fit non de la tête et éclata de rire. "Pour se tromper il faudrait le faire, mais honnêtement, je m'en fiche d'arriver au bout ou pas, dit-elle. Je ne recherche pas la révélation spirituelle, j'aime bien marcher, c'est tout. Et les gens sont gentils. Incroyablement gentils. Quand quelqu'un lance : *« Hola, buen camino ! »* je me sens, je sais pas, joyeuse, je me sens appartenir à cet effort commun complètement dingue. Pas toi ? J'espère que si, après tout ce que tu as mis en place, tous ces préparatifs."

Il la regarda.

"Quoi ? demanda-t-elle.

— Où est-ce que tu as dormi ?

— Là où je pouvais.

— Dehors ?

— Une ou deux fois, oui, mais il faisait bon.

— Et tu as de l'argent ?

— Là non, mais je peux trouver du travail quand je veux dans un bar ou un café, si nécessaire. À Pampelune, j'ai tenu la caisse d'un petit cinéma quelques semaines."

Bon Dieu, se dit-il, ça c'était vraiment chouette. Il se sentait tellement con. Un petit con pourri gâté.

"Tu parles la langue, je suppose ?"

Elle acquiesça. "Français, ouais, et je parlais pas espagnol mais maintenant oui, à peu près."

Il l'observa un moment, il la regarda boire, il regarda sa gorge tandis qu'elle avalait, puis ses yeux descendirent. "C'est qui Wild Willy Barrett ? demanda-t-il en lisant les mots sur son t-shirt. Un cow-boy ?"

Elle rit à gorge déployée, et ce spectacle le fit sourire, sa façon de rejeter la tête en arrière, ses cheveux qui se balançaient, ses yeux qui changeaient de forme.

"Pas vraiment un cow-boy, hein…

— Pas vraiment, non… Un musicien. John Otway and Wild Willy Barrett ? Ça te dit rien ? Bref, j'ai dégoté ce t-shirt dans une friperie à Paris, et je me suis dit que les Français passeraient à côté, alors je l'ai sauvé."

Paris, pensa Michael : une friperie à Paris, un cinéma à Pampelune.

"Très bien, dit-il. Maintenant je sais qui est Wild Willy Barrett, mais toi qui es-tu ?

— Pardon ?

— Qui es-tu ?"

Elle le regarda avec aplomb. "Je te l'ai déjà dit. Alison Connor.

— Non, je veux dire qui es-tu vraiment. Tu es réelle ?"

Question idiote, pensa-t-elle. Il croyait quoi ? Qu'elle était le fruit de son imagination ? Elle finit sa bière d'un trait et reposa le verre vide sur la table. "Ouais. Je suis réelle." Elle se leva et il se mit à paniquer. "S'il te plaît, t'en va pas." Il avait envie de dire : Ne me quitte jamais, mais quel genre de dingue dit un truc pareil à la première rencontre ? Et il se trouvait qu'elle le regardait avec une certaine incrédulité, comme un peu désolée pour lui, sans trop savoir quoi faire. Il se leva à son tour et plongea la main dans sa poche à la recherche de quelques pesetas qu'il laissa en tas sur la table.

"C'est à peu près trois fois trop, dit Alison. Ça va lui faire sa semaine."

Il n'arrivait pas à déterminer d'où exactement venait son accent anglais ; elle ne parlait pas du tout comme les Britanniques qu'il connaissait à Adélaïde, et en sortant du bar il lui demanda d'où elle était originaire, mais elle répondit par un sourire et secoua la tête. "C'est pas dans l'esprit du Camino, ça, dit-elle. Tu ne savais pas que tout ce qui compte c'est l'endroit où tu vas, pas celui d'où tu viens ?

— Oui." Il avait conscience qu'il était maintenant en train de la suivre, sans y avoir été invité, mais ça ne semblait pas lui poser problème. Il remit son énorme sac en place, pestant en silence à cause du poids et du réchaud qui lui rentrait en plein dans le bas du dos.

Elle le regarda. "Qu'est-ce que tu as là-dedans exactement, pèlerin ?" lança-t-elle. Elle se moquait encore de lui, et il ne pouvait pas lui en vouloir. Elle, sans entraves. Lui, un monde matériel sur le dos.

"Et maintenant, Alison, où tu vas ? demanda-t-il. Et est-ce que je peux te suivre ?"

Elle s'arrêta net et le considéra longuement. Elle aimait son sourire, ses dents blanches bien droites, ses yeux bleu pâle, leur façon de la regarder. Elle aimait son enthousiasme, son attitude tout feu tout flamme, ce côté bon enfant qui lui faisait accepter l'idée qu'elle le trouve légèrement ridicule. Elle se fichait qu'il ne connaisse pas Wild Willy Barrett ; elle s'en fichait pas mal.

Ça faisait maintenant un an qu'elle était sur les routes, qu'elle se débrouillait, travaillait ici et là, acceptant les largesses d'étrangers, faisant du stop jusqu'en France puis en Espagne, sans jamais vraiment s'installer, sans jamais vraiment prendre racine, ne serait-ce que la plus fine et fragile racine, et c'était exactement ce qu'il lui fallait, cette vie nomade dévorante, et pourtant tellement éreintante. Tellement éreintante. Et voilà que ce jeune Australien, cet homme venu de l'autre bout du globe, qui ignorait tout, absolument tout d'elle, la voulait – elle le voyait, il aurait aussi bien pu le porter sur un écriteau c'était pareil, et il avait un visage attachant, plein d'espoir.

"Tu as vu le coq et la poule dans la cathédrale ? demanda-t-elle.

— Des poulets dans l'église ?"

Elle rit. "Ouais. Il y a eu un miracle à cet endroit, avec des volailles."

Il sourit et dit : "Passe devant", et elle ressentit une sorte de douce satisfaction, le calme l'envahit à mesure que le passé s'éloignait encore un peu plus.

Les filles étaient montées dans leurs chambres, et Beatriz aussi, au moment où Ali se mit à expliquer à Michael les raisons profondes qui poussaient Stella à ne pas vouloir rester à Adélaïde cette année, au milieu de la bande de jeunes dont faisait partie le garçon mystère avec qui elle avait eu un seul et unique rapport sexuel non protégé dans une maison de plage à Victor Harbor et qu'elle espérait vivement ne plus jamais revoir. Michael écouta jusqu'au bout mais resta inflexible. Stella devait faire cette école d'art dramatique, tel était le verdict ; elle serait à Sydney, très loin de ceux qu'elle voulait tant éviter. Ensuite, il fit ce qu'il croyait être bon, à savoir s'excuser auprès d'Ali pour avoir une fois encore colporté la vieille légende familiale, le mythe McCormack, selon lequel Ali ne serait rien sans lui. Mais ce n'étaient que des excuses à demi-mot, et jamais il n'en serait autrement parce qu'au fond de son cœur, Michael était convaincu de l'avoir sauvée : sauvée d'une hypothétique catastrophe qui l'attendait sûrement au coin de la rue, elle qui voyageait à travers l'Europe sans la protection d'une famille, d'un contact, ni même d'argent. Ali voyait le passé d'un autre œil, elle se souvenait de Michael comme de celui qui était le malheureux des deux, avec ses listes, ses filets de sécurité et ses plans B en cas de problème. Elle était fière de sa débrouillardise durant ces quelques mois à l'étranger, loin de chez elle pour la première fois, même si Dieu sait que sa vie chez elle lui avait appris tout ce qu'il fallait savoir – et plus encore – pour s'occuper d'elle toute seule.

Mais Michael l'avait attirée dans son orbite, avec ses manières élégantes d'Australien et ses récits du bush. Quand il les racontait, ses aventures d'enfant dans le grand élevage de moutons familial ressemblaient à celles du petit garçon dans *Skippy*. Alison avait adoré cette série parce que quelque part dans le même paysage desséché vivait Sheila, la femme qui écrivait des lettres à Catherine, et maintenant, en Espagne, Michael lui disait que si Sheila habitait toujours à Elizabeth, il pouvait l'y conduire depuis Adélaïde en un éclair, une demi-heure, quarante minutes maximum, et il le ferait avec plaisir, vraiment, et puis après il la raccompagnerait en ville jusqu'à sa magnifique demeure de North Adelaide et ils siroteraient des daïquiris sur la terrasse en regardant les cacatoès picorer les fruits dans les pruniers. Elle trouvait la proposition fantastique, séduisante, éblouissante, mais Michael n'arrêtait pas de dire : "C'est pas du délire, ni un roman, c'est la vraie vie à Adélaïde, qui ne demande qu'à être vécue."

Ils étaient bien entendu restés ensemble en Espagne. Ils avaient avalé les cinq cent quarante kilomètres restants du Camino, elle avait dormi avec lui dans les auberges de jeunesse où il avait réservé à l'avance et – à l'occasion – avait réussi à le convaincre de dormir à la belle étoile, pour être réveillé à l'aube par le tintement des cloches des chèvres qui, en route pour la traite, serpentaient sur les chemins caillouteux d'une colline asséchée et odorante. À Saint-Jacques-de-Compostelle, Michael avait fait la queue avec quelques centaines d'autres pèlerins pour se voir attribuer le certificat du Camino, tamponné par la cathédrale ; pendant ce temps-là, Alison, qui ne pensait pas être éligible et ne voyait de toute façon pas l'intérêt d'une attestation pour prouver ce qu'ils avaient accompli, l'attendait un peu en retrait, assise sur le rebord d'une fontaine de la place das Platerías. L'eau fraîche sur ses pieds brûlants, elle n'en demandait pas plus, pourtant une vieille Espagnole l'avait bénie en déversant sur elle un torrent de prières en galicien et sur son front un baiser, de ses lèvres minces et sèches comme du papier.

Puis Alison et Michael étaient remontés dans le Sud de la France avant d'atteindre l'Italie. Pendant trois mois, ils avaient fait les vendanges dans un domaine d'Ombrie, puis avaient descendu toute la botte jusque dans les Pouilles. Elle avait maintenant un sac à dos à elle et de nouveaux vêtements : une robe rose en coton fin, une chemise en soie verte, une jupe en lin blanc et des espadrilles bleues. C'est Michael qui les lui avait achetés, qui l'avait suppliée – quand elle résistait – de le laisser lui faire plaisir, et il fallait bien admettre que c'était agréable de capituler, après tant de mois à vivoter avec trois fois rien. Michael était fou d'elle. Complètement sous le charme. Lui qui avait tout, il voulait Alison Connor. Il lui fit sa demande en mariage dans le

Gargano mais ce fut dans la ville blanche baroque de Lecce, une longue semaine plus tard, qu'elle lui dit oui. À Ostuni, l'argent de Michael leur ayant permis de se frayer un chemin dans la bureaucratie municipale, leur mariage civil fut célébré devant des témoins qui ne les connaissaient pas, et le jour même ils prirent le bateau de Brindisi à Céphalonie, et de là sautèrent d'île grecque en île grecque pendant un mois avant d'entreprendre le très long voyage qui les mènerait tous deux à Adélaïde, M. et Mme McCormack, Michael et Alison, Michael et Ali.

Elle n'avait rien à perdre, à l'époque, sauf sa liberté absolue, et elle n'en avait pas fait toute une affaire. La liberté était née d'une nécessité, dans le cas d'Alison, et elle avait su qu'elle pourrait apprendre à aimer cet homme, parce que son amour pour elle était si fort et qu'une telle dévotion méritait d'être récompensée, selon elle. Elle l'avait aimé. Elle l'aimait toujours. Oui, elle avait perdu une part d'elle-même au fil des ans, mais peut-être que lui aussi, peut-être que la condition pour qu'un mariage dure, c'était de sacrifier chacun un petit bout de son esprit, en échange du confort matériel, des enfants, d'un compagnon de route. Certainement qu'à un moment donné, peu après son arrivée à Adélaïde, elle avait dû admettre que la façon de faire des McCormack était la seule qui vaille ; quand ils faisaient front, on ne pouvait pas leur résister, ni les contredire. Alison Connor était enveloppée par les McCormack, le clan la réclamait, et c'était réconfortant, à bien des égards, de succomber.

Elle leva les yeux vers Michael, à l'autre bout de la cuisine. Il avait dit “Désolé” avec tant de facilité après s'être montré à la fois autoritaire et condescendant, et voilà qu'il feuilletait tranquillement *The Advertiser*, content de lui. Il ignorait que son univers se craquelait, que ses mots ne faisaient pas toujours la loi, que Stella regardait les vols pour Rome, à l'étage. Il ignorait qu'Ali, de la même pièce, avait envoyé une chanson à Dan Lawrence : Arctic Monkeys, “Do I Wanna Know ?”, un morceau que Michael ne connaissait sûrement pas, un son de Sheffield, des petits gars de Sheffield.

Il ignorait ce que les paroles faisaient à Ali, il ne savait pas, ne pouvait pas savoir à quel point ça lui parlait. Il ignorait – quand Ali finit son vin, se leva et dit bonne nuit – qu'en levant les yeux de son journal pour lui sourire, ou en posant le journal pour venir l'embrasser, un petit quelque chose de significatif aurait pu être sauvé. Mais il ne fit aucun de ces gestes, alors elle lui tourna le dos et monta se coucher.

19

SHEFFIELD,
28 JUILLET 1979

Lorsqu'elle toqua à la porte de la maison de Daniel et que sa mère vint ouvrir, il y eut un petit temps d'arrêt au cours duquel chacune comprit qu'Alison n'avait rien à faire là, devant leur porte, alors quand Marion Lawrence s'écria : "Oh ! Mais je te croyais à Manchester avec Daniel", Alison répondit du tac au tac : "Non, oh mon Dieu, si ! Je devrais y être", avant d'éclater en sanglots.

Tu vois, il est là le problème, pensa Marion tout en l'entourant comme une mère inquiète et en la faisant entrer : Alison Connor était aussi nerveuse qu'un faon ; un regard de travers et elle se mettait à pleurer ou se carapatait. Oh, elle était jolie comme tout, et puis elle apportait quelque chose à Daniel, qui était de bien meilleure humeur à la maison depuis qu'ils sortaient ensemble, mais cette fille était un nid à problèmes, ça oui ; une jeune fille chargée de trop de secrets.

"Tu as juste oublié ?" demanda-t-elle, mais Alison ne pouvait pas répondre, trop occupée à pleurer toutes les larmes de son corps, c'était disproportionné, de l'avis de Mme Lawrence. Elle la prit dans ses bras et fit tous les petits bruits adéquats, tout en remerciant le ciel que Claire soit une si bonne nature, pas compliquée. "Allez, voilà. Ça ne vaut pas le coup de se mettre dans ces états-là, c'était juste un stupide concert."

Alison secoua la tête et s'écarta de Mme Lawrence. Elle n'avait pas les mots ou la volonté de s'expliquer, d'expliquer cette effusion de larmes et de chagrin, qui avait tout à voir avec Peter et rien avec le concert manqué.

"Je vais faire chauffer de l'eau", dit Mme Lawrence. Elle partit à la cuisine, soulagée de s'être trouvé une occupation, et Alison resta un moment sans bouger, abandonnée dans le séjour rutilant, avec ses coussins bien gonflés et son odeur d'O'Cedar. Elle mourait d'envie de monter en douce jusqu'à la chambre de Daniel, d'enfiler un de ses t-shirts et de se lover entre ses draps comme dans un nid ; ce serait réconfortant. Elle pourrait l'attendre là, attendre que la nuit tombe, qu'il se fasse tard, et que Daniel rentre à la maison, alors il la rejoindrait au lit et elle pourrait tout lui expliquer. Mais en serait-elle capable ? Après tout, il était entièrement protégé de la réalité honteuse de sa vie ; elle s'était tant évertuée à garder la frontière intacte entre son monde et le sien, à masquer le chaos. Comment pouvait-elle à présent tout lui déverser dessus : tous les détails misérables, intimes et bordéliques qui faisaient sa vie ; toutes les sorties de route de Catherine, de Martin, de Peter – oh bon sang, Peter. Elle ferma les yeux mais elle ne le vit que plus distinctement, terrifié, la regardant au bord du gouffre, alors elle les rouvrit, et M. Lawrence, le père de Daniel, était devant elle dans l'encadrement de la porte, il l'observait, son doux visage chiffonné par une sympathie mêlée d'inquiétude.

Marion était allée le trouver dans son pigeonnier pour lui dire qu'Alison était là, elle était bouleversée, et il s'y prendrait mieux qu'elle, il avait plus de patience. M. Lawrence était venu volontiers et voilà qu'au moment où il entrait dans la pièce, Alison se remettait à pleurer, elle semblait ne plus pouvoir s'arrêter, mais il ne dit rien, absolument rien, il la serra simplement dans ses bras jusqu'à ce qu'elle se calme, puis : "J'ai un nouveau couple d'oiseaux, je viens juste de les avoir, viens." Il parlait tout à fait normalement, comme s'il n'y avait pas l'ombre d'une crise, il lui prit la main et la guida à travers la maison jusqu'à la porte de derrière puis dans le jardin. Il la fit asseoir sur le banc à l'intérieur du pigeonnier et se chargea de faire la conversation tout seul. Les nouveaux pigeons étaient des Flash Pied Emperors, disait-il, un couple reproducteur, des oiseaux solides, tous les deux issus d'une belle lignée de gagnants aux concours. Alison, passive, épuisée par tout ce qui venait de lui arriver, l'écoutait et se sentait apaisée.

"Elle je l'ai appelée Violet, et lui Vincent." Les deux oiseaux étaient tous les deux installés sur une large étagère et ils regardaient M. Lawrence parler, comme s'ils participaient à la conversation.

Ils étaient beaux, comme tous ses pigeons. Un plumage blanc avec des taches noires et gris clair. “Va savoir pourquoi j’ai choisi ces noms-là, ça m’est venu comme ça, et je vais te dire, ils leur vont très bien, parce que c’est un beau petit couple plein de dignité, ces monsieur-dame. Ça ne fait que deux jours, mais le transfert s’est très bien passé, pas de chamailleries. Ce seront de grands voyageurs quand ils seront prêts. Ils reviendront ici aussi sûr que des boomerangs, je crois.”

Il souleva délicatement Violet de son étagère près de Vincent et l’apporta à Alison, qui la prit entre ses mains en coupe. Elle avait l’habitude maintenant ; elle savait comment tenir les oiseaux et ne craignait plus leurs becs ni la sensation de leurs étonnantes pattes rouges sur ses mains. Elle mit Violet à hauteur de son visage et la regarda dans les yeux, puis elle se laissa envahir par la douceur et la chaleur qui enveloppait ses doigts. Une vie d’oiseau, pensa-t-elle ; ah, être un pigeon et se faire dorloter par un homme comme M. Lawrence… Elle percevait les battements de cœur sereins de Violet à l’intérieur de son enveloppe fragile, et se sentait vraiment privilégiée et touchée par la confiance de cet oiseau en elle, sa sérénité.

“Tu as vu cette intelligence dans les yeux ? dit M. Lawrence. Et sa façon de se tenir bien droite, et cette jolie courbe qui part du sommet de sa tête pour descendre jusqu’à sa queue ? Ça, c’est un maintien de gagnante. Tu as vu comme elle te regarde ? Quand je l’ai sélectionnée, c’est en fait elle qui m’a choisi, son regard était si intense, ce qui signifie qu’elle est alerte, on peut compter sur elle. Elle est vraiment extra.”

Il reprit Violet des mains d’Alison et alla la remettre à sa place juste à côté de Vincent. “Mais tu sais peut-être que c’est ce qu’on ne voit pas qui fera d’elle une championne, reprit-il.

— Son cerveau, son cœur et ses poumons, dit Alison.

— Oui, c’est ça, c’est là-dessus qu’elle devra compter pour parcourir ses huit cents kilomètres aller-retour.” Il lui sourit. “Les gens me disent : « Mais qu’est-ce que tu t’embêtes, c’est juste des oiseaux », et je sais que je te l’ai déjà dit, Alison, mais ce que je ressens quand un oiseau revient vers moi, y a rien de mieux, vraiment. Ils utilisent toute leur force et leur intelligence pour retourner au bercail. Mes oiseaux m’ont permis de pas sombrer quand j'ai été déclaré inapte au travail. Et ils continuent de le faire."

Il se tut et regarda Alison avec une affection si profonde qu'elle eut le sentiment de faire partie de sa famille, de lui être plus chère que quiconque l'avait jamais été. "Je ne sais pas ce qui te fait souffrir, trésor, mais je sais que si tu pouvais tu m'en parlerais. Je voudrais pouvoir t'aider, alors voilà, tu es la bienvenue quand tu veux. Viens t'asseoir ici avec les oiseaux pour trouver un peu de paix.

— Monsieur Lawrence, vous êtes si gentil avec moi.

— Oh, oui, tu es une fille extra, et tu as pas mal de trucs à affronter, à ce que je vois."

On toqua à la porte et Mme Lawrence l'ouvrit du pied. Elle avait un mug dans chaque main. "Je vous ai apporté du thé", dit-elle tout agitée en leur tendant les tasses, causant dans le pigeonnier un farfouillis de battements d'ailes et un léger brouhaha qui ne durèrent pas plus de quelques secondes.

"Bon alors, commença-t-elle avec un regard insistant tantôt sur son mari tantôt sur Alison. Alors, c'était pour quoi tout ça ?" Bill secoua la tête à son intention, une manière subtile de lui dire d'y aller mollo, et elle comprit parfaitement le message, ce qui ne l'empêcha pas de poursuivre : "Non, Bill, arrêtons de tourner autour du pot. J'ai besoin de savoir ce qui ne va pas, parce que si elle est dans cet état, ça affectera notre Daniel.

— Oh", dit Alison, prise de panique. Elle se leva d'un bond.

"Non, allez, assieds-toi, lui dit M. Lawrence, mais elle n'en fit rien.

— Alison, dis-moi ce qui s'est passé."

Mme Lawrence en avait plus que marre, Alison l'entendait à sa voix, le voyait à son attitude, alors elle tenta, de toute sa volonté, de répondre de la même manière, d'être aussi directe et ouverte que Mme Lawrence venait de l'être et voulait qu'elle soit, mais tout ce qu'elle parvint à bredouiller fut : "En fait… je… mon frère, il…", avant de se taire.

— Oui, donc, ton frère… enchaîna Mme Lawrence. Qu'est-ce qui lui arrive, Alison ?"

Elle n'était pas méchante, pas du tout ; elle faisait l'effort de rester sympathique, de parler d'une voix douce. Mais la patience de Marion Lawrence avait ses limites et quels que soient les ennuis de cette jeune fille, il était hors de question que Daniel en pâtisse, et ça n'arriverait pas, pas tant qu'elle s'en mêlerait. Il fallait que quelqu'un aille au fond des choses et si ce n'était pas Bill, alors elle s'en chargerait.

Alison posa sa tasse sur le banc où elle était assise juste avant. Elle se sentait prise au piège ; à trois dans ce réduit plein de pigeons, il y avait une personne de trop, et Mme Lawrence prenait toute la place, bien campée sur ses jambes, les bras croisés et le menton relevé, dans l'attente de réponses. "Je suis désolée, bredouilla Alison. Je suis vraiment désolée." Elle se sentait en position d'infériorité notoire dans cette confrontation, et elle attendait désespérément de pouvoir s'en aller. Elle n'avait aucun droit d'être ici sans Daniel, à abuser du temps et de la gentillesse de ces gens si bons ; elle devait s'en aller, il fallait qu'elle parte.

M. Lawrence dit : "Nan, Alison, y a pas de quoi être désolée", mais sa femme demanda : "Désolée pour quoi ?

— Marion, dit Bill. Gentiment.

— Alison, qu'est-ce que tu es en train de nous dire ?"

La voix de Mme Lawrence qui cherchait des réponses. Le visage triste de M. Lawrence. Les petits yeux noirs perçants de tous ces oiseaux.

"Il faut que j'y aille", dit Alison. Elle sortit en trombe du pigeonnier et Mme Lawrence, qui était tout sauf leste mais restait déterminée à découvrir la vérité, du moins en partie, fusilla Bill des yeux – parce que trop tendre, parce qu'inutile – avant de partir à la poursuite d'Alison dans le jardin puis la maison.

"Alison ! Qu'est-ce que je vais dire à Daniel ?"

Alison s'arrêta sur le seuil de la porte d'entrée. "Dites-lui que je suis désolée pour le concert. Dites-lui que je suis vraiment, vraiment désolée. Mais il faut que je rentre. Ce n'est pas bien, je ne devrais pas être là. Désolée, madame Lawrence." Elle sortit sur le trottoir et se mit en route. Elle avait deux bus à prendre pour rentrer chez elle. Et si Peter avait des blessures mais qu'elle ne s'en était pas rendu compte, ou faisait une réaction à retardement à laquelle elle n'avait pas pensé ? Mais où elle avait la tête ? Elle s'était sans doute dit qu'elle pourrait essayer de s'oublier un peu, de tout oublier, dans les bras de Daniel, mais la seule chose qu'elle avait réussi à oublier, c'était qu'il ne serait pas là, et maintenant elle n'était pas au bon endroit. Elle n'avait rien à faire à Nether Edge sans Daniel.

"Qu'est-ce que je vais bien pouvoir lui dire ?"

Mme Lawrence en était réduite à troubler la quiétude de la rue en ce samedi après-midi pour qu'Alison l'entende, postée derrière le portail qui fermait le petit jardin devant la maison. Ce n'était pas très bien vu de faire une chose pareille dans leur avenue plantée d'arbres, mais elle se fichait qu'on l'entende, elle voulait juste des réponses ; mais Alison ne répondait rien, elle poursuivait sa route.

"Alison ! Est-ce qu'il y a quelque chose que notre Daniel doit savoir ?"

Toujours rien.

"Alison !" répéta Mme Lawrence, la voix encore plus aiguë ; c'est là qu'Alison s'arrêta et se retourna. Elle avait l'air misérable, pensa Marion : misérable, comme abattue, et pour cette raison possiblement dangereuse. Cette fille n'apporterait rien de bon à son garçon.

"Je l'aime, madame Lawrence, dit Alison. Je l'aime, c'est ce que Daniel a besoin de savoir. Je vous en prie, ne soyez pas inquiète, tout va bien."

Elle leva une main en guise d'au revoir, fit à nouveau volte-face et disparut.

Elle mit plus d'une heure à rentrer à Attercliffe et se faufila dans la maison comme une petite souris, sans un bruit, n'ouvrant la porte qu'au minimum en espérant ne pas être repérée. La terreur faisait cogner son cœur dans sa poitrine comme si elle pénétrait sur une scène de crime, mais rien de terrible ne l'attendait, en tout cas pas dans la cuisine. Elle resta debout, comme elle le faisait depuis l'enfance, à l'écoute, en quête d'indices, mais il n'y en eut aucun. Elle n'en revenait pas de ce qu'elle avait fait, elle était choquée d'avoir quitté la maison de façon si résolue juste après avoir décroché Peter du cordon, et elle le regrettait maintenant, elle ne se l'expliquait pas, sauf peut-être par le fait que jusqu'ici, Peter avait toujours été celui qui l'avait fait tenir, qui ne l'avait jamais laissée tomber, et alors il est probable qu'elle ait subi une sorte de blocage émotionnel devant ce terrible renversement des rôles. Par contre, elle avait su, en partant, qu'il ne recommencerait pas, qu'elle n'allait pas le retrouver mort en haut dans sa chambre à son retour, parce qu'elle l'avait regardé dans les yeux et elle avait vu que son intention n'était pas de mourir. C'est juste qu'il n'en avait pas eu le cœur net avant que la mort ne se présente comme une possibilité bien réelle.

Elle monta et toqua à sa porte.

"Ouais", répondit-il.

Il était assis par terre, dos à son lit, et ils échangèrent un regard plein de tristesse. Alison apercevait des marques rouge vif sur son cou, là où la corde l'avait serré et brûlé, mais en dehors de ça il paraissait plutôt normal. Jean, sweat et baskets Gola. Il ressemblait à l'ado de quinze-seize ans qu'il avait été quand il allait rejoindre ses potes au parc pour un petit foot. Elle s'assit à côté de lui et il passa un bras autour de ses épaules.

"Alison…" Sa voix, râpeuse comme du papier de verre.

Elle frissonna puis dit : "Chut. N'en parlons plus."

Elle ne voulait pas repenser à ce qu'il avait fait, à ce qu'il avait tenté de faire. Ç'avait été une longue journée très pénible, émaillée d'incidents et auréolée d'horreur. Peter n'en savait pas le quart : la cour de l'aciérie, Martin, l'atroce exposition de photos. Elle pensa à ces impressions, espérant qu'elles étaient toujours en bas, là où elle les avait laissées.

"Je voulais juste dire que je suis désolé", reprit-il.

Elle opina. Elle regarda autour d'elle, la chambre de Peter n'avait aucune personnalité, contrairement à la sienne. Peter gardait tout pour lui, il était trop discret. Aucun poster, aucune photo, aucun livre, disque ou cassette, rien qui puisse trahir ses centres d'intérêt, ses passions. Cette chambre était purement fonctionnelle : un endroit où dormir, s'habiller, se cacher. Un genre de cellule, en somme.

"Je regrette vraiment de t'avoir fait vivre ça, Alison.

— Je sais.

— T'es allée où ?

— Chez Daniel, mais il était pas là." Elle ne voulait pas préciser qu'elle aurait dû être avec lui à Manchester en ce moment même. "Et Catherine, elle fait quoi ?"

Il haussa les épaules. “Elle s’est levée et elle est sortie il y a une heure. Retrouver ses potes au Carlton, je suppose.

— Tu l’as vue ? Elle avait un œil au beurre noir et une entaille.”

Peter fit non de la tête. “Elle est pas passée me voir. Trop occupée à pas rater l’ouverture et à trouver une andouille pour lui payer un verre.

— Parfois je me dis qu’on devrait faire changer la serrure quand elle est pas là et ne plus la laisser entrer. Sauf qu’elle nous afficherait en tambourinant à la porte.”

Il tourna son visage vers celui de sa sœur. “Je veux que tu partes, Alison.

— Comment ça ? Tout de suite, maintenant ?”

Elle n’était pas sérieuse mais il opina. “Dès que tu auras réuni tes affaires. Je veux que tu partes.” Pour ne pas se faire plus mal à la gorge, il parlait bas, une sorte de chuchotement, mais ça rendait les choses encore plus étranges, et même s’il parlait sérieusement, Alison ne le prenait pas au sérieux ; elle soupira et posa sa tête sur son épaule, puis ferma les yeux. Combien de fois avait-elle imaginé une existence entièrement différente : ce serait une vie d’intello ; elle aurait une piaule et un vélo, elle pédalerait dans les rues pleines de feuilles mortes jusqu’à une université cotée où elle parlerait avec un professeur de Jane Austen, de Shakespeare ou de Milton. Elle dînerait avec ses camarades et ferait griller du pain à l’aide d’une longue pique dans une vraie cheminée.

“Bon, dit Peter. J’ai un plan d’évasion pour toi. Je prépare ça depuis quelque temps.”

Elle sourit. “Ah ouais ? Une échelle de corde suspendue à la fenêtre de ma chambre ?

— Je rigole pas, Alison. Je suis coincé ici, c’est mon destin, mais pas toi, tu es faite pour devenir quelqu’un, la nature en a décidé ainsi.

— Je pourrais jamais t’abandonner.” Elle n’avait toujours pas compris qu’il pensait ce qu’il disait. “On fait équipe.

— Je suis un désastre ambulant, Alison. Ma vie est en bordel. La tienne non, pas encore. Mais si tu restes dans les parages, ça va déteindre, tu vas couler. Je veux pas voir ça, alors du balai, va-t’en, traverse la Manche, va où tu veux. Mets de l’eau entre Sheffield et toi. Ne te retourne pas.”

Elle se décala un peu sur le côté pour mieux le regarder, pour voir sur son visage s'il était sérieux. C'était tellement bizarre, tellement étrange, cette proposition, mais Peter lui dit : "Vas-y", et il avait l'air sérieux, inébranlable même. Le portrait craché de Geoff Connor, disait-on ; celui qui s'était fait la malle, l'architecte – par son absence spectaculaire – de leur malheur. Apparemment, Peter avait les mêmes cheveux – blond foncé, naturellement ondulés – et le même nez aquilin, noble. Si Peter portait un costume pour travailler, des chaussures Oxford noires, et s'il se rasait plus souvent et se coupait les cheveux, on le prendrait pour un député ou un avocat. Mais il n'avait jamais eu l'occasion de rayonner ; il avait quitté l'école à seize ans, et il avait nourri et habillé sa famille avec sa paye de l'aciérie, un endroit qu'il avait toujours haï, jusqu'à sa rencontre avec Toddy, le moment où la vie lui avait souri. Alison savait ce qu'elle lui devait, au plus profond d'elle. Elle comprenait aussi que la disparition de leur père avait été beaucoup plus dure pour Peter, qui avait six ans à l'époque, assez âgé pour garder des souvenirs brisés, éparpillés, et pour ressentir la morsure perpétuelle de l'abandon. Geoff n'était jamais revenu. Il n'avait jamais pris de nouvelles de ses enfants, n'était jamais venu les voir, ne leur avait jamais écrit, n'avait jamais envoyé un cadeau de Noël, une carte d'anniversaire, un œuf en chocolat à Pâques. Pour eux, c'était comme s'il était mort, et Alison ne s'en souciait pas. Mais Peter si. Peter avait eu un papa, avant de le perdre. Et ensuite, comme Peter était le type le plus respectable de la terre, il avait rempli les blancs laissés par Geoff dans leurs vies, si bien qu'à six, sept, huit ans, Catherine pouvait entièrement compter sur lui pour qu'Alison survive. Et c'est encore ce qu'il était en train de faire à présent : enfin… ce qu'il tentait de faire, parce que ça ne prenait pas, sur Alison.

"J'ai faim", lui dit-elle. Elle n'avait rien avalé de la journée. "Viens me tenir compagnie."

Elle se leva et lui tendit une main, mais il se mit sur ses pieds sans son aide. Les marques sur son cou étaient atrocement rouges, et Alison voyait les bleus apparaître aussi, une teinte violacée, bleuâtre, tout en haut du cou, là où le cordon l'avait le plus serré. Le jour où Peter avait fait une tentative de suicide avant de changer d'avis ; le jour où il avait failli mourir. Mais il y aurait un lendemain, et un autre, et encore un autre, et ensemble ils s'en sortiraient.

Elle fit réchauffer de la soupe à la tomate et prépara des toasts de sardine avec, et Peter la regarda mais ne mangea rien. Il était assez calme et réfléchi, malgré tout, et il lui dit que ça faisait un certain temps qu'il préparait son évasion, en mettant de l'argent de côté chaque semaine, et il lui avait fait faire un passeport il y a trois ans, elle s'en souvenait ? Elle n'était pas très chaude, à l'époque, elle avait demandé à quoi ça allait bien pouvoir servir, mais elle avait fini par signer le formulaire qu'il avait rempli à sa place et par aller faire des photos d'identité dans un photomaton de Woolworths. Alison dit : "Oh mon Dieu, c'est vrai. J'avais complètement oublié. Tu avais envoyé le dossier, au final ?"

Il acquiesça. "Oui, et il est bien arrivé ici. Et là il attend dans une petite boîte en métal où j'ai ajouté mes économies. Y a pas loin de cent quarante livres."

Elle resta bouche bée. Cent quarante livres ! Elle travaillait au supermarché et ses économies à elle, à côté, c'était que dalle. De temps en temps il lui arrivait de payer l'essence ou une facture d'électricité avec son salaire, mais le plus souvent elle le dépensait en musique ou – moins souvent – en vêtements.

— C'est pour que tu puisses partir en cas de nécessité, ajouta-t-il. Et j'aimerais que tu partes maintenant.

— Mais, Peter, il ne me reste plus qu'une année de lycée. Et mon diplôme ?

— Plus tard. Ou jamais."

Elle le regarda de travers. Ce qu'il disait n'avait aucun sens. C'était juste la panique qui parlait, en réaction aux dernières quarante-huit heures. Anglais, français, histoire : c'étaient ses matières fortes, et elle avait la ferme intention de les choisir et d'aller à l'université.

"C'est dans le tiroir du haut, dit-il.

— Quoi donc ?

— Ta boîte. Dans ma chambre, tiroir du haut, tout en dessous. J'aurais dû te le dire avant."

Elle baissa les yeux sur sa soupe. Avant qu'il essaie de se pendre, c'est ce qu'il voulait dire. Comme si elle aurait été capable d'aller où que ce soit, le sachant mort. Comme si elle aurait été capable de continuer à fonctionner. Elle mangea, remplissant son estomac comme un robot, un peu comme on remplit de charbon un moteur ou comme on fait le plein de sa voiture, et elle l'écouta lui parler de sa voix momentanément étranglée, un chuchotement râpeux, sans fin – elle aurait voulu qu'il se taise.

Il lui répéta qu'elle devait partir, il lui dit qu'il avait le pressentiment que le pire était devant eux : Catherine, c'était sans espoir, et Martin Baxter, ce putain de psychopathe, il avait accès à la maison comme il voulait. Il lui dit qu'elle devait éviter Martin, il était dingue, et que si elle voulait à tout prix avoir son diplôme, elle ferait bien d'emménager chez Daniel Lawrence et d'essayer de se protéger comme ça.

Elle écouta et ne répondit pas. Elle se disait qu'il était devenu fou. Il fut un temps où Alison appliquait les conseils de son frère à la lettre parce qu'en général il avait raison. Mais là il déraillait, il s'en rendrait compte dans un jour ou deux et, quoi qu'il en dise, elle n'irait nulle part pour les douze mois à venir au moins. Il pourrait lui donner la cagnotte l'année prochaine à la même période ou bien la dépenser. Dans un cas comme dans l'autre, en septembre de l'année suivante, elle aurait fichu le camp.

Peter sortit, en disant qu'il en avait environ pour une heure, mais il ne précisa pas où il allait et Alison ne demanda pas. Probablement chez Toddy. En tout cas c'est ce qu'elle espérait, elle espérait que Peter pouvait compter sur lui pour l'aider dans les semaines et les mois à venir. Elle fit la vaisselle puis alla chercher dans le salon le tas de photos resté sur le manteau de cheminée, et les brûla une à une, les laissant tomber dans un seau en métal où elles se recroquevillèrent et rétrécirent jusqu'à ce qu'il n'en reste que des résidus noirs inoffensifs. Bien sûr, Martin avait les négatifs, mais – à part s'il prévoyait d'essayer de les vendre au *Sheffield Telegraph* – il ne pouvait pas tellement faire plus de mal avec.

Comme la cuisine empestait la fumée âcre, elle monta dans sa chambre et s'allongea sur son lit. Elle se sentait mieux maintenant qu'elle avait mangé, mais elle était épuisée, exténuée. Elle pensa à Daniel au Mayflower Club, ouvrant le concert, faisant la première partie, partageant l'affiche avec Joy Division et The Fall, et elle regretta de ne pas y être, elle aurait voulu être la fille du groupe, et chanter avec Steve Levitt, le bad boy. Bon, pensa-t-elle, ce n'était que partie remise ; elle en était certaine : elle se ferait pardonner.

Elle tendit la main pour allumer la radio, et si elle ne l'avait pas fait, elle aurait entendu Martin pénétrer dans la maison. Donna Summer remplissait la pièce avec "Bad Girls" – toot-toot, beep-beep –, ça ne collait pas vraiment à l'humeur d'Alison mais bon, fallait pas faire la fine bouche en allumant Radio 1 un samedi soir. Elle était sur son lit, les yeux fermés, s'enfonçant peu à peu dans le sommeil, quand il entra dans sa chambre, et elle ne l'entendit même pas à ce moment-là parce qu'il était sobre et avait pris la précaution de retirer ses bottes en bas de l'escalier. Puis elle sentit une présence, quelque chose de malveillant dans la pièce, et elle ouvrit les yeux, mais c'était trop tard et tout ce qui se déroula après se passa à une vitesse effrayante, incontrôlable, le pire des cauchemars, un film d'horreur. Il s'était jeté sur elle, monstrueux, rempli de haine, et il la tira par les cheveux pour la faire descendre du lit, la bâillonna avec un foulard qu'il avait apporté exprès, déchira sa robe, sa culotte, son soutien-gorge, s'en prenant à elle silencieusement, avec détermination. Il ne prononça pas un mot mais elle hurla pour ameuter tout le voisinage avant que le bâillon ne vienne faire taire sa fureur, alors elle se battit comme un lynx, à coups de griffes et de pieds, mais elle était légère et lui une brute épaisse, et il la plaqua au sol, l'écrasant pour la soumettre, une main autour de sa gorge, l'autre agrippée à ses cheveux, et dans cette position il pouvait à loisir s'enfoncer en elle en la traitant de pute-salope-pute-salope, au rythme régulier de sa violence. Il prit tout son temps, pour qu'elle prenne la mesure de la haine profonde qu'il lui portait et de son impuissance à elle. Quand il eut terminé, il ponctua le tout d'un rire. Avant de se lever, de remonter sa braguette et de la toucher du pied, d'abord sur son flanc puis sur son ventre, comme si elle venait de s'échouer sur une plage et qu'il n'était pas trop sûr de ce qu'il venait de trouver. Puis il la regarda d'un œil noir et lui cracha au visage, pour qu'elle n'oublie jamais son péché, après quoi il ficha le camp. Tout ceci dura moins de dix minutes, et Peter rentra à la maison comme il l'avait dit, trente minutes après le départ de Martin Baxter.

À cette heure, cependant, Alison était partie. Elle ne s'était pas autorisée à se recroqueviller pour pleurer et s'apitoyer sur son sort ; tout était derrière elle maintenant. Elle s'était lavée, habillée et avait fourré sa robe en lambeaux au fond de la poubelle de la cuisine. Puis elle avait laissé un mot à Peter, juste un gribouillis, sans mentionner Martin ni ce qu'il avait fait : ça aurait été le début d'une succession d'événements et ça aurait donné plus de poids et de substance à cet acte odieux, ça l'aurait rendu plus difficile à oublier. Elle se refusait à tirer qui que ce soit vers le bas, et surtout pas son frère, donc elle se contenta d'écrire ceci : "Cher Peter, tu avais raison, je ne peux pas rester ici, bisous, Alison", puis elle entassa quelques affaires dans sa besace : le passeport, l'argent, la cassette, sa seule cassette de Daniel, *The Best Last Two*.

Elle ne laissa rien à son intention – pas le temps, et trop à dire. Elle lui écrirait quand elle pourrait. Elle lui écrirait, et il viendrait la voir, et ils n'auraient plus jamais à se séparer.

20

ÉDIMBOURG,
24 JANVIER 2013

À la gare d'Édimbourg-Waverley, Katelin s'attarda un peu plus que d'habitude en serrant Dan dans ses bras pour lui dire au revoir, elle lui dit qu'elle se sentait soudain flancher à l'idée d'être si loin de chez eux, et il lui répondit qu'un grand gin tonic dans le train l'aiderait à reprendre le dessus, mais ça ne la fit pas sourire.

"Sérieux, insista-t-elle. Je crois que je vais avoir le mal du pays."

Il la tenait à distance et la regarda dans les yeux tandis qu'elle attendait d'être rassurée. "Mais non, Katelin, je te jure que non. D'abord tu vas être avec Rose-Ann, et puis vous allez faire et voir tellement de choses que tu n'auras pas le temps de te morfondre en pensant à Stockbridge sous la pluie.

— Je vais te manquer ?" demanda-t-elle, et il aurait préféré qu'elle s'abstienne parce qu'il pouvait difficilement dire non et il détestait qu'on le manipule. Il répondit : "Je veux !" parce que c'était plus simple et plus gentil. "Mais moi, ajouta-t-il aussi sec, je ne vais pas te manquer, tu vas t'éclater."

Elle souriait maintenant, et elle fit quelques pas en arrière. Un peu plus loin sur le quai, Duncan et Rose-Ann étaient en intense conversation. Katelin les observa un moment puis elle dit : "Garde un œil sur lui pour elle, OK ?" et le sourire de Dan s'éteignit instantanément, il lui répondit : "Ah, me demande pas ça, Katelin.

— Non, mais il est en admiration devant toi.

— Je ne suis pas sa baby-sitter.

— Non, je sais, mais il t'écoute, tu le sais bien.

— Rose-Ann n'a aucune raison de s'inquiéter, dit Dan. Duncan n'a pas vu ni parlé à Lindsay depuis avant Noël, elle ne veut pas de lui, et il n'a pas besoin d'elle.

— OK OK, dit Katelin.

— Monte dans ce train et ne regarde pas en arrière. Profite de ces quelques semaines, rends-les inoubliables." Et il pensait ce qu'il disait, il voulait vraiment qu'elle vive des choses exceptionnelles, il voulait que ce voyage soit un grand moment de sa vie, mais il savait aussi qu'il essayait de masquer un profond malaise : qu'on lui demande de garder Duncan dans le droit chemin était le comble de l'ironie.

Et Dieu sait qu'il n'était pas l'homme de la situation. Dans les semaines puis les jours précédant le départ de Katelin, à mesure que les sentiments et les événements d'une autre vie gagnaient du terrain, il avait commencé à perdre ses repères, tandis que Katelin, de son côté – et on ne pouvait certainement pas le lui reprocher –, continuait allègrement à vivre dans leur présent. Il n'attendait plus qu'une chose, maintenant : qu'elle parte. La veille, ça avait été une vraie pagaille chez eux, un tourbillon de préparatifs, enrobé d'une légère panique, et il avait fallu en passer par les multiples étapes de ses bagages à faire et par tous les détails et documents relatifs à son départ imminent, le choix de la valise, du bagage cabine, les piles de fringues pour quand il fait beau, pour les soirées fraîches, pour les jours de pluie. Il avait fait de son mieux, essayé de l'aider, retrouvé des adaptateurs de prises pour les États-Unis, et puis Alison lui avait envoyé une chanson des Arctic Monkeys, "Do I Wanna Know ?", et c'était parti, le voilà qui s'engouffrait dans le tunnel du temps jusqu'à Nether Edge en 1979 – bon, en fait, il s'était d'abord dit "merde", parce que bien sûr c'est lui qui aurait dû penser à lui envoyer ce morceau –, il entendait ses propres pensées lui revenir à travers les paroles chantées par Alex Turner, avec l'accent de Sheffield, même. Après ça, il avait dû se traîner pour revenir à Stockbridge et aux affaires qui les occupaient, et Katelin lui avait fait ce regard – celui qui disait : je vois bien que tu n'es plus là – jusqu'à ce qu'il se réveille de son passé et lui donne cent pour cent de son attention en ce jour si particulier, la veille du grand départ.

Donc il se sentait un peu merdeux, mais tout ce qu'il arrivait à comprendre, c'était qu'il lui fallait trouver une issue, et il la voyait ; pour sa santé mentale, pour tout ce qui était resté sans réponse, les questions tourmentées du passé, il allait utiliser l'absence prolongée de Katelin pour retrouver Alison Connor, il se tiendrait face à elle, et il verrait bien ce qui se passerait ensuite. Il embrassa Katelin, sa chère compagne, à qui il souhaitait tout le bonheur possible. Puis, le train s'éloignant, ses pensées rebelles, incontrôlables, revinrent directement à Alison, à la façon dont son visage se nichait toujours dans son cou quand ils s'étreignaient, et elle le respirait comme si elle avait besoin de lui pour rester en vie. Il était davantage marqué par le souvenir de la présence physique d'Alison que par celle de Katelin qui était là, près de lui, encore quelques instants plus tôt. Alison Connor était intangible et pourtant concrète, irréelle et pourtant hyper réelle, tout ça à la fois. Un vertige, un sacré grand vertige ; il n'avait jamais rien ressenti de semblable.

Le train parti, les deux hommes remontèrent les marches jusqu'à Waverley Bridge, et l'idée de se confier à son ami, comme il aurait dû le faire, de lui parler de son amour perdu et retrouvé à Adélaïde, traversa l'esprit de Dan. Mais en toute honnêteté, il n'en avait aucune envie, et puis rien de plus facile que de repousser cette conversation à plus tard dans la mesure où Duncan n'arrêtait pas de déblatérer à propos des artistes auxquels il pensait pour le label musical influent qu'il croyait être en train de fonder avec Dan. Dan était contre – il était trop occupé, Duncan trop idéaliste, et le marché déjà complètement saturé – mais il n'avait encore rien dit à Duncan, parce que son ami débordait tellement d'énergie et de verve qu'il n'avait pas le cœur à le lui dire. Duncan avait une liste de trois candidats potentiels : Willie Dundas, le pêcheur d'Anstruther ; un groupe du nom de Truth Bites Back, une équipe solide composée de quatre types originaires de Leith qui devaient tout – leur look, les paroles de leurs chansons, leurs riffs et leur rythme – à Aztec Camera ; et enfin un duo intéressant de jumelles venues de Largs, Katriona et Jeanie McBride, qui faisaient d'étranges harmonies sur des chansons à propos de drogue, de sexe, de déclin urbain, avec une attitude ouvertement dédaigneuse qui les rendait bizarrement très convaincantes. Dans le book imaginaire de Duncan, c'étaient elles les plus bankable, et de loin, Dan l'avait su le soir où il les avait entendues pour la première fois, traîné par son pote dans une petite salle quasi vide de Paisley Union. Silhouettes élancées presque décharnées, grands yeux plantés sur des visages pâles, tresses négligées, piercings dans le nez, les sourcils, les lèvres – partout sauf sur les lobes des oreilles. Elles portaient toutes les deux leur guitare très bas et devaient donc se voûter pour jouer, leurs épaules toutes maigres en avant. Katriona avait bâillé au micro à un moment donné, mais le bâillement s'était fondu dans les paroles de la chanson, donc pas impossible que ç'ait été voulu. Elles étaient languides, laconiques, futées et, mises entre de bonnes mains, les McBride pourraient faire un carton. Elles se faisaient appeler Jeanie and the Kat, encore une étincelle de génie.

Mais quoi qu'il en soit, il y avait déjà des éditeurs de musique et des impresarios dans la place, avec une grosse puissance de frappe et absolument tout ce qu'il fallait pour propulser cet audacieux duo de musiciennes malignes et bourrées de talent au rang de superstars, alors il y avait un gouffre à imaginer Duncan parvenant à s'ériger en concurrent du jour au lendemain, quand bien même il pouvait déjà se targuer de les avoir découvertes. Après tout, on parlait de ce bon vieux naze de Duncan Lomax, le gars qui passait ses journées à mettre de la musique dans son magasin de disques, à souffler sur le saphir pour enlever les poussières qui se déposaient dessus, et à boire le café avec les clients qui lui achèteraient – ou pas, bien souvent – un disque. Pendant toutes ces années à la tête de ce magasin, il n'avait pas pris la peine de se créer un site internet ni de mettre son stock en ligne, si bien que quelqu'un à la recherche… disons d'un vieux Status Quo ou d'une édition spéciale de *Sound and Vision* en vinyle blanc devait faire le voyage jusqu'à Édimbourg, parler à Duncan et patienter dans l'espoir que celui-ci le repêche dans un des casiers potentiels. Pour Dan, c'était un peu comme s'ils étaient déjà méga en retard à la soirée et qu'en plus ils n'avaient pas le matos, et le meilleur conseil qu'ils pouvaient donner aux sœurs McBride, c'était de signer avec un label existant, créer le buzz, se faire un nom sur le web et croiser les doigts pour percer.

Le magasin de Duncan était tout au bout de Jeffrey Street et même si c'est par là qu'il aurait dû se diriger, et même s'il était bien trop tôt pour un verre, il avait fait des pieds et des mains pour qu'ils s'arrêtent dans un nouveau bar à bières artisanales, style industriel chic, avec briques apparentes, échafaudage à l'intérieur et traverses de chemin de fer empilées en guise de bancs. Ils avaient commandé deux bières allemandes au malt de blé à un jeune barbu hypra sérieux en long tablier de brasseur, et c'est là que Dan se jeta à l'eau : "Écoute, vieux, ce que je pense c'est que c'est voué à l'échec", et le sourire de Duncan se transforma en désarroi.

"Quoi ? demanda-t-il, son verre de bière suspendu à mi-chemin entre la table et sa bouche.

— On n'a pas les compétences, mon vieux. Ni le temps. En tout cas pas moi."

Duncan, le regard blessé, semblait face à la pire déconvenue de sa vie.

"T'as regardé un peu en ligne ? reprit Dan. T'as vu un peu tout ce qui existe déjà pour les nouveaux artistes ? Ils n'ont plus besoin qu'un label les repère, il y a des tonnes de boîtes qu'ils peuvent contacter pour signer un contrat, toucher des droits, empocher de l'argent pour des vues sur YouTube, la gestion de leurs performances live, sans condition, pas de relation, et hop, bonjour le succès.

— Et donc ? On pourrait faire ça, toi et moi.

— Non.

— Oh, allez mec, on est des vrais, nous, on vit et on respire dans ce monde.

— Aimer la musique ça ne suffit pas, Dunc, il y a toute la paperasse aussi, et faut être un minimum calé niveau technique.

— Mais mes poulains ont signé chez personne.

— Non, je sais.

— Donc on crée une boîte pour les représenter et on se lance comme ça."

Dan soupira. Katelin avait raison, à propos de l'admiration que Duncan lui vouait et, vrai aussi, ça revenait parfois à parler à un gamin ; Dan n'aurait jamais dû l'encourager au départ. Enfin, il n'était pas sûr de l'avoir encouragé à proprement parler, c'était plutôt qu'il ne l'avait pas découragé, ce qui revenait au même avec Duncan.

"Je peux pas m'embringuer dans ce truc maintenant, dit Dan. Ça demanderait d'être à cent pour cent.

— Mais t'es à fond sur quoi en ce moment ?
— Les trucs habituels, et peut-être un contrat pour un bouquin – je vois un éditeur la semaine prochaine – et j'ai répondu oui à l'offre de 6 Music, la nouvelle table ronde, tu sais – je t'en ai parlé ? Bon sang, Duncan. J'ai pas à me justifier.
— Écoute, dit Duncan. On se donne juste un an et on voit ce que ça donne ? Ces gamines, elles sont dingues."
Dan opina. "Oui, oui, certes. Elles ont besoin d'un agent.
— Donc ?"
Dan secoua la tête. "Tu y vas. Et moi je te regarde.
— Tu vas finir célèbre pour avoir refusé Jeanie and the Kat.
— Je vais devoir prendre ce risque", répliqua Dan. Mais il savait ce que Duncan allait se dire : que si Dan n'y allait pas, c'est que c'était peut-être pas une si bonne idée que ça. Duncan était convaincu que Dan savait exactement ce qu'il faisait, jamais un faux pas, que des bonnes décisions qui lui évitaient de se mettre dans la mouise.
Il devrait vraiment lui parler d'Ali Connor, se disait Dan. Il faillit le faire, prit son inspiration avant de parler et, au tout dernier moment, se ravisa.

Une fois rentré chez lui, McCulloch lui fit la fête comme pas possible, comme s'il avait cru qu'il allait rester seul pour toujours. Il se faufila en gémissant entre les jambes de Dan pour décrire un huit, et Dan se baissa pour gratouiller les oreilles du petit chien avant de se redresser et de dire : "C'est comme ça", et McCulloch, qui comprenait parfaitement les règles, se calma illico pour suivre tranquillement son maître comme une ombre.
"On est rien que tous les deux maintenant", lui dit Dan. Dans la cuisine, il alluma la cafetière et la radio, quitta Radio 4, la station préférée de Katelin où des gens parlaient en continu, pour se brancher avec plaisir sur 6 Music. Huey Morgan s'invita immédiatement dans la pièce, et sa voix typique du Lower East Side ramena instantanément Dan dans ce club en sous-sol de St Mark's Place, au milieu des années 1990, scène minuscule, super musique, sol poisseux, lumières rouges tamisées, une longue soirée festive avec les Fun Lovin' Criminals. Bon sang, ils s'étaient sacrément mis la tête ce soir-là. Chaque fois

qu'il entendait Huey à la radio, il sentait l'odeur des donuts, et pourtant il ne se souvenait pas d'en avoir mangé. La théorie de la madeleine de Proust qui déraille.

Il se servit un café et monta dans son bureau, le vaillant McCulloch sur les talons, à bout de souffle – dans une maison emplie d'un silence nouveau et bien appréciable. En haut, le chien se coucha sur sa couverture tandis que Dan allumait son Mac et ouvrait Twitter pour aller voir sur @AliConnorWriter si elle avait écrit quelque chose, mais rien, comme souvent il faut bien l'avouer. Il avait l'impression qu'elle était présente sur ce grand cirque de réseau social uniquement parce que son attachée de presse ou son éditeur avait insisté pour qu'elle y soit, mais le cœur n'y était pas. Son dernier tweet remontait à deux semaines, à propos d'une jeune chanteuse à Adélaïde, et Dan avait tapé son nom sur Google – Tahnee Jackson, il adorait ce nom, elle pouvait décrocher un contrat rien que sur ce nom, mais ce n'était pas tout, elle chantait comme un oiseau, elle était belle, exotique, différente.

Il cliqua sur l'icône "Messages" et parcourut rapidement le fil de leur conversation musicale, quatorze chansons jusque-là, très peu dans l'absolu, et pourtant voilà où elles l'avaient mené : directement vers Alison, qui était devenue sa première pensée au réveil. Où elle était, comment elle allait, qui elle était – telles étaient ses obsessions. Il avait mis de côté pour elle un morceau de Richard Hawley, un mec de Sheffield qui chantait l'amour nostalgique toujours ardent, pile-poil ce qu'il fallait. Il envoya "Open Up Your Door" en espérant qu'elle ferait le lien, parce que tous les albums de ce type étaient un hommage à leur ville, et sa musique était magnifique, sa voix vous faisait fondre. Puis il se dit : Très bien, OK, les vols pour Adélaïde, mais quelque chose dans ce silence le retenait, parce que, eh bien… entre l'idée lumineuse et la dure réalité, il y avait un pas de géant, et même s'il était persuadé qu'il irait – sans le lui dire, pour qu'elle n'ait pas l'opportunité de s'enfuir –, il avait besoin d'y réfléchir sérieusement : la distance, la déception, ses chances de réussite, et le vaste abysse béant, inconnaissable qu'était le futur.

Puis son téléphone sonna, l'écran afficha le nom du correspondant, Terri Nichols, une journaliste musicale et, par une coïncidence étonnante, précisément celle qui avait autrefois envoyé Dan dans l'East Village pour aller se bourrer la gueule avec Huey.

"Incroyable ! lança Dan en décrochant.

— Oh, merci, chéri, répondit Terri dans un éclat de rire.

— J'étais justement en train d'écouter le concert de Huey à la radio, et je repensais à cette escapade.

— Comme on dit, si tu t'en souviens, c'est que t'y étais sûrement pas.

— Tu t'en souviens, toi ?

— Juste des bribes de trucs complètement irréels, pris au hasard. Mais attends, je t'ai pas appelé pour évoquer des souvenirs. Tu es occupé comment en ce moment ?

— Ça dépend.

— Hmm, plutôt évasif…

— Je dis juste que je suis assez occupé, mais dis-moi ce que t'as ?

— Alors c'est pas gagné, c'est vraiment à la dernière minute et tu vas sans doute me dire que c'est pas ton truc…

— Si tu penses que c'est pas mon truc, Terri, c'est que ce sera le cas.

— Dan ! Écoute-moi au moins jusqu'au bout !

— OK, vas-y.

— On a signé quelques DJ, et ils vont tous se produire dans la même soirée à…

— Non, il est hors de question que je couvre une rave pour toi, les gens en transe le regard vide, tout ce bordel, non.

— Non, Dan, c'est pas une rave des années 1990, c'est un festival de musique électronique, et ces mecs sont des artistes costauds qui vendent des disques."

Dan soupira, ouvrit nonchalamment sa boîte mail sur son ordi portable. "Non, Terri. Allez, demande ça à un petit jeunot de vingt piges."

Mais Terri Nichols était très forte. "Eh ben tu vois, c'est exactement ce que je ne veux pas, dit-elle. Je ne veux pas d'un gamin pour qui la musique commence avec les Spice Girls. Je te veux toi, avec tout ton bagage musical, tout ce que tu as entendu, pour que tu puisses les écouter et expliquer leur génie créateur à tout le monde."

Dan grogna. “Oh, c’est pas vrai…
— Honnêtement, Dan, il y a une œuvre derrière. Ces artistes bossent aussi dur qu’un groupe de rock à l’ancienne. Ils partent en tournée, exactement pareil, ils vont au charbon. Sans compter les performances extra qu’ils font dans le quartier culturel de West Kowloon.
— Quoi ? C’est où, ça ? Je croyais que c’était ici, au Royaume-Uni ?”
Elle rigola. “Non, non, c’est à Hong Kong.
— Hong Kong ?
— Ouep, Hong Kong, Kowloon.”
Il resta silencieux un moment.
“Dan, tu es toujours là ?”
Il répondit : “Ouais, ouais, continue, je t’écoute”, et tandis qu’elle parlait, il laissa son esprit se ruer vers un tout autre trajet. Hong Kong-Adélaïde. Il pensait : Ce serait quoi, l’affaire de huit heures, neuf tout au plus ? Un saut de puce, à l’échelle mondiale. Terri Nichols était donc en train de lui offrir un vol long-courrier gratis, lui donnant ainsi un alibi presque parfait pour soulager sa conscience. C’était le destin, se disait-il. Un cadeau d’anniversaire en avance de la part de son petit dieu à lui. Dingue, putain.
“Oui, la coupa-t-il en plein milieu. Oui, je vais le faire.”
La voix de Terri s’arrêta net puis elle éclata de rire. “Ah, génial. Mais tu ne sais pas encore quand c’est.
— C’est quand ?
— Le week-end prochain. Tu prendrais l’avion le mercredi 30.”
Ses pensées virevoltèrent rapidement : le rendez-vous avec l’éditeur, le déjeuner avec son agent, son job chez 6 Music le jeudi matin avec Lauren Laverne, ses engagements pour le livre qu’il était censé écrire, et pourtant aucune d’entre elles ne faisait le poids face à l’incroyable tournure des événements. C’était absolument dingue qu’une chose pareille soit arrivée, que Terri ait téléphoné pour lui faire cette proposition pile ce jour-là. C’était parfait. Ça devait se passer comme ça.
“Super, conclut-il. Aucun problème. Merci, Terri, envoie-moi les détails par mail”, sur ce il raccrocha et partit d’un grand éclat de rire qui réveilla le chien, lequel lança à Dan un regard plein de reproches.

“Désolé, mon pote, dit-il à McCulloch. Tu vas pas aimer ce qui suit.”

Bien sûr, il fallait régler le problème du chien. Dan serait absent dix jours et il ne pouvait pas demander à la vieille Bridie – qui habitait juste à côté et ouvrait la porte de derrière à McCulloch quand il était coincé dans la maison – de le nourrir, le sortir et lui tenir compagnie pour une période aussi longue. Ou alors il pouvait le lui demander mais elle n'accepterait jamais, pas avec ses quatre chats et sa colonie d'orchidées qui réclamait ses soins. Avant, ses parents l'auraient pris sans problème mais plus maintenant, dans l'état où se trouvait Bill. Il ne pouvait pas demander ça à Duncan, autrement McCulloch mourrait certainement de négligence. Il faillit demander à Terri Nichols, elle lui était si reconnaissante d'accepter ce concert, et ne se doutait pas, mais alors absolument pas, qu'elle venait de verbaliser et de rendre possible son désir le plus cher avant même qu'il en ait eu lui-même l'idée. C'était si scandaleux, téméraire, et à la fois totalement légitime. Elle avait prolongé son voyage sans sourciller – ce serait dommage de faire tout ce chemin et de pas en profiter un peu, dit-elle – et ce délai donnait à Dan la liberté de prendre un vol Hong Kong-Adélaïde avant de revenir pour son vol retour. S'il s'avérait qu'Alison n'était pas là, eh bien… Non, se dit-il ; elle devait être là. Elle *serait* là.

De toute façon, il n'avait pas à demander à Terri de garder le chien, car ce cher Jim sur son *Veronica Ann* venait soudain de lui apparaître : ce bon vieux Jim, solitaire. Il avait fait la connaissance de McCulloch une fois, il y a peut-être dix ans de ça, quand Dan et Alex étaient allés passer un week-end à Londres pour assister au match des Wednesday contre Crystal Palace, mais que Katelin leur avait demandé de prendre le chien avec eux. Ils l'avaient laissé toute une journée avec Jim et lorsqu'ils étaient rentrés de Selhurst Park, McCulloch était installé à la proue de la péniche avec un bandana bleu autour du cou. “La mascotte du bateau, avait lancé Jim. Un super petit gars. Amène-le-moi quand tu veux, Dan, quand tu veux.”

Donc après toutes ces années, Dan avait pris Jim au mot et avait évidemment fait un heureux. “Extra, disait-il en boucle. Extra. Je vais avoir un super compagnon. On va s'entendre à merveille, lui et moi." Et le lendemain, Jim, tenant le chien en laisse, faisait au revoir à Dan, et McCulloch le regardait partir avec ce regard de chien dévoué qu'il avait gardé jusqu'au tout dernier moment, celui où son maître adoré avait disparu. Dan sentait les yeux du chien dans son dos, il les avait sentis tout le long du chemin de halage qui le menait à Warwick Avenue.

À Heathrow, il laissa un message vocal à Alex pour le prévenir de son absence, même s'il y avait des chances que ça lui passe complètement au-dessus, vu le rythme effréné de sa vie à Cambridge : le boulot, les filles, les concerts. Mais c'était quand même chouette d'entendre sa voix enregistrée ; elle le rendait très présent à l'esprit de Dan, qui revoyait les yeux marron brillant d'intelligence de son fils, son sourire enjôleur, ses cheveux bruns hirsutes. Ils se ressemblaient tellement : son teint, sa taille, son sens de l'humour, son amour inconditionnel pour les Wednesday – il tenait tout ça de son père. S'il y avait eu un autre bébé, il aurait ressemblé à Katelin, Dan en était certain, un petit Celte à la peau blanche et aux cheveux roux. Mais elle n'avait voulu qu'un enfant, et il fallait bien qu'il lui laisse la décision finale ; les années passant, l'autre enfant s'était mis à lui manquer, parfois les deux autres, et dans ces moments-là, il se demandait qui ils auraient bien pu être.

Il n'avait aucun bagage à faire enregistrer, il voyageait léger et toujours avec le même fourre-tout en toile qui l'avait suivi partout, avait tout vu. Son billet en business class lui ouvrit les portes d'un vaste espace lounge très chic fourni en journaux gratuits, en-cas, vin, bière, mais il était plutôt d'humeur contemplative et s'installa simplement dans un fauteuil en cuir donnant sur le tarmac, où le personnel au sol chargeait les bagages dans le ventre de l'avion qu'il prendrait bientôt. Il repensa à cet acte de foi qu'il s'apprêtait à faire et réfléchit aux limites de ses propres certitudes. Il fallait qu'il voie Alison Connor, les sentiments qu'elle avait provoqués en lui étaient solides, il le savait, et pourtant, au-delà de ça, il ne savait pas dire précisément ce qu'il voulait, ni comment tout ça tournerait. Il savait qu'il agissait de façon égoïste, en la poursuivant ainsi à travers les années perdues dans le but de la revoir et de découvrir si une telle personne, dont le corps et l'esprit épousaient si parfaitement les siens, pouvait exister ou non. Mais il fallait qu'il y réfléchisse bien. Oui, c'était une trahison, mais de tous les choix possibles, grands ou petits, qui avaient participé à la construction de sa vie jusque-là, aucun ne lui semblait aussi impérieux que celui de prendre un vol Hong Kong-Adélaïde pour aller retrouver Alison.

Il consulta son téléphone. Les détails envoyés par Terri à propos des DJ qu'il allait voir. Un rendez-vous reprogrammé avec son éditeur. La confirmation de 6 Music que son nouveau boulot ne commencerait qu'à son retour. Et une chanson de la part d'Ali Connor. Il ouvrit le lien et contempla ce cadeau, ce geste franc et généreux, et il ressentit une décharge d'amour à l'état pur pour elle, pour lui avoir envoyé les Pretenders, et de toutes les chansons, celle-là précisément. "I Go To Sleep." De l'amour, du désir et des regrets aigus.

Il savait qu'elle serait là quand il arriverait à Adélaïde, il le savait comme il n'avait jamais rien su avec autant de certitude, il le sentait dans ses tripes. Il savait aussi qu'elle y était en ce moment même : qui pensait à lui en train de penser à elle.

21

ADÉLAÏDE,
3 FÉVRIER 2013

Michael avait invité des amis à dîner, des gens qu'Ali connaissait à peine : Moira Thiemann, une nouvelle pédiatre senior de l'hôpital et son mari Greg Golding, qui avait un poste haut placé à l'Autorité de protection de l'environnement. Pour éviter de se retrouver à quatre, Alison avait demandé à Cass de se joindre à eux et, comme Cass n'avait pas de petit ami en ce moment, elle avait aussi invité Tahnee Jackson ; comme ça, ça ferait un chiffre pair.

"Tahnee Jackson ? demanda Michael. C'est un peu passif-agressif."

Ali répondit : "Pourquoi ? Parce que ta mère va se retourner dans sa tombe ?

— Non, parce que ça t'emmerde que je n'approuve pas ton petit projet de philanthropie, que tu as l'intention de mener à bien quoi qu'il arrive.

— Michael, je ne l'ai pas invitée pour marquer un point, dit Ali en essayant de ne pas élever la voix. Je lui ai proposé de venir parce que c'est devenu une amie", mais Michael éclata de rire avant de lâcher un : "Oui, certainement." Là-dessus, Ali lui dit de changer de ton parce que ça commençait à être vraiment moche, et il rétorqua que, bon, il ne disait jamais ce qu'il fallait, alors merde.

C'est comme ça que les choses se passaient ces derniers temps avec Michael et la raison en était la suivante : Ali avait fait un don à un programme de soutien aux musiciens indigènes chapeauté par Arts South Australia, et elle avait aussi commencé à financer la carrière de Tahnee, tandis que Stella de son côté avait officiellement retiré sa candidature de l'Institut national d'art dramatique et prévoyait maintenant d'aller sillonner l'Europe pendant un an ; et à ces deux projets Michael s'était vigoureusement opposé. Il s'y était opposé avec passion et éloquence – mais s'était retrouvé face à la nouveauté de l'échec quand il n'avait finalement pas eu le dessus, ce qui était difficile pour lui parce qu'il n'avait pas l'habitude qu'on lui tienne tête ; il avait très peu d'expérience en la matière, dans l'ensemble. Stella lui avait donné du fil à retordre, ces dernières années, lorsque, à l'approche de ses quinze ans, elle, d'habitude si douce, s'était transformée en vraie rebelle, mais de la part d'Ali il n'avait jamais rencontré que de l'approbation, même si c'était parfois un peu mitigé. Toute leur vie commune, elle avait eu tendance à se plier à sa volonté, à céder devant sa vision des choses. Aujourd'hui, cependant, elle défendait ses positions, ses projets et ceux de Stella, elle donnait à leur plus jeune fille tout le soutien dont elle avait besoin – ce qui ne pesait pas non plus tant que ça, car Stella était réellement déterminée.

"Ah, papa… relax, je reposerai ma candidature, c'est tout, dit-elle à Michael avec insouciance. Ils me reprendront, s'ils m'aiment tant que ça. Ils m'aimeront encore plus quand j'aurai un peu de vécu derrière moi."

Elle allait bientôt partir en Italie, maintenant qu'elle s'était décidée à repousser l'école de théâtre, et de toute façon elle ne voulait plus voir personne à Adélaïde, pas même tomber sur une connaissance au centre commercial ou à la plage. Il devait y avoir une réunion annuelle en février, une fête somptueuse, très habillée, dans une maison perchée dans les collines, et son vœu le plus cher était d'avoir disparu de la circulation bien avant que les photos de la soirée arrivent sur Facebook. Ça n'avait aucun sens pour Michael, qui répétait avec une insistance futile que l'école de théâtre de Sydney – c'était sûr ! – l'éloignerait suffisamment de ses démons d'Adélaïde. Mais non, répondait Stella. Non. Elle voulait mettre des continents entre elle et sa bêtise ; elle voulait un hémisphère. Le garçon – celui qu'elle ne voulait pas nommer – s'était vanté de sa conquête de Victor Harbor, voilà ce que Stella avait raconté à Ali, pas moins. Il s'en était vanté et ça avait déclenché le tourbillon du scandale, la foire aux ragots, et pour finir l'odieuse pitié, tellement bizarre, pleine de jugements, d'une flopée de filles de dix-sept ans envers leur amie d'autrefois. "Je les déteste tous, dit Stella. Ils sont méchants, mesquins, et j'ai envie de repartir à zéro, comme si rien de tout ça n'était arrivé. Je veux les effacer tous.

— Tu peux le faire en étant à Sydney, chérie.

— Papa, non ! dit-elle. Combien de fois encore ? Je ne peux pas le faire de Sydney, j'ai besoin de fuir, j'ai besoin d'être dans un endroit complètement différent. Maman comprend, pas vrai, maman ?"

Ali acquiesça. "Totalement, dit-elle.

— Oh, comme c'est étonnant", fit Michael.

Ali et Stella le regardèrent et Ali ouvrit la bouche pour parler mais la sonnette retentit, c'était Moira et Greg, qui étaient là pour la première fois dans la maison des McCormack, tout sourire, des fleurs et du vin dans les bras, donc le sujet était clos.

Mais quelque chose avait cloché dès le début. D'abord, la sempiternelle difficulté à expliquer qui était Beatriz, car c'était toujours dur de trouver le bon ton pour la présenter à des nouveaux venus. Michael la jouait : "Et voici Beatriz, c'est elle la vraie boss ici", ce qui bizarrement donnait l'idée inverse : s'il y avait un boss, c'était probablement lui, et sûrement pas Beatriz. Ce que Ali préférait dire, c'était : "Voici Beatriz, elle vit avec nous ici", mais ça laissait planer le doute sur la raison de sa présence chez eux ; elle était locataire ? Ils l'avaient sauvée de la rue ? Ce soir-là, les questions ne restèrent suspendues qu'un instant entre les invités avant que Beatriz ne clarifie les choses d'elle-même en une tirade alambiquée qui disait en substance qu'elle était un rouage essentiel de la maison. À l'arrivée de Moira et Greg, elle partait pour une réunion à l'église, tout enrubannée dans une mousseline de soie violette, mais elle était restée, un pied dedans, un pied dehors, histoire de livrer les explications complètes pour faire un authentique poulet piri-piri et de donner à Michael des instructions inutiles pour la cuisson lente et régulière dudit poulet, comment appliquer la sauce sur la viande grillée – avec un bouquet de persil, jamais un pinceau –, et enfin de faire tout un pataquès pour qu'on lui laisse la vaisselle pour son retour ; cette dernière directive serait copieusement ignorée. Il y eut un bref hiatus après son départ, comme après un petit tremblement de terre, et Ali enchaîna avec : "Eh bien, félicitations, vous venez d'être Beatrizés", et Moira et Greg eurent un rire hésitant. Puis Cass fit son entrée, déjà un peu pompette, agitant un sac de chez le caviste qui faisait gling gling, Tahnee arriva juste après, directement de l'aéroport, et alors Stella – qui n'avait pas compris que Tahnee venait – demanda si elle pouvait se joindre à eux pour le dîner, ce qui ne posait aucun problème, si ce n'est qu'il se trouvait que Greg était en charge de la division de radioprotection à l'Agence de protection de l'environnement, et que Stella, l'année du bac, avait travaillé sur un projet d'études consacré à la contamination perpétuelle des sites d'essais nucléaires de Maralinga, et que le grand-père de Tahnee – ça apparaissait à mesure que la conversation partait en sucette – faisait partie des centaines et des centaines d'indigènes qui avaient été chassés de leur terre ancestrale dans les années 1950 et 1960 par des hommes blancs en véhicules militaires pour que le gouvernement britannique puisse lâcher des bombes atomiques expérimentales sur la zone.

Michael, devant le barbecue, écoutait la soirée qu'il avait imaginée se déliter lentement mais sûrement. Il attendit que Tahnee finisse ce qu'elle était en train de dire puis se racla la gorge. "Le poulet est cuit. Il manque plus que la sauce. J'espère que tout le monde a faim."

Ils s'étaient installés dehors, sous la pergola en bois d'hibiscus, et au centre de la table dansaient les flammes de bougies chauffe-plat disposées dans de petits photophores, comme des lucioles. Tahnee, qui était une jeune femme prévenante, dotée d'une assurance sereine, pleine d'attention, dit : "En voilà des sujets difficiles pour une si charmante assemblée", et Greg eut l'air un tout petit peu moins mal à l'aise. Michael commença à enduire le poulet de sauce piri-piri, soigneusement, méticuleusement, avec sa concentration de chirurgien et le gros bouquet de persil que Beatriz avait laissé spécialement à cet effet.

"C'était une autre époque", dit Moira. Elle avait débité pas mal de platitudes ce soir-là, mais Greg la regarda et fit oui de la tête, tel un sage, et comme si sa remarque était des plus perspicaces.

“Ça oui, renchérit-il.

— Ben oui, lanca Stella. Ça devait vraiment pas être la même époque si on laissait la Grande-Bretagne transformer un bout de l’Australie-Méridionale en terrain vague radioactif…

— En effet, répondit Greg, faisant abstraction de son ton agressif. Des valeurs de Guerre froide.

— L’Australie qui faisait de la lèche aux British, plutôt, dit Stella, et personne n’en a officiellement été tenu pour responsable.

— Toute la lumière a été faite sur cette affaire, tu sais, Stella, dit Moira.

— Oui, reprit Greg. Et plus d’une fois. Bien sûr il existe un risque mesuré, mais on est revenus dans les normes internationales maintenant.

— J’ai parlé à un type qui m’a dit que le plutonium reste dangereux pendant deux cent cinquante mille ans, dit Stella. Hashtag : je pose ça là.

— Stella, tu peux aller chercher la salade ?” demanda Michael.

Elle le fusilla du regard mais se leva d’un bond pour aller à la cuisine, et Tahnee dit : “Mon grand-père semblait savoir ces choses-là sans aucune connaissance en physique nucléaire.

— C’est-à-dire ?” demanda Cass. Elle s’amusait beaucoup plus que prévu. Elle aimait bien que les choses soient un peu tendues à la table du dîner, ça avait du bon, ce changement, et ça faisait du bien à tout le monde que ces soirées chez les McCormack soient un peu dynamitées par un bon coup de pied (métaphorique) au cul. Michael McCormack ne dérangeait pas vraiment Cass, c’était un bêcheur, un peu pompeux, tous les droits, mais il servait toujours le meilleur vin et il constituait un vrai progrès comparé à cette vieille crapule de McCormack Senior. Cela dit, elle préférait cent fois avoir Ali pour elle toute seule. Toujours. N’importe quand dans la semaine. Cass agita la bouteille de pinot noir sous les yeux de son amie, Ali eut un sourire plein de regret et secoua la tête : et pour cause, elle avait promis à Tahnee de la ramener à Port Adelaide, mais Greg poussa son verre devant lui pour être resservi et Moira fit la grimace avant de dire : “Ah, je vois, alors c’est moi qui conduis.

— Ce que je veux dire, c’est que mon grand-père avait parfaitement compris que la terre était toxique, reprit Tahnee. Et les autres aussi, toute sa famille, même des années après, quand on avait décrété que la chasse pouvait reprendre. Il me racontait que les kangourous étaient jaunes à l'intérieur."

Ali demanda : "Où est allé ton grand-père ?"

Tahnee haussa les épaules. "Ils ont tous été déplacés vers une mission. Avec son lot de problèmes."

Stella dit : "Tout est dans mon dossier, maman." Elle revenait avec la salade.

"Eh ben… lança Cass. Des kangourous jaunes."

Greg dit : "Bon, je ne cautionne pas ce qui s'est passé là-bas", et Michael, apportant à table le plat de poulet grillé ajouta : "Bien sûr que non, Greg, et de toute façon c'était en 1956, donc avant toi", et Tahnee se racla la gorge avant de dire : "Notre mode de vie a été détruit bien avant 1956, Michael", et il répondit : "Ouais, bien sûr, ouais. Alors, allez-y, servez-vous.

— Michael, ça a l'air délicieux", dit Moira. Et pourtant elle n'avait que la peau sur les os, sa poitrine était presque concave sous sa robe légère, et elle se contenta de regarder le poulet, sans jamais se servir. Pour compenser, Greg en prit pour deux, et fit passer le plat autour de la table.

L'odeur de l'ail et du piment s'élevait dans la nuit, provocante, et Cass lança : "Qui n'aime pas Nando's[1], franchement ?" mais ça ne fit rire que Stella et Ali.

"Beatriz dit toujours que ça doit se manger avec les doigts, dit Stella. Mais papa ne va pas jusque-là, pas vrai, papa ?

— Hé, fais comme tu veux, Stella, c'est ta nouvelle politique, pas vrai ?" Michael avait souri en prononçant cette phrase, mais son ton coupant n'avait échappé à personne.

Ali regarda son mari et vit que sa bouche était devenue cette fine ligne toute dure, signe qu'il était contrarié. Elle ressentit une pointe de culpabilité à avoir invité Tahnee et Cass à dîner alors que Michael avait organisé cette soirée pour mieux connaître Moira et Greg, mais ensuite, presque aussitôt, sa culpabilité se changea en une attitude de défi. C'était son droit, et si Greg passait un sale quart d'heure, eh bien, c'était un grand garçon qui

1. Chaîne de restaurants d'Afrique du Sud dont la spécialité est le poulet mariné dans une sauce de pili-pili.

faisait un métier d'adulte alors il pouvait bien se défendre tout seul. Et de toute façon, il avait l'air ravi devant son poulet, qu'il avait entamé un tout petit peu trop tôt, avant que tout le monde ne soit servi. Moira avait pris uniquement de la salade, mais elle semblait contente elle aussi. Non, il n'y avait que Michael qui souffrait ce soir, et Tahnee n'en était pas la cause, ni Cass ; c'était Stella.

"Vous voyez, j'ai décidé de ne pas aller à l'école d'art dramatique de Sydney, commença-t-elle devant tous les invités attablés. C'est à ça que papa faisait allusion quand il a dit : « Fais comme tu veux » de cette manière."

Moira émit un : "Ah oui ?" et regarda poliment Stella et Michael à tour de rôle, sans obtenir de clarification ni de l'un ni de l'autre.

"Un voyage en Europe, dit Ali dans le vide. Changement de programme.

— De la folie, voilà ce que c'est, dit Michael.

— Italie, France, Espagne, Portugal, détailla Stella en comptant les pays sur ses doigts tout collants de sauce piri-piri. Peut-être les îles grecques. Et peut-être le Maroc, en fait.

— Le Maroc ? Depuis quand ?

— Depuis tout de suite.

— Magnifique, dit Moira. Un pays fascinant, pas vrai, Greg ?"

Il opina, sentant à juste titre qu'il était plus judicieux de ne pas avoir d'opinion sur le Maroc pour l'heure.

Tahnee déclara : "Tu as raison de déployer tes ailes, Stella, voir le monde, faire l'expérience de cultures différentes. Je n'ai jamais quitté l'Australie.

— Et ça va changer", dit Ali. Elle mit son bras autour des épaules de Tahnee. "Tahnee Jackson, l'oiseau rare de la chanson ! Retenez bien son nom."

Et d'un ton caustique, Moira lança : "Oh, Greg ne retiendra pas que son nom" – elle n'avait pas tort – et aussitôt Greg détourna les yeux de Tahnee et sourit, tout penaud. Mais il n'était pas le seul ; personne ne pouvait ignorer l'allure de Tahnee, ce quelque chose d'hypnotique qui attirait l'attention pour ne plus jamais la relâcher.

"Tahnee, est-ce que tu vas nous chanter quelque chose ? demanda Moira.

— C'est une invitée, Moira, pas le clou de la soirée", lâcha Stella, et Michael et Ali, unis face à l'impolitesse de leur fille, s'écrièrent en chœur : "Stella !" et celle-ci leva les deux mains en signe de capitulation et dit : "D'accord, ça va, pétez pas les plombs. Je suis désolée – désolée, Moira.

— Je serais ravie de vous chanter quelque chose, dit Tahnee, mais le concert d'hier soir m'a presque laissée sans voix." Elle sourit à Moira qui parut se détendre un peu sous la douceur de son regard. "C'était ultra exigeant. Une autre fois, avec plaisir.

— Vous étiez où ?" demanda Michael avant de comprendre soudain qu'il aurait dû le savoir, qu'Ali avait dû le lui dire et que lui – par manque d'intérêt – n'avait pas écouté. Une fois encore. Mais Ali laissa filer et Tahnee répondit simplement : "Oh, j'ai joué dans un petit festival pas loin de Melbourne. J'en ai quelques-uns cette année.

— J'aurais voulu être là, dit Ali. L'année prochaine, peut-être.

— L'année prochaine, elle ne jouera pas dans des petits festivals, dit Cass, elle sera aux States, ou alors en tournée au Royaume-Uni", ce qui fit sourire Tahnee, qui dit : "Rien ne sert de courir", et Ali conclut par : "Quelle sagesse."

Tahnee lui envoya un baiser et Michael, en les observant, s'interrogea sur ce déferlement d'affection, cette connexion entre deux sœurs qui jaillissait dans toute sa force et sa grandeur, Tahnee tellement à l'aise à sa table et Ali qui la traitait comme une amie de longue date.

Moira et Greg partirent tôt, peu avant 21 h 30, cramponnés à un exemplaire dédicacé de *Tell the Story, Sing the Song* et promettant de guetter le premier album de Tahnee le moment venu.

"Ils sont sympas", dit Ali à Michael sans en penser un mot, parce qu'elle les avait trouvés ennuyeux, et Moira en particulier, qui grignotait de la laitue et interdisait l'accès à son verre en le couvrant du plat de la main quand la bouteille de vin s'en approchait.

Michael se resservit un verre de rouge et lança : "Quel dommage alors de les avoir bombardés de missiles", et Cass, qui avait vraiment trop bu, répondit : "Ah, Mike, arrête de pleurnicher", ce qui n'arrangea rien. Michael prit son verre et s'excusa pour aller commencer la vaisselle, Cass renifla et demanda dans un chuchotement théâtral si quelqu'un d'autre aussi avait senti ce fumet de martyr sur le bûcher. Ali dit à Cass de la mettre en veilleuse puis suggéra à Stella d'aller aider son père et, tant qu'à faire, d'essayer de lui remonter un peu le moral – histoire de se racheter après son comportement inadmissible à table.

"Pas inadmissible, dit Stella avec légèreté, juste controversé", mais elle rejoignit tout de même son père dans la cuisine parce que tous les McCormack, même les plus jeunes, étaient au taquet quand il s'agissait de doubler Beatriz sur la vaisselle, et la vieille dame allait rentrer d'un moment à l'autre.

"Greg, dit Cass. Ce crétin…

— Il était plus marrant que Moira, dit Ali. Au moins il sait reconnaître un bon petit plat. Je suis désolée, Tahnee, ce n'était pas une si bonne idée que ça de te traîner ici ce soir.

— Nan, tout va bien, dit Tahnee. C'était… intéressant.

— Vous avez vu son assiette ? reprit Cass. Deux feuilles de laitue, une demi-rondelle de concombre et une tranche de tomate, sans sauce. C'était de l'anorexie en direct ?"

Ali secoua la tête. "Aucune idée. Mais ça y ressemblait." Elle avait sorti son téléphone de sa poche et parcourait ses notifications en parlant. "Ou en tout cas une grande maîtrise de soi." Rien de Dan, et en comptant bien ça faisait quatre jours qu'elle n'avait pas eu de nouvelles. C'était difficile de suivre, à cause du décalage horaire énorme qui faisait de son aujourd'hui à lui son hier à elle, mais malgré tout elle avait comme l'impression qu'il s'était écoulé trop de temps sans une chanson, sans une réponse aux Pretenders, et elle en était plus troublée qu'elle n'osait se l'avouer.

Cass et Tahnee discutaient du festival de la veille et des autres à venir, ceux où Tahnee devait se produire plus tard dans l'année, à Sydney et à Perth. Elle avait toute une équipe derrière elle, une machine bien rodée pour faire progresser sa carrière à pas mesurés, selon un processus éprouvé. C'était bizarre, disait-elle, des années à s'en sortir toute seule et puis là tout à coup il y avait Donal et Darcy, et des *roadies* tout joyeux qui s'occupaient de préparer ses affaires ; n'écoutant la conversation que d'une oreille, Ali, préoccupée par l'absence de Dan, demanda : "Hmm ? Darcy ?" et Tahnee répondit : "L'assistante de Donal", Cass fit : "Donal ?" et Tahnee éclata de rire : "Mon nouveau manager.

— Dis donc mais tu casses la baraque, toi, en ce moment, dit Cass, puis elle regarda Ali et vit l'ombre d'une inquiétude sur son front. Tout va bien ?"

Ali leva le nez de son téléphone et le rangea. "Ouais, ça va, désolée", dit-elle en pensant : Dan Lawrence, parle-moi.

Tahnee bâilla et s'étira comme un chat, bras écartés et dos cambré. "Je suis en miettes.

— Allez, ma grande, dit Ali en se levant. La journée a été longue, c'est l'heure de rentrer."

Cass voulait encore s'amuser et trouver de la compagnie, alors elle les supplia de la déposer dans Hindley Street, puis Ali et Tahnee firent le reste du trajet vers l'ouest dans un silence agréable, le long de Port Road, en direction d'un autre monde qu'Ali avait aimé au premier regard quand elle y était venue, un monde fait de shipchandlers, d'entrepôts sur les quais, des fantômes du passé maritime de la ville. Ali s'était toujours sentie chez elle à Port Adelaide, bien plus que dans la fatuité raffinée de North Adelaide ; quelque chose dans cet endroit – l'industrie, le sens de l'effort – parlait à son âme urbaine. Mais Michael avait éclaté de rire quand, des années plus tôt, elle avait suggéré qu'ils achètent un bien là-bas, un truc délabré avec de hauts plafonds et d'immenses fenêtres donnant sur l'eau, quelque chose qu'ils auraient rénové et se seraient approprié. C'était à l'époque où les parents de Michael étaient toujours vivants et où ils vivaient sous le même toit qu'eux : cela ne semblait pas naturel à Ali, cette existence étrange, codépendante et vaguement infantilisante. Il avait fini par comprendre qu'elle était sérieuse mais restait campé sur son refus de Port Adelaide, alors ils s'étaient installés à Norwood, rien à voir mais bien quand même, peut-être mieux que le port, un quartier rempli de jeunes familles, de chouettes cafés, avec des rues larges où Thea et Stella avaient appris à faire du vélo et à sauter à la corde avec leurs petits voisins. La maison n'avait rien de majestueux, de colossal ni de très vaste, elle était juste à la bonne taille, et Ali avait adoré y vivre, mais ça n'avait pas duré longtemps, seulement trois ans, parce qu'alors James était mort et Margaret avait commencé à le rejoindre dans la tombe, et la grande maison en pierre calcaire manquait à Michael, tout comme ses aimables proportions, son escalier monumental, ses jardins, sa piscine. Il fallait que quelqu'un l'habite, disait-il, et il ne voulait pas que ce soient ses frères ni – grands dieux, non ! – des inconnus. C'était plus proche de l'école des filles et est-ce que Thea et Stella ne préféreraient pas être à North Adelaide, avoir leur propre piscine et des espaces verts à deux pas ? Présenté comme ça, les petites filles ne pouvaient que dire oui et Ali, battue, s'était inclinée face à l'inévitable. Ils avaient vendu la maison de plain-pied de Norwood et avaient tous pris le chemin de cet endroit cher au cœur de Michael ; au moins, Beatriz était là, qui les attendait avec la patience inébranlable de celle qui avait toujours su qu'ils reviendraient. Bon, au final, ce n'était pas tant un sacrifice que cela de revenir au siège des McCormack ; Ali savait qu'elle ne pouvait pas s'en plaindre. Et elle ne s'en plaignait pas. Jamais ne lui viendrait l'idée d'être aussi insensible et si peu reconnaissante. C'est juste que parfois, les certitudes en béton de Michael lui donnaient le sentiment qu'elle avait la vie de quelqu'un d'autre au lieu de la sienne.

Ali déposa Tahnee en bas de son immeuble et attendit de la savoir en sécurité à l'intérieur, puis elle fit demi-tour et reprit la route en sens inverse. Dans le vide-poches de la portière conducteur, son téléphone vibra et elle savait que ce serait un texto de Cass disant : *Appelle-moi tout de suite*, donc elle ne se précipita pas pour regarder l'écran et attendit d'être au prochain feu rouge pour le faire. *Dan Lawrence vous a envoyé un message*, lut-elle. Elle sentit le liquide doré du soulagement la submerger et s'insinuer en elle, étonnamment pur, et au même moment elle sut qu'elle n'aurait jamais dû douter de lui ; à l'image de Beatriz, pensa-t-elle, elle devait croire en quelque chose de plus grand, pratiquer l'art salutaire de la patience sereine. Elle s'arrêta et se gara pour consulter ce message, elle se sentait bien, légère, enjouée, elle se disait qu'elle allait mettre la chanson qu'il lui aurait envoyée, pour qu'elle l'accompagne jusque chez elle, mais il n'y avait pas de lien vers une chanson, simplement un message. *Salut Alison, je suis au bar de l'hôtel Exeter, Rundle Street, je te garde une place, xxx.*

Le monde autour d'elle – les voitures, les magasins, les stations d'essence, les pubs, les gens – fut expédié loin, très loin, en un flot qui s'échappait et la quittait à une vitesse phénoménale, jusqu'à disparaître complètement, la laissant seule dans Port Road, les mains tremblantes, le cœur battant, le regard incrédule fixé sur les mots de Dan, qui ne changeaient pas, ne se transformaient pas, n'étaient donc pas le fruit de son imagination. Ils restèrent exactement tels qu'elle les avait lus, l'heure d'envoi indiquait 22 h 17, et maintenant il était 22 h 20, rien que trois minutes après qu'il les avait écrits, perché sur le tabouret de bar d'un pub de Rundle Street. Il était là, à Adélaïde, et c'est pour elle qu'il était là.

Flippe pas, se dit-elle. Flippe pas, fais pas tout foirer, te cache pas, pars pas en courant, le déçois pas, et surtout n'oublie pas de respirer.

Il n'y avait même pas de décision à prendre, pour autant elle ne répondit pas à Dan. Elle envoya un texto à Michael pour lui dire qu'elle était encore avec Tahnee et qu'elle rentrerait tard, elles avaient des choses à voir ensemble, et ce mensonge parfaitement plausible lui vint si facilement qu'elle savait qu'elle aurait dû en avoir honte, mais tout ce qu'elle ressentait c'était de la détermination et une joie intense. Elle avait repris le contrôle de ses mains en s'agrippant au volant et s'était forcée à prendre de longues respirations régulières, elle avait vérifié la tête qu'elle avait dans le rétro, et à présent elle faisait ce que leurs cœurs à tous les deux lui commandaient, elle était résolue, la clarté de son objectif la faisait rayonner. Elle retournait chez elle. Comment Dan était arrivé jusque-là ne troublait pas ses pensées, le risque qu'il avait pris, la folie qu'il y avait à venir sans prévenir. Non : inutile de chercher à découvrir les tenants et les aboutissants d'une force inexorable, et après tout, on pouvait traverser la planète en un jour et une nuit, et il fallait qu'ils se voient, c'était une évidence ; il fallait qu'ils se retrouvent dans la même ville, dans la même pièce, il fallait qu'ils se parlent et qu'ils se touchent, ils ne pouvaient pas passer le restant de leurs jours à s'envoyer des chansons à travers le cyberespace. Elle fut portée par cette certitude pendant les vingt minutes qu'il lui fallut pour rejoindre l'East End, se garer et sortir de la voiture, mais ensuite, en se rapprochant de la splendeur fanée de ce superbe vieil édifice qu'était l'hôtel Exeter, elle se dit : Attends, Daniel Lawrence est à l'intérieur, et elle se figea quelques instants, alors même que sa main était déjà tendue vers la porte. Elle resta sur le seuil, en arrêt, comme une femme ensorcelée, jusqu'à ce qu'un jeune homme derrière elle lui demande gentiment : "Vous entrez ou vous sortez ?" puis la contourne pour ouvrir la porte, et Ali vit Dan, tout de suite, elle le reconnut tout de suite, et lui ne la vit pas parce qu'il y avait un concert et qu'il regardait le groupe, pas la porte : il regardait le groupe, une pinte à la main, en attendant Alison, comme s'il avait fait ça toute sa vie.

Elle se sentait si sûre de lui. Elle franchit la porte et marcha vers lui, qui se tenait debout, le dos appuyé contre le bar, il tourna la tête avant qu'elle ouvre la bouche comme s'il l'avait sentie arriver, et il lui sourit. Juste ça, un sourire, mais ça lui était tellement, mais tellement familier que ça la fit rire. L'amour, l'émerveillement l'inondaient. Daniel posa son verre sur le bar. Ils se regardèrent et ses yeux parcoururent le visage d'Ali.

"Regarde-toi", dit-il avant de prendre son visage entre ses mains et de l'incliner légèrement vers le sien pour pouvoir l'embrasser très doucement sur la bouche, posant avec précaution et tendresse ses lèvres sur les siennes. "Voilà", dit-il, et il recula pour la regarder mais elle se pressa tout contre lui, si bien que leurs corps entrèrent en connexion, elle passa sa main derrière sa tête et la guida vers elle jusqu'à ce qu'ils s'embrassent à nouveau ; et puis à la fin, elle posa sa tête contre son épaule et respira le parfum de sa peau toute chaude, il l'enveloppa de ses bras, et ils restèrent comme ça un moment, comme des survivants, heureux d'être en vie.

22

ADÉLAÏDE, 3 FÉVRIER 2013

Il y avait une table dans un coin, loin de la cohue des buveurs. Ali était une habituée du pub, elle y était souvent venue, et pourtant elle avait embrassé Dan debout au bar comme s'ils étaient seuls dans la pièce. Elle passa la foule en revue en attendant que le barman lui apporte une bouteille de syrah et deux verres, mais elle ne repéra aucun visage familier, aucun regard réprobateur ou choqué, seulement le jeune barman, trop sûr de lui, qui lui fit un clin d'œil présomptueux, mais elle le fit plier du regard et traversa la salle pour aller rejoindre Dan qui patientait et lui dit : "T'es tellement belle, belle comme c'est pas permis."

Ali ne répondit rien, elle s'assit simplement à côté de lui et l'examina avec soin quelque temps, comme pour l'assimiler.

"Tu n'as pas changé, dit-elle. Tu as vieilli, bien sûr, comme moi, mais ça te va bien. Je t'aurais reconnu n'importe où.

— Mais tu es une Aussie. Ton accent… c'est comme écouter Kylie."

Elle rit, servit le vin et leva son verre. "Tchin, Daniel.

— Tchin, Alison."

Ils burent, les yeux dans les yeux.

"Tu es venu à Adélaïde, dit-elle. C'est sans doute la chose la plus chouette qu'on ait jamais faite pour moi."

Il eut un grand sourire et répondit : "Tu vois, j'étais déjà à Hong Kong pour le boulot alors…" et Ali éclata de rire.

"Qu'est-ce que tu aurais fait si je n'avais pas été là ?" demanda-t-elle.

Il tendit la main pour remettre délicatement une mèche de cheveux derrière l'oreille d'Ali, un geste d'intimité ordinaire qui la rendit triste un instant, à cause de tous ces autres moments qu'ils n'avaient pas vécus. “Je savais que tu serais là, dit-il. Je le savais au fond de moi.

— C'est bon de te voir.

— C'est bon de te voir aussi.

— Mais de la folie pure, pas vrai ?

— Ouais, dit-il. Et non.”

Elle était assise au bar de l'Exeter avec Daniel Lawrence, son premier amour, le garçon qui l'avait connue quand elle était Alison Connor, ce garçon originaire des quartiers résidentiels de Nether Edge avec son abonnement à la saison des Sheffield Wednesday, son adorable famille et son penchant pour les cassettes, et ce constat, dans toute sa simplicité miraculeuse, la frappa soudain de plein fouet, lui coupant le souffle et la laissant désorientée.

“Alison ? Ça va ?

— Ouais, dit-elle. Et non.”

Il l'observa de près, avec douceur, prenant le temps d'explorer son visage.

“Je croyais que j'avais appris à oublier tout de toi, dit Ali.

— Et j'étais certain que tu avais réussi.” Dan sourit, posa son verre et croisa les bras. “C'était la plus grande fuite de l'histoire. On avait un concert, tu sais. On aurait pu être célèbres, tu aurais été notre ticket pour la première partie des Union, notre Chrissie Hynde, notre Debbie Harry.” Il la charriait à propos du passé sur un ton léger, mais il avait mal compris dans quel état d'esprit elle se trouvait, elle n'avait pas envie de jouer, parce que soudain c'en était trop, elle avait été piégée par ces choses si familières, sa voix, son intonation, sa façon de baisser le menton pour la regarder, son demi-sourire, la ligne de sa mâchoire, le creux de sa joue, la forme de ses yeux. Elle était là devant elle, l'autre partie d'elle-même, la pièce manquante. Et elle en était malade de soulagement, mais de tristesse aussi, et même si elle ne voulait pas pleurer, les larmes arrivèrent sans prévenir, trop vite pour pouvoir les retenir.

“Alison, dit-il, et il la prit dans ses bras. Je suis désolé. J'ai mis les pieds dans le plat. Je sais que c'est pas rien, même pire que ça, et moi je continue à débiter mes conneries.” Il se tut et se pencha pour embrasser sa tête sur le côté. “Ton odeur est la même, dit-il, le nez dans ses cheveux.

— La tienne aussi, et j'adore t'entendre à nouveau, j'adore ta voix, et la sensation de tes bras autour de moi. C'est juste que c'est trop bon.

— Alison."

Elle s'écarta et le regarda, il passa ses pouces sous ses yeux pour retirer ce qui restait de larmes.

"Qu'est-ce que tu veux faire ?

— Faire ?

— Ouais. Je veux dire, maintenant, demain, et après-demain. Qu'est-ce que tu veux faire ?

— Dans l'immédiat, je veux juste finir cette bouteille de vin rouge avec toi.

— Parfait.

— Ensuite je laisserai ma voiture où elle est et je rentrerai chez moi en taxi.

— Bon." Ça ne sentait pas bon.

"Et puis je te retrouverai ici, dans Rundle Street, demain matin.

— OK." Mieux, bien mieux, même s'il mourait d'envie de l'emmener dans sa chambre d'hôtel, de la déshabiller, et de passer toute la nuit avec elle, au-dessus d'elle, à côté d'elle, en dessous d'elle.

"Il faut qu'on parle, dit-elle.

— Bien sûr. Et après, est-ce qu'il y a une chance pour que je pose mes mains sur toi ?"

Elle rit en renversant la tête en arrière, et il regarda sa gorge si charmante, se rappela à quel point il avait toujours voulu la faire rire, elle qui riait si peu quand il l'avait connue à seize ans. "Je continue à croire que tu vas disparaître, Alison. Je veux dire maintenant, ici, j'ai peur que tu t'évanouisses comme une apparition.

— Non, ça n'arrivera pas", dit-elle, tout à coup sérieuse. Elle lui prit la main.

"Je t'ai cherchée, tu sais, dit Dan. Quand tu as disparu de Sheffield. Je t'ai cherchée. Je ne savais pas où tu habitais – et ça m'a tué, ça, la honte de ne pas savoir – mais je savais que c'était à Attercliffe et ta maison n'a pas été si difficile à trouver à partir du moment où j'ai commencé à interroger les gens à propos d'Alison Connor."

Elle était très pâle à présent, et silencieuse, elle le regardait, et il ne voulait pas la faire souffrir en faisant ressurgir un passé qui était tout sauf bienvenu, mais bon Dieu il n'avait jamais autant souffert de sa vie que quand elle l'avait quitté, et à ce jour il ne savait absolument pas pourquoi elle était partie. "J'ai trouvé ta mère", dit-il.

Ali retira sa main et sentit un voile de sueur froide sous sa chemise, et cette vieille sensation si familière de sa gorge et ses tripes qui se serrent, une compression qui rendait sa respiration difficile et superficielle. Elle vit Catherine, ses jambes nues marbrées, sa jupe courte, le combo pour s'assurer quelques verres gratos, et puis cette vieille odeur rance, mélange de fumée de cigarette, d'alcool renversé et d'urine. Elle vit Daniel, ce si beau garçon, qui essayait de la cerner, de recoller les morceaux d'une histoire qu'il ne comprendrait jamais vraiment.

"Elle a rien fait, dit Dan. Elle pouvait pas."

Ali secoua la tête, un micromouvement, quasi imperceptible, mais qui portait en lui toute cette misère, intacte. "On pourrait éviter ça ? Pour l'instant ?"

Il haussa les épaules et regarda son verre. Il était convaincu que le bon moment c'était maintenant, justement ; l'explication, il l'avait déjà attendue trop longtemps. Mais il voyait sa détresse – elle était palpable, presque animale – et, d'après ses souvenirs de Catherine, il pouvait comprendre que ce soit le genre de mère qu'on cherche à oublier. Ça avait été plus facile d'approcher Peter ; il y avait une humanité dans ses yeux. Mais il avait aussi été méfiant, nerveux, le regard toujours tourné vers la porte, vers la fenêtre, vers Catherine, comme s'il ne pouvait se fier à rien autour de lui. Malgré tout, il avait proposé un verre d'eau à Daniel et l'avait fait asseoir avant de lui dire qu'Alison était partie pour de bon.

"Je t'ai écrit", dit Ali. Il n'en revenait pas, il était soufflé.

"C'est vrai ? Quand ça ?

— Trois mois après mon départ. J'étais à Paris à ce moment-là, et je t'ai écrit, trois fois, dès que j'ai eu une adresse fixe. Je pensais que tu viendrais, ou que tu m'écrirais au moins, et puis je me suis dit que tu devais sans doute me détester.

— Alison, oh mon Dieu, si j'avais eu une lettre de toi, rien n'aurait pu m'empêcher de venir te rejoindre.

— Alors elles ne sont jamais arrivées ?

— Qui sait. J'étais sans doute à Durham, en train d'essayer d'être un étudiant." Il repensa à ce premier semestre avorté, à la douleur aiguë de la perte qui l'avait accompagné de Sheffield jusque-là.

"Mais mes lettres... ta mère te faisait passer ton courrier à l'université ?

— Ouais. De temps en temps. Des trucs officiels qu'il fallait que je signe, et la vieille carte postale dégueulasse de Kev Carter.

— Mais rien de ma part ?"

Ils se regardèrent.

"Je crois qu'elle ne me faisait peut-être pas confiance, dit Ali.

— Oh mon Dieu.

— Je crois qu'elle pensait que j'attirais les ennuis." Elle se souvint de cet après-midi de juillet quand Marion Lawrence criait dans son dos en pleine rue : Est-ce qu'il y a quelque chose que notre Daniel doit savoir ?

"Elle ne m'a pas envoyé tes lettres." L'esprit de Dan filait à cent à l'heure tandis qu'il passait en revue les détails du passé. Ça aurait fait une sacrée différence... Pour lui, pour Alison, pour leur place dans le monde. Elle avait été son rêve en technicolor, son *yellow submarine*, son alpha et son oméga, et ensuite, pendant au moins quelques années, toutes les couleurs s'étaient dissoutes et il s'était retrouvé plongé dans un décor en noir et blanc. "Je me souviens d'elle me disant que je ferais mieux de t'oublier, dit-il. Après ton départ, quand je n'arrivais pas à te trouver, elle a dit que tu semblais très perturbée et que la meilleure chose à faire c'était de faire comme si on ne s'était pas connus. Je lui ai dit d'aller se faire foutre et elle a pété les plombs, elle criait, elle était enragée, ça ne lui ressemblait pas, mais je ne l'avais jamais insultée avant ça, j'ai dû m'excuser des centaines de fois. Mon père s'est caché dans son pigeonnier pendant deux jours."

Le visage d'Ali s'adoucit. "Bill, dit-elle. Je l'aimais tant.

— Il t'aimait aussi, il t'aime sans doute toujours, mais il ne parle plus tellement ces temps-ci.

— Oh, Daniel, je suis navrée, pour rien au monde je ne voulais te faire du mal, mais il fallait que je m'en aille, pas pour te fuir toi, évidemment pas, mais tout le reste.

— Tu avais pourtant l'air heureuse la veille, dans la salle du High Green."

Elle se tut. Personne sur terre ne savait ce qu'elle avait enduré ce samedi soir de malheur quand Martin Baxter s'était pointé et avait bouleversé le paysage, si bien que la soirée de la veille lui semblait être d'un autre temps, appartenir à un autre pays, et elle s'était sentie si salie, si honteuse – elle avait eu le sentiment, encore longtemps après, de n'être plus que honte.

"Désolé, dit Dan. Je ne veux pas te faire de reproches.

— Non, ça va. Il y a quelque chose que je dois raconter, mais je n'ai pas les mots."

Et tu es écrivain, pensa-t-il ; il se demanda à quel point son histoire était sombre mais il se contenta de lui sourire en disant : "Une autre fois, alors.

— Ta mère t'a dit que j'étais venue te voir ? demanda soudain Ali. Le samedi où tu étais à Manchester ?

— Non, c'est mon père qui me l'a dit, et aussi que tu étais arrivée toute chamboulée et que tu étais partie en courant. Il était agité, très agité.

— Je sais, je suis désolée, il fallait vraiment que je te voie.

— Mais tu savais que je ne serais pas là, non ?"

Elle secoua la tête, cherchant à se défaire de ce souvenir. "J'avais oublié. Mais tu sais, il y a tant de choses que tu ignores, et je n'en veux pas à ta mère, elle pensait que j'avais un grain.

— Moi je lui en veux, à ma satanée mère !"

Elle rit. "Satanée. Magnifique. J'ai pas entendu ça depuis des décennies.

— Tout a changé après", dit Dan.

Ali acquiesça et s'approcha pour l'embrasser délicatement. Elle était pleine de remords, d'empathie et de regrets, mais elle s'autorisa à s'émerveiller devant ce sentiment d'appartenance qu'elle ressentait. Elle savait exactement ce qu'elle avait trouvé en la personne de Dan Lawrence ; elle comprenait à quel point c'était important.

Elle prit son verre et but, le regardant la regarder. "Tu sais, dit-elle. M'envoyer une chanson, et celle-là en particulier, il y a des semaines de ça, c'était un trait de génie."

Il opina lentement de la tête, entièrement d'accord.

“C’est pour ça qu’on est là ce soir”, dit-elle.
Il opina encore.
“Je t’ai traqué après l’avoir reçue, ajouta-t-elle.
— Ben oui, normal.
— Je sais ce que tu as fait, ce que tu es devenu, ce que tu as écrit, où tu vis, et avec qui tu es.
— Pareil.
— Katelin, Alex et McCulloch, murmura Ali.
— Michael, Thea et Stella.
— Ceux qui nous sont chers.
— En dehors de nous”, dit Dan.
Elle tendit la main et fit lentement passer ses doigts dans les cheveux de Dan, comme un peigne. Elle se sentait submergée par toute la tendresse qu’elle avait pour lui.
“Je ne t’ai dit je t’aime qu’une seule fois, dit-elle. Tu dormais profondément, tu n’as pas entendu.
— Dommage. Est-ce que je t’ai déjà dit je t’aime ?”
Elle secoua la tête : non.
“Alors… je t’aime. Je t’aime. Depuis toujours, et pour toujours.”

Ils discutèrent jusqu’à ce que toutes les lumières s’allument, des lumières à réveiller les morts, et c’est là qu’ils réalisèrent qu’il n’y avait plus qu’eux et le barman, le petit malin au regard entendu, qui leur dit : “Dormez bien” au moment où ils partaient, d’une voix qui laissait entendre qu’à son avis, ces deux-là n’allaient pas beaucoup dormir. Pourtant il se trompait, Ali rentrait à la maison, et ils marchèrent ensemble jusqu’à la borne de taxi de Pulteney Street, qui n’était pas loin, puis attendirent qu’un taxi passe, sans se toucher, légèrement à distance l’un de l’autre, bizarrement pas très à l’aise ensemble pour la première fois, comme si le changement de décor, le passage de l’intimité d’un pub bondé à la quiétude des rues à minuit avait d’une certaine façon modifié les règles de leur relation. Un vieil aborigène à la peau poussiéreuse et aux yeux pâles et troubles les observait gentiment depuis son tas de couvertures au seuil d’une boutique, la sirène d’une voiture de police déchira la chaude nuit. Quand un taxi se présenta, elle donna son adresse au chauffeur par la vitre ouverte puis se retourna vers Dan.

“Rendez-vous à l’Ex à midi, OK ? dit-elle. Prends toutes tes affaires, tu en auras besoin”, et puis elle monta dans la voiture, Dan referma la portière, lui envoya un baiser et la regarda s’éloigner. Il devait donner un peu l’impression d’avoir été abandonné parce que le vieux à l’entrée du magasin leva tant bien que mal sa bouteille de rhum et lui proposa un verre de consolation.

“C’est très sympa, dit Dan, mais non, merci.” Il s’attarda quand même parce qu’il savait reconnaître la solidarité fraternelle quand elle se présentait, et il ne voulait pas avoir l’air désagréable. Le vieil homme le scruta, les yeux dans les yeux, comme s’il lisait l’âme de Dan en tout petits caractères. Mais il ne laissa rien paraître : ni approbation, ni désapprobation, il n’en tira aucune conclusion. Il le regarda intensément quelque temps, simplement ; et il passa soudain à autre chose, détourna les yeux, prit une longue rasade de Bundaberg, et partit dans une étrange chanson décousue, dans une langue que Dan n’avait jamais entendue de sa vie. C’était bizarre, se disait-il, c’était vraiment trop bizarre, putain : la chaleur, encore épaisse comme un mur de brique à minuit et demi ; le vieil homme sur son lit de couvertures, ces yeux laiteux, sa présence étrangement mystique. Irréel. Mais en fin de compte pas plus irréel que d’embrasser Alison Connor ce soir pour la première fois en trente ans.

Il lui fallut dix minutes pour se repérer et trouver son hôtel, et une fois arrivé, il se déshabilla, s’allongea sur le lit, et se prépara à ne pas dormir – il était épuisé physiquement mais complètement en éveil à cause du décalage horaire qui avait commencé à se faire sentir à Hong Kong, déjà. Il n’alluma pas son ordi portable, ne regarda pas ses e-mails – parce que ça, c’était la vie réelle. À la place, il repensa à Alison, à ses traits fins, à ses cheveux ondulés, le jean qui lui allait si bien, et la chemise en lin blanc, ses hanches étroites, le creux de sa taille, sa chute de reins. Il repensa aussi à la façon dont elle avait répondu à son message, c’était si inattendu et si délicieux. Elle était venue à lui directement, alors qu’elle aurait pu paniquer, tergiverser, décamper. Elle était tombée dans ses bras comme si elle rentrait au pays, naturellement, sans inhibition. Elle était son cadeau, sa *Sheffield girl*, et Dieu seul savait comment elle avait fini à l’autre bout du monde, avec un accent et un mari australiens. Est-ce que ce type savait où elle se sentait chez elle ? Dan, submergé de désir, roula sur le ventre et grogna dans son oreiller. Il la voulait avec lui maintenant, il avait besoin d'elle, il brûlait d'envie de la voir ; demain, c'était déjà ça, il faudrait bien, et puis c'était complètement dingue d'avoir un lendemain à partager ensemble.

Il venait de penser à lui envoyer une chanson, alors il prit son portable. Il allait lui envoyer du John Martin, "Go Down Easy". La seule chose qu'il puisse faire dans ce contexte. C'était le moment.

Lundi matin, Ali était occupée à tisser sa toile de mensonges. Michael l'écoutait en silence dérouler son programme de la semaine : retourner à Quorn pour retrouver l'inspiration qui lui faisait défaut ces dernières semaines. Il fallait qu'elle avance dans ce nouveau roman et ici elle n'arrivait à rien. À Quorn, elle trouverait peut-être le moyen de faire rejaillir les mots, dégager l'entrée de la grotte et y faire pénétrer un peu de lumière.

"C'est la pression de la suite", poursuivit-elle. Il lui tournait le dos et observait les volatiles dans le bain d'oiseaux. "C'est l'attente, je crois. Je n'ai jamais connu ça. Avant, tout le monde se fichait de ce que j'écrivais ou de quand j'aurais fini. Maintenant, c'est plutôt : « Alors, ce livre ? Il nous le faut pour avant-hier ! »"

Elle entendit sa propre voix, la quintessence de la ruse. Il y avait du vrai dans ce qu'elle disait – elle n'avait pas écrit un seul mot depuis des semaines. Le mensonge résidait dans ce qui n'était pas dit. Elle regarda son mari, qui ne se tournait pas pour la regarder mais restait obstinément fasciné par les cacatoès rosalbins qui se chamaillaient pour avoir une place dans l'abreuvoir en pierre. Elle se demandait si c'était le signe qu'il savait déjà que ce n'était pas avec Tahnee qu'elle était restée hier soir jusqu'à minuit passé, et cette idée – hautement plausible au vu de son manque de prudence au pub – lui envoya une décharge d'angoisse au fond du ventre, qui disparut aussi vite qu'elle était venue lorsqu'il se tourna vers elle et dit d'une voix parfaitement normale : "Sheila et Dora sont là, en ce moment ?"

Bon, maintenant elle avait un peu honte de se sentir soulagée, le signe soudain d'un manque de caractère, d'une absence de détermination. "Je ne les ai pas encore appelées, répondit-elle. Je vais bientôt le faire, mais Sheila laisse toujours une clé sous le bouddha, elle m'a dit qu'elle était là au cas où je ferais un saut et qu'elles seraient pas là.

— Faire un saut ? Y a peu de chances, à moins que tu aies décidé d'aller dans le désert." Il se servait un café, son deuxième, ce qui voulait dire qu'il allait bientôt partir.

"Désolée pour l'ambiance hier soir, reprit-elle. Cass était saoule en arrivant. Je l'ai vu sur son visage, elle avait les yeux trop écarquillés, trop furieux.

— Cass est un boulet dès qu'elle passe une porte. Mais c'est Stella qui a remporté la palme du comportement odieux, hier soir.

— Elle part demain chez Thea à Melbourne, elle ne sera plus dans ton radar quelque temps." Ah, comme elle manœuvrait pour le brosser dans le sens du poil. Elle se disait que sa culpabilité devait se voir, comme la lettre écarlate, la désignant pécheresse, à jamais indigne.

"Oui, je sais, mais même si je ne la vois pas, elle sera dans ma tête, et elle me rend fou." Il but son café d'un trait et mit la tasse dans l'évier, où il la contempla quelques secondes, les yeux rivés dessus, comme si le marc au fond recelait des réponses à ses questions.

"Bon", dit Ali, un peu mal à l'aise, impatiente de se retrouver seule.

Il se tourna et répéta : "Bon ?"

Ils se retrouvèrent de part et d'autre de la surface de l'îlot en chêne pâle, et elle fit le tour pour se mettre de son côté, pour qu'il puisse la toucher s'il en avait envie, ce qu'il ne fit pas, et elle non plus. "Donc ça te va, si je pars ?

— C'est toi qui vois", dit-il. Il croisa les bras et s'écarta d'elle pour s'appuyer contre l'évier. En tenue de travail, il avait l'air impeccable et tout en contrôle, c'était si difficile de lire son humeur. "Je ne vais pas te donner la permission.

— C'est pas ce que je demande, dit Ali. Je te demande si ça te va.

— OK, dit-il avant de soupirer comme un homme dont la patience est mise à rude épreuve. Bon, jouons cartes sur table, je préférerais que tu ne partes pas, mais je suppose que ça me va si tu sens que tu en as besoin." Il la regarda avec une expression de défi ; elle la voyait très nettement à présent, et en la voyant elle se rendit compte qu'elle était là depuis le début.

"Qu'est-ce qui se passe, Ali ?" lâcha-t-il, et bam, encore le liquide froid de la peur qui s'insinuait dans son ventre, la bouche instantanément sèche, nouvelle preuve qu'elle était une petite nature, même là, à ce stade précoce du jeu, quand elle n'avait pas encore fait grand-chose de mal. Se battre ou battre en retraite, pensa-t-elle ; qu'est-ce qu'on est primaires, prévisibles. Elle déglutit et opta pour le combat.

"C'est quoi, cette question ?" demanda-t-elle.

Il lança une attaque en la bombardant de preuves. "Tu es distante, distraite, tu es sur ton portable à des moments bizarres, comme hier soir à table – quand je suis parti dans la cuisine, tu l'avais dans les mains. Tu t'enfermes à clé dans la salle de bains, tu passes des heures dans ton bureau porte fermée, tu pars courir au lieu de passer du temps avec moi, tu ne me regardes plus aussi souvent qu'avant, on dirait que tu ne m'écoutes pas, et quand tu m'écoutes ça n'a pas l'air de t'intéresser. Et puis tu ne souris presque jamais, sauf si les filles sont là. Je sens – je le ressens vraiment – que cette distance entre nous, c'est comme si on était chacun d'un côté de l'abîme, et c'est arrivé du jour au lendemain, mais l'écart se creuse de plus en plus et je ne peux rien faire contre, parce que je ne le comprends pas."

Il se tut, et ce fut le silence. Ali se reconnut immédiatement dans cette description d'elle-même, mais elle ne reconnut pas Michael, le Michael qui l'avait observée de près, qui avait remarqué ces différences en elle qu'elle ne pouvait nier. Il ne lui avait jamais semblé très observateur avant, n'avait jamais fait de commentaire sur ses habitudes ou ses rituels, mais elle comprenait maintenant que c'est parce qu'il n'avait aucune raison de le faire. Elle ne s'était pas rendu compte qu'elle avait eu ces derniers mois une attitude si imprudente et négligente à son égard. Elle avait oublié qu'il la connaissait si bien, elle n'avait pas en tête que, en s'autorisant à s'éloigner de lui pour glisser vers Dan, il se pouvait qu'il l'observe, s'interroge, s'inquiète. Elle posa une main sur son bras et le caressa, parce que le réflexe de le réconforter et le rassurer était profondément ancré, quand bien même elle s'apprêtait à le trahir.

“Je suis désolée, dit-elle. Vraiment désolée, Michael. Il n’y a pas de quoi t’inquiéter. C’est le blues de l’écrivain. Je me suis renfermée sur moi, mais ça passera.

— Ouais. Je savais que tu dirais ça, mais je crois qu’il y a autre chose.” Sa voix était neutre, mais à son expression, elle voyait l’effort que ça lui coûtait de garder son calme face à cette menace intangible, qui ne disait pas son nom. “Pendant toutes nos années de mariage, je n’ai jamais eu de raison de douter de notre futur, mais ces dernières semaines…” Sa voix faiblit, il secoua la tête, confus, mais garda les yeux sur elle ; son regard pénétrant qui semblait soudain fouiller l’invisible. “Quelque chose a changé, Ali, et ce n’est pas moi.”

Elle se prépara à répondre, chassant ses doutes, se cramponnant à son droit – oui c’était son droit, elle le sentait ardemment – de vivre sa vie, pour une fois, d’explorer ses possibilités, de ne penser qu’à elle. Elle ne pouvait pourtant pas lui dire la vérité ; elle ne pouvait pas faire exploser l’univers connu. Si c’était de la lâcheté, elle était sans remords à présent, car Dan méritait de la considération lui aussi, et une explication, et à travers lui, se disait-elle, elle pourrait bien trouver la clé d’elle-même.

“Bon, dit-elle d’une voix qui mettait fin à la discussion, si j’ai paru distante, j’en suis désolée. Mais regarde, je m’en préoccupe.

— En t’enfuyant.

— À Quorn, pas sur la lune ! Et seulement quelques jours.

— Ali, tu es la pierre angulaire de mon bonheur.

— Michael…

— Tu es tout ce que je désire, tout ce dont j’ai besoin.”

Voilà qui est réglé pour toi, pensa-t-elle, mais moi ? Elle ne prononça pas ces paroles à voix haute, bien sûr, mais se mit sur la pointe des pieds pour l’embrasser – un baiser de Judas – puis dit : “Relax, chéri, je serai rentrée vendredi.”

Dès qu’elle fut partie, elle appela Cass de la voiture et lui dit tout, parce qu’elle avait besoin de dire la vérité absolue à quelqu’un, même si, de toutes les personnes qu’elle connaissait, c’était celle qui avait le moins de scrupules. N’empêche, ce fut un soulagement de déballer toute l’histoire, et Cass l’écouta attentivement jusqu’à ce qu’Ali dise : “Voilà, et là il m’attend dans

Rundle Street et je viens de balancer un tas de mensonges pour avoir quelques jours de libre.

— Rejoins le club, ma chérie. Ou plutôt… la liste d'attente, on a trop d'inscrits. Putain je le savais ! Pas vrai ?

— Ouais, tu le savais. Mais il ne s'est encore rien passé. Je pourrais faire demi-tour maintenant sans avoir rien fait de mal.

— Dan t'attend à l'Ex ?

— Ouep.

— Et ça te fait quoi ?

— Je suis hyper heureuse.

— Alors tu dois aller au bout. Je ne souhaite pas de mal à Michael, mais il s'agit de toi, là.

— Et de trahison.

— Tout de suite les grands mots, la Bible…

— Pas seulement de Michael, des filles aussi.

— Oh c'est des conneries, Ali, les filles sont presque adultes, elles ont leur propre vie.

— Ouais. Mais elles ne me le pardonneraient jamais.

— Mais si. Bien sûr que si. Tu es un oiseau en cage, Ali, depuis que je te connais, et ce mec est venu d'Édimbourg et t'a ouvert la porte de la cage.

— Mais faire quelque chose pour me faire plaisir à moi… je sais pas, c'est pas moi, ça me ressemble pas, blesser les autres."

Cass soupira. "Tu sais, Ali, perdre sa réputation ça peut être libérateur, une fois que tu acceptes de laisser partir la personne que tu crois que tout le monde veut que tu sois. Et crois-moi, je sais de quoi je parle. Va au bout et vois où ça te mène.

— Je vais devoir raccrocher", dit Ali et elle coupa la communication, parce qu'elle était arrivée dans Rundle Street et venait d'apercevoir Dan un peu plus bas, qui attendait sur le trottoir devant l'entrée de l'Ex, en short bleu délavé et t-shirt kaki, un sac fourre-tout en toile grise jeté sur l'épaule. Tous ces doutes, tous ces scrupules, et pourtant son cœur bondissait en le voyant. Il lui fit penser à lui plus jeune, quand il l'attendait à un arrêt de bus, mais sans la guetter, se tenant simplement à l'endroit où il avait dit qu'il serait et lisant le *NME* jusqu'à ce qu'elle arrive. Il écoutait de la musique et semblait très à l'aise, il ne regardait même pas les personnes au volant des voitures qui venaient de passer devant lui, et quand elle s'arrêta il sursauta légèrement, comme s'il avait oublié pourquoi il était là. Il enleva ses écouteurs, ouvrit la portière passager, lui fit un grand sourire suivi d'un "Salut", puis il envoya son sac à l'arrière et monta. Incroyable. Daniel Lawrence était dans sa voiture, et ils étaient en route vers la maison de Sheila au nord. Et, oui, pensait-elle, il s'agissait d'une trahison et les gens à l'exception de Cass la jugeraient sûrement sévèrement. Mais c'était aussi l'aveu d'un pacte tacite qu'elle avait fait avec Daniel, alors n'y avait-il pas une forme d'intégrité là-dedans ? N'y avait-il pas une vérité ?

Il se pencha vers elle et l'embrassa, d'abord sur les lèvres, puis sur la joue, se rassit, attacha sa ceinture et sourit. "Tout va bien ? demanda-t-il.

— Nickel", répondit-elle.

Il ne demanda pas comment elle s'était débrouillée pour organiser ce voyage, quels obstacles elle avait dû franchir, quels mensonges elle avait inventés, de la même manière qu'il ne lui raconta pas l'histoire à dormir debout qu'il avait balancée à Katelin une heure plus tôt quand elle avait voulu savoir comment il trouvait l'île de Hong Kong, vu que c'est là qu'il avait dit qu'il était. Peut-être était-ce parce qu'elle était absorbée par sa propre aventure, sa traversée de l'Amérique en voiture, mais elle lui avait rendu service en ne se montrant pas curieuse de tous les détails de son voyage, et elle ne tarissait pas d'histoires sur les gens croisés, les endroits visités. Dan était content pour elle. Il lui faudrait trouver le moyen de lui pardonner de ne pas avoir prévu d'arrêt à Nashville au moment de passer dans le Tennessee, mais Austin était prévu au programme, donc c'était déjà ça. Et – comme elle n'arrêtait pas de répéter – c'était son voyage à elle, pas le sien. Oh que oui, ma chérie, avait pensé Dan, et ça c'est mon voyage à moi, pas le tien.

"Alors, où est-ce que tu m'emmènes ? demanda-t-il à Ali.

— Tu vas voir." Elle s'engagea dans la circulation et fit glisser la voiture en douceur le long des rues. "Tu t'occupes de la musique et moi de la route.

— Et au fait, t'as aimé John Martyn hier soir ?

— Adoré. J'en veux encore.

— Tu t'occupes de la route, dit-il, et je choisis la musique."

Elle éclata de rire et il l'observa un moment avant de dire : "Alison Connor, comme c'est bon de te voir."

Elle avait le regard droit devant elle, et elle ne tourna pas les yeux vers lui. *"I've been working my way back to you, babe"*, dit-elle, empruntant les paroles des Spinners, comme si la vie entière était une chanson.

23

QUORN,
4 FÉVRIER 2013

Il n'y avait personne dans la petite maison de Sheila et Dora ; à vrai dire, toute la ville semblait complètement déserte. Larges rues vides, ciel bleu éclatant, architecture Far-West – tout cela semblait étrange et merveilleux à Dan, et tellement loin de chez lui. Il avait éteint son téléphone des heures auparavant pour éviter les intrusions de son monde ; après quoi il avait glissé avec plaisir dans une étroite brèche dans l'espace et le temps pour être ici au fin fond de nulle part avec Alison Connor. Sur tout le trajet depuis Adélaïde, il avait lancé des regards de côté pour observer le profil d'Ali, et il avait trouvé des prétextes pour la toucher. Si quelqu'un lui avait dit qu'elle n'était pas vraiment là, il n'aurait pas été surpris. Dévasté mais pas surpris.

Le gros bouddha en pierre de Sheila eut l'air content de les voir, mais Ali ignora son sourire, le souleva, et la clé promise était là – mais ils seraient entrés coûte que coûte si elle n'avait pas été à sa place ; ils auraient cassé une vitre ou enfoncé la porte, parce que les quatre heures passées si près l'un de l'autre dans la voiture avaient fait naître une frénésie, et ils savaient tous les deux que tant qu'ils n'auraient pas eu leur dose de l'autre, ils ne pouvaient pas dire un mot de plus. Elle ouvrit la porte et ils entrèrent ; puis elle la referma du pied, lâcha son sac, s'appuya au mur et le regarda. Sans un mot, il vint à elle, l'embrassa sur la bouche, le visage, le cou, tandis qu'elle s'agrippait à lui, répondant avec le même déchaînement de passion. Elle se rapprocha de l'escalier, l'entraînant avec elle, et ils montèrent en trébuchant jusqu'à la chambre aux drapeaux de prière, où la fenêtre ouverte n'était pourtant d'aucun secours dans cette fournaise, pas un souffle de vent, on aurait cru les drapeaux au-dessus de leurs têtes peints aux murs tellement ils étaient immobiles. Dan et Ali tombèrent sur le matelas, riant à moitié, à moitié dingues, s'arrachant des vêtements devenus gênants sans cérémonie ni rituel érotique ; ils s'étaient tout simplement jetés l'un sur l'autre, et s'ils auraient dû rendre solennellement hommage aux ados qu'ils avaient été – en se souvenant de leur première fois, et de leur dernière –, ça ne leur traversa pas l'esprit une seule seconde. Elle s'était demandé, en voiture – ça l'inquiétait, pour tout dire –, si, le moment venu, il y aurait de la gêne, un certain embarras, la conscience de leurs corps, qui dans leur jeunesse avaient été si beaux, d'une façon si naturelle et décontractée. Mais au final tout ce qui comptait, c'était ce qui était en train de se passer : ce délire, la chaleur et l'humidité, ce flot de sensations ; chacun voulait l'autre, dans une urgence forcenée, égoïste, et quand enfin ils s'affaissèrent, ils restèrent allongés sans bouger quelque temps, légèrement sidérés, face à face, inspirant l'air rejeté par l'autre tandis que les battements de leurs cœurs retrouvaient un rythme normal.

"Alison, dit-il. Alison, Alison, Alison", caressant ses cheveux, son dos.

Elle était dans ses bras et se sentait comme un trésor perdu qu'on vient de retrouver. Cela faisait si longtemps, tellement, tellement longtemps que le sexe n'avait pas été autre chose qu'un acte de gentillesse envers une personne qui comptait pour elle, un acte de générosité permettant d'apaiser les tensions, de maintenir le cap. Un désir comme celui-là… oh, ça appartenait au passé, mais elle s'en souvenait parfaitement, elle se rappelait l'aspect théâtral de la chose, la chaleur et la passion, le désir exquis ; c'était exaltant, ça rendait la vie belle et ça donnait de la force. Elle l'embrassa, elle recommença et il rit et lui rendit ses baisers puis, une fois calmée, ses esprits retrouvés, elle se leva, totalement à l'aise sous son regard maintenant, s'avança vers la porte, à l'arrière de laquelle était suspendu le vieux kimono en satin, aussi rouge qu'un lever de soleil. Elle le décrocha de sa patère et se retourna. Il observait ses moindres gestes ; il la regarda enfiler le peignoir, nouer la large ceinture de soie.

Le tissu était frais sur sa peau, et léger comme l'air.

Ils échangèrent un regard, abasourdis par le miracle de se trouver seuls dans cette pièce, puis il lui dit : "Avec ça, on dirait une geisha sexy et tout ébouriffée. Où tu vas ?

— En bas, boire un verre d'eau. Tu veux venir ?

— Un peu !" Il se leva, enfila son short et son t-shirt et la suivit en bas. "On est où exactement ? demanda-t-il, le regard balayant les meubles un peu étranges qui envahissaient le séjour.

— Je te l'ai dit, c'est la maison de Sheila, elle habite ici avec Dora, qui était conductrice de trains sur le Pichi Richi Railway, mais maintenant elle est juste nomade, comme Sheila.

— Le quoi ?

— C'est des trains à vapeur, la ligne de chemin de fer tire son nom du col Pichi Richi, c'est une longue histoire."

Dan s'assit en tailleur sur le grand canapé vert et tapota la place près de lui, alors Ali lui tendit un verre d'eau et s'installa à son tour. Elle se sentait totalement à l'aise avec lui, vraiment comme chez elle, à tous points de vue, et on aurait dit qu'il lisait dans ses pensées parce qu'il dit : "Tu connais cette chanson de Bill Withers, "Can We Pretend" ? C'est ce que je ressens. Comme s'il n'y avait pas d'hier, comme si toutes ces années loin de toi n'avaient jamais existé."

Elle posa la tête sur son épaule et ne répondit pas, parce qu'elle n'avait pas envie de mettre en mots ses pensées, pas envie de réfléchir à ce qu'aurait pu être sa vie avec Daniel, la vie qu'elle s'était sentie forcée d'abandonner, et ce n'était pas exactement qu'elle regrettait ses années de mariage avec Michael – comment pourrait-elle les regretter après avoir bâti cette vie ensemble, alors que Thea, Stella, ces magnifiques filles, étaient le fruit de leur union ? C'était davantage le fait que quand elle considérait Daniel comme une possibilité en chair et en os, elle ressentait un certain malaise, qui lui venait de la conscience qu'elle serait encore plus heureuse avec lui, plus heureuse qu'elle ne l'avait été avec Michael, son mari aimant, le père aimant de leurs filles. Elle n'avait pas véritablement compris, avant de revoir Dan, qu'un amour d'une autre nature l'attendait, et qu'au plus profond d'elle, cet amour la comblait de façon essentielle. Elle le savait. Il avait débarqué à Adélaïde, l'avait réduite à un cliché romantique, il avait fait s'emballer son cœur et bouillonner son esprit, et, quand elle le regardait dans les yeux, elle y reconnaissait une âme sœur, son *Sheffield boy*, et ce n'était pas que de la nostalgie, même si bien sûr il y avait de ça ; mais non, ce n'était pas que de la nostalgie : c'était la certitude absolue que les choses devaient être ainsi, que les étoiles étaient alignées quand elle et Dan étaient ensemble. Elle pensait à tout cela et se sentait mélancolique, cela l'obligeait à affronter la réalité de cette vie qu'elle n'avait pas vécue, et qui se présentait à elle à présent comme un futur possible, au milieu de toutes les complications et des engagements de son univers réel, le chemin qu'elle avait choisi, sa famille adorée. Douleur et joie, joie et douleur, à parts égales, indivisibles.

Ils burent leur verre d'eau, s'adossèrent au canapé tous les deux et gardèrent le silence un moment, chacun dans ses pensées, puis il dit : "Bon, parle-moi de Sheila", et Ali lui parla de la vieille amie de Catherine qui avait pris le bateau pour l'Australie, profitant d'un de ces passages assistés, et s'était construit une nouvelle vie ici, juste au moment de basculer dans les années 1970. "Elle t'a manqué quand elle est partie ?" demanda Dan, et Ali répondit non, pas du tout, parce qu'elle ne la connaissait pas ; Sheila vivait à Liverpool, mais elle avait commencé à écrire à Catherine après avoir émigré, des lettres géniales, éblouissantes, remplies d'accidents et de soleil.

"Catherine se foutait pas mal de Sheila à l'époque, mais Sheila continuait à lui écrire parce qu'elle ne savait pas comment était Catherine, elle espérait qu'elle la rejoindrait à Elizabeth, elle faisait tout pour la convaincre.

— Elizabeth ?

— C'est là qu'elle a vécu quand elle est arrivée. Au nord d'Adélaïde. Il y avait toute une industrie automobile, beaucoup de gens d'Europe du Nord venaient y chercher du travail, à l'usine.

— C'est dur à imaginer, qu'on puisse vouloir faire à l'autre bout du monde le même boulot de merde qu'avant. On se dit qu'ils auraient eu envie d'essayer quelque chose de nouveau.

— Eh bien, disons que c'était quand même assez nouveau pour eux – la chaleur, les perroquets, les kangourous : c'est de ça que Sheila parlait dans ses lettres. Mais les gens vivaient de ce qu'ils savaient faire. Les mineurs d'étain de Cornouailles sont venus travailler dans les mines de cuivre, les Gallois éleveurs de moutons sont venus s'occuper des grands élevages ici, et les ouvriers du Nord industriel ont flairé la gadoue, le labeur et le vacarme.

— Hé, t'es en train de perdre ton accent australien, dit-il, et elle lui lança une bourrade en riant ; puis il demanda : Et toi, alors ? Tu n'es pas venue pour l'étain, ni pour les moutons, ni pour les voitures. Pourquoi tu es venue ici, et restée pour toujours ?"

Elle se tourna vers lui et le regarda posément. "Honnêtement ? Parce que je me sentais en totale sécurité à Adélaïde."

Il y eut un silence ; puis il ajouta : "Et pourquoi tu ne te sentais pas en sécurité à Sheffield ?" Il était un peu sous le choc. Il n'avait donc pas réussi à ce qu'elle se sente en sécurité ? Il ne lui avait donc pas suffi ? Elle, par contre, elle lui avait suffi. Il avait dû réécrire son futur quand elle l'avait quitté, ce qui n'est pas évident quand on a dix-huit ans et le cœur brisé.

"Je n'étais pas en sécurité à Sheffield, répondit-elle. Je croyais l'être, mais c'était faux. Je t'ai protégé de tous les morceaux de ma vie dont j'avais honte, et il y en avait un paquet. J'étais morte de honte et tu l'ignorais." Elle le regarda, vit son visage et ajouta : "Oh, ne pense pas que tu m'as laissée tomber. Ne te mets pas ça en tête. Vous étiez mon refuge, toi et ta famille, mais à la fin j'ai quand même dû partir. Du moins, à l'époque, j'ai senti qu'il fallait que je parte. Je ne sais pas si c'était la chose à faire, s'il aurait été plus courageux de rester, mais je me suis enfuie, pour arriver là où tu me trouves aujourd'hui."

Elle avait baissé les yeux, la tête trop basse pour qu'il puisse lire son expression. Il voyait qu'elle prenait de longues respirations, lentes. Il lui prit des mains son verre d'eau à moitié vide et le posa par terre ; puis il souleva le rideau de cheveux qui lui masquait le visage et dit : "Eh, regarde-moi, *darling*."

Elle secoua la tête. "Je vais tout te raconter, dit-elle, mais je ne peux pas te regarder pendant", alors Dan se radossa et attendit. Il se demanda s'il pouvait lui venir en aide, et si oui comment, puis il se dit qu'il devait simplement être patient, alors il laissa son esprit dériver tandis qu'il regardait ce monde qui lui était totalement étranger par la fenêtre de la petite pièce. Dans les branches d'un petit arbre fruitier se tenait une bande de perroquets à crêtes fluos, qui criaient à s'en faire péter les tympans, une cacophonie pas possible qui lui fit penser à Brian Johnson rugissant les paroles d'une de ces chansons tonitruantes d'AC/DC. Il se dit : Cette fille a grandi avec des moineaux et de temps en temps un rouge-gorge pour la couleur. Imagine ce que ça doit faire de se réveiller chaque matin avec un soleil d'un jaune éclatant et un chœur de heavy metal dès l'aube. Il ferma les yeux et tenta de se rappeler les paroles de “Back In Black”, quelque chose comme aller me pieuter et content d'être rentré, mais il n'y arrivait pas très bien, il n'avait jamais été trop fan de heavy metal, et c'est là qu'elle se mit à parler, et il entendit alors une histoire impensable, venue tout droit d'un monde dont il ne soupçonnait pas l'existence. Catherine, Martin Baxter, Peter, et au milieu de tout ça Alison qui essayait de s'en sortir, d'être forte dans ce chaos lugubre et de plus en plus confus qu'était devenue sa vie à la maison. Dan écouta, bouleversé, le récit de cette vie à Attercliffe, sombre, à peine vivable, se reprochant amèrement de ne pas avoir vraiment insisté à l'époque pour avoir des détails, de ne jamais avoir essayé de percer à jour cette volonté farouche qu'elle avait de tout garder secret, toujours content de la retrouver à la sortie du bus à Nether Edge sans jamais venir la chercher ni la ramener jusqu'à sa porte, sans jamais véritablement se poser de questions face à son refus catégorique qu'il fasse ces choses-là.

Elle poursuivit avec l'alcoolisme, le chaos, le rôle de Peter, son allié et soutien, jusqu'à ce que la honte le pousse au suicide. Elle lui raconta la scène à l'usine Brown Bayley, les photos affichées par Martin Dexter, qu'elle avait déchirées avant de rentrer à la maison et de devoir couper le fil électrique du plafonnier pour libérer Peter, puis la fuite chez Daniel, en oubliant qu'il était parti pour Manchester depuis belle lurette. Dan grogna en repensant au moment où il l'avait charriée la veille à propos du concert manqué. Mais elle n'en avait pas fini ; elle continua sur le même ton, la voix basse et éteinte, comme si elle lisait le compte rendu écrit de l'épouvantable histoire de quelqu'un d'autre. Peter lui révélant l'existence de cette cagnotte pour s'enfuir, la pressant de quitter Sheffield et d'être libre. Son refus ; sa confiance dans sa propre capacité à tenir bon. Et ensuite Martin Baxter, mettant à exécution sa menace et la violence longtemps promise, la maîtrisant, la violant, la traitant avec un mépris infini, lui démontrant à quel point elle était faible et sans valeur. Dan gémit sous l'effet d'une douleur viscérale, la douleur atroce – et à présent vaine – d'imaginer Alison porter toute seule le fardeau de cette agression abominable et de ses conséquences, sans personne, sans défense et sans protection. Alison Connor, pensa Dan, si belle, intelligente, talentueuse, incomparable : elle était sa lumière.

"Il y avait deux versions de moi, reprit-elle. Deux Alison, vivant deux vies distinctes. Peter et moi, on se fabriquait une sorte de normalité, mais elle était construite sur du sable. J'avais honte en permanence, de là d'où je venais, de qui j'étais issue. Catherine était un boulet, une gêne, ce n'était pas une mère, elle ne l'a jamais été pour Peter et moi. C'était notre job d'essayer de veiller sur elle, et on avait un père qui nous a abandonnés à notre sort, qui a probablement refait sa vie avec quelqu'un en état de marche, et qui n'a sûrement jamais eu une pensée pour Peter et moi..." Elle s'arrêta soudain, pourtant on aurait dit qu'elle allait continuer ; puis : "Voilà. Rien d'autre à dire."

Elle se laissa tomber sur le côté, à l'opposé de lui, allongée, recroquevillée comme un enfant endormi, mais les yeux grands ouverts, pleins d'angoisse, comme si elle avait oublié comment les fermer. Il se cala tout contre elle dans le mince espace restant et lui caressa la joue. Elle n'avait pas versé une larme ; son visage était de pierre.

"Ça va, dit-il. Ça va." Il lui ferma les yeux du bout des doigts et embrassa ses paupières tout doucement, elle les garda fermées, puis elle tendit un bras et l'attira à elle, pour qu'il soit encore plus proche et qu'elle puisse s'endormir ; il resta là avec elle et ne la quitta pas des yeux tandis qu'elle changeait de position, s'étirait et ouvrait les yeux, puis ils refirent l'amour, mais cette fois ce fut très calme, et lent, et apaisant.

Deux heures plus tard ils étaient douchés, habillés et sirotaient un gin tonic, enfin... une version misérable sans glace ni citron – impossible à trouver – mais c'était mieux que rien. Ils étaient assis de façon convenable et irréprochable dans le séjour, la discussion portait sur leurs mondes et les gens qu'ils avaient connus, il y avait tant à dire, Dan en était à donner des nouvelles de sa famille à Sheffield et il les faisait vivre avec tellement de panache qu'Ali avait l'impression de les connaître encore. Mais il ne voyait que rarement ses parents, disait-il, et ça lui pesait, sans pour autant qu'il fasse quoi que ce soit pour y remédier. "Le souci c'est que j'aime pas y aller. C'est une faille temporelle, là-bas : à Nether Edge, je suis éternellement l'ado renfrogné. Rien n'a changé dans cette maison, si ce n'est que ma mère parle encore plus et mon père encore moins.

— Est-ce qu'il a toujours ses pigeons ?"

Dan secoua la tête. "Il a fait un long séjour à l'hôpital il y a dix ans et ma mère s'en est pas sortie. Elle les a tous vendus, sans le lui dire."

Ali fut horrifiée par cette nouvelle. "Ces si jolis oiseaux, dit-elle. Marion ne voyait pas à quel point il les aimait ?

— Ça faisait des années qu'elle voulait s'en débarrasser. Elle ne supportait pas l'odeur, et puis elle s'est mise au jardinage et voulait l'appentis pour stocker ses petits outils – tu sais, bêche, cisailles et tout le bazar. Il a passé une bonne partie de l'année à l'hôpital, il n'était plus vraiment lui-même, il s'est retranché, et je crois qu'elle s'est dit qu'il ne le remarquerait pas, mais en fait, je pense qu'elle a peut-être détruit sans le vouloir sa seule chance de guérison. Ça fait un bout de temps qu'il est triste, maintenant, mon père.

— Pauvre Bill", dit Ali. Elle repensa à ce pigeonnier. C'était un peu comme s'asseoir dans une église, une église avec une assemblée de pigeons. Cet endroit avait un caractère sacré ; du moins, c'est ce dont elle se souvenait. Peut-être qu'avec le temps, elle l'avait magnifié.

"La dernière fois que tu es allée à Sheffield, c'était quand ?" demanda Dan, et il regretta aussitôt sa question parce qu'elle le regarda avec l'air de demander s'il avait écouté un traître mot de ce qu'elle avait raconté.

"OK, d'accord, tu n'y es jamais retournée ?" reprit-il, tentant de ne pas faire monter sa voix pour mieux cacher son incrédulité. Bon sang, se dit-il, c'est ce qui s'appelle déguerpir… Ali ne répondait toujours pas, elle le fixait du regard.

"Je n'avais pas réalisé, dit-il. Je pensais que tu y étais peut-être retournée pour voir Peter… montrer Sheffield aux filles…" Il ne sut quoi ajouter, si ce n'est : "Bon, je vais la fermer.

— Non, je n'y suis jamais retournée. Je n'en avais jamais parlé avant ce jour. Tu ne comprends pas ?

— Tu n'as jamais rien dit à Michael ? Rien du tout ?

— Dan, non. Comme je te l'ai dit, je n'en ai jamais parlé avant aujourd'hui et je n'y serais certainement pas retournée pour un *Magical Mystery Tour*[1]."

Dan poussa un long et profond soupir. "C'est un sacré poison que tu as gardé là.

— Moins on en dit, mieux on se porte – c'est ce qu'on dit dans le Yorkshire, hein ?"

Il secoua lentement la tête. "Mais tu ne t'en es pas remise."

Elle en fut offensée et eut un petit rire amer. "Qu'est-ce que tu en sais ? Tu ne sais rien de ma vie ici.

— Ce n'est pas contre toi, Alison, et entre parenthèses je sais plein de choses de ta vie – qui a l'air somptueuse, d'après ce que j'ai vu en ligne. Je dis juste qu'il existe quelque chose qui…

— Oh bon Dieu, s'il te plaît ne prononce pas le mot « deuil »… le coupa-t-elle. Je ne supporte pas ce mot." Elle remonta ses genoux sur sa poitrine et mit ses bras autour, se faisant toute petite et serrée, inviolable.

"C'est pas ce que j'allais dire." Il se rapprocha un tout petit peu d'elle, même si le langage corporel d'Alison rendait soudain le contact physique très inapproprié, même s'il savait que ce serait avec des mots qu'il lui faudrait se frayer un chemin entre les défenses qu'elle venait d'ériger. "Je voulais parler de justice, une forme de justice, pour toi, pour cette fille que tu étais, et je voulais dire que retourner à Sheffield constituerait une vraie avancée, si c'est ce que tu décides de faire un jour.

— Je n'ai pas besoin de justice." Elle était très pâle et refusait de le regarder.

"Quand je dis justice, je ne parle pas de traîner Baxter au tribunal, bien qu'il ne soit pas trop tard pour ça si tu voulais dénoncer cette putain de fouine abjecte. Je veux parler de justice dans un sens plus vague, reprendre ce qui t'appartient, récupérer les morceaux de ton passé dont tu as encore besoin.

1. Référence au téléfilm musical britannique éponyme (avec la participation des Beatles), voyage fantasmagorique à travers l'Angleterre à bord d'un bus.

— Comme ?
— Eh bien… Peter. Je pense à Peter, oui."

Maintenant elle avait la tête posée sur les genoux, et la dernière chose que Dan voulait, c'était qu'elle se sente mal ; il voulait uniquement la rendre heureuse, et pourtant il se demandait comment Peter s'en était tiré. Alison devait bien avoir la réponse à cette question, et si ce n'était pas le cas, il fallait qu'elle le découvre. Il posa ses mains avec tendresse sur son dos, et elle le laissa faire, mais elle restait sans voix, parce qu'entendre le prénom de son frère était un supplice ; il habitait sa conscience, et la façon dont elle le négligeait était une terrible croix à porter. Elle n'avait jamais voulu ça, couper tous les ponts avec celui qui avait un jour été son ami le plus fidèle et son protecteur ; elle n'avait pas eu l'intention de l'abandonner pour toujours, mais à l'époque elle ne savait pas vraiment ce qu'elle voulait faire – elle avait zéro plan. À Paris, où elle s'était un peu posée et avait pris un job de serveuse, elle avait senti qu'elle se réinventait, comme si, après tout, il était possible de balayer son passé et de recommencer. Pour ses collègues parisiens, elle était juste Aliiison, une Anglaise qui bossait dur et parlait bien français, et une perle rare, un véritable atout quand *les Américains**[1] débarquaient au bistro, eux qui avaient l'air de penser qu'il n'existait aucune autre langue que la leur. Elle avait loué une *chambre de bonne** rue de Courcelles, et c'était de cette adresse qu'elle avait écrit ses trois lettres à Daniel, et une à Peter, aussi, pour lui dire qu'elle était en vie, lui envoyer son amour et sa gratitude, et lui dire au revoir. Elle repensa à cette lettre, toujours imprimée dans son esprit après toutes ces années. Elle ne lui avait pas parlé du viol – elle ne voulait partager ce cauchemar avec personne, et encore moins avec Peter. Elle avait donc écrit ceci :

Je t'ai sauvé la vie une fois, mais tu as sauvé la mienne chaque jour, et maintenant que je suis partie je veux que tu n'oublies jamais que tu es aimé de moi. Mais je crois que tu voulais que je parte loin, c'est donc ce que je vais faire, et essayer de vivre la vie que tu voulais

1. Les mots en italique suivis d'un astérisque sont en français dans le texte original.

pour moi. Je ne sais pas quand je te reverrai, mais je te garderai dans mon cœur, et je sais que tu me garderas dans le tien.

Pour toujours et à jamais,
Ton Alison xx

Elle n'avait pas noté son adresse dans la lettre pour Peter, et la raison en était que… mais en fait pourquoi ? Elle pensait à présent qu'elle avait eu besoin de lui tourner le dos pour survivre, et plus le temps passait, plus le chemin jusqu'à lui rétrécissait. Peter avait rendu possible sa fuite, mais il faisait partie intégrante de l'horreur. Quant à Daniel… il habitait plus en hauteur que les Connor, là où l'air était clair et pur. Elle était restée à Paris bien plus longtemps que prévu, au cas où il aurait frappé à sa porte un jour.

"J'ai vu Peter, dit Dan. Quand je suis parti à ta recherche."

Si elle n'avait pas été assise, ses jambes se seraient dérobées sous elle. Lentement, elle tourna la tête, qui reposait toujours sur ses genoux, et le regarda.

"Il a dit que tu ne reviendrais pas, mais il l'a dit gentiment.

— Tu as vu Peter.

— Le lendemain de ta disparition, ouais. Il ne m'a pas dit pourquoi tu étais partie, mais il ne semblait pas malade d'inquiétude, alors j'en ai conclu qu'il en savait plus que moi."

Elle releva la tête. "Peter a été mon sauveur, toute mon enfance et mon adolescence.

— Tu te demandes où il est aujourd'hui ?"

La question était posée avec désinvolture, elle n'était pas insensée, et Ali savait que ne pas avoir de réponse était un déshonneur, un renoncement à l'amour et au devoir. Elle haussa les épaules et parut profondément peinée. "Tout ce que je peux dire, c'est que rien de tout ça ne semblait aussi aberrant et anormal tant que je ne l'avais pas dit tout haut. Ne rien savoir de mon passé n'avait pas l'air de déranger Michael, ça lui suffisait que j'aie débarqué dans sa vie en Espagne, et quand on est rentrés en Australie ensemble, je l'ai vécu comme une sorte d'épanouissement symbolique, la dernière touche à ma disparition. J'ai été engloutie par les McCormack et je n'ai pas protesté, je n'ai opposé aucune résistance. Pourquoi l'aurais-je fait ? C'était un soulagement, à tous les niveaux."

Daniel poussa un long soupir, s'affaissa sur le canapé et regarda le plafond.

"Quoi ?" Ali tendit le bras et lui prit la main. "Quoi donc ?"

Il la regarda, et réfléchit à sa question. *Quoi donc ?* Juste : Michael McCormack, l'Espagne, l'Australie, sa disparition, la série d'événements dont la marche inexorable les avait maintenus à l'écart l'un de l'autre, alors qu'ils étaient assez jeunes et encore assez pleins d'amour l'un pour l'autre pour venir à bout de tout.

"Quoi ? répéta Ali.

— Rien. J'ai besoin d'un autre verre."

Ils dormirent dans la chambre aux drapeaux de prière – profondément, pendant huit heures, comme anesthésiés – et au matin Ali se réveilla le cœur léger, ce qui la sidéra vu l'intensité de la veille. Catharsis, dit Dan, le calme après la tempête. Elle répondit que oui, sans doute, puis qu'elle était affamée, alors il alla en ville acheter quelques provisions : œufs, pain, café et lait, et quand il rentra ils n'étaient plus seuls. D'abord il remarqua une petite Renault rouge garée près de la Holden d'Ali, puis en ouvrant la porte il entendit des voix, des voix féminines. Son premier réflexe fut de reculer et de disparaître jusqu'à ce que la voie soit libre, puis il réalisa que si c'étaient Sheila et Dora – et qui d'autre, sérieusement ? –, alors elles n'iraient nulle part. Il traversa la petite entrée et arriva dans la cuisine où Ali était entourée de deux femmes bien plus âgées qu'elle qui le détaillèrent des pieds à la tête, comme à la foire aux bestiaux.

"Bonjour", dit la plus petite des deux, sachant que la plus grande ne dépassait pas le mètre cinquante à vue d'œil, puis elle s'avança vers lui les bras grands ouverts et dit : "Bienvenue, Daniel, bienvenue. Je suis Sheila", et elle lui donna une accolade puissante. Dan regarda Ali par-dessus la chevelure grise hirsute de Sheila et elle haussa les épaules, un large sourire aux lèvres.

"Et moi, c'est Dora", dit celle-ci quand Sheila relâcha son étreinte. Ils se serrèrent la main et Dora s'approcha d'un peu plus près et leva la tête pour le regarder bien dans les yeux. "Tu sais, je crois qu'on s'est déjà rencontrés, dit-elle.

— Ah bon ? Peu probable mais peut-être que si.

— Dans une autre vie, je veux dire. Tu as une aura très forte, et elle m'est familière.

— Ah, ça devient intéressant ! dit Sheila en se tournant vers Ali. Dora a un sixième sens pour ces choses-là. C'est pas tous les quatre matins mais alors quand ça arrive, accrochez-vous."

Ali éclata de rire et dit : "Dora, arrête de fixer Daniel comme ça, tu vas lui faire peur" et Dora répliqua : "Oh, j'ai des frissons, je te fais peur ? et elle lui lâcha la main, qu'elle avait gardée dans la sienne tout le temps où elle examinait son âme.

— Oh, non, t'en fais pas, je vais m'en remettre, dit Dan. Et si jamais tu arrives à retrouver qui j'étais quand tu m'as rencontré, j'aimerais beaucoup le savoir.

— Il espère que ce sera Rory Gallagher, lança Ali.

— Jamais entendu parler de ce Rory Gallagher, dit Dora, mais de toute façon, chéri, ça ne marche pas comme ça, c'est bien plus abstrait.

— Enfin, quel que soit son ancien moi, dit Sheila, on dirait bien qu'il est devenu un beau diable.

— Arrêtez !" dit Dan en riant. Il avait toujours son sac de provisions à la main et Ali le lui prit pour le vider.

"Comme je l'ai dit avant qu'il arrive, dit-elle, c'est Daniel Lawrence d'Édimbourg et avant ça de Sheffield. Il y a plein de choses à raconter mais pas le ventre vide.

— Parfaitement, dit Dora avant de s'emparer d'un fouet dans le pot à ustensiles et de le secouer sous les yeux de Dan. J'ai un cadeau pour toi, mon vieux. Les œufs à ma façon, chaud devant. Une petite bombe !"

24

QUORN,
5 FÉVRIER 2013

Plus tard dans la journée, Sheila dit : "Allons bavarder un peu", elle prit Dan bras dessus bras dessous et le guida jusqu'au jardin, petit mais dense, planté d'une myriade de végétaux et, par bonheur, un peu ombragé grâce aux fines branches courbées et au feuillage d'un arbre à suif chinois.

Dan aimait énormément Sheila : un peu fofolle mais pleine de bonnes intentions, et un grand cœur. Elle n'était pas avare de rires, elle aimait parler mais savait aussi écouter. Elle était haute en couleur, utilisait des tas d'expressions, et portait plusieurs couches de vêtements aux imprimés ethniques qu'elle avait glanés lors de ses voyages. Comme la faune et la flore autour d'eux, Sheila semblait trop tropicale pour être originaire du Nord de l'Angleterre ; il avait du mal à l'imaginer endurer un hiver gris ardoise, même dans sa jeunesse : elle ne pouvait qu'avoir émergé de la terre ocre australienne dans sa forme actuelle, s'élevant tel un faucon du bush grillé par le soleil. Elle prit place sur une balancelle faite pour deux mais il n'avait pas envie de se serrer dans le petit espace resté libre près d'elle, alors il s'assit en face sur un muret de pierres, qui marquait la frontière avec un jardin de rocaille où des cactus miniatures et des plantes grasses se partageaient le terrain aride avec des amulettes venues de l'étranger : un mauvais œil, un trèfle en argent, une dent d'alligator ; elles étaient suspendues au bout des plantes comme des boucles d'oreilles. Il y avait une table basse en mosaïque scintillante sur laquelle elle avait posé deux bols aux couleurs de pierres précieuses, l'un rempli de houmous, l'autre de *baba ganoush*, et elle trempait dedans des mouillettes de pain pita avant de les enfourner dans sa bouche tout en écoutant Dan répondre à ses questions. Elle voulait tout savoir sur la vie sur le canal, les péniches et le *Crazy Diamond*, et puis tout sur son travail, et est-ce qu'il était déjà venu en Australie ? Oui, dit-il, à Sydney, en avril 1997, quand INXS avait sorti l'album *Elegantly Wasted*, et que Michael Hutchence avait accepté un entretien avec lui, mais juste après avoir failli le tuer à l'arrière de sa moto. L'homme le plus beau qu'elle ait jamais vu, dit Sheila avec nostalgie, ce qui, par opposition, la poussa à parler de son ex-mari allemand, Kalvin – l'homme le moins beau qu'elle ait jamais vu –, de tous les détails de leur mariage désastreux, de sa métamorphose après qu'elle l'eut quitté. Puis elle dit : "Et maintenant, dis-moi, es-tu libre d'aimer Alison comme elle mérite de l'être ?" et Dan ne l'avait pas vue venir, celle-là.

"Non, répondit-il, après une très courte pause et se décidant dans l'instant à être aussi direct dans sa réponse que l'était la question. Pas au sens où tu l'entends.

— Et à ton avis, dans quel sens je l'entends ?

— Ce que tu veux dire, c'est est-ce que je suis libre, sans attaches ? Non, ce n'est pas le cas. J'ai une compagne à la maison et nous avons un fils, un tout petit peu plus vieux que Thea, la fille d'Alison."

Sheila secoua la tête. "Non, ce que je veux dire c'est : es-tu libre émotionnellement ?"

Il hésita.

"C'est capital, Daniel, dit Sheila. Je n'ai jamais compris comment Michael avait réussi à gagner le cœur de cette fille – je suppose qu'il l'a eue quand elle était au plus bas – mais je suis certaine qu'ils ne sont pas connectés l'un à l'autre, en dehors de considérations matérielles."

Dan la regarda avec intérêt, ça commençait soudain à lui plaire. "Elle le quitterait, à ton avis ? demanda-t-il.

— Tu le lui demanderais ?"

Il garda le silence un moment, pas sûr de savoir comment répondre de la meilleure façon, puis il dit : "Oui, je le lui demanderais, si j'étais certain que c'est ce qu'elle veut vraiment.

— Tu ne le sais pas déjà, que c'est ce qu'elle veut ?"

Il eut un petit rire puis : "Les premiers indicateurs sont bons, Sheila, mais on n'a pas encore eu le temps d'avoir cette conversation.

— Oh, allez, que te dit ton cœur ? lâcha-t-elle avec impatience.

— OK, mon cœur me dit que nous sommes faits pour être ensemble, dit Dan. Mais ma tête me dit que ce n'est pas si simple.

— Balivernes. Pas à moi. C'est si décevant."

Il se sentait un peu irrité maintenant : Dora et son sixième sens ; Sheila et son troisième degré new age. "Tu me connais à peine, dit-il. Donc je ne vois pas comment je pourrais te décevoir.

— Parfois je comprends très vite ce qui fait vibrer les gens. Et j'ai lu dans ton cœur à l'instant où je t'ai vu.

— OK. Donc Dora a vu une vieille âme en moi et toi tu as vu… quoi ?

— Eh bien, j'ai su que tu l'aimais dès que tu es entré dans la cuisine.

— Bien. Et comment ?" Dan n'était pas gêné par le tour que prenait cette conversation – il s'en tirait bien, après tout –, pour autant, il ne tenta pas d'ôter de sa voix le scepticisme qu'on y percevait.

"Écoute, dit Sheila. Je sais que ça a l'air d'être des foutaises comme ça, mais… vous voir tous les deux dans la même pièce ? C'est comme rentrer dans une maison chaude par un jour d'hiver. Ça faisait bien longtemps qu'Alison n'était pas venue nous faire un coucou, mais récemment je l'ai vue deux fois dans un laps de temps très court et je peux te dire une chose, avec toi c'est une autre femme. Alison et toi, c'est quelque chose d'inévitable."

Tout ça était magnifique, mais Dan ne fit pas de commentaire, il se contenta de ne pas regarder le sourire de Sheila et réfléchit au fait qu'Alison et lui devaient vraiment se poser la question de savoir où tout ça menait. Pendant sa nuit solitaire et sans sommeil à Adélaïde, il avait imaginé un futur sans Katelin, et ça lui avait paru difficile, mais pas impossible ; aimer Katelin était une habitude, mais peut-être pas une nécessité – peut-être pas. Elle était forte, intelligente et pleine de ressources, elle avait été une mère incomparable pour Alex, mais ces dernières semaines, lui, Dan, avait commencé à accepter quelque chose qu'il avait peut-être toujours su : qu'elle n'était pas celle qu'il adorait. Quand Alison était entrée au bar de l'Exeter, il avait fait comme si le plaisir de leurs retrouvailles était un plaisir simple et cool, mais en vérité elle l'avait renversé, exactement comme la première fois. Il n'était pas dupe, il connaissait le mirage de l'herbe plus verte, le chant des sirènes de la jeunesse, mais il savait aussi reconnaître la joie à l'état pur qu'il avait éprouvée en la revoyant, et que le monde était magnifique simplement parce qu'il contenait toujours Alison Connor.

Puis Sheila redémarra la machine, un peu impatiente, et résolue, comme si elle avait suffisamment attendu qu'il parle et qu'elle n'attendrait plus davantage. “Il y a deux choses essentielles dans la vie que tu ne dois pas oublier, dit-elle. Un : écoute ton cœur. Deux : si jamais tu la fais souffrir, je me ferai un porte-jarretelles avec tes tripes.

— Je ne la ferai jamais souffrir.

— Et est-ce que tu écouteras ton cœur ?”

Il eut un léger haussement d'épaule et un sourire triste. “Je vais tenter.

— Et Katelin, elle est ouverte ? Elle comprendra ?

— Ah, dit Dan. Non, Katelin va être folle furieuse”, et ça fit hurler de rire Sheila, et tout ce bruit fit venir Dora et Ali. Dora se cala dans le petit trou de la balancelle à côté de Sheila ; Ali s'assit sur le muret avec Dan. Il mit son bras autour d'elle.

“Sheila m'évalue, lui dit-il tout doucement à l'oreille.

— Dora aussi, dit Ali. Et moi pareil, je t'ai mis une excellente note, on dirait que tu as la cote.”

Ils se sourirent, puis l'expression de Dan changea et il lui dit : “Il faut qu'on parle”, et elle comprit immédiatement ce qu'il y avait derrière, elle se leva et lui tendit la main. Sheila et Dora les regardèrent d'un œil interrogateur, mais ils retournèrent dans la maison sans leur donner d'explication et montèrent à l'étage.

Grands sujets : amour, confiance, loyauté. Grands sujets épineux, et pourtant il fut un temps où Ali les considérait comme non négociables ; un accord était un accord : elle aurait pu faire graver ces mots à l'intérieur de son alliance ou au-dessus de la porte d'entrée de la résidence des McCormack, traduits en latin. Margaret McCormack avait appris à ses fils à placer la loyauté au-dessus de toutes les autres vertus, malgré – ou peut-être en raison de – la débauche du père, et Ali aussi, en cet été italien de 1980, avait épousé Michael avec dans la tête des promesses solennelles et l'engagement pris de se donner corps et âme à cet aimable et généreux garçon venu d'Adélaïde. De son côté à elle, pas de feu d'artifice, pas même une étincelle, mais elle avait reconnu en lui le genre de fiabilité dont elle croyait avoir besoin. Ça, plus son évidente dévotion, et un aller simple pour l'Australie, là où les gens allaient pour tout recommencer. Mais aujourd'hui, assise avec Dan, à parler d'avenir, elle se demandait : Où sont passées ces valeurs ? Par terre, en miettes, parce que tout ce qu'elle voulait était dans cette pièce. Elle le voulait lui. Elle le voulait, et cette certitude était la simplicité même.

Assis face à face sur le matelas en dessous des drapeaux de prière tibétains, ils se prirent les mains. Je ne peux pas me séparer de toi, dit-il. Non, dit-elle, ne te sépare pas de moi, j'ai besoin d'être avec toi. C'étaient leurs vœux. Ils ne parlèrent pas de la façon dont il allait falloir le gérer, la foi que chacun devrait garder en l'autre pour traverser la tempête qui s'annonçait, ils échangèrent simplement cette déclaration d'intention mutuelle, conscients que la route serait longue et qu'il y aurait de la peine comme de la joie, quel que soit leur choix.

“Eh, c'est pas juste une histoire de musique, hein ?” lança Ali un peu plus tard et Dan dit : “Non, mais c'est peut-être juste une histoire de sexe.” Ils rirent et Ali se dit : J'aime cet homme ; j'aime tout chez lui.

“Et le groupe, il est devenu quoi ? demanda-t-elle. Union ?

— Rien du tout. Nick Lowe a eu l'air de s'y intéresser et puis finalement non.

— T'as eu les boules ?

— J'étais plus là depuis longtemps”, dit-il. En fait, il n'y était jamais retourné après la disparition d'Ali, il n'avait plus remis les pieds en répétition, mais il ne le mentionna pas. Il la poussa doucement en arrière pour l'allonger, puis il se mit au-dessus d'elle, observa son visage de près et dit : "Alison Connor.

— Daniel Lawrence.

— Regarde-toi.

— Quoi ? dit-elle tout sourire, sachant où il voulait en venir.

— T'es hyper belle", dit-il, exactement comme en 1978 à la fête de Kev Carter, sur un nid de manteaux empilés sur un lit simple dans un genre de débarras éclairé par le lampadaire de la rue. Ils étaient allongés l'un à côté de l'autre, comme à l'époque, et cherchaient des formes dans les fissures du plafond – des formes d'Australie ici à Quorn, des lézards et des serpents –, puis Ali parla de son roman et expliqua ce qu'elle comprenait des chants et de ce qu'on appelle le Temps du rêve, lorsque les esprits des ancêtres vinrent sur la terre stérile pour en altérer la forme, créant le paysage que l'on connaît aujourd'hui, les montagnes, les rivières, les arbres, les collines, créant les humains, les animaux et les éléments, puis le soleil, la lune et les étoiles, avant de retourner à l'intérieur de la terre. Les lieux sacrés n'étaient autres que des rochers, des arbres, des montagnes créés par les esprits des ancêtres eux-mêmes, autrement dit : là où l'homme blanc ne voyait que de la géologie, un indigène voyait les anneaux puissants d'un serpent éternellement endormi.

Dan l'écoutait et regardait les mouvements de sa bouche tandis qu'elle parlait. Il dit : "Nous, on n'a vu qu'un Toblerone sur le plafond de Kev Carter. Tu crois qu'on manquait d'imagination ?", à quoi Ali répondit : "Je pense avoir dit que je voyais un éclair", puis Dan : "Et voilà, la romancière en herbe.

— Tu as lu *Tell the Story* ?

— Ah non, je suis plutôt du genre biographie et sport, moi, ça fait des années que j'ai pas lu un roman."

Il l'observa pour voir si ça l'embêtait, mais elle sourit et demanda : "Et Katelin ?"

Il lui jeta un regard soupçonneux, mais il y avait de la candeur dans ses yeux à elle et elle ajouta : "C'est un livre écrit par une femme, donc plus de femmes que d'hommes le liront. C'est un fait.

— Eh bien, crois-le ou non, ma mère, sans faire exprès, lui a offert ton livre à Noël."

Ali poussa un cri de surprise avant d'éclater de rire.

"Maman ne savait pas que c'était toi, dit Dan. Mais papa, si. Il a vu ta photo sur la couverture et il a dit : « Ici, là, c'est Alison », et après ç'a été la pagaille…"

— Genre ?

— Genre : « Alison ? Alison ? Mais tu m'as jamais parlé d'une Alison ? »

— Katelin a aimé le livre ?

— Oui. Je crois qu'elle espérait le contraire, mais elle l'a adoré."

Ali réfléchit à ça : Katelin d'Édimbourg, la compagne de Dan, qui avait adoré son livre sur l'Australie-Méridionale. Puis elle dit : "J'aimerais voir ton père.

— Je t'emmènerai.

— Je ne sais pas.

— Tu ne sais pas quoi ?

— Si je peux retourner à Sheffield.

— Avec moi tu pourrais."

Elle y réfléchit en silence.

"Bon, oublie un peu Sheffield, reprit-il. Tu penses que tu pourrais venir au Royaume-Uni ?

— Oui, dit-elle avant de ressentir l'immensité de cette minuscule affirmation. Je pense."

Dan ferma les yeux et pensa à Alison, fragile, peut-être traumatisée, arrachée à son foyer d'Adélaïde et parachutée à Blighty, avec lui pour seul réconfort et seule compagnie. Il pensa aussi à Katelin et Alex, surtout à Alex, qu'il n'avait jamais blessé, en paroles ou en actes. Il imagina leur visage tandis qu'il démantelait leur vie de famille. Pouvait-il faire une chose pareille ? Démolir la confiance et briser des cœurs ? Ici, maintenant, il savait qu'il pouvait, si cela voulait dire se réveiller aux côtés d'Alison tous les matins, être son homme, apprendre à connaître chaque atome de son être, corps et âme. Si cela faisait de lui un monstre, alors bon Dieu, le monde en était plein, et l'industrie musicale a fortiori – un réservoir de relations soldées par des échecs ; et puis personne n'était jamais mort de chagrin après avoir été quitté, tout le monde finissait par passer à autre chose un jour ou l'autre, on réorganisait sa vie, et c'était même souvent un changement positif. Il pouvait faire face à ça. C'était certain.

"Si on écoutait *Crocodiles* ?

— Quoi ?

— Il faut que je te fasse aimer Echo and the Bunnymen. Je les ai découverts sans toi. C'était déchirant.

— D'acc." Comme il s'était levé pour aller prendre le téléphone d'Ali, elle se redressa, s'adossa au mur, les bras serrés autour de ses genoux, et l'observa chercher l'album en ligne, puis elle dit : "Je suis passée à côté, je ne sais pas pourquoi, probablement une question de timing.

— Je les ai vus à Liverpool en septembre 1979, ils m'ont scié, ces gars, c'était le cool incarné, tous les quatre en ligne – je veux dire, il n'y avait pas d'estrade à l'arrière pour le batteur. Pete de Freitas était là, tout devant, avec sa batterie, donc c'était de Freitas, Pattinson, Mac et Sergeant tous en rang. Tout était extraordinaire, leur look, leur musique, j'étais ensorcelé, et quand ils ont commencé à jouer, ça m'a coupé le souffle, presque." Il plongea la main dans son sac et en ressortit ses écouteurs, puis il vint s'asseoir près d'elle. "On partage, dit-il en lui passant l'un des deux et en gardant l'autre pour lui. Ah bon sang, je coche une autre case : écouter *Crocodiles* avec Alison Connor. Si ça te plaît pas, ben tu feras avec…"

Elle lui fit un grand sourire. "Allez, vas-y, envoie."

Ils en étaient au septième morceau, "Villiers Terrace" venait de démarrer quand Sheila passa une tête dans l'entrebâillement de la porte. Elle avait la mine grave.

"Mes chéris, dit-elle. Michael est en bas."

Passer si vite de la paix du cœur à la panique totale, quelle déception, quelle humiliation. Ali avait compris les mots de Sheila mais Dan n'avait rien entendu, alors il sursauta quand elle se leva d'un bond, lui arrachant l'écouteur de l'oreille, et il s'écria : "Eh ! Qu'est-ce qui se passe ?" mais elle ne lui répondit pas, ne l'entendit pas. Michael était en bas. Ce simple fait eut un effet physiologique immédiat sur elle : un coup de fouet au cœur, qui s'emballa, transformant son sang en un poison qui parcourait son corps et diffusait la peur et la haine de soi ; ses résolutions s'effondraient, et ses promesses, si fraîches, volaient en éclats.

"Alison, explique-moi ?" demanda Dan. Il était debout, il tentait de l'atteindre mais elle n'était plus là – pas physiquement, non, elle était toujours dans la pièce, mais elle ne le voyait pas, elle essayait simplement d'intégrer le fait que son mari était en bas, et qu'il attendait de lui parler. Dan lui saisit le bras, la forçant à se retourner. "Alors, quoi ? répéta-t-il avec insistance.

— Michael est ici." Et Ali libéra son bras et sortit de la chambre à toute vitesse. Elle le regretterait plus tard, elle regretterait de ne pas avoir pris le temps de discuter avec Dan de la façon d'aborder ce premier grand obstacle sur le long chemin de leur bonheur. Elle regretterait son instinct lâche, sa peur puérile, son incapacité à gérer avec calme et dignité la première difficulté. Mais ce serait plus tard. Pour l'heure, elle était obsédée par l'idée de lever les soupçons et les reproches, de rétablir l'ordre des choses, préserver le statu quo. Elle nota tout de même son choc et sa déception devant la faiblesse dont elle faisait preuve au moment où il fallait se montrer courageuse, mais elle ne l'exprima pas à voix haute, et tout ce dont Dan fut témoin, c'est de sa fuite.

Mais il n'était pas question qu'il reste là-haut ; il n'allait pas faire aux autres le plaisir de jouer le rôle du secret coupable d'Ali. Un signe, un instinct ou une information avaient mis ce type, ce Michael, sur la route de Quorn pour affronter sa femme, alors, pensa Dan, autant qu'il affronte aussi l'amant, faisons monter l'émotion d'un cran dans ce nouvel acte de leur petite pièce. Il dévala l'escalier en bois avec fracas juste à sa suite, si bien que quand il fit son apparition dans le séjour, il ne s'était écoulé que quelques secondes depuis l'arrivée d'Ali, mais elle était déjà debout près de Michael, et ils regardèrent Dan ensemble, à deux contre un.

"Elle rentre avec moi, dit Michael. Je sais pas pour qui tu te prends, mais t'es personne maintenant." Il était si sûr de son bon droit, de sa supériorité sur cet intrus. Les McCormack d'Adélaïde : une mafia sociale, des invincibles qui se croyaient tout permis. Il n'avait pas encore découvert les détails, il avait agi uniquement sur une intuition et un mot de Beatriz, inquiète, et il ne savait pas encore comment il vivait la trahison d'Ali, mais il savait déjà qu'il ne la quitterait pas, qu'il ne lui demanderait pas de partir, et qu'il ne ferait pas non plus ce que sa mère faisait toujours, fermer les yeux. Il allait tout simplement rentrer à la maison, mettre ce fiasco au clair et la surveiller de près à l'avenir.

Dan regarda Ali, qui le regarda en retour avec une sorte de supplique dans les yeux, qu'il ne pouvait pas comprendre. *Aide-moi ? Frappe-le ? Ne rends pas ma vie plus difficile qu'elle ne l'est déjà ?* Ouais, se dit-il, sans doute la dernière option.

"OK, dit Dan à Michael. Puisque à l'évidence Alison n'a pas le courage de me présenter, je suis Dan Lawrence, un vieil ami perdu de vue, de l'époque de Sheffield." Puis il se tourna vers Ali : "Alors c'est tout ? C'est comme ça que ça se termine ?

— Ouais, mon vieux, dit Michael, tu peux être sûr que oui."

Dan l'ignora, il resta impassible, les yeux fixés sur son Ali. "Alison ?"

Les larmes coulaient sur son visage, elle s'avança d'un pas dans sa direction. Dan ne bougea pas. Il n'allait pas l'aider ; c'était à elle de voir maintenant : elle se tenait entre le passé et le futur, et elle était la seule à pouvoir faire ce choix.

"Elle s'appelle Ali, lança Michael. Et tu viens de lui dire ton dernier mot. Ma femme n'est pas en libre-service. Ali, prends tes affaires et va dans la voiture."

Sheila, qui faisait les cent pas dans la cuisine, agitée, écoutant aux portes, sans savoir comment aider, surgit dans la pièce et dit en désespoir de cause : "Michael, tu devrais au moins leur laisser un peu d'espace pour qu'ils puissent se parler", alors il se tourna vers elle, le visage déformé par la fureur, comme s'il l'avait contenue jusqu'à cet instant précis et rétorqua : "Toi, ferme-la, sale gouine, tu en as déjà assez fait comme ça."

Ali pleurait et, à travers ses larmes, elle dit : "Michael, tais-toi. Sheila n'a rien à voir là-dedans. Sheila, je suis vraiment désolée." Elle sanglotait dans ses mains, brisée par le chagrin, sans aucun réconfort de la part de quiconque dans la pièce. Dan la regardait avec un détachement né d'une tristesse extrême. Il n'avait pas imaginé qu'elle serait si facilement vaincue.

"Prends tes affaires et va dans la voiture", répéta Michael.

Il ne devrait pas lui parler comme ça, pensa Dan ; je ne lui parlerais jamais comme ça, en l'infantilisant, en la traitant comme une enfant capricieuse, comme s'il avait autorité sur son destin, comme si elle n'avait pas de libre arbitre, ou qu'on ne pouvait pas s'y fier. Mais à la voir, il était clair qu'elle n'en avait pas. Sheila se plaça près de lui, elle avait lu sur son visage : le cœur brisé, la perte, la colère aussi, et la déception profonde. Elle passa son bras dans le sien, se rangeant de son côté.

Ali, en proie à une souffrance extrême, baissa la tête et pensa à Thea et Stella, à Beatriz, et enfin à Michael. Elle ne pouvait pas tous les quitter. Elle ne l'avait pas compris avant, mais leurs quatre cœurs comptaient plus que le sien, et si elle les abandonnait, leur souffrance combinée finirait par la tuer. Quand elle leva les yeux, Dan la regardait, les yeux secs. “Je suis désolée, Daniel, dit-elle entre deux sanglots, le visage barbouillé de larmes. On a chacun fait nos choix.

— Mais lui demande pas pardon ! vociféra Michael. Fin du feuilleton pathétique.” Il jeta un œil à sa montre, et ce petit geste remplit Ali d'un désespoir nouveau, parce qu'elle savait qu'il pensait à la circulation, calculait l'heure d'arrivée à Adélaïde, espérant éviter les bouchons du centre-ville ; et qu'il puisse avoir des préoccupations aussi terre à terre et insignifiantes au beau milieu de cette crise, dans cette atmosphère chauffée à blanc, fit comprendre à Ali qu'elle devait prendre place aux côtés de Dan, lui qu'elle aimait comme aucun autre, et qui était venu la trouver, fort de leurs dix-sept chansons échangées.

“C'est l'heure d'y aller”, dit Michael sans amour, mais sur un ton définitif.

Et pour épargner à Dan la douleur de voir Ali rassembler ses affaires et suivre son mari dans la voiture, Sheila dit : “Viens, Daniel, laisse couler”, et elle l'emmena dans le jardin et fit en sorte qu'il n'en parte pas jusqu'à ce qu'ils entendent le moteur de la Porsche de Michael s'éloigner dans un crissement assourdissant tant il la conduisait avec rage.

Il resta assis des heures dans le jardin avec Sheila et Dora, à boire du gin, à discuter, à écouter de la musique. C'étaient des femmes d'une grande sagesse, elles aimaient assez Alison pour ne pas la juger ou la critiquer, mais elles étaient de son côté à lui, il se sentait soutenu, réconforté, et Sheila voulait qu'il comprenne qu'il ne s'agissait que d'une étape dans le processus, pas d'une conclusion. Dan n'en savait trop rien, il n'arrivait pas à y croire ; il se contentait de laisser le gin et leur sollicitude anesthésier sa douleur, pour pouvoir traverser la nuit.

Alison était encore sur ses lèvres, sur ses mains, et le parfum du jardin la nuit lui rappelait l'odeur de ses cheveux. Elle était partout, et elle était partie. Il parlait, opinait, souriait, mais à l'intérieur, il était détruit.

25

ÉDIMBOURG,
10 FÉVRIER 2013

Elle essaya d'entrer en contact avec lui comme elle l'avait fait auparavant, mais les chansons ne suffisaient plus. La première arriva avant que Dan ait quitté Adélaïde ; "You're the Best Thing", Paul Weller, l'inspiration de son look à la Style Council période post-Jam. À la porte d'embarquement, juste avant de monter dans l'avion, Dan vit le lien apparaître sur son téléphone, mais il ne l'ouvrit pas, pas besoin, il connaissait bien ce morceau, il aimait énormément cette chanson d'amour, mais il se demanda si elle avait vraiment écouté les paroles. Elles n'avaient aucun sens venant d'une femme qui s'était réfugiée dans son univers familier à la toute première difficulté. Il aurait pu la lui chanter, mot pour mot ; il pouvait la jouer à la guitare en chantant sous ses fenêtres dans les quartiers huppés d'Adélaïde, et reprendre des coups, se refaire des bleus à l'âme au moment où elle fermerait la fenêtre et tirerait les rideaux à regret. Ou alors il pouvait sceller son cœur et ignorer Alison. Ce qu'il choisit de faire.

Puis quand il ralluma son téléphone à Hong Kong, ce fut au tour de Van the Man avec "Someone Like You", probablement la meilleure chanson d'amour jamais enregistrée. Elle était en train de transformer ces chansons en armes, bon sang. Et c'était la pagaille, ici, une ruche pleine d'une humanité venue du monde entier, des files d'attente et du bazar aux contrôles, et seulement deux heures d'escale, ce qui lui laissait à peine le temps de trouver un bar, bref il vit le lien et s'épargna cette agonie, il se sentit fort de ne pas l'écouter et, de toute façon, à quoi bon ces morceaux s'ils ne menaient nulle part ? Envoyer une chanson d'amour sans une vraie intention derrière était dérisoire. Pire que ça, c'était se moquer de ce qu'ils auraient pu réussir à faire dans la faille temporelle hippy qui s'était ouverte chez Sheila : le coup d'éclat spectaculaire qui devait changer leur vie, le projet qu'ils avaient prévu de mener à bien avant que McCormack ne débarque et reparte aussitôt avec sa plus précieuse possession bien rangée à côté de lui dans sa voiture rabaissée.

Atterrir à Heathrow fut comme se réveiller bien à l'abri dans son lit après un mauvais rêve. C'était son monde, peuplé de gens qui parlaient comme lui, dans un climat aussi humide et froid qu'on pouvait s'y attendre début février. Qu'est-ce qu'il était content de vivre ici, se dit-il ; qui pouvait supporter l'Australie ? Non mais vraiment ? Trop vaste, trop loin, trop brûlant. L'Australie, c'était terminé, il en avait fini avec ça.

Il dépassa les passagers qui fourmillaient autour du tapis roulant à bagages, s'avança d'un pas raide vers la douane puis la zone des arrivées et fut dans l'Heathrow Express moins d'une heure et demie après avoir atterri, direction Londres. Il prit ensuite la ligne Bakerloo jusqu'à Warwick Avenue, de là emprunta le chemin de halage pour se retrouver devant le *Veronica Ann*, où McCulloch semblait se tenir exactement à l'endroit où il l'avait laissé. À ce stade, Dan avait l'air halluciné, à force de lutter pour rester éveillé et furieux, et quand Jim descendit sur le quai pour l'accueillir, son visage avenant se brouilla d'inquiétude. “Dan, est-ce que ça va ?”

Non, pensa Dan, non, non et non, il faillit bien craquer comme un idiot mais McCulloch, qui cherchait à tout prix à attirer son attention, lui sauta brusquement dans les bras, se tortillant de joie à ne plus savoir qu'en faire tant il avait attendu ce jour mémorable, et Dan eut l'opportunité de se réfugier dans le rire, pas dans les larmes. Il avait dix-huit ans la dernière fois qu'il avait pleuré, vraiment pleuré, parce que c'était la dernière fois qu'il avait été mis plus bas que terre, et Alison en était la responsable aussi.

Il passa la nuit sur le *Crazy Diamond* mais il aurait tout aussi bien pu conduire toute la nuit, vu le peu de sommeil qu'il réussit à prendre. Son horloge interne était bousillée, et il s'avéra que l'épuisement ne suffisait pas à faire dormir un homme. À 3 heures du matin, il appela Duncan – béni soit-il – qui répondit à la deuxième sonnerie.

"Dan Lawrence, tu me manques, mon pote, mais est-ce que cet appel va me coûter des ronds ?"

Dan pouffa, il se sentait déjà un peu mieux, rien qu'à entendre le son de la voix de son ami. "Je suis à Londres, petit con. Je suis sur la péniche, et je partage mon lit une place avec un chien qui ronfle.

— T'es rentré ?" Duncan était perdu. "Ç'a été rapide.

— Pas pour moi, Dunc, c'était un peu torride.

— Quoi donc ? Qu'est-ce qui s'est passé ?

— Je..." Il s'interrompit, parce qu'il ne savait pas par où commencer. "Écoute, je rentre demain. Parlons-en autour d'une bière, au Gordon's.

— Ça va aller, Dan ? Je peux descendre te chercher si tu veux et faire le trajet retour avec toi ?"

Quel chic type, un véritable ami. Une fois encore, Dan remercia le ciel et Cathay Pacific de l'avoir ramené sain et sauf à la maison, de l'avoir ramené à la raison. "Non, non, je prendrai un train tôt demain matin, et j'ai McCulloch pour faire la conversation.

— Bon, vas-y mollo, prends pas de risques", dit Duncan, pas très convaincu. Les coups de fil en pleine nuit, c'était pas trop le genre de Dan, et malgré sa petite blague, il semblait triste, indéniablement, et ce n'était pas son genre non plus. "Écris-moi quand t'arrives. Je viendrai.

— Merci, mon vieux", dit Dan avant de raccrocher. Il ferma les yeux, parce que regarder au plafond lui faisait penser à Alison, mais ensuite elle emplit son esprit, elle réussit à s'y frayer un chemin, comme la lumière filtrant sous une porte. Il savait qu'il ne pourrait bientôt plus se raccrocher à sa colère, et ça l'angoissait qu'elle s'en aille, parce que la colère était sa seule défense.

De retour à Stockbridge, il se dit qu'il n'y avait pas meilleur endroit au monde. Au pub, Gordon Fuller était fidèle à lui-même, toujours aussi impénétrable quand il servit leurs deux bières à Dan et à Duncan, sans un sourire, juste un petit hochement de tête au moment de les poser sur le comptoir, mais Dan voyait du réconfort partout, dans les moindres détails de sa ville, et le visage impassible de Gordon était conforme à ses attentes, à ses espoirs même. La chaîne diffusait un blues morose de John Coltrane, et il y avait peu de monde dans le pub, ils avaient donc le choix pour la table, mais ils allèrent droit à celle qu'ils prenaient toujours les soirs de quiz, sans même se consulter, et ils s'assirent ensemble sur le banc en bois où Katelin et Rose-Ann avaient leurs habitudes. Ce côté-là invitait aux confidences – ça avait toujours marché pour les filles – et à présent Dan ressentait un grand soulagement de pouvoir raconter à Duncan son histoire, dont il donna tous les détails captivants, des prémisses à Sheffield jusqu'à la tristesse infinie de leur dernier jour. Cela prit du temps et quand Dan eut fini, Duncan hésita un peu puis dit : "Je dois dire que tu aurais mieux fait de me consulter, t'en as vraiment fait trop avec tes trois Nick Drake. Et « Sunshine Superman », alors ? T'y as pas pensé ? Là, tu t'es loupé. Toutes les filles adorent Donovan."

Dan lui lança un regard atterré. "C'est tout ce que t'as à dire ? Je me suis planté dans mes choix de morceaux ?

— Non, non, non, reprit Duncan, comprenant ce qu'il venait de faire. C'est pas tout ce que j'ai à dire, pas du tout, c'est juste que les chansons, c'est la meilleure partie de l'histoire, c'est extra – je veux dire, c'est pour ça qu'elles ont été écrites, enfin.

— Dunc, c'est pas juste une histoire, vieux. C'est arrivé, et ça m'est arrivé à moi, et ça vient juste d'arriver, OK ?

— Mais oui, je sais. Je sais." Il but une gorgée de bière puis siffla entre ses dents avant de dire : "Tu as gardé beaucoup de choses pour toi, ces derniers mois.

— Oui, et je suis désolé.

— Moi je vidais mon sac avec toi à propos de Lindsay et pendant ce temps-là, toi, tu te languissais de ta première copine et tu lui envoyais des chansons d'amour à Adélaïde ?

— Attends, attends, je ne t'ai jamais jugé quand tu es tombé amoureux de Lindsay.

— Non, mais j'avais quand même l'impression d'être le méchant, et si tu m'avais dit que tu allais voir ailleurs toi aussi… eh bien, ça n'aurait pas été pareil.

— Je cherchais rien. C'est juste arrivé, dit Dan.

— Ouais, bon, toi et moi on a fait pareil.

— Si tu veux, mais c'était pas pareil. J'ai peut-être été dans le déni pendant des semaines, mais je ne pensais pas qu'on pouvait avoir une histoire avec quelqu'un qui vit à des milliers de kilomètres et avec qui on se contente d'échanger des chansons.

— Oh, c'était une erreur d'entrée de jeu, la musique est quand même le carburant de l'amour, tout ça."

Dan rit, la mine grave. "Là-dessus tu as raison. Je n'aurais jamais dû aller là-bas. Je n'aurais pas dû dépasser le stade de l'imagination, du fantasme de celle qui s'est enfuie, parce qu'on est passés du paradis à l'enfer en un éclair.

— Ça a dû être rude.

— Je n'arrive pas à comprendre pourquoi elle a flanché de façon si spectaculaire. Elle a perdu tout son… oh, toute sa force et sa foi. Un moment on était tous les deux dans la chambre d'amis de Sheila, et l'instant d'après on se dévisageait comme des putains de boxeurs chacun dans son coin du ring, chacun à un bout de la pièce.

"Vous étiez au lit quand il a débarqué ?"

Dan frémit. "Non, on était assis, on écoutait de la musique.

— Quoi comme musique ?

— Bunnymen.

— *Crocodiles ?*"

Dan acquiesça. "Classe, fit Duncan.

— Tu vois, dit Dan en le montrant du doigt. Tu recommences, tu te laisses distraire par cette satanée musique.

— Désolé." Il prit une longue gorgée, vida son verre, le reposa et dit : "Mais non, je ne suis pas distrait, parce que la musique est centrale, non ? C'est la musique qui vous a fait décoller, qui vous a attendris et tout, je parie que c'est ce qu'elle va faire maintenant, écouter les morceaux que tu lui as envoyés, penser à toi, parce que c'est toi qui as commencé, et t'as vraiment assuré en lui envoyant "Pump It Up", et c'est même pas une chanson d'amour. Je suis jaloux. J'aurais voulu y penser."

Il se leva pour aller chercher deux autres bières et Dan pensa à Alison en train d'écouter ses chansons. Était-ce justement le cas, là ? Il s'était dit qu'elle avait sûrement tout effacé, vidé le fil de leur conversation pour rendre son téléphone vierge de tout reproche, pour perdre sa trace. Mais ensuite elle avait continué à lui en envoyer. Enfin, elle lui en avait envoyé deux – rien depuis la veille – mais deux choix extraordinaires, le genre de choix qui, s'il s'autorisait à les écouter et à voir les paroles comme un message de la part d'Alison, lui ferait admettre une fois encore qu'elle était faite pour lui, et qu'il s'agissait là d'un amour rare et exceptionnel… sauf qu'il y avait ce fait irréfutable : sa fuite.

"Elle m'a largué, au final, dit Dan dès que Duncan s'approcha de leur table. À la seconde où son mari est arrivé, elle m'a largué."

Duncan fit la grimace, secoua la tête. "Allez, sois juste, dit-il. Qu'est-ce que t'aurais fait si c'était Katelin qui s'était pointée ?"

Dan répondit du tac au tac. "Gardé le cap. Ce qui est sûr, c'est que je n'aurais pas réagi comme Alison.

— Mais bien sûr que si, dit Duncan. T'aurais fait pareil. T'aurais dévalé l'escalier et tu serais sorti de là comme si ta vie en dépendait. C'est dans la nature humaine."

Dan regarda son ami, sans voix. Duncan se méprenait sur son compte, parce que Dan était intimement persuadé qu'il n'aurait jamais, sous quelque prétexte que ce soit, fait à Alison ce qu'elle lui avait fait à lui. Si Katelin avait débarqué à la place de Michael, il se serait tenu aux côtés d'Alison et aurait affronté la colère, absolument, sans l'ombre d'un doute, et il n'en était que plus bête parce que cela faisait deux fois maintenant qu'elle l'avait amené à tomber amoureux d'elle et qu'elle l'abandonnait, et il l'aimait encore, il ne cesserait sans doute jamais de l'aimer, et elle avait l'air d'essayer de lui dire à travers la musique qu'elle l'aimait aussi, mais il ne croyait plus en son amour, ni en ses chansons.

"Ne dis pas ça, répondit-il à Duncan. Ne dis pas que j'aurais fait comme elle. Ne le pense même pas." Son ami acquiesça, mal à l'aise. Dan avait la mine sombre et maussade. "Je n'aurais pas déguerpi, parce que je l'aime trop pour ça, ajouta-t-il.

— D'accord, OK." Duncan entendait maintenant parfaitement sa souffrance et sa conviction, et il regrettait le ton qu'il avait eu juste avant, trop macho, trop enjoué.

"Je l'aime et elle ne m'aime pas. C'est fini."

Duncan réfléchit à cette affirmation un moment, et se demanda si ce ne serait pas mieux pour Dan de rester sur cette idée : mieux pour Katelin, mieux pour lui-même aussi, si ça voulait dire garder Dan ici à Stockbridge. Mais il lui dit : "Tu n'en sais rien.

— Mais si. Je crois que c'est assez clair.

— Pas pour moi, dit Duncan. Souviens-toi de ce que tu m'as dit. Tu m'as expliqué qu'Alison avait un passé douloureux et que McCormack l'a sortie de là comme le chevalier Galahad, alors, qui sait, elle se sent peut-être redevable à vie ?"

Dan fit tourner cette idée dans sa tête et il y avait du vrai.

"Elle a peut-être senti qu'elle n'avait pas le choix, poursuivit Duncan. Elle n'est peut-être pas aussi forte que toi, mais ça ne signifie pas nécessairement qu'elle t'aime moins."

Il se recala dans son siège et jeta à Dan un regard plein de compassion. Il était sûr de n'avoir jamais souffert pour une fille comme Dan semblait souffrir à présent, et ça lui fit plaisir quand son ami lui dit : "Ouais, peut-être. Merci, mon vieux."

C'était un petit réconfort, se dit Dan, mais peut-être que Duncan avait raison. Peut-être que, prise par le stress intense de cette confrontation, Ali s'était cramponnée à son mari, par sens du devoir, et non par amour. Peut-être qu'elle souffrait elle aussi. Peut-être que le regret la consumait. Peut-être qu'elle était en train d'écouter Rory Gallagher ou John Martyn en se souvenant de la bouche de Dan parcourant tout son corps.

Et là l'écran de son téléphone s'alluma sur la table et Duncan se contorsionna pour voir ce que c'était. "Elle nous a rejoints", dit-il.

Dan regarda l'écran. *Ali Connor vous a envoyé un message.*

"Allez !" Duncan poussa le téléphone vers Dan. "Voyons ce que c'est."

Dan le prit et ouvrit le lien, pour lui tout seul d'abord, histoire de voir s'il avait envie de le partager. "Joni Mitchell, dit-il ensuite. « A Case of You ».

— Sacrée chanson", dit Duncan, mais Dan verrouilla son téléphone et le reposa. Ils avaient écouté *Blue* sur la route, pendant ce long trajet vers le nord ; elle faisait son éducation, avait-elle dit, il fallait bien le sevrer des types aux guitares électriques. *"You are in my blood, like holy wine."* Comment pourrait-il encore écouter cette chanson sans s'effondrer d'avoir perdu Alison ? Il regarda son ami et Duncan attendit.

"J'essaie de m'endurcir, dit Dan. Je pensais que je m'en sortais bien, mais je me mentais. C'est comme essayer de se défaire de son ombre."

Le silence s'installa puis Duncan dit : "Donc tu allais quitter Katelin ?"

Une question si simple. Effroyable de simplicité. Quitter Katelin. Quitter sa compagne de toute une vie, comme si ce n'était pas plus méchant que de descendre d'un bus et de remonter dans un autre. Enfin, oui, en Australie ça avait paru aussi simple que ça. Plus encore, ça avait paru être la seule chose à faire, comme si sa vie, son destin étaient en train d'être réajustés par une plus haute autorité. Et il y avait Sheila, qui l'avait raccompagné jusqu'à l'aéroport d'Adélaïde et lui avait dit que son principal devoir était celui qu'il avait envers son propre cœur. Et il y avait Alison, belle, vulnérable, complexe, incomparable. Elle avait chanté pour lui dans la voiture, aussi ; elle avait chanté "Chelsea Morning", une autre chanson de Joni qu'il ne connaissait pas, mais bon Dieu, ç'avait été l'un moments clés de sa vie, l'Australie-Méridionale par la vitre ouverte, Alison Connor à côté de lui, la poésie de Joni Mitchell, la voix d'Alison. Alison.

Duncan, qui attendait toujours une réponse, le ramena au présent en demandant : "Alors ?

— Ouais, dit Dan. J'allais quitter Katelin."

Début mars, les femmes rentrèrent par un vol Londres-Édimbourg, il n'y eut donc pas de retrouvailles sur le quai de Waverley Station et, à la place, elles partagèrent un taxi qui déposa Rose-Ann à New Town avant de continuer jusqu'à Stockbridge pour Katelin. Dan ne savait pas comment il vivrait les choses en la voyant ni si elle verrait que quelque chose avait changé en lui, mais au final elle était trop focalisée sur son voyage pour remarquer que Dan était plus sombre qu'elle ne l'aurait imaginé. Ses taches de rousseur ressortaient un peu, elle parlait comme un moulin, était un peu plus dodue qu'avant son départ – elle disait qu'elle avait mangé comme quinze – et elle portait une casquette des Lakers d'où s'échappait à l'arrière sa queue de cheval rousse, comme les pom-pom girls les jours de match. Elle était dorée par le soleil, pétillante ; cette aventure lui avait fait beaucoup de bien, disait-elle. Elle n'était pas contre une petite pause avec Rose-Ann mais elles avaient vraiment passé des moments extraordinaires toutes les deux. "Elle pense trop, dit Katelin quand ils furent dans la maison. C'est juste ça. Elle réfléchit trop pour la moindre décision, elle pèse le pour et le contre jusqu'à ce que tu ne te souviennes même plus de quoi il s'agissait à la base. Et elle avait besoin de parler de la transgression de Duncan, ça nous a occupées pendant tout le trajet de JFK à Cincinnati.

— Quoi ? ! Mais ça doit faire plus de mille kilomètres", s'exclama Dan. Il était en train de lui faire du thé, et elle dit que ce serait sa première tasse digne de ce nom depuis son départ puisque, aux États-Unis, ils étaient très café, du café dégoûtant qui passait la journée à être réchauffé, pas étonnant qu'il soit à volonté, et à part ça, c'étaient des sachets de Lipton Yellow plongés dans des mugs d'eau tiédasse. Bla bla bla ; une vraie pile électrique, se disait Dan, mais le décalage horaire pouvait avoir cet effet, vous faire tenir grâce à une drôle d'énergie chimique. Ou alors il pouvait détecter votre chagrin profond et vous tirer vers le bas jusqu'aux limbes du désespoir. Peut-être, se dit-il, que le jet-lag s'adaptait à votre état d'esprit du moment.

"Ouais, je sais pas combien ça fait de kilomètres, continua Katelin. Mais ça a duré douze heures et je crois bien que la conversation aurait pu durer plus longtemps que l'aventure de Duncan si je ne lui avais pas dit : « On peut arrêter de parler de Duncan quand on arrive à Cincinnati ? », et là elle a fait : « Oh mon Dieu, Katelin, je suis teeellement désolée, je parle en boucle depuis tout à l'heure et tu as été teeellement patiente déjà. »" C'était une imitation parfaite de la façon de parler très côte ouest de Rose-Ann, et Dan éclata de rire.

Ils prirent place sur la banquette de la cuisine, McCulloch se roula entre eux, et Katelin continua à raconter, le plouc avec son fusil qui avait tiré sur leur voiture en marche au Nouveau-Mexique, l'auto-stoppeur qui leur avait lu les lignes de la main en échange de la course. Rose-Ann avait plein de lignes d'argent, nettes et profondes, leur avait-il dit.

"Il se trompait pas, dit Dan. Et toi ?

— Belle énergie, caractère explosif, ambitieuse jusqu'à un certain point, visiblement. J'ai des mains de feu, en gros ça veut dire que j'ai des doigts potelés.

— Je n'avais jamais fait attention, dit Dan en lui attrapant la main. Mais maintenant que tu le dis…"

Elle éclata de rire en lui donnant une tape à l'oreille. "C'est encore mieux pour te taper, dit-elle. Rose-Ann a des mains d'eau. Elles sont magnifiques, ses mains, de longs doigts et des ongles ovales, des mains de pianiste.

— Mais elle n'en joue pas.

— Je sais bien, mais elle pourrait.

— Je n'ai jamais voulu connaître mon avenir, dit Dan.

— Il ne s'agit pas vraiment de l'avenir, selon Devin.

— Devon ?

— Dev-IN, dit Katelin. Le type qu'on a pris en stop. La ligne de vie ne te dit pas combien de temps tu vas vivre, c'est une erreur que tout le monde fait. Devin disait que ça indique juste quel *genre* de vie il est possible que tu mènes, ta vitalité et ta vigueur, tu vois ? Fais voir." Elle prit sa main droite et l'étala bien à plat devant elle puis elle traça l'arc de la ligne qui courait du bord de la paume au-dessus du pouce jusqu'à la base du poignet. "Ta ligne de vie", déclara-t-elle presque triomphante, comme si elle ne s'attendait pas à ce qu'il en ait une ; ensuite elle rapprocha son visage pour mieux l'examiner : "Oooh, regarde, c'est une ligne double, c'est rare. Devin en a une aussi, il nous l'a montrée.

— J'en doute pas. Je suis pas hyper à l'aise avec l'idée que tu prennes des hommes errants en stop. T'as jamais vu *Hitcher* ?

— Ça signifie que tu as rencontré ton âme sœur, ou que tu mènes une double vie. Alors, lequel des deux ?

— Quoi ? dit Dan.

— J'imagine que c'est plutôt le truc de l'âme sœur, dit Katelin. Je le saurais si tu étais bigame. Il y aurait moins de vêtements dans le panier à linge, pour commencer.

— Tu sais quoi ? dit Dan en retirant sa main. Assez de baratin comme ça."

Katelin bâilla soudain et dit : "Mon Dieu, je crois que je pourrais dormir une semaine entière. J'aimerais beaucoup prendre un bain et m'endormir devant un film." Sa façon de dire "film" comme si elle essayait d'en faire sortir une autre syllabe : c'était une des choses qui l'avaient fait craquer, cet accent irlandais. Katelin Kelly, jamais, au grand jamais Kate – et gare à vous si vous commettiez cette erreur. Elle avait un caractère bien trempé, elle était peu commode, et bougon ; la mère de

Dan l'avait trouvée terriblement difficile, rebelle et contrariante. Katelin n'avait pas voulu d'enfant puis elle avait changé d'avis mais n'en voulait qu'un, et dès le début elle s'était moquée de l'idée du mariage et tenait à ce qu'on ne soit ensemble que par choix, toujours et à jamais. Ça n'avait pas plu, dans les deux familles, mais Dan l'avait énormément admirée pour ça, il la trouvait courageuse, effrontée et originale. Et là, tout en l'embrassant sur la joue avant de monter lui faire couler un bain, il se demanda si elle pourrait honorer cette liberté de choix, s'il lui disait qu'il l'aimait toujours mais qu'il en aimait une autre plus encore, et différemment. Aucune chance. La garantie de cet arrangement avait expiré depuis longtemps.

"Oh ! cria-t-elle dans son dos alors qu'il quittait la pièce. Je ne t'ai pas demandé comment c'était, Hong Kong.

— Ah, c'était le boulot, ça peut attendre", et son pas se fit lent dans l'escalier, et lourd. Il se sentit étrangement désappointé, comme si Katelin l'avait déçu simplement en étant elle-même.

Deux jours après son retour à la maison, il lui dit tout. Rien ne l'y forçait, elle ne soupçonnait rien, et à coup sûr ça partait d'un élan égoïste, une manière de donner de la réalité à sa relation avec Alison, de l'étaler au grand jour pour être sûr que ce n'était pas le fruit de son imagination. Il pensait qu'en disant la vérité il se montrait respectueux envers Katelin, ouvert et honnête, mais ce n'était pas ça, en trente ans il lui avait caché des tas de choses : flirts, demi-amourettes, petit tour du côté de la cocaïne quelques années plus tôt, et les joints qu'il fumait, plus régulièrement qu'elle ne se l'imaginait. Il espérait qu'elle aussi avait eu des secrets pour lui, vraiment, tout le monde avait droit à quelques sorties de route, et si elle s'était vantée d'avoir couché avec quelqu'un sur la plage de Santa Monica, il n'aurait ressenti qu'un grand soulagement. Mais elle ne raconta rien de tel. Elle resta simplement assise sur le rebord de leur lit, très calme, et il vit son teint passer par toutes les couleurs tandis qu'il lui disait, le plus en douceur possible, qu'il était tombé amoureux d'Alison Connor, mais que c'était fini à présent.

"La femme qui a écrit ce livre ?" demanda Katelin, à la fois perplexe et consciente qu'elle l'avait pressenti tout du long. Dan acquiesça.

“Et c’est la raison pour laquelle tu es allé à Hong Kong ? Pour pouvoir aller la voir ?

— Oui, dit-il. Je veux dire, il y avait bien un festival, j’ai travaillé, mais oui, c’est la raison pour laquelle j’y suis allé.”

Il s’était attendu à un ouragan, mais ça ne vint qu’après, et à la place tout fut très très silencieux dans la chambre, malgré ses larmes, et elle pleura longtemps, en silence. Il ne pouvait pas la réconforter, ni la rassurer, parce qu’elle ne le laisserait pas la toucher, ne voudrait pas lui parler, ni le regarder dans les yeux. Elle le laissa complètement en dehors de son chagrin et il ne savait pas quoi faire. Il venait de donner à leur existence une nouvelle couleur et une nouvelle forme, et il n’en finissait pas de regretter de ne pas l’avoir laissée dans l’ignorance. On surestimait la vérité : en réalité elle n’apporterait rien ni à l’un ni à l’autre.

26

ADÉLAÏDE,
7 JUILLET 2013

Cette jolie ville si agréable pouvait devenir tellement morne, les mois d'hiver, se disait Ali : froide, humide, venteuse et étrangement inhospitalière. L'été et au début de l'automne, c'était la saison des festivals – de livres, de musique, de théâtre –, des pique-niques sur la plage et des barbecues dans les jardins. Mais absolument personne – enfin, personne dans la galaxie des McCormack – ne semblait s'amuser au fil des longues semaines d'hiver ; au contraire, tout le monde rentrait un peu dans sa coquille, et l'esprit d'Ali combattait cette tendance, même si Michael considérait lui que c'était le cours normal des choses. À la même époque l'année dernière – avant Dan, c'est ce qu'il voulait dire sans le dire –, elle était parfaitement heureuse d'attendre la fin de l'hiver comme tout le monde, tirer les rideaux, regarder un peu la télé, écrire de longues heures à son bureau, déguster le ragoût de lapin de Beatriz, et guetter le soleil.

"Je vois juste pas pourquoi tout le monde entre en hibernation", dit Ali, qui en était à détester le monde entier et faisait donc son possible pour rendre les choses encore pires qu'elles ne l'étaient. Elle était dehors, à genoux, le bras enfoui dans un tuyau qu'elle avait entrepris de désobstruer, un amalgame de feuilles pourries s'étant formé après une grosse pluie. Elle déposait chaque récolte sur la dalle à côté d'elle dans un grand claquement excédé. L'odeur, le gluant : une combinaison qui représentait bien son état d'esprit, parce que dans la lutte pour retrouver leur équilibre de couple, Ali et Michael étaient en colère à tour de rôle. Et là, Ali venait de sauter sur une occasion. "Dieu nous a interdit de nous amuser un peu, c'est ça ? Je propose d'inviter quelques amis, d'avoir du monde à table pour une fois et tu réagis comme si j'avais proposé une soirée échangiste. On se fait *chier*, Michael."

Il se tenait debout sans un mot, stoïque, et l'observait.

"Tu te rends compte qu'on mène exactement la même vie que tes parents et leurs parents avant eux ?

— Je ne vois pas où est le problème", dit-il pour rester aussi loyal envers la mémoire de ses aïeux qu'il l'était envers sa femme.

Il rôdait dans son dos, et il se sentait impuissant, passablement énervé, et agressé. Il était rentré à la maison et l'avait trouvée dans le jardin, le soir tombait rapidement, et elle retirait des mottes nauséabondes de végétation noircie des entrailles des tuyaux d'évacuation, et si ça ce n'était pas passif-agressif alors qu'est-ce que c'était ? "Allez, Ali, tu sais que tu aurais pu laisser ça à Eddie, dit-il. Il vient demain. C'est lui qui met les mains dans ce genre de merdier, c'est pour ça que je le paye.

— Qu'*on* le paye, dit Ali. Qu'*on* le paye, Michael.

— Ouais, OK, qu'on le paye. Bon sang…"

Elle s'assit sur ses talons. "Voilà, c'est nettoyé, dit-elle en regardant le trou puis le toit. Les feuilles sont entraînées dans le tuyau avec l'eau de pluie. Le problème, c'est cette satanée cendre et ce suif."

Il garda le silence un moment puis dit : "Je demanderai à Eddie de nettoyer plus souvent les gouttières. Et maintenant, est-ce qu'on peut rentrer ?

— Vas-y, toi. J'arrive dans pas longtemps", dit-elle et il hésita un instant, comme s'il avait quelque chose en tête, puis il tourna les talons et disparut à l'intérieur. Ali remit en place la grille et le filet censés retenir les feuilles, puis renifla sa main qui sentait mauvais à cause du dépôt gluant et moisi, mais elle s'en fichait, et s'il n'avait pas fait nuit noire, s'il n'y avait pas eu ce vent, elle se serait occupée des gouttières elle-même sur-le-champ, plutôt que d'affronter une nouvelle soirée sur le canapé à côté de Michael, en silence. Elle ferma les yeux et s'autorisa cinq minutes pour penser à Dan, cinq minutes pour imaginer qu'elle pouvait s'adresser à lui, même encore maintenant ; l'atteindre, où qu'il soit, et exprimer ce qu'elle avait dans le cœur à travers une chanson.

Elle passa ses mains sous le robinet du jardin pour retirer le gros de la boue avant de rentrer dans la maison parce que Beatriz ne supportait pas les odeurs méconnues dans l'évier immaculé de la cuisine. En réalité, ça c'était avant, avant que Stella ne quitte la maison et que Beatriz ne semble plus se préoccuper de rien. En mars, quelques jours avant son départ, la vieille femme avait soudain compris que Stella partait seule, et ça lui avait mis un coup parce qu'elle s'était tout de suite imaginé tous les dangers qui la guettaient. En rinçant ses doigts, Ali pensa à Beatriz, là-haut dans ses appartements, où elle passait le plus clair de son temps ces derniers jours. Plus rien n'était comme avant, ici. Après l'Italie, Stella était déjà en Espagne, Thea toujours à Melbourne, Michael dans la tourmente et Beatriz en deuil. Et elle, alors ? Elle en était où ? Bonne question, se dit-elle ; inutile de retenir ta respiration le temps de trouver la réponse.

Sa main finit par se teinter légèrement de bleu sous l'eau du robinet alors elle l'essuya sur son jean et entra dans la maison par la porte de derrière. Michael avait trouvé un mijoté de poulet au congélateur qu'il avait mis au four, et l'odeur qui s'en dégageait était réconfortante, un peu comme avant. Puis Ali chercha des yeux son téléphone sur le plan de travail et remarqua tout de suite qu'il avait été déplacé ; il était là près de la théière et il n'était plus près de son sac à dos, alors soudain tout sentiment de réconfort la quitta et fut remplacé par le bruit sourd qui résonnait dans sa poitrine et s'apparentait à de l'angoisse ou de la colère, elle n'en savait rien, mais elle prit son téléphone, sortit de la cuisine pour aller au salon, où Michael était en train de regarder le match Port Adelaide-Essendon à la télé. Il leva la tête, souriant, et puis son sourire se fana.

"Tu as regardé dans mon portable", dit-elle.

C'était de la colère, comprit-elle, pas de l'angoisse. Elle était dans son bon droit, cette fois.

Après un silence, il leva les mains en l'air, il n'avait aucune honte à être pris la main dans le sac. "Ça m'aide à pas devenir dingue, répondit-il.

— Tu n'as pas à faire ça", dit Ali. Sa voix tremblait un peu. "J'ai droit à mon intimité. Tu ne peux pas continuer à me traiter comme une délinquante."

Le commentateur à la télé s'emporta dans un accès d'excitation et Michael coupa calmement le son. "Ce droit à l'intimité est plus que discutable. Je ne te fais toujours pas confiance. Je te faisais confiance, mais plus maintenant, pour des raisons évidentes."

Ce qu'elle détestait cette moralité d'aristocrate, cet étalage démesuré de sa déception. Il avait des décennies d'expérience en tant que pédiatre, il savait donc parfaitement gérer les crises, et il avait cette façon bien à lui de parler sous la contrainte – calme, réfléchie, rationnelle – qui lui donnait envie de le gifler.

"Je pense que tu as été en contact avec lui", dit-il.

Elle eut mal au cœur, se sentit un peu faible et monstrueusement fatiguée.

"Je n'ai pas contacté Dan Lawrence", déclara-t-elle, ce qui était la vérité, mais pas toute la vérité. Trois morceaux, voilà ce qu'elle lui avait envoyé, les premiers jours de leur séparation. Mais rien depuis, rien en cinq mois.

Il s'assit au bord du canapé, les coudes sur les genoux, et il la regarda intensément pendant un moment ; puis il dit : "Tu es colérique avec moi. Tu n'as aucun geste d'affection, pas une fois tu n'es venue vers moi pour faire l'amour, et tu as tressailli hier quand je t'ai embrassée, non ? Je parierais que oui. Tu n'es plus satisfaite de notre vie de famille. Notre vie de famille ? Alors quoi, toute la société d'Adélaïde n'a plus tes faveurs parce qu'on est bornés, limités, étroits d'esprit, fermés et radins. Tu fais de ton mieux pour te rendre pénible la vie dans cette maison, raison pour laquelle je t'ai trouvée ce soir à genoux dans le noir à remonter des cochonneries des putains de tuyaux, *à mains nues* !"

Michael jurait rarement, et ne criait jamais, donc quand il faisait les deux, c'est vraiment qu'on l'avait provoqué. Mais elle aussi avait été provoquée. Elle aussi.

"Ce pour quoi je « fais de mon mieux » ici, Michael, c'est être la personne que tu veux que je sois, dit-elle tout bas. Mais cette relation n'est pas tenable si tu t'obstines à me traiter en inférieure.

— Regarde comment tu peux dire « cette relation n'est pas tenable » avec autant… autant de sang-froid, dit-il. C'est comme si ça n'avait plus aucune importance pour toi que ça s'arrange ou pas entre nous.

— Je ne vivrai pas dans ce climat de suspicion permanente. Je ne serai pas pour toujours cette… cette sous-personne, la méchante, la faible.

— Ali, je reconnais que j'ai jeté un œil à ton téléphone à l'instant, c'était un réflexe, une intuition. Mais c'est la première fois que je le fais depuis des semaines, et j'ai pas aimé ça, j'avais juste besoin de me tranquilliser.

— Et tu as trouvé ce que tu cherchais ?

— Non, dit-il. Je ne savais pas ce que je cherchais, et de toute façon le cœur n'y était pas."

Il semblait un peu défait, tout à coup, et elle ressentit un réel élan de compassion devant ce qu'elle venait de lui faire endurer – lui faisait encore endurer. Ni l'un ni l'autre n'avaient besoin de cet esclandre. Elle avait laissé son téléphone sorti ; il l'avait vu, avait fouillé et puis était passé à autre chose. Rien de si grave.

"Alors, ce match ?" demanda-t-elle, en désignant les footballeurs silencieux dans le coin de la pièce.

Il parut se radoucir, relâcher la tension. Peut-être que Michael ne cherchait pas la confrontation, se dit-elle. Peut-être que tout ce qu'il voulait, c'était sa vie d'avant. Et après tout, cette vie n'avait quand même pas été si mal, pour tous les deux, hmm ? Dans l'ensemble ? Elle s'assit à côté de lui.

"C'est pas brillant, dit-il. En fait, c'est même l'horreur, mais ils font courir Port.

— Ouais, bon, Port s'en sort toujours mieux que ces satanés Crows."

Il tourna la tête brusquement et la regarda.

"Quoi ? demanda-t-elle, détournant les yeux de l'écran pour le regarder à son tour.

— Tu n'as jamais utilisé cette expression avant : satané… Et maintenant tu le dis à tout bout de champ."

Elle haussa les épaules mais rougit au niveau des joues et de la gorge, et il le remarqua aussi.

"C'est un truc de Sheffield, ça, hein ? dit-il d'un ton acide. Un truc du bon vieux temps ?"

Ce ne fut l'affaire que de quelques secondes, mais à l'instant où ces mots furent prononcés, l'atmosphère dans la petite pièce tourna, et elle savait qu'elle ne pouvait ni s'expliquer ni endurer une autre scène, alors elle se leva et le laissa ruminer les événements ; ruminer sur ce qu'il savait et ce qu'il ignorait, et regarder la fin du match tout seul.

Elle avait effacé leur liste de morceaux sur Twitter des mois plus tôt, mais elle la connaissait par cœur, ils étaient tous regroupés sur son iPod dans une playlist qu'elle avait nommée *Mixtape*. Mettre ses écouteurs et les écouter sans interruption était un de ses plus grands plaisirs, de la première pulsation de "Pump It Up" au fondu final de "Go Down Easy". Elle avait supprimé les trois derniers, les trois auxquels il n'avait pas répondu, parce qu'à ce moment elle savait qu'elle l'avait perdu, mais malgré tout elle adorait cette playlist, elle adorait ce qu'elle disait d'elle, de Dan et du chemin qu'ils avaient parcouru pour en arriver là. Mais ce soir, pourtant, la playlist ne faisait que la remplir de tristesse, ce qui était déjà arrivé : parfois le souvenir de la joie ne suffisait pas à lui en donner, il n'y avait plus que la distance et la douleur de l'avoir perdu. Elle alla jusqu'à "Let's Dance" et là M. Ward vint la cueillir avec sa mélancolie intimiste, alors elle retira ses écouteurs et s'allongea par terre dans son bureau, les larmes ruisselant de chaque côté de ses yeux vers ses tempes jusqu'au parquet. Elle se faisait l'effet d'un gros tas de pathos, à s'apitoyer sur son sort comme ça, et elle se détestait d'être son pire ennemi, de vouloir ce qu'elle ne pouvait pas avoir, de ne pas avoir eu la force ou l'imagination, quand l'occasion s'était présentée, d'abandonner une vie pour se lancer dans une autre. Cass avait d'abord été en colère contre elle : compatissante et en colère, les deux à la fois. Elle lui avait servi le dicton : "Comme on fait son lit, on se couche" puis avait murmuré : "Oh, ma chérie" et elle l'avait serrée contre elle quand Ali avait éclaté en sanglots. C'était il y a des mois, en février, peu après son retour de Quorn, et oh... tellement de larmes avaient coulé depuis, et maintenant, une fois de plus, elle se couvrait le visage des mains et s'abandonnait au chagrin. Le temps ne cicatrisait pas cette plaie. Elle n'arrivait plus à avoir les idées claires. Elle n'arrivait plus à écrire. Elle n'arrivait plus à rendre Michael heureux – même s'il disait le contraire, même s'il avait foi en leur passé, pensait que le bonheur résidait dans la façon dont les choses étaient avant, et pouvaient redevenir, et au début tout cela l'avait réconfortée, mais dans des moments comme ça, Ali voyait que croire en l'ordre parfait de leurs vies antérieures pouvait tout aussi bien être une forme d'aveuglement qui les retenait. Ne pouvaient-ils pas tous les deux être libérés des contraintes ? Est-ce que ça ne leur serait pas bénéfique à tous les deux de se dégager de toutes ces couches constituées d'habitude et d'attendu. Mais comment libérer quelqu'un qui ne se considère pas enchaîné ? Et de toute façon, tout ce que Michael trouverait à dire c'est que ce qu'Ali appelait la liberté, lui appelait ça l'adultère. Il était d'une moralité brutale, d'une droiture constitutionnelle. Et puis il y avait aussi ça : il disait qu'il l'aimait, et ne désirait aucune autre femme.

Mais dans l'intervalle, ils avaient tous deux oublié ce qu'était l'harmonie, ici dans leur belle maison. Chaque jour la température émotionnelle semblait varier, et ça mettait Ali sur ses gardes, tout le temps, elle essayait de lire les nuances dans les expressions, la voix, le langage corporel de Michael. Elle n'en pouvait plus, elle ne supportait plus d'être celle qui avait fauté, elle le lui avait dit et redit, mais il ne comprenait pas ce que ça faisait d'être condamnée à être coupable toute sa vie pour l'avoir – une fois, une seule fois dans son histoire au demeurant irréprochable – déçu de façon si spectaculaire.

Elle avait essayé d'aimer Michael plus qu'elle ne l'aimait, mieux qu'elle ne l'avait jamais aimé. Elle avait essayé, aussi, d'oublier Dan, d'oublier ce qu'elle avait ressenti avec Dan, mais les souvenirs étaient trop nombreux et ce qui était fait était fait. Il y avait la musique, la conscience qu'ils étaient faits l'un pour l'autre, la certitude qu'elle se rapprochait d'une forme de rédemption qu'elle avait crue jusqu'ici impossible, et peut-être même du chemin qui la mènerait vers son frère perdu. Et puis il y avait aussi, toujours et à jamais, le bonheur absolu. Elle ne dirait jamais, elle ne pourrait jamais dire à Michael à quel point faire l'amour pouvait être magnifié, quand ça se passait entre les deux bonnes personnes, et Michael évitait soigneusement le sujet, peut-être par instinct, pour se protéger et ne pas souffrir encore davantage. Il avait ses théories et ça revenait à ça : elle avait – brièvement – craqué, leurrée par ce qu'elle avait vécu plus jeune, mais c'était un effet de lumière, une illusion ;

Michael disait qu'une véritable relation s'appuie sur la longévité, de bonnes fondations, des tonnes de souvenirs. Ali, qui gardait ses pensées pour elle et avait acquiescé avec une sorte d'assentiment ambigu, savait néanmoins qu'il se trompait. Ce pour quoi elle avait "craqué", c'était l'amour véritable.

Plus tard, revenue de la vallée des larmes, elle alla faire un tour dans la chambre de Beatriz et elle trouva la vieille dame assise dans son rocking-chair, les yeux dans le vide.

"Bonjour Beatriz", dit Ali. Elle s'agenouilla à côté d'elle et enveloppa l'une de ses mains frêles dans les siennes. Sa peau était aussi fine qu'une feuille de maïs, et tout aussi sèche. "Tu veux que je t'apporte quelque chose ? Un café, peut-être ? Un toast de pain au raisin ?" Mais Beatriz secoua tristement la tête comme si ces plaisirs simples – boire, manger – lui étaient devenus indifférents. Beatriz, toujours affairée, figure du bonheur, le cœur battant de la maison McCormack, avait décrété que ça suffisait ; elle avait déjà tant de raisons de s'inquiéter, alors elle ne soucierait plus de rien d'autre. Elle se contenterait de se balancer tranquillement sur son fauteuil, dérivant dans une autre dimension, et passerait son temps dans sa tête avec les personnes de son lointain passé. Et cela rendait Ali triste, elle savait qu'elle avait sa part de responsabilité dans le déclin de leur chère Beatriz. Elle avait été égocentrique, embourbée dans ses difficultés, et elle avait fini par rendre Beatriz méfiante ces derniers mois : en rendant Michael malheureux, en envoyant Stella en Europe sans sourciller, ce que Beatriz ne s'expliquait pas. Depuis le départ de Stella, les journées de Beatriz n'avaient plus aucune structure, sans enfant à nourrir, sans jeune fille en pleine croissance à gâter de pâtisseries et de câlins, et pendant ce temps-là, telle la rumeur sourde de tambours guerriers, il y avait eu le petit traumatisme du mariage abîmé d'Ali et Michael. Ils avaient tenté, quand ils n'oubliaient pas, ou quand ils maîtrisaient suffisamment bien leurs sentiments, de protéger Beatriz de la trajectoire en zigzag de leurs émotions qui volaient dans tous les sens, mais regarde-la à présent, se disait Ali : la vieille femme avait les yeux, les oreilles de la sagesse et des décennies d'expérience ; elle savait tout, bien évidemment.

“Écoute, Beatriz, j’ai parlé à Stella aujourd’hui.
— Tu me l’as dit, oui, répondit-elle d’un ton monotone.
— Je sais, mais tu étais fatiguée et je ne t’ai pas raconté ce qu’elle m’a dit. Devine où elle va maintenant ?”
Beatriz soupira et changea de position dans son fauteuil. Elle baissa les yeux sur sa main dans celles d’Ali puis les leva vers le crucifix accroché au mur d’en face. “Dis-le-moi, dit-elle sans conviction.
— Au Portugal ! Elle va descendre en train, traverser un bout de l’Espagne. Elle t’enverra une carte postale de Porto. Et une photo des eaux scintillantes du Douro de nuit.
— Et elle est toujours toute seule ?”
Oui, pensa Ali, toute seule et très bien. “Non, non, ils sont toute une petite bande, dit-elle à Beatriz. Des amis qu’elle s’est faits en chemin.”
Beatriz tourna la tête pour regarder Ali. “Elle est toujours toute seule ? répéta-t-elle.
— OK, oui, dit Ali, parce qu’elle avait déjà assez menti comme ça dans cette maison. Mais, Beatriz, elle est super heureuse, elle va bien, et elle t’embrasse.”
D’en bas, la voix de Michael – tout feu tout flamme, pour montrer qu’il avait retrouvé le moral – leur parvint à travers la porte close. “Qui a faim ? cria-t-il. Le dîner est servi !
— Beatriz ? demanda doucement Ali. Est-ce que tu veux bien venir manger avec nous ?”
Elle secoua la tête. “Je n’ai pas faim.
— Sûrement que si. Je ne sais pas de quand date ton dernier vrai repas. Peut-être que tu as faim mais que tu ne t’en rends pas compte. Peut-être que si tu venais avec moi en bas…
— Ali, je ne peux pas manger, je n’ai pas le désir de manger, et tu as des choses à régler avec Michael qui ne me regardent pas.
— Oh, Beatriz.” Elle mourait d’envie de l’entendre dire : Ali, ma fille.
“Vas-y, dit Beatriz. Rends ton mari heureux et laisse-moi tranquille. Je préfère rester ici, dans mon coin.” Et elle détourna la tête avec tellement d’emphase qu’Ali lâcha sa main, l’embrassa sur la joue, lui dit qu’elle l’aimait et sortit. Elle s’était toujours imaginé que Beatriz l’aimait beaucoup, et ça avait été le cas

– jusqu'à ce qu'elle rende Michael malheureux. Puis Ali avait compris, avec toute la force que peut avoir une telle révélation, que l'amour que Beatriz lui portait avait été conditionnel, qu'il découlait des règles de la maison, et que tout cela illustrait le culte des McCormack en action : on serrait les rangs.

Un peu plus d'une semaine plus tard, Beatriz était morte, comme si c'était le fruit de sa volonté, s'avancer vers Dieu et la promesse de la vie éternelle. Même Michael, qui n'ignorait pas qu'il y a toujours une cause biologique derrière chaque mort, était bien obligé d'admettre qu'elle semblait avoir amorcé et orchestré sa propre sortie d'un monde pour lequel elle avait perdu toute énergie. C'est lui qui l'avait trouvée, en début de soirée, et en l'entendant pleurer, Ali s'était précipitée, les tripes retournées parce qu'elle pensait qu'elle en était responsable, mais elle l'avait trouvé agenouillé près du lit de Beatriz, et il sanglotait bien plus que pour la mort de ses parents, parce que personne n'avait aimé Michael comme Beatriz l'avait aimé. Il s'était arrêté net quand Ali était entrée dans la chambre, mais elle l'avait entouré de ses bras et ensemble ils l'avaient pleurée. Si Beatriz avait pu voir leur étreinte, elle en aurait ressenti de la joie.

Mais plus tard, au rez-de-chaussée de la maison, tandis qu'ils attendaient que l'entrepreneur de pompes funèbres vienne chercher le corps de Beatriz, Ali dit : "Michael, j'ai ce sentiment horrible que c'est moi qui ai fait ça." Elle se déchargeait de sa peur la plus sombre, comptant sur lui pour balayer cette idée, la détromper. "Sa mort, je veux dire. J'ai peur de l'avoir causée."

Elle le suppliait intérieurement de parler, de la contredire, mais il garda le silence un moment avant de lâcher : "Elle savait qu'elle était profondément aimée, c'est tout ce qui compte", et ça n'avait rien d'une contradiction, c'était à côté, et c'était juste l'affirmation de quelque chose qu'ils savaient déjà. Ali prit une grande inspiration et s'écarta de lui. Un silence épais s'abattit sur eux, les entourant et se mettant entre eux, une troisième présence menaçante dans la pièce.

"Je vais appeler Thea, dit-elle soudain en s'approchant du téléphone fixé au mur de la cuisine. Et il faut qu'on prévienne Stella, et toi Rory et Rob.

— Merci, je sais ce que j'ai à faire.

— Désolée, Michael, je suppose que j'essaie juste de combler ce silence affreux.

— Je préférerais mille fois que tu t'abstiennes."

Elle le regarda. Il parlait comme sa mère, avec sa fausse politesse assassine. "Michael, est-ce que tu me tiens pour responsable ?" demanda-t-elle.

Il la regarda. "Pas vraiment. Pas entièrement. Mais tu y es pour quelque chose, pas vrai ?

— Et c'est ton cas aussi, non ?

— Moi ? Je suis innocent, Ali. J'ai la conscience tranquille, et Beatriz le savait, et elle le sait sans doute toujours, là où elle est.

— Elle est morte, dit Ali en se demandant si son mari, ce docteur très estimé, n'était pas en train de faire une petite dépression nerveuse. Elle n'en est plus à avoir une opinion.

— Contente-toi d'appeler Thea, dit-il avant de se lever. Je vais appeler mes frères de mon bureau", et il la laissa là, elle dut s'accrocher au dossier de la chaise tellement elle se sentait brisée. Elle passa quand même le coup de fil à Thea, qui prit la nouvelle avec gravité mais aussi de façon clinique, en bonne étudiante en médecine ; puis elle appela Stella qui pleura toutes les larmes de son corps dans son auberge de jeunesse de Séville, et elles restèrent en ligne jusqu'à ce que ça s'arrête, jusqu'à ce qu'elle promette à Ali que ça allait aller, jusqu'à ce que, pour rassurer sa mère, Stella passe le combiné à une amie – Karin, de Düsseldorf –, qui confirma que oui, elle connaissait Stella, elles étaient amies – depuis peu, certes, mais elle resterait avec elle toute la journée et n'hésiterait pas à appeler Ali si nécessaire. Ensuite Ali prit ses clés de voiture et son sac, direction l'appartement de Cass, où elle se lamenta que Beatriz soit morte en pensant du mal d'elle, et Cass écouta ses malheurs un long moment avant de dire : "Allez, ça suffit, je sais ce qu'il te faut", et ensemble elles mangèrent des crackers avec du brie et regardèrent *Tendres passions* et *Potins de femmes* ; des films qui faisaient autant rire que pleurer, dit Cass, et de toute façon pour elle il n'existait pas de souffrance qui ne puisse être apaisée, au moins un tout petit peu, par Shirley MacLaine.

Quand Cass s'endormit, Ali resta éveillée longtemps, elle se sentait d'humeur sentimentale, et bien trop malheureuse pour tirer le rideau, mais ce n'était plus à Beatriz qu'elle pensait, c'était à son autre deuil, bien plus grand et dévastateur, qu'elle s'était entièrement infligé à elle-même. Quand elle avait choisi Michael au détriment de Dan lors de cette terrible confrontation, elle s'était dit après qu'elle avait pris une décision courageuse, généreuse, altruiste, essentiellement pour préserver l'équilibre de la vie de ses filles, et leur éviter à tous une horrible crise. Mais elle s'était trompée, elle le comprenait à présent : elle s'était méchamment plantée. Elle avait vu un autre futur se dessiner, audacieux, génial, et elle l'avait rejeté. Allongée sur le grand lit près d'une Cass qui ronflait légèrement, elle avait pleuré à chaudes larmes, s'apitoyant sur son sort, pleurant la perte de la vie qu'elle aurait pu avoir avec Daniel qui, dans son psychodrame baigné de chagrin, lui apparaissait comme le refuge de son cœur, son nord magnétique, l'amour de son âme. Ce n'est que plus tard, lorsqu'elle s'éveilla après quelques heures d'un sommeil agité, qu'elle se dit : OK, Ali, arrête tes jérémiades et agis.

27

ÉDIMBOURG,
19 JUILLET 2013

Pendant des mois après les aveux de Dan, la douleur de Katelin fit rage comme un feu, ou encore elle inonda tous les recoins de leurs vies. La maison était infectée par le chagrin ; ça saturait l'air qu'ils respiraient, à tel point qu'il lui fallait parfois sortir dans la nuit pour remplir ses poumons d'oxygène. L'infidélité de Dan avait tordu et déformé leur passé et leur futur, aussi bien que leur présent, et dans les tout premiers jours qui suivirent, les plus terribles, Katelin était méconnaissable : féroce, rancunière, obsessionnelle. Elle voulait tous les détails de son histoire, jusqu'au moindre secret, parce que tant qu'elle ne saurait pas exactement – *exactement* – ce qu'Ali Connor savait, elle ne trouverait pas de repos. Elle l'appela dans le train pour lui demander comment elle était habillée quand il l'avait retrouvée à Adélaïde, et juste après elle rappela pour demander ce qu'elle portait au lit. Elle voulait savoir ce qu'Ali Connor avait de si irrésistible pour qu'il prenne le risque de tout foutre en l'air en couchant avec elle. Il ne pouvait pas répondre avec franchise, alors il essaya de dire : "Rien, elle n'a rien d'irrésistible, j'ai joué au con", et ces mots n'avaient aucun sens ni pour l'un ni pour l'autre. Elle le réveillait la nuit avec des questions portant sur le sexe – à quelle fréquence, quand, comment –, et lorsque Dan refusait de répondre, c'était parti pour une autre série de questions tirées à la mitrailleuse. D'autres fois, Dan se réveillait en sursaut à cause du silence profond qui régnait dans la chambre et trouvait Katelin réveillée près de lui, les yeux grands ouverts et secs, rivés au plafond. Dans ces moments-là, elle semblait plus forte : résiliente, indépendante, rejetant l'amour que Dan lui offrait et lui préférant ses propres ressources personnelles. Mais ils en restaient à un niveau superficiel, et encore… Sa douleur à elle se logeait juste sous la surface et elle y resta de nombreuses semaines, imprévisible, intacte, sans fin.

Et Dan essayait de s'en sortir, de l'écouter, de répondre à ses questions, tout en lui en disant le minimum parce qu'il sentait bien que ce serait une trahison de plus de lever le voile sur les faits et sur ses sentiments pour Alison, de l'exposer à la fureur de Katelin sans aucun droit de réponse. Il ne mentionna pas les chansons, il ne pouvait les livrer au mépris de Katelin, alors il les conserva précieusement et continua à chérir ce qu'elles avaient signifié pour lui, sans toutefois plus être capable de les écouter.

Au bout de deux mois, Katelin appela Alex pour tout lui raconter, et c'était difficile à excuser. Elle avait trop bu un soir, seule à la maison, quand la blessure était encore fraîche, et après quelques heures passées avec pour toute compagnie sa rage et son chagrin, elle en était parvenue à la conclusion que leur fils devait connaître toute la vérité à propos de son père. Quand Dan était rentré, elle n'était plus que l'ombre d'elle-même, une silhouette tremblante rongée de regrets, parce qu'Alex s'était montré terriblement silencieux, anormalement silencieux, il n'avait posé aucune question, et s'était contenté de l'écouter quelques minutes bredouiller le récit de l'aventure australienne avant de dire : "Merde, maman, désolé, je peux pas faire ça", et de raccrocher.

"Je ne voulais pas lui dire ! gémit-elle un peu plus tard, en martelant de ses poings le torse de Dan. C'est à cause de toi si je l'ai fait. Il me déteste maintenant, et je voulais qu'il te déteste toi.

— Il ne te déteste pas, dit Dan. Il t'adore. Il n'a simplement pas à entendre parler de cette histoire. Je vais lui parler. Ça va aller.

— Pourquoi tu t'énerves pas, putain ? rugit-elle.

— Il faut bien que l'un de nous reste calme", répondit-il et il la serra contre lui le temps qu'elle réalise que la fin du monde n'était pas arrivée, le monde avait juste changé pour toujours.

Il était maintenant convaincu qu'il n'aurait jamais dû lui en parler, et il n'arrivait plus à se souvenir pourquoi il l'avait fait, sauf peut-être que dans sa misère il avait eu besoin de détruire quelque chose, et sa vie avec Katelin avait été la première chose à portée de main. Mais ensuite elle avait scellé son sort, ils resteraient ensemble, reconstruiraient quelque chose sur les cendres, et bien que l'envie lui ait pris plusieurs fois de faire son sac et de partir, il savait que la moindre des choses qu'il puisse faire pour Katelin maintenant était de la laisser choisir et dicter les règles. Il purgea donc sa peine. Il l'écouta (encore et encore), et quand elle demanda si c'était fini, s'ils étaient en contact et s'il avait toujours des sentiments pour Ali Connor, Dan répondit oui, non et non, et seule la dernière réponse était un mensonge, mais il avait espoir que la certitude qu'il l'aimerait toute sa vie commencerait à faiblir, à mesure que le silence entre Ali et lui s'épaississait. Cela faisait longtemps que la déception et la colère qu'il avait ressenties à son égard – un truc un peu fabriqué – s'étaient complètement dissipées pour faire place à quelque chose de plus inquiétant : il s'était fait à l'idée – morne – que le bonheur parfait était maintenant hors de portée.

"Toi, tu es le cliché ambulant, lança Katelin dans un bistro de New Town au mois de juin, à la date anniversaire de leur rencontre à Bogotá – son idée à elle, pas celle de Dan. Et moi, je suis l'originale des deux, parce que j'ai refusé de tomber dans le stéréotype et de te jeter. Je ne cesserai jamais de penser que tu es un bel enfoiré d'avoir fait ce que tu as fait, mais je te garde, pour le meilleur et pour le pire."

Drôle de toast pour proclamer leur nouveau couple dans le meilleur des mondes, mais Dan garda une expression neutre et se demanda si Michael McCormack était aussi implacable que Katelin dans sa façon de transformer l'acceptation en une forme rare et cruelle de punition. Probablement, à en juger par l'e-mail unique qu'il lui avait envoyé quatre mois plus tôt, son absurde posture victorienne devant l'attaque de son bien. *Ta méprisable tentative prédatrice de piller ma vie s'est soldée par un cuisant échec, et bien que mon mariage en ait été meurtri, je ne te donnerai jamais la satisfaction de le laisser se briser. Trouve-toi une autre copine sur le net – ma femme s'est définitivement défaite de ton influence toxique.* Dan avait tapé *Va te faire foutre, McCormack* mais n'avait pas envoyé le message, le laissant à l'état de brouillon prendre la cyber poussière tandis qu'il essayait de déterminer si ne pas répondre du tout ne serait pas plus énervant et plus efficace qu'une réponse agressive.

"Je n'ai pas voulu me marier avec toi exactement pour cette raison, poursuivit Katelin. Je n'ai jamais voulu qu'on ne reste ensemble qu'à cause d'un bout de papier et parce qu'un divorce est pénible et coûteux.

— Oui, je sais, dit Dan. Je sais que tu n'as jamais voulu. J'étais aussi là au début, tu te souviens ?" Il avait en tête des e-mails et des dates de remise, une multitude d'obligations professionnelles, qui après tout ce temps étaient encore reléguées au second plan, derrière le besoin de Katelin d'énumérer les points clés du dossier et d'affirmer sa maîtrise sur ceux-ci.

"Je hais ce que tu as fait, continua-t-elle, et je la hais elle aussi, et je suis contente de dire que mon exemplaire tout abîmé de son livre est toujours sur l'étagère de la boutique solidaire où je l'ai abandonné, et qu'à Stockbridge personne n'en veut, mais je mets une chose à ton crédit, au moins : tu m'en as parlé avant que je le découvre, et je l'aurais découvert, ça tu peux en être sûr, en fait je crois que d'une certaine manière je le savais déjà. Mais tu me l'as dit et ça compte."

Il ne se passait pas un jour sans que Dan ne regrette profondément d'avoir cédé à l'impulsion de tout lui raconter ; il regrettait aussi la douleur presque viscérale qu'il avait infligée à Katelin, qu'elle recyclait maintenant en délire autocratique post-féministe ; mais malgré ça, il n'avait aucun remords pour ce qu'il avait fait, pas l'ombre d'un remords, parce que le temps passé avec Ali Connor n'était rien moins qu'essentiel.

"Tu m'aimes, je le sais", dit Katelin. Elle se tut et attendit qu'il réponde. Cela faisait six mois qu'il lui avait tout raconté et elle avait parlé en long, en large et en travers de ce qu'il avait fait et pourquoi il l'avait fait, si bien qu'il se faisait l'effet d'un spectateur seul dans la salle devant une pièce de théâtre bien ennuyeuse, si souvent répétée que les répliques s'étaient vidées de toute substance, et les mots sortaient simplement de la bouche de Katelin comme une collection de lettres de Scrabble qui venaient s'assembler sur le sol en phrases sans intérêt, plates à souhait. Mais il connaissait sa réplique, il ne la loupait jamais, et il la regarda avec une sorte de résignation ironique. *Ouiii*, confirma-t-il ; il l'aimait.

Ce n'était pas un mensonge. Il l'aimait bel et bien. Oui. Et pourtant.

"On va rester ouverts l'un avec l'autre, reprit Katelin. Rester honnêtes, parce que c'est notre engagement l'un envers l'autre."

Ah, l'honnêteté, se dit Dan : de toutes les vertus humaines, la plus imprévisible.

Katelin avait proposé qu'ils n'en parlent à personne et, pendant un long moment, Dan avait été d'accord, mais par une soirée de juillet paisible et vaporeuse à Londres, il déballa l'histoire et tous ses malheurs à Frank et Lisa, dans les effluves d'oignon et de curcuma de la cabine de l'*Ophelia*. Il savait que c'était essentiellement une confession de complaisance ; ces deux hippies vieillissants, véritables reliques de l'amour libre des années 1960, seraient les derniers à le juger. Mais en fait, pendant son récit, Lisa secoua la tête tristement et Frank la regarda en disant : "Ouais, c'est pas des bonnes nouvelles, hein ?

— Quoi ? lâcha Dan, stoppant net son histoire. Vous n'êtes quand même pas en train de me dire que vous désapprouvez ?"

Lisa souffla la fumée de sa bouche sensuelle. Elle fumait une gitane avec un fume-cigarette d'argent, assise par terre en face de Dan, les jambes repliées dans un demi-lotus confortable. De petites lanternes suspendues au plafond projetaient un treillis de lumière sur les murs. "Tu aurais dû lui en parler, Dan, dit-elle.

— Mais je l'ai fait ! C'est ce que je me tue à vous dire."

De nouveau elle secoua la tête. "Non, avant de partir, reprit-elle. Tu aurais dû lui faire part de tes projets.

— Tu te moques de moi ?

— Pas un bon point", dit Frank. Il vieillissait à vue d'œil, semblait-il, et tout ça défoncé. Lisa avait arrêté l'herbe depuis un moment parce que Frank – selon elle – avait besoin de sa dose à elle en plus de la sienne. Il était allongé sur une étroite couchette, en maillot de corps et slip kangourou trop lâche, ses jambes étendues devant lui sur toute la longueur du matelas et le regard tourné vers le plafond même quand il parlait. "Pas cool."

Un court instant, Dan fut effondré de se faire réprimander par ces deux-là, eux qui avaient vécu une vie dans les marges de la société, tout sauf conventionnelle, et sans entraves.

"Attendez, dit-il. Depuis quand on demande la permission pour avoir une aventure ?"

Lisa et Frank échangèrent un regard. "1972, 80", dit Frank dans un accès de lucidité, bizarrement, comptant sur ses doigts, et Lisa opina avant de lancer : "1985, 87, 89…" puis ils tournèrent leurs yeux bruns chaleureux vers Dan.

"Waou", dit-il. Il ne se rappelait pas les avoir déjà entendus si concis. "Vous parlez pour vous, c'est ça ? Bon, écoutez, vous êtes des gens à part, mais je suis sûr et certain que ça ne fonctionnerait pas avec Katelin. Elle n'aime pas partager.

— Mais tu aurais la conscience tranquille. Si tu lui avais parlé, dit Lisa. C'est ça le truc.

— Parle, mec, dis ce que tu fais, dit Frank. Tu verras, c'est hallucinant."

Dan ferma les yeux, répondit : "Ouais, j'imagine" et résolut de lâcher l'affaire avec eux, de laisser tomber tout ce qui n'avait pas trait à leurs souvenirs et à la marijuana, mais Lisa n'en avait pas fini. Elle tendit le bras à travers le petit espace qui la séparait de Dan et posa sa main sur son genou.

"On t'aime, Dan. Sois heureux."

Il ouvrit les yeux et elle était en train de le regarder, l'inondant de l'un de ses sourires. Elle était habitée par un esprit chaleureux et généreux, et c'est en partie ce qui la rendait encore belle. Quand Lisa vous regardait dans les yeux, quand elle se concentrait uniquement sur vous, ça avait un effet sur vous, comme si on vous faisait un massage des tempes aux huiles essentielles. Mis à part le fait que ça ferait de lui un vieux aujourd'hui, il n'aurait pas été contre rencontrer Lisa quand elle avait vingt ans et faire un bout de chemin avec elle. Frank était tombé sur une pépite dans cet ashram. Il pouvait bien s'éloigner d'elle, mais jamais très loin, ni très longtemps.

"Parle-moi d'Alison, dit-elle. Dis-moi tout ce que tu peux me dire sur elle."

Oh, c'était gentil, et inattendu ; l'espace d'un instant, Dan se sentit dangereusement à deux doigts de craquer, de pleurer de gratitude devant sa question, si simple et tellement bienvenue. Parler d'Alison, qui elle était, à quoi elle ressemblait, ce qu'elle lui faisait ressentir, ce qu'elle représentait pour lui, comment ils s'étaient rapprochés : c'est ce dont il avait besoin, parce que plus il s'en abstenait, plus il était difficile pour lui de se fier à son propre jugement. Il parla sans s'arrêter et Frank ne fit même pas semblant de s'y intéresser, il s'endormit tout bonnement, mais Lisa l'écouta attentivement et quand Dan se tut, elle dit : "Elle te manque énormément", et c'était une affirmation, pas une question, mais Dan émit un grognement grave et dit : "Autant que si j'avais perdu mes jambes, mes bras.

— Montre-moi comment un truc pareil est possible : envoyer une chanson en Australie", lui demanda-t-elle, et il s'esclaffa et prit son téléphone, ouvrit Twitter pour lui montrer comment ça marchait, et elle observa tout ça avec une expression vaguement inquiète, comme s'il allait y avoir un test à la fin de la démo. Comme il savait qu'elle se souviendrait de Donovan, il alla chercher "Sunshine Superman", copia le lien et le colla sur le fil de conversation qu'Ali et lui avaient créé et qui était toujours là, intact. Katelin ne lui avait pas demandé d'effacer quoi que ce soit, et il n'aurait pas été d'accord pour le faire. Il estimait que le fait de s'être confessé avant qu'elle ne le découvre lui donnait droit à un certain degré d'intimité. Il n'était plus en contact avec Ali Connor ; c'était tout ce qu'il s'était senti obligé de dire à Katelin, qui ne savait rien de ces chansons de toute façon. Lisa regardait l'écran et les liens avaient pour elle des airs de formule algébrique, sans aucun rapport avec une chanson telle qu'elle la concevait.

"Elle l'a reçue, maintenant ? demanda-t-elle.

— Non, mon Dieu, non, je l'ai pas envoyée. Tu vois, il y a « Envoyer » là, mais on ne fait plus ça, c'est fini, elle a choisi l'autre type. On se demande pourquoi, c'est une vraie tête de nœud, et prétentieux avec ça. Mais regarde, je peux toujours te faire écouter le morceau même s'il a pas été envoyé." Il ouvrit le nouveau lien et quand la série de mots et le fouillis de lettres se métamorphosa en musique, Lisa regarda autour d'elle dans la cabine, stupéfaite, comme si elle n'avait aucune idée d'où provenait le son.

“Oh là là, j’adore ce morceau”, dit-elle en se penchant en avant pour toucher légèrement le pied osseux de Frank et le ramener à la conscience, puis elle chanta *“when you’ve made your mind up”* en même temps que Donovan et ses douces sonorités des sixties. Frank changea de position, cligna des yeux et fit rouler sa tête à mesure qu’il revenait doucement parmi eux.

“Tu te souviens de ça, chéri ?” lui demanda Lisa. Elle continua à chanter tout en déployant son corps comme un serpent qu’on charme et qui s’élève de son panier, balançant les hanches et décrivant des mouvements amples de ses bras.

“Lisa, t’es tellement belle, putain”, dit Dan. Elle chantait comme Janis Joplin : expressive, à tomber, avec sa voix de fumeuse légèrement abîmée et d’autant plus belle. Frank l’observait depuis sa position allongée et cognait ses orteils noueux en rythme sur la cloison en bois devant lui.

“Hé, je sais, mets-nous *toute* la liste, dit Lisa à la fin. Passe *toutes* les chansons, comme ça ce sera une célébration totale de l’amour, mais Dan secouait la tête.

— Je peux pas, dit-il. La moitié, c’est ses chansons.

— Non, mec, dit Frank. Les chansons appartiennent à l’univers.” Il s’était remis en position assise et fourrageait dans sa boîte à beuh pour dépiauter un peu d’herbe et en détacher de petits morceaux pour un nouveau joint. Ces temps-ci, ses doigts étaient trop raides pour faire un nœud coulant ou une demi-clé à capeler, mais avec une feuille à rouler et un petit tas de weed, c’était toujours un virtuose. Il avait l’air de fumer plutôt que de manger. Un jour, disait-il, il voulait se réveiller mort.

“C’est trop personnel, dit Dan, ce serait comme lire son journal intime à voix haute.

— Nan, nan, nan, répéta Frank dans le coaltar, encore ensommeillé. Ces chansons, elles sont dehors, comme des lucioles : tu peux les capturer et elles seront à toi jusqu’à ce que tu les relâches.

— Exactement, renchérit Lisa, tout excitée à cette idée. Tu as capturé « Sunshine Superman » dans un bocal pour moi.”

Frank tendit le joint fraîchement roulé et allumé et dit : “Voici un cadeau pour toi, Dan Lawrence, mon ami, rejoins-moi sur le nuage numéro neuf”, et c’était très tentant, à vrai dire, parce qu'il n'y avait pas meilleur remède pour un cœur tourmenté que l'herbe que Frank faisait pousser. Dan le prit. Lisa sourit. Le monde se rétracta encore dans cet espace clos enchanté et il tira une longue, longue taffe pour attirer la substance psychoactive dans ses poumons, à travers sa circulation sanguine, et vers les synapses et les neurones agités et surmenés de son cerveau. Il sentit son corps se relâcher, s'alléger, se détendre.

"Mets-nous la toute dernière chanson qu'elle t'a envoyée, dit Lisa. Juste ça."

Joni, pensa Dan avec tendresse, comme si la chanteuse était une vieille copine. Bon, OK, se dit-il, pourquoi pas, va pour le blues groovy de Laurel Canyon. De sa main libre, il fit défiler l'écran jusqu'au dernier lien envoyé par Ali, et Lisa dit : "Tu vois, Frank, regarde ça, la chanson est contenue dans ces lettres bleues", mais Frank se contenta de sourire et dit : "Dépose-la sur moi", alors Dan ouvrit le lien et Joni Mitchell se mit à leur jouer de la guitare et à leur chanter sa chanson d'amour empreinte de solitude, Dan se sentit incroyablement bien, incroyablement heureux, et quand les derniers accords plaintifs retentirent, Lisa était très calme, elle resta pensive un moment, à l'écoute du silence laissé par Joni, puis elle dit : "*Impossible* qu'elle ait choisi l'autre type, *impossible*."

Dan la regarda. Comme il commençait à planer sévère, il fallait un peu de temps pour que ses mots montent au cerveau.

"Elle t'a choisi, Dan, dit-elle pour simplifier. Elle t'a choisi."

Dan fit non de la tête. "Je l'ai vue partir avec lui. De mes propres yeux.

— Envoie-lui « Sunshine Superman », dit Lisa en lui prenant le téléphone de la main et en appuyant au hasard sur l'écran avec son doigt. "Elle va adorer, tu vas répandre l'amour et le bonheur. Allons, libère Donovan, laisse-le s'envoler jusqu'à l'autre bout de la terre.

— Non. Niet cacahuète", dit Dan. Il était vaguement en train de regretter le joint, mais qu'à moitié, sous le coup de la défonce et un bref instant seulement. "Les jeux sont faits, dit-il. Le train est parti. Le joint est fumé."

Ça les fit hurler de rire, lui et Frank, et ils partirent dans un délire d'hilarité à en avoir les larmes aux yeux et du mal à respirer.

Lisa dut donc patienter un bon moment avant de pouvoir lâcher : "Bon, alors, je suis pas trop sûre mais je crois que je viens de l'envoyer." Elle mit le téléphone sous les yeux de Dan pour lui montrer.

"Oh, dit-il, le nez collé dessus, essayant d'y voir quelque chose à la lueur des bougies. Ouep. C'est parti, c'est grave parti."

Frank leva un bras comme pour saluer les forces admirables de l'univers. "Suis le bonheur, dit-il. Rapporte-le avec toi."

Quelque part dans la conscience ramollie de Dan se promenait un petit grain d'angoisse, le vague pressentiment que ça allait lui causer des ennuis, qu'une tempête se préparait ; mais comme un croissant de lune dans un ciel chargé de nuages, le petit grain disparut de sa vue et fut instantanément oublié. Lisa dit : "Elle est peut-être en train de l'écouter à cet instant précis", et puisque ce soir le monde était baigné d'un éclat de miel, Dan sourit et dit : "Je vais lui prendre la main et doucement… lui faire perdre la tête."

28

PARTOUT,
21 JUILLET 2013

Les garçons étaient à la bière blonde et les filles au prosecco. *Sketches of Spain* venait de se terminer et avait été remplacé par le *Greatest Hits* de Simon and Garfunkel, le disque préféré de Katelin, pas le pire des choix pour un papier peint musical, même si Dan n'avait jamais été très fan d'Art Garfunkel et ne pouvait pas supporter "Bridge over Troubled Water", le morceau qui passait maintenant, bouffi et surproduit. Il baissa discrètement le volume en faisant la grimace à Duncan, qui répondit par un grand sourire.

Ils étaient dans la pièce à vivre, impeccablement rangée pour l'occasion, tous les attributs habituels de leur vie – magazines, livres, disques, télécommandes – avaient été cachés dans le meuble télé, dont les portes étaient à deux doigts de céder sous la pression. Celui qui les ouvrait devait s'attendre à une avalanche. Il n'y avait que Duncan et Rose-Ann à déjeuner ce dimanche-là, mais Katelin avait récemment décidé de redesigner la maison et d'en faire un espace plus neutre, plus calme – les mots de Rose-Ann, sortant de la bouche de Katelin – et, en plus de remettre de l'ordre dans tout ce fatras, elle redécorait peu à peu les lieux. Les murs étaient maintenant "blanc ancien", apparemment, ce qui n'avait rien à voir avec du blanc, mais se rapprochait davantage du gris ou tirait sur le vert selon où on se plaçait et comment la lumière tombait. De l'avis de Dan, les nouveaux rideaux avaient l'air d'avoir été coupés dans d'antiques sacs de grain, mais c'était du chanvre bio, disait Katelin, durable, biodégradable. Rose-Ann n'en finissait pas de s'ébahir devant ces changements, qui "ouvraient l'espace" (comment ?) et "dirigeaient la vision du général vers le particulier" (pourquoi ?).

Dan gardait ça pour lui mais il imaginait déjà la tête de sa mère la prochaine fois qu'elle viendrait. "C'est un peu terne", dirait-elle. Puis : "J'ai toujours pensé que le jaune est une couleur joyeuse qui va à merveille dans un salon." Enfin… au moins ses disques n'avaient pas bougé de leur place.

Au centre de la pièce, sur la nouvelle table basse en verre, se tenaient deux bols : l'un avec des anchois marinés couleur argent et l'autre avec des amandes torréfiées passées au jus de citron. Ces élégantes offrandes venues de chez le traiteur du coin tenaient lieu d'entrée, et Katelin avait acheté dans le même magasin de nouvelles assiettes en céramique fabriquées en Turquie. Très jolies, turquoise et orange, les couleurs de la Méditerranée. Duncan attrapa un anchois par la queue et le laissa tomber dans sa bouche ouverte, comme un phoque.

"Tu te rappelles, dit-il, quand on avait faim et qu'on se faisait une boîte de Pringles ?

— On n'avait pas besoin de plus.

— Je fais un saut à l'épicerie pour vous prendre un truc plus bas de gamme ?" demanda Katelin.

Elle était légèrement irritable aujourd'hui. Ravie de ses bols et de leur effet sur Rose-Ann, qui avait une grande influence sur les décisions d'achat de Katelin, et qui avait tout de suite remarqué les bols et dit : "Quels jolis bols, Katelin, les couleurs sont fantastiques, ils ressortent vraiment bien sur ce fond neutre." Alors Dan avait baissé les yeux sur les bols, stupéfait, parce qu'il aurait juré les avoir déjà vus et il avait lancé : "Mais on les a pas depuis une éternité ?", avant de se souvenir des bols de Sheila remplis de *baba ganoush* et de houmous sur la table en mosaïque de son jardin. Sans doute pas identiques, mais quasi, et il s'était dit : Mon Dieu, les dangers d'une double vie. Katelin avait répondu qu'elle se demandait bien pourquoi elle prenait la peine de faire tout ça, ce qui avait moins à voir avec la nouvelle vaisselle qu'avec le fait qu'il avait été bien trop silencieux à son goût ce matin-là, bien trop absorbé dans ses pensées, et lorsqu'elle avait fini par lui demander à quoi – ou plutôt à qui – il pensait, il avait répondu Donovan, et elle avait soutenu son regard comme si elle avait encore quelque chose à ajouter, pour finir par faire claquer sa langue et tourner les talons.

Mais elle avait raison. Il avait bel et bien été trop silencieux et absorbé dans ses pensées, parce que s'il pensait effectivement à Donovan, c'était uniquement à travers le prisme d'Alison, qui n'avait pas répondu à l'envoi du morceau. D'accord, ce n'était pas lui qui l'avait envoyé, c'est Lisa qui avait accompli ce geste, et seulement par inadvertance. Mais Alison ne le savait pas ; de son point de vue à elle, Dan était en train de faire une tentative pour attirer son attention. Ça le rendait fou et ça l'attristait de voir que l'absence de réponse à une chanson qu'il n'avait même pas eu l'intention d'envoyer venait altérer son humeur de cette façon, à tel point que tous ses mécanismes de défense, soigneusement érigés, s'en trouvaient menacés, mais peu importe, tout ça ne faisait que souligner ce qu'il savait déjà : Ali Connor ne quitterait jamais Michael McCormack. Il allait même jusqu'à se dire qu'il s'était peut-être complètement trompé sur elle et qu'elle n'avait jamais rien voulu de plus que le frisson (mais la sécurité relative) d'une aventure à distance, par téléphone interposé, et que l'union parfaite d'Alison et Dan n'avait jamais revêtu plus de réalité pour elle qu'un conte de fées.

L'autre chose qui le turlupinait – et ça l'avait asticoté quasi non-stop –, c'était que s'il avait voulu lui envoyer une dernière chanson, il n'aurait pas choisi "Sunshine Superman", et son refrain enjoué, plein d'assurance et d'optimisme. Il aurait pris quelque chose de sombre et meurtri, quelque chose qui broie du noir et se tord de douleur. Il s'était assis en ce dimanche matin dans le calme de son nouveau salon neutre, avait réfléchi longuement à cette idée, et lui avait envoyé une autre chanson, l'ultime morceau qui reflétait le mieux son état d'esprit : "I Want You", l'hymne bouillonnant d'Elvis Costello à ce mince fil qui sépare l'amour de la haine, un hymne aux désespérés, aux cœurs brisés, une étude sur le désir obsessionnel. Il contenait un filon de pure vérité, et si ces chansons qu'ils s'étaient échangées voulaient dire quelque chose, alors il fallait qu'ils soient honnêtes l'un envers l'autre.

Il s'était senti mieux après. Il espérait ainsi lui envoyer un frisson de regret le long de l'échine, le long de sa jolie colonne souple. Il espérait aussi qu'elle verrait la coïncidence, la boucle Costello bouclée, qui avait débuté avec la nostalgie et finissait avec une ballade démoniaque sur ce qui se passe dans la tête et dans le cœur de celui qui voit la femme de sa vie partir avec un autre. Point final, voilà ce qu'il s'était dit. Puis il était allé dans la cuisine préparer la pâte pour les Yorkshire puddings.

Rose-Ann fit tinter son couteau sur son verre et lança : "Je lève mon verre…", et le cœur de Dan fit un bond une fraction de seconde. Elle leva donc son verre de rioja : "… aux survivants de la tempête." Du Rose-Ann pur jus, disant tout haut ce que tout le monde selon elle pensait tout bas sans avoir le courage de le dire.

"Oh, Rose-Ann, merde", dit Duncan, dans un accès de témérité, laissant sans doute parler la bière. "Aux jours heureux", ajouta-t-il, et sa femme perdit la bataille. "Aux jours heureux", dirent les autres en trinquant, puis la conversation retomba dans son train-train familier, confortable, errant entre ces sujets rebattus qui font le plaisir des vieux amis, pas parce qu'ils n'ont plus rien de neuf à se dire, mais simplement pour affirmer et réaffirmer ce qu'ils savent déjà. La musique, c'était le sujet interdit quand ils étaient tous les quatre – puisque ennuyeux (Katelin) et parce que ça les mettait à l'écart (Rose-Ann) –, mais autant demander à un prêtre de ne plus parler de Dieu. C'était l'univers de Dan et Duncan, c'était pour ça qu'ils étaient amis, c'était ce qui les faisait se lever le matin. Et puis en plus, Duncan avait du nouveau. Il y avait quatre chansons originales de Jeanie and the Kat sur Spotify et elles devenaient hyper populaires en Norvège et en Suède, elles faisaient un carton là-bas. Et la veille, il les avait entendues passer dans un café de Cockburn Street.

"C'est dingue, dit-il. Je faisais la queue pour mon café et je dis au gars : « Attendez, c'est quoi cette musique ? » et il me répond : « C'est une playlist Spotify, pourquoi ? », là je dis : « Non, cette chanson, c'est Jeanie and the Kat, non ? » et le gars hausse les épaules et me passe l'iPhone, et là je vois qu'elles sont dessus, nan mais sérieux, sur une vraie playlist faite par Spotify, indie rock écossais ou un truc comme ça, alors moi je lance : « C'est moi qui ai découvert ces filles ! Je les ai lancées ! »

— Les merveilles du monde moderne, commenta Dan.

— J'ai appelé Katriona illico, elle était sur un ferry pour Stockholm !

— C'est qui Katriona ? demanda Rose-Ann, soudain attentive.

— C'est le Kat dans Jeanie and the Kat, dit Dan. Les petites protégées de Duncan.

— Elles ont quelques concerts – Stockholm, Göteborg, Oslo, d'autres villes du Nord glacial – et tout est organisé par un type qui s'appelle Gavin et qui fait ça depuis son ordi portable, il bosse pour un label et il s'occupe de leurs droits d'auteur et ce genre de trucs.

— Je te l'ai dit, Dunc, renchérit Dan. Aujourd'hui, c'est facile, y a qu'à se baisser, plus simple tu meurs.

— Suède et Norvège, dit Katelin. Pourquoi c'est bien ?

— Peu importe où tu perces, répondit Duncan. Avec le streaming, y a plus de frontières, et il y a un effet d'entraînement, ça peut se répandre comme un feu de forêt et boom : tu fais sensation, t'es la nouvelle star de l'indie rock."

Dan sourit et dit : "Arrête de faire ton malin, Duncan Lomax.

— Et sinon, on va se faire de l'argent, avec ces filles ?" demanda Rose-Ann, reprenant du poil de la bête. Mais Duncan répondit non, non, c'est *elles* qui s'en font. "Elles gagnent déjà des droits d'auteur, la maison de disques les récolte, en garde vingt pour cent et reverse le reste sur le compte de Kat. Elles sont fières comme tout.

— Donc quand tu dis que tu les as lancées, dit Rose-Ann, ce qu'il faut comprendre c'est qu'en fait tu ne les as *pas* lancées ?"

Il y eut un bref silence incertain, puis Katelin demanda : "Quelqu'un reveut du bœuf ?" Elle en avait marre de cette discussion, tout comme Rose-Ann, à vrai dire, maintenant qu'elle avait compris qu'ils n'étaient pas engagés dans la carrière de ces *cat girls* ou je ne sais quoi. Rose-Ann lança à Duncan un regard terne et fade, et il ne répondit rien.

"Désolé, mon pote, dit Dan. J'aurais voulu que ça t'arrive. Et l'autre gars, alors, le pêcheur ? Et Aztec Camera-take-two ?

— Du bœuf, quelqu'un ?" Katelin était bien décidée à leur arracher le sujet de la bouche, à ces deux ennuyeux qui ne savaient jamais s'arrêter. "Carottes ? Pommes de terre ?

— Pas pour moi, répondit Dan. Mais du vin, oui." Il resservit tout le monde et là personne ne dit non, puis se servit à son tour et se rassit en sondant les visages autour de lui, qui ne semblaient pas particulièrement heureux. Il ressentit un détachement soudain, inhabituel, et dans le même temps, une étourdissante sensation d'instabilité qui s'abattit sur lui comme un accès de vertige, si bien qu'il posa ses mains à plat sur la table pour se stabiliser, et après coup il se souviendrait de ce moment comme d'une prémonition, son subconscient avait une longueur d'avance sur la dure réalité à venir, parce qu'alors retentit le joyeux "ting", signe d'un nouveau message, et Rose-Ann fouilla dans son sac au sol. "Non, pas moi", dit-elle, faisant glisser son téléphone dans son intérieur sombre. Katelin, qui était debout, toujours à proposer de la viande froide et des légumes à ses convives réticents, vit le téléphone de Dan au milieu du bazar du déjeuner dominical sur le plan de travail, pencha la tête pour lire ce qu'il y avait sur l'écran, fronça les sourcils, regarda de plus près, puis dans un mouvement tout à la fois fluide, furieux et extraordinaire, souleva au-dessus de sa tête le grand plat ovale de viande et le balança violemment par terre ; il se brisa et se répandit sur les carreaux du sol – un bruit terrible, une vision terrible, comme une grenade qui aurait explosé dans leur cuisine. Rose-Ann poussa un cri et se recroquevilla, les bras serrés contre la poitrine, Duncan se rua vers Katelin, pensant qu'elle était tombée ou qu'elle s'était évanouie, mais elle était toujours debout, tendue comme un câble, prête à mordre, un regard noir braqué sur Dan, qui bondit de sa chaise, attrapa son portable et sortit de la cuisine pour lire ce que Katelin avait déjà vu.

Ali était sur le départ. Elle avait quitté Michael avec autant d'honnêteté et de compassion que possible, mais toute son honnêteté et sa compassion s'étaient avérées futiles devant l'implacable incrédulité de Michael. Elle lui avait dit qu'elle partait et il lui avait répondu que non. Elle lui avait dit qu'elle l'aimait toujours mais qu'elle aimait Dan d'une autre façon, davantage, et il lui avait répondu qu'elle n'avait pas les idées claires et qu'elle ne savait pas ce qu'elle voulait. Même en la regardant faire son sac, trouver son passeport, appeler un taxi pour rejoindre l'aéroport, il croyait sincèrement qu'elle n'aurait pas le cran de passer la porte et de tourner le dos à leur vie, et quand il dut finalement accepter l'idée qu'elle en était capable, il avait dirigé sa fureur contre elle, les yeux secs, il l'avait accablée.

“Tu vis pas dans la réalité, putain, tu cours après un rêve d’adolescente, avait-il dit, rendu fou et estomaqué par la force tranquille de sa résistance.
— Michael, je suis désolée.
— C’est une idée de Cass, c’est ça ? C’est elle qui t’a convaincue ?”
Ali secoua la tête et le regarda, atterrée. “Tu crois que je ne sais pas penser par moi-même ? Que je fais soit ce que tu me dis de faire, soit ce que Cass me dit de faire ?
— Oui, répondit-il. Oui, je pense ça de toi, et plutôt deux fois qu’une. D’habitude, tu es conciliante et influençable, et la façon dont tu te comportes en ce moment, ce n’est pas toi, donc soit c’est une idée de Cass, soit tu as perdu la tête.”
Chaque mot qu’il prononçait jouait contre lui, se disait-elle ; chaque opinion qu’il exprimait venait dégonfler ses arguments. Elle se sentait très calme. Elle n’était plus sous son influence à présent. “C’est moi, dit-elle. C’est moi à cent pour cent, saine d’esprit, la tête sur les épaules, déterminée.
— Ali, c’est de la folie. C’est incompréhensible.” Il se passa les mains dans les cheveux puis sur le visage, un geste de détresse plein de frustration, et elle sentit monter une bouffée de compassion face à son extrême confusion, parce que rien dans son parcours si facile ne l’avait préparé à un échec de cette ampleur.
“Écoute, dit-elle le plus gentiment possible. Il y a d’autres choses aussi. J’ai tenté d’expliquer comment être avec Dan me rapproche de mon passé.
— Ouais, et tu utilises ça contre moi, c’est ça ? Mon manque d’intérêt supposé pour tes débuts ratés. Tu me prends pour qui, un médium ? J’étais censé connaître tes secrets les plus profonds sans que tu m’en aies parlé ?
— Non. Je sais que je t’ai caché plein de choses parce que je ne savais pas comment les affronter moi-même. Mais redécouvrir Dan m’a fait…”
Il la coupa net de son rire tonitruant. “Ah, oui, « redécouvrir » – c’est comme ça qu’on va appeler ça, maintenant ? N’essaie pas de magnifier ce que tu as fait, Ali, c’était juste de la baise en cachette.”
Elle se mit à trembler et, l’espace d’un instant, elle regarda ses mains, les maudissant en silence de la trahir au moment où elle

faisait tant d'efforts pour rester calme, prudente et gentille. Mais elle était en train de le quitter, et elle savait au fond qu'il n'y avait pas de manière gentille de le faire, uniquement la manière classique, cruelle. "Je dois y aller, dit-elle. Je suis désolée de t'avoir tant blessé.

— Alors ne me blesse pas, dit-il. Ne pars pas. Arrête de penser à toi, pense aux filles, pense à moi – comment je vais faire face à la pression au travail si je dois aussi affronter ça ?"

Ali le regarda alors avec un mélange de pitié et de déception. "Tu t'en sortiras", dit-elle et, sur le seuil de la porte, elle lui dit qu'elle allait d'abord voir Thea à Melbourne pour tout lui expliquer, et de là elle irait au Portugal voir Stella, à qui elle pensait donner une autre version de l'histoire parce que Stella était trop loin de la maison pour entendre toute la vérité.

"Bon sang, et après ça, t'es pas une salope égoïste et calculatrice ?

— Non. Non, c'est pas ce que je suis, loin de là." Elle tremblait toujours, mais sa détermination était d'acier. "J'ai besoin de faire ça, Michael. Je vais le faire", et Michael, secouant la tête, le mépris à la bouche, lui répondit : "Ce type c'est personne, il n'est rien.

— Non, dit Ali. C'est faux. Je crois qu'il est tout."

À Melbourne, confrontée à la réalité de devoir blesser sa fille aînée adorée, elle s'arrangea un peu avec la vérité au début et commença par lui dire uniquement qu'elle partait au Royaume-Uni quelque temps. Mais quand tout de suite après Thea demanda : "Et papa alors ?", Ali se jeta à l'eau et répondit qu'en effet, ils avaient besoin de passer du temps loin l'un de l'autre. Là, Thea s'était jetée en travers de son lit et avait gémi : "Vous vous séparez !" puis elle avait pleuré très fort sans qu'on puisse lui parler, il avait fallu attendre une heure pour pouvoir lui expliquer pourquoi ça arrivait, et encore, elle reniflait et lançait son regard noir à Ali par-dessus son mouchoir roulé en boule, prenant le parti de son père à cent pour cent, son pauvre papa qu'on ne pouvait pas laisser tout seul à Adélaïde maintenant que Beatriz était morte. Thea avait de nouveau treize ans et exigeait que la vie reste exactement comme elle lui convenait à elle, et à personne d'autre, mais Ali continua à la traiter en adulte et lui donna quelques maigres détails à propos de Dan, de sa propre enfance misérable à Sheffield, de sa mère alcoolique, morte depuis longtemps, du frère dont elle n'avait jamais parlé à aucun d'eux, elle lui dit qu'il y avait tant de problèmes dans son passé qu'elle n'avait pas résolus qu'elle avait parfois l'impression qu'Alison Connor et Ali McCormack étaient deux personnes différentes, étrangères l'une à l'autre. Thea l'écouta sans l'interrompre et quand sa mère eut terminé elle dit : "Est-ce que tu quittes papa pour cet homme ?

— Tout ce que je sais pour le moment, c'est que j'ai besoin de revoir Dan, et de m'occuper de cette partie de ma vie à laquelle je n'ai jamais voulu me confronter. Mais je ne te quitte pas, Thea. Je reviendrai, je te le promets."

Thea se mordit la lèvre inférieure. Elle avait l'air si jeune. "Quand on était petites, tu nous disais que tu n'avais pas d'autre famille que nous.

— Je sais. Je suppose que c'était le chemin le plus facile. Je suis navrée.

— Tu vas dire tout ça à Stella ?

— Non, dit Ali. Une partie seulement, pas tout, et j'aimerais que tu ne lui en parles pas tant qu'elle est en voyage, OK ?

— Mais tu vas lui dire que tu pars ?

— Oui, je la vois après-demain à Lisbonne.

— Et après tu pars en Angleterre ?

— Oui, à Londres. Ensuite, je ne sais pas encore. Sheffield peut-être.

— Et si ton frère est mort, comme ta mère ?

— Eh bien, au moins je le saurai.

— Et papa ? Ça va aller ?

— Il essaie encore de comprendre ce qui lui arrive", dit Ali en pensant : L'euphémisme de l'année. Elle revit son visage quand elle avait quitté la maison, son expression de marbre, l'aversion dans toute sa splendeur, tandis qu'il convoquait le pouvoir réparateur de la colère pour sublimer la détresse, la douleur, la peur. "Tu sais ce que j'ai réalisé ? avait-il éructé. Tu ne sais absolument pas ce que c'est qu'aimer." Puis il avait fermé la porte avant même qu'elle se soit retournée, comme s'il lui tardait qu'elle soit hors de sa vue.

Elle atterrit à Heathrow, épuisée et sans trop de certitudes. Avoir vu Thea, puis Stella, la traversée des fuseaux horaires, la surprenante angoisse de voyager seule, le stress des correspondances et la pagaille habituelle des aéroports internationaux : tous ces éléments avaient contribué à lui mettre le moral à zéro, et elle se sentait bêtement au bord des larmes dans le hall à bagages, comme si cette odyssée à travers le globe n'avait précisément pas été ce qu'elle avait voulu, ou eu l'intention de faire. Et ensuite, en attendant de voir son sac à dos apparaître sur le carrousel, elle voulut prendre son téléphone dans son sac à main, mais il n'y était pas. Ni dans les poches de sa veste, ou de son jean. Incrédule, la frénésie s'emparant d'elle, elle revérifia les mêmes poches, vida le contenu de son sac par terre puis s'assit au milieu du bazar et laissa le désespoir la vaincre. Dans son esprit en bouillie, une pensée écrasait toutes les autres : une chanson qu'elle avait reçue de Dan quand elle était à Lisbonne trente-six heures plus tôt seulement, une chanson bénie, inattendue, "Sunshine Superman", un miracle tant désiré. La recevoir avait été comme deux mains bienveillantes se posant sur son cœur inquiet, douloureux, mais elle était alors avec Stella et ne lui avait donc pas répondu, et ensuite, seule à l'aéroport de Lisbonne, elle avait vu que son téléphone n'avait presque plus de batterie et elle n'avait pas pu répondre du tout : elle avait plutôt choisi de l'éteindre histoire de garder le peu de vie qu'il lui restait pour Londres. Et maintenant il avait disparu, et cette perte la rendait malade, elle en ressentait un chagrin lourd de son épuisement ; elle se souvenait aussi de cette jeune femme aux yeux vides, un bébé silencieux sur la hanche. Elle lui avait demandé de l'argent, des euros, quelques pièces, n'importe quoi, et Ali avait vidé ses poches, versé une poignée de pièces dans la main tendue de la jeune femme, et alors qu'elles s'éloignaient l'une de l'autre, Ali avait senti une légère et très brève collision, puis des excuses proférées à la hâte, un contact trop furtif pour qu'on y prête vraiment attention. Il n'y avait pas de preuves, bien entendu, mais elle était à peu près sûre que c'était dans ce moment d'inattention et de confusion bien orchestré qu'on lui avait pris son téléphone. Bon, se dit-elle avec un désespoir grandissant, comment je vais faire pour trouver Daniel Lawrence ?

"Excusez-moi, vous avez besoin d'aide ?"

La voix provenait d'un vieil Anglais, un voyageur comme elle, qui attendait ses bagages. Il regardait Ali avec une sorte de compassion joyeuse.

"Oh, pas vraiment", répondit-elle en se levant d'un bond, se ressaisissant. Elle se baissa pour commencer à ramasser ses affaires et il fit de même, lui tendant un mouchoir usagé, un baume à lèvres, une carte du métro d'Adélaïde, un miroir de poche. "J'ai perdu mon téléphone, c'est tout." Elle se sentait un peu mal à l'aise de devoir partager le contenu de son sac à main avec cet inconnu aux manières de gentleman.

"Ah, mince, c'est troublant, ce sentiment, n'est-ce pas ? dit-il. La façon dont nous dépendons de nos téléphones, même moi, qui avais juré que je n'en aurais jamais ! Aimeriez-vous m'emprunter le mien, prévenir quelqu'un que vous êtes ici ?"

Elle sourit tristement. "J'ai besoin de me connecter à Twitter, dit-elle. Mais pour ça, un code de sécurité sera envoyé sur mon téléphone, et bien sûr je ne l'ai pas.

— Pardon ? Vous connecter à quoi ?

— Non, rien, dit Ali. C'est compliqué.

— Ah, fit l'homme, l'air déçu.

— Ne vous en faites pas, je vais trouver une solution – ah tiens, voilà mon sac, je ferais mieux d'y aller.

— Laissez un numéro aux objets trouvés, dit-il, déterminé à l'aider d'une manière ou d'une autre. Quelqu'un à prévenir s'ils le retrouvent ?

— Oui, dit Ali, même s'il n'y en avait aucun, pour la bonne et simple raison qu'elle n'avait aucun numéro sur elle et qu'absolument personne ne l'attendait sur cette île. Merci de votre gentillesse." Elle attrapa son sac par une bride et lui fit au revoir de la main avant de prendre la direction de la douane puis des taxis, soulagée d'avoir encore son argent liquide et ses cartes. Elle ne savait pas très bien où se situait Heathrow par rapport au reste de Londres ou, plus précisément, où la péniche de Dan était amarrée, mais c'était là qu'elle espérait aller, parce que c'était un bon début. Elle avait entendu parler du bon sens des taxis londoniens, alors lorsqu'elle grimpa dans le premier de la file et qu'il lui demanda : "Où allons-nous ?", elle répondit : "J'espère que vous allez pouvoir me le dire.

— Redites-moi ça ? dit-il en la regardant dans le rétroviseur.
— Pardon ?
— Qu'est-ce que vous avez dit ?
— Il faut que j'aille près du canal, sur une péniche du canal."

Tout ce qu'elle savait, c'était que le bateau de Dan s'appelait le *Crazy Diamond* et que Lisa et Frank d'un côté et Jim de l'autre vivaient tout près, sur le canal. À Adélaïde, ces informations auraient pu suffire mais elle se sentait ridicule, à présent, d'arriver si mal préparée dans cette capitale grouillante.

"Bon, dit le taxi. Je vais avoir besoin d'un peu plus d'infos. Elle est amarrée où, cette péniche ?

— Sur le canal ?" Par opposition à la Tamise, c'est ce qu'elle voulait dire, mais mon Dieu, comme c'était humiliant.

Le chauffeur sortit de l'emplacement réservé pour libérer le passage au taxi derrière lui puis se gara à nouveau un peu plus loin. Il lui parlait dans le rétroviseur et ses yeux brillèrent d'un éclat joyeusement sarcastique quand il lui dit : "Il y a pas mal de canaux à Londres, ma belle. Les endroits où faire flotter son bateau ne manquent pas. Limehouse Basin ? Battlebridge Basin à l'arrière de Kings Cross ? Ça vous dit quelque chose ?

— Non, je suis désolée." Elle avait conscience d'être en train de battre des cils pour lui, espérant qu'il ne la laisserait pas tomber et ne lui demanderait pas de descendre.

"Lisson Grove ? Little Venice ? Cumberland Basin ?

— Oh ! s'écria-t-elle, ravie. Je crois bien que c'est celui-là, Little Venice.

— Celui-là, Little Venice, alors parfait, prenons le pari que c'est sur Blomfield Road, dit-il en démarrant.

— C'est le *Crazy Diamond*, si ça peut aider, ajouta Ali. Le nom, je veux dire", et il se mit à rire puis dit : "Dacodac, ma belle, très rock'n'roll. C'est pas le bateau de Dave Gilmour, si ?

— Non, mais bien tenté", dit-elle en lui rendant son sourire, se demandant si elle était tombée sur le plus sympa des taxis ou s'ils étaient tous aussi enjoués. Et il connaissait si bien son itinéraire… Pas un seul taxi d'Adélaïde ne savait comment se rendre à un endroit sans avoir recours à Google Maps, mais ce type était parti en trombe de l'aéroport et se faufilait dans la circulation comme s'il était poursuivi.

“Vous êtes d’où ? lui demanda-t-il.
— D’Adélaïde.
— C’est où, ça ?
— Australie-Méridionale.
— Nom d’un petit bonhomme, vous êtes très loin de chez vous.
— Ouais, à peu près à quinze mille kilomètres, mais on dit qu’on se sent chez soi là où bat notre cœur, alors…
— Oh, bien sûr. Bien sûr ! Qui venez-vous voir, donc ? Qui est ce petit chanceux ?
— Il s’appelle Dan. Il ne m’attend pas.”
Le taxi lui fit un clin d’œil dans le rétro. “Eh bien, il va avoir une belle surprise.
— J’espère. Difficile à dire.”

Elle apercevait un saule se pencher vers son reflet dans l’eau noire, un duo de cygnes majestueux creuser un sillon à travers les lentilles d’eau d’un vert éclatant, et le *Crazy Diamond*, joli bateau bleu marine avec ses hublots de cuivre et son nom artistiquement peint en lettres jaune canari sur la coque. Elle voyait aussi que le bateau était vide ; doubles portes cadenassées, bâche recouvrant le pont à la poupe, mais Ali dit au revoir à son nouvel ami dans le taxi, parce qu’elle était arrivée à destination et le fait que Dan ne soit pas là était sans importance. D’une certaine façon, elle savait qu’il n’y serait pas. On était dimanche, il devait être à Édimbourg, à faire avec Katelin les trucs qu’on fait le week-end, mais pour l’heure, elle n’avait nulle part ailleurs où aller, et pas de meilleure idée que de rester plantée dans Blomfield Road et espérer de toutes ses forces qu’il apparaisse, marchant d’un pas nonchalant dans sa direction, comme il l’aurait fait dans un film.

Elle déposa son sac par terre pour pouvoir s’adosser aux grilles métalliques noires et observer cet endroit idyllique, admirer le *Crazy Diamond*, et se lamenter qu’il soit inoccupé, les yeux vides, en sommeil. À quoi s’attendait-elle ? Bien sûr que Dan n’était pas là, et de toute façon, il devait la détester de l’avoir humilié comme elle l’avait fait, et comment lui en vouloir ; peut-être qu’elle ne le reverrait jamais, bien qu’elle vienne à lui à présent, comme il était venu à elle. Elle était en train de réfléchir à cette possibilité peu réjouissante quand une voix langoureuse, désincarnée, vint troubler sa rêverie désolée. "Hey, chérie. Tu es Alison, non ?" et Ali se tourna en direction du son, sans trop savoir où regarder parce qu'à droite comme à gauche, il n'y avait personne sur le chemin de halage.

"Là-haut, chérie."

Elle était là, sur le toit plat du bateau d'à côté, à moitié masquée par la voûte du saule, une vieille dame élancée en salopette, les cheveux teints effet *dip dye*, les mains au henné, les yeux soulignés de khôl, pieds nus, en tailleur, des douzaines de bracelets argentés sur chaque poignet et un chapelet de perles azur enroulées autour du cou. Lisa, se dit Ali. La Lovely Lisa de Dan. Elle sourit, et Lisa lui rendit son sourire.

"Tu es venue, dit-elle en opinant du chef tel un sage, comme si elle l'avait su depuis le début.

— Oui."

Lisa se mit debout, leva les bras en l'air comme un officiant et sa multitude de bracelets vint s'entrechoquer dans un tintement de petites cloches. "Bienvenue, dit-elle, et elle sautilla de son perchoir jusqu'au chemin. Tu restes avec nous jusqu'à ce que Dan arrive.

— Il ne sait pas que je suis ici", dit Ali. Elle était sous le charme de Lisa, dont l'étreinte sentait l'huile essentielle de patchouli et les orteils étaient ornés de bagues argentées.

"Alors il faut que tu le lui dises." Elle prit Ali par la main et la guida jusqu'au pont avant de l'*Ophelia*. "Viens, tu vas dire bonjour à Frank."

Dan regardait le texto qui avait éclos sur l'écran de son téléphone, parfaitement lisible pour Katelin. Le texto venait de Jim, Jim du *Veronica Ann*, et il ne se l'expliquait pas, et encore moins le message en lui-même, qui disait : *Salut Daniel, c'est Alison. Je serai au bar du Warwick Castle à 20h ce soir, je te garde une place xxx.*

Il était dans le couloir, tout près de la cuisine où Katelin faisait rage, on pouvait dire ça, tandis que la voix de Rose-Ann constituait une autre couche sonore, douce et constante, une couverture de platitudes réconfortantes ; pendant ce temps-là, Duncan avait ouvert la porte et le pressait discrètement de questions : “Putain mais c’est quoi ce bordel, qu’est-ce qui se passe ?” Dan le regarda, sans vraiment le voir.

“Elle est à Londres”, dit-il. Il avait la tête et le ventre pleins de problèmes et de possibilités, des dégâts qu’il avait faits et de ceux à venir.

“Alors vas-y, mon pote, lui dit Duncan sans hésiter, forcé de prendre la décision pour son ami devant son visage déformé par l’agonie et le dilemme. Vas-y. On va s’occuper de Katelin.”

L’espace de quelques secondes, les deux amis se regardèrent, et Dan imagina le soulagement que ce serait de simplement partir, puis il dit : “Non, il faut que j’essaie de régler ça”, et il retourna dans la cuisine, où Katelin se rua sur lui, faisant pleuvoir des coups de poing sur ses épaules et son torse, déversant des torrents d’insultes, se laissant aller à d’effroyables cris.

“Oh mon Dieu, Katelin, je t’en prie, dit Dan. Katelin, s’il te plaît.” Il emprisonna ses mains entre les siennes. “S’il te plaît, allez, tu peux m’écouter ?” Ils se tenaient au milieu des éclats de porcelaine, des morceaux épars de pommes de terre et des flaques sanguinolentes de jus de bœuf, à ceci près que les restes du rôti avaient été subtilisés par McCulloch, qui s’était recroquevillé dessus dans son panier, pas certain que tout ça était cent pour cent légal. Katelin était plus calme à présent, mais la crise était loin d’être passée pour autant, ce n’était qu’une petite pause au cœur de la violence et des hostilités. Dans la pièce, ça sentait à plein nez la méfiance, le reproche et la fin de quelque chose – terrible, pesant de tout son poids. Rose-Ann avait posé sa main, sans effet, dans le dos de Katelin, et Duncan essayait de ne faire aucun bruit en transportant les assiettes et les verres de la table à l’évier, au cas où aurait pris à Katelin l’idée de trouver de nouvelles munitions. Dan libéra ses poignets et prit son visage entre ses mains, et ils se regardèrent avec un mélange de chagrin et d’effarement. Elle le connaissait si bien, elle connaissait le sens de chaque expression de son visage adoré, haï, et rien qu’à voir ses yeux elle savait à présent exactement ce qu’il allait lui dire.

“Ne dis rien, lança-t-elle. Ne t’excuse pas. Vas-y.”

Rose-Ann et Duncan se mirent un peu en retrait, dans l’attente, en spectateurs embarrassés du désastre auquel ils avaient été conviés.

“Katelin.
— Va-t’en. De toute façon ça me rend malade de ne plus pouvoir te faire confiance.
— Il faut que je le fasse, et je ne sais pas où ça va mener, mais je veux d’abord essayer et expliquer pourquoi.
— Je m’en fous, vas-y, va te faire voir, va-t’en.”

Les larmes ruisselaient sur le visage de cette femme qu’il avait aimée, cette femme qui l’avait aimé, et il voulait lui dire qu’il ne voudrait rien changer, qu’elle était extraordinaire, magnifique, qu’il avait eu de la chance de partager sa vie avec elle, mais que malgré tout il devait partir. Il fallait – comme s’il avait été pucé et programmé pour à Sheffield en 1979 –, il *fallait* qu’il soit avec Alison Connor à tout prix, si leurs chemins devaient à nouveau se croiser, s’il la retrouvait. Ce n’était pas le sort ou le destin, c’était un instinct animal, un impératif primaire, aussi puissant et mystérieux que la certitude qui donne à l’hirondelle la force de voler des semaines durant avant de retrouver sa maison. Il ne dit rien, cependant. Il baissa la tête un moment, reprenant ses esprits, puis il prit sa veste, ses clés, son portefeuille et quitta la maison. Il était déjà dans la rue quand il entendit la voix de Duncan qui lui criait d’attendre, alors il attendit, et son ami fit son apparition avec McCulloch au bout de sa laisse.

“Elle dit que c’est toi qui prends le chien, dit Duncan.
— Bon sang, Dunc, je suis pas en état de m’en occuper, là.
— N’empêche, elle dit que c’est toi qui prends le chien. « Dis-lui de prendre son chien de merde, je le garde pas, moi », voilà ce qu’elle a dit exactement. Donc…” Il lui tendit la laisse et Dan la prit.

“Bon”, fit Dan. McCulloch renifla l’air de l’après-midi et attendit les instructions.

“Ça va, mec ? demanda Duncan.
— Oh, même pas en rêve.
— Appelle-moi, hein, n’importe quand.
— Merci. Et garde un œil sur Katelin, d’accord ?
— T’inquiète.
— Merci, Duncan. Vraiment, merci.
— Pas de souci. Oh.” Il plongea la main dans sa poche. “Je t’ai rapporté ça aussi. Ils étaient sur la console de l’entrée.”

Ses écouteurs, oh bon Dieu, il avait failli laisser ses écouteurs.

"Tu me sauves la vie, sérieux, dit Dan. Bon, il faut que je..." De sa main libre, il indiqua vaguement la direction de Waverley Station. Il fallait qu'il se magne, et qu'il trouve un taxi s'il voulait attraper le train de 3 h 20 pour King's Cross.

"Ouais, bien sûr, vas-y", dit Duncan, mais il restait encore sur place, réticent à l'idée de retourner dans la maison, bien conscient que, dans le meilleur des cas, il serait une pièce de rechange et, dans le pire, le bouc émissaire malchanceux contre qui Katelin dirigerait sa rage.

Dan scrutait les rues autour de lui sans grand espoir mais là, parvenant au sommet d'une rue en pente et se dirigeant droit vers eux, c'était bien la lumière jaune d'un taxi libre, alors il lui fit signe de s'arrêter et prit le chien sous son bras.

"Il a l'air plutôt ravi de venir, lui, dit Duncan en désignant McCulloch. C'est déjà ça."

Dan eut un petit rire, monta dans la voiture, claqua la portière et fit signe à Duncan à travers la vitre tandis qu'il s'éloignait. Mais plus tard, dans le train, Dan se dit : Ouais, en fait, ouais. Ce n'était plus qu'un vieux jack russell arthritique, mais il y avait quelque chose de bienvenu, et même d'un certain secours, dans la dévotion sans faille de McCulloch, et dans sa façon d'accepter sans sourciller les changements qui se présentaient. Le petit chien n'avait pas besoin de grand-chose et il était facile de le lui donner, pensait Dan ; si on pouvait tous avoir cette chance...

29

LONDRES,
PLUS TARD CE JOUR-LÀ

Dan et McCulloch entrèrent au Warwick Castle à 20 h 10 et Alison Connor était assise au bar, tel un mirage.

"Salut, dit-elle, comme s'ils s'étaient vus la veille, comme s'ils ne venaient pas de marcher sur des charbons ardents (émotionnellement parlant) pour se rejoindre.

— Salut." Il resta debout un moment pour se délecter d'elle, tellement à l'aise sur ce tabouret de bar, et pourtant foncièrement hors contexte. La déconnexion entre ces deux faits ralentissait ses réactions, comme dans un rêve lorsqu'on veut attraper ce dont on sait avoir besoin mais que nos bras sont lourds et refusent d'obéir aux signaux envoyés par le cerveau. Il la regardait, sans bouger, sans parler, et elle l'observait d'un air hésitant puis finit par descendre du tabouret pour venir gratter le petit chien derrière l'oreille. "C'est toi, McCulloch, alors ?" dit-elle. Il s'approcha un peu plus d'elle, ferma les yeux et un frisson de bonheur le parcourut.

Dan eut un léger rire, et le terrible poids de cette journée s'allégea quelque peu. Elle se tenait debout et fit un pas de plus vers lui, puis elle prit sa nuque dans sa main et l'embrassa avec douceur.

"Alison", dit-il, et il était plus près des larmes qu'il ne l'avait été de toute la journée, bien plus près, profondément ému par sa tendresse. Il avait cru ne jamais la revoir, il avait entamé un processus d'endurcissement du cœur contre elle, il avait essayé de la voir comme quelqu'un de déloyal, de faible et d'insincère. Mais la voir à présent le mettait dans tous ses états, il sentit une décharge de peur, parce que bien qu'il ait sous-estimé sa détermination, comment pouvait-il compter sur le fait qu'elle allait rester ? Il recula d'un pas, et elle laissa retomber ses bras le long du corps.

"Daniel. Pardonne-moi, s'il te plaît."

Il pardonnerait tout à cette femme, pensa-t-il. C'était bien ça le problème.

"J'ai eu tort de partir avec Michael ce jour-là, j'ai eu tort de le laisser te parler comme ça, de partir avec lui. J'aurais dû écouter mon cœur et me mettre de ton côté. Je suis désolée, Daniel. Et je suis là maintenant, si tu veux encore de moi."

Il y eut un silence et elle n'entendait plus qu'une seule chose au milieu de ce bar bondé : les battements de son cœur.

"Tu as utilisé le téléphone de Jim, finit-il par dire.

— J'ai perdu le mien. Je crois qu'on me l'a volé en chemin.

— Oh, fit-il. Je t'ai envoyé une chanson. Deux en fait, mais la première était un accident, un peu trop joyeuse, donc je t'en ai envoyé une autre, ce matin, pour que tu n'aies aucun doute sur le fait que j'étais devenu complètement barge.

— Oh ! Mon Dieu, Daniel, je suis navrée, vraiment..., dit-elle, les mots se bousculant. J'ai bien reçu Donovan, mais j'étais avec Stella à Lisbonne, et bien sûr j'avais l'intention de répondre, je savais exactement ce que je voulais t'envoyer, mais ensuite..."

Il posa la main sur son épaule. "Shhh. Shhh. C'est rien.

— Oh, je suis désolée, Daniel. Pour tellement de choses... ne pas avoir répondu tout de suite à « Sunshine Superman », par exemple."

Le visage de Daniel restait impassible, incertain, mais elle lui fit un sourire hésitant et ce sourire l'émut. La voir devant lui avec tout cet amour et cette inquiétude dans les yeux, c'était un baume pour l'âme. Il l'aimait tant. Il l'aimait tant qu'il se pourrait qu'elle ne perçoive jamais véritablement l'étendue, l'ampleur et la profondeur de ses sentiments.

"Qu'est-ce que tu pensais m'envoyer ?

— The Cure, dit-elle à la seconde. « Lovesong. »"

Il opina. "*Whenever I'm alone with you...*

— *... you make me feel like I am home again.*"

À présent ils souriaient tous les deux. Puis elle pencha la tête de côté et dit : "Complètement barge ?

— Psychotique, dit-il. J'étais sûr de ne plus jamais te revoir, alors tu as eu droit à – ou plutôt tu n'as *pas* eu – « I Want You ». On ne peut pas faire plus détraqué.

— Ah, dit-elle. Oui, mon Dieu, cette chanson…

— Tu m'as fait vivre un enfer, dit-il. Tu le sais, ça ?

— Oui, je le sais, mais ça n'arrivera plus jamais. Je t'aime aujourd'hui, je t'aimais avant et, si tu me le permets, je t'aimerai pour toujours."

Elle posait des choses simples, délivrait son message d'un ton neutre, et Dan ne pouvait pas parler, il ne savait pas pourquoi – et pourtant il savait.

"Je te veux, dit-elle. Mon *Sheffield boy*."

Elle était tellement plus à la hauteur de la situation que lui. Elle le regarda, muet et désarmé devant elle. "Allons sur le bateau", dit-elle.

Mettre un pied à bord du *Crazy Diamond*, c'était laisser le monde réel derrière soi. Peut-être était-ce le fait de flotter, de se sentir dans un cocon, ou la qualité de la lumière douce qui filtrait, mais il était difficile de quitter cet endroit, même en sachant – quelle joyeuse pensée – qu'elle pourrait, qu'elle allait y revenir. On était lundi matin et Dan devait être à Salford jeudi, et avant ça, ils devaient aller à Sheffield.

Sheffield. Tapi dans sa mémoire comme un vieux crapaud des contes de Grimm, couvert de pustules et malveillant, l'incarnation du mal. Dan disait qu'il lui suffirait de descendre du train à la gare du centre pour comprendre que ce lieu était innocent, d'autant plus qu'elle ne le reconnaîtrait pas – il ne se repérait même pas lui-même depuis que la municipalité avait entrepris des travaux d'embellissement. Il s'appliquait à avoir un ton léger, ce qui ne voulait pas dire qu'il ne se rendait pas compte de l'épreuve que c'était pour elle, aller à la rencontre des fantômes de son passé. Mais bon, ils étaient ensemble, elle était venue à lui de son plein gré, et il ne pouvait pas faire autrement que de se réjouir de ce voyage vers le nord, même si pour elle ça revenait un peu à traverser le Styx pour entrer aux Enfers. Pour sa part, il se sentait tout neuf, lavé de tous les doutes, amertumes et regrets, et aussi claqué, pour tout dire : la combinaison gagnante du jet-lag d'Ali et de son ardeur (sans borne) à lui les avait tenus éveillés une bonne partie de la nuit, jusqu'à ce qu'ils plongent tous deux dans une inconscience spectaculaire à 5 heures du matin, quand le jour commençait à poindre à travers les interstices des rideaux. McCulloch les avait réveillés trois heures plus tard, réclamant à raison qu'on le sorte, et ils s'étaient extirpés des sables mouvants du sommeil pour s'occuper du chien et s'organiser pour la suite. Lisa avait fait son apparition, tel un ange doté d'une tortilla qu'ils avaient mangée à même la poêle, assis à la table du chemin de halage, Lisa fumant une de ses cigarettes françaises. Jim aussi se joignit à eux, fier du rôle qu'il avait joué dans l'histoire, ravi de revenir dessus dès qu'il en avait l'occasion, mais Ali était surtout sous le charme des hippies, réchauffée par les marques d'amour délurées de Lisa et amusée par l'agréable espièglerie de Frank. Lisa n'avait absolument aucune curiosité pour les détails pratiques de la vie des autres, ce qui l'intéressait, c'était le tableau d'ensemble, les couleurs de l'arc-en-ciel de leurs âmes, la générosité de leurs cœurs. Frank, qui se rapprochait lentement mais sûrement de la fin et restait généralement dans l'ombre de la cabine de l'*Ophelia*, avait connu la veille un bref regain d'énergie en apprenant l'arrivée d'Alison et, tandis qu'elle attendait Daniel, il lui avait raconté une longue histoire à propos des Beatles dans l'ashram de Rishikesh, comment par un jour incroyable John, Paul, Ringo, George, Lisa et Franck s'étaient retrouvés en tailleur à méditer sur le même toit plat et brûlant d'un bungalow, sous le regard inquisiteur de petits singes gris sceptiques. Le plus beau jour de sa longue vie, avait dit Frank, puis il s'était rendormi, épuisé par ces souvenirs, et Lisa et Alison s'étaient alors mises à parler de tout un tas de choses, les épices marocaines, les étoiles dans l'hémisphère sud, la musique qui a le pouvoir de changer le cours de nos vies. L'esprit de Lisa voletait d'un sujet à l'autre comme un colibri devant des fuchsias, plongeant ici ou là, toujours en mouvement. Alison savait qu'on appelait aussi ça une incapacité à se concentrer, sans aucun doute la conséquence d'une vie à fumer de l'herbe, mais c'était très libérateur d'écouter sa vision new age de la vie, et réconfortant aussi, notamment parce qu'elle avait enroulé Ali dans une couverture gris cendré, lui avait apporté un chaï et un bol de *chana dal*, parce qu'elle était gelée, elle la fleur tropicale venue d'Adélaïde pour qui ce prétendu été londonien ne ressemblait au mieux qu'à un frais matin de printemps en Australie-Méridionale. Quand Dan était arrivé à Little Venice, Alison et Lisa étaient connectées à jamais, et quand après le petit-déjeuner, ce lundi-là, ils partirent prendre le train pour Sheffield, Lisa l'embrassa sur le front et fit glisser l'un de ses bracelets argentés et gravés de son poignet à celui d'Ali pour la protéger jusqu'à son retour. Ali apprécia le geste, et un talisman, c'était exactement ce dont elle avait besoin ; ça, le corps tout chaud de McCulloch endormi à ses pieds et la confiance solide de Dan, son regard à la même hauteur que le sien, de l'autre côté de la tablette du train qui filait vers le nord.

Le téléphone de Dan était posé dessus, entre eux. Il sonnait régulièrement, et chaque fois qu'il répondait, elle mettait ses écouteurs et se plongeait dans la musique pour lui laisser un peu d'intimité, quand bien même elle voyait le nom de chaque appelant s'afficher sur l'écran avant qu'il ne prenne le téléphone en main. Katelin. Katelin. Alex. Katelin. Katelin. Duncan. Katelin. Katelin. Katelin. Il ne l'éteignit pas une seule fois et elle ne le lui demanda pas une seule fois. "Ta vie est en chute libre, dit-elle à un moment donné, douloureusement inquiète pour lui. Je suis tellement désolée."

Il se pencha vers elle et lui prit la main. "Je t'aime", dit-il, et elle répondit : "Je t'aime aussi", et Dan acquiesça. "Alors il n'y a rien que je ne puisse pas affronter", conclut-il.

Alors voilà, il fallait bien faire face au fait qu'elle était à Sheffield et Dan avait raison, au moins sur un point : le paysage urbain ne lui était pas du tout familier ; mais les voix, si, ces accents qui l'environnaient à présent, le parler brut, monotone, laconique des classes laborieuses du Nord, le monde auquel elle appartenait, ceux qui travaillaient dur, fauchés, la mine sévère, et quelque chose en eux lui avait manqué, elle s'en rendait compte à présent, et ils l'entraînaient sans relâche trois décennies en arrière avec bien plus d'efficacité que n'aurait jamais pu le faire l'architecture de la ville. Dan restait tout près d'elle, la conduisant à travers le hall de la gare, mais en fait ça allait, jusque-là, elle se sentait bien, avec Dan d'un côté et McCulloch de l'autre, le robuste petit terrier se révélant être un allié aussi surprenant que charmant. Quand il levait les yeux vers elle, son regard sombre semblait plein d'intelligence, assez pour remplir une petite place dans son cœur, même si elle voulait bien admettre qu'elle extrapolait peut-être un peu ; il avait très certainement juste faim.

"J'ai toujours voulu un chien", dit-elle. Elle tenait sa laisse et lui trottait un tout petit peu plus loin devant, comme s'il la guidait sur le trottoir bondé. "Quand j'étais petite, je veux dire. J'ai toujours voulu avoir un colley comme Lassie.

— Et moi un kangourou comme Skippy, dit Dan. Ma mère n'a pas voulu."

Il avait loué une voiture, se disant que les taxis et les bus ne seraient pas assez fiables s'ils devaient fuir d'urgence. Il avait aussi appelé Marion, lui avait demandé de s'asseoir et de l'écouter. "Je suis à Sheffield, maman, avec Alison Connor – oui, Alison Connor. Est-ce qu'on peut passer dire bonjour ? Non, Katelin est à Édimbourg. Non, c'est compliqué. J'essaierai de t'expliquer plus tard. Non, maman, je te l'ai dit, Katelin n'est *pas* là, mais Alison oui, donc on va faire un saut, OK ? Et ne t'inquiète pas, d'accord ?"

En écoutant la conversation côté Dan, l'enthousiasme d'Ali commença à retomber et elle se dit : Non, c'est infaisable, ce n'est juste pour personne sauf pour nous deux, et quand il eut raccroché, elle donna libre cours à son inquiétude et dit : "Daniel, comment on peut être heureux quand on rend autant de gens tristes ?

— Ma mère n'est pas triste, elle est juste un peu perplexe.

— Oui mais c'est parce qu'elle ne sait pas encore ce que ça a de triste. Je parie que Katelin est triste, non ?

— Katelin est furax, elle a déjà mis la moitié de mes vêtements dans des sacs poubelles et les a donnés à la British Heart Foundation. Duncan tente de sauver mes disques, mais il va devoir se magner s'il veut leur éviter le vide-grenier."

Ali se mit à rire, difficile de faire autrement, et Dan sourit en disant : "Écoute, ça risque d'être pire, avant d'être mieux, mais on va surmonter ça, toi et moi. Est-ce que ce véhicule est équipé du Bluetooth ?" Il touchait aux différents boutons. "Alléluia, oui il l'a, et je vais pouvoir réaliser ce fantasme d'ado, faire un tour en voiture avec Alison Connor en écoutant *Reproduction*.

— Ah, The Human League", dit Ali ; et puis ensuite, pile au même moment, ils dirent en chœur : *"Before the girls joined"* et éclatèrent de rire.

"Médaille d'honneur, je les ai vus en concert en 1978, ajouta-t-elle. Réservé aux connaisseurs.

— Kev Carter essaie encore de revendiquer leur découverte, tout ça parce que par hasard il les a vus à leur premier concert.

— Kev Carter, oh mon Dieu. C'est tellement dingue.

— Dingue bof ou dingue cool ?

— Les deux. Tu le vois toujours ?

— Non, ça fait des années, mais on pourrait y aller. Il adorerait te voir, je parie." Il lui glissa un regard en coin. "Pas sûr que j'aie envie de le laisser faire, cela dit."

Elle secoua la tête, leva les yeux au ciel pour plaisanter et regarda à travers le pare-brise sa ville au XXIe siècle, tentant de se repérer, puis la musique démarra et tandis que la voiture s'emplissait du tic-tac au synthé caractéristique du début de "Almost Medieval", ils furent projetés en février 1979, Ali leva les bras comme pour faire une vraie fausse révérence et dit : "Marsh, Ware, Oakey, nous vous saluons.

— Et c'est pour ça, dit Dan en montant le son, que tu as toujours été ma *Sheffield girl*."

Elle dit : "C'est le moment de serrer les dents et d'aller à Attercliffe", mais bien évidemment la rue dans laquelle elle avait vécu n'était plus là depuis longtemps, elle avait été démolie des années auparavant, et Brown Bayley n'existait plus non plus ; tout avait changé et ça ne la dérangeait pas le moins du monde, elle ne pouvait en effet pas regretter des lieux qui l'avaient vue malheureuse. Il n'empêche, se disait-elle en mettant de côté ses sentiments, l'ancien quartier avait à coup sûr perdu une partie de son âme du Nord avec les travaux de démolition. Bon d'accord, si vous aviez grandi avec un lavabo à l'extérieur et vous étiez lavé dans un bac, vous n'en auriez sûrement rien à faire de la préservation historique de l'architecture XIXe, et puis de toute façon personne ne voyait le chic industriel niché dans les entrepôts victoriens des années 1970. Tout avait été tellement transformé, un environnement pauvre mais sans la brique noire de suie, sans le métal ondulé des vieilles maisons mitoyennes, sans les imposantes aciéries. Dans Attercliffe Road, où ils se garèrent pour mettre au point leur stratégie, les salons de massage avaient l'air d'être la nouvelle industrie en plein essor : tape-à-l'œil, sordides, sans complexe.

"Bon, fit Ali en regardant autour d'elle.

— Ouep… répondit Dan. J'ai comme l'impression que le sexe a remplacé l'acier.

— Si tout ça avait été là à l'apogée de Catherine…"

Il n'avait jamais connu sa mère, il ne fit donc pas de commentaire, il n'aurait pas su quoi dire.

"Elle baisait avec des types pour un verre de Port Lemonade, c'est le genre de truc dont Catherine était capable. Elle se bradait littéralement.

— Tu l'as toujours appelée Catherine ?"

Elle haussa les épaules. "Je crois. Je suppose qu'enfant j'ai bien dû utiliser « maman », mais être une mère n'était pas vraiment sa priorité, alors c'est pas resté, et je pense que l'appeler Catherine nous a aidés, Peter et moi, à faire face. Une façon de prendre de la distance vis-à-vis d'elle – moins de déception, tu vois ? Je suppose que ça s'appelle aussi du déni. Ce n'était pas sa faute, elle était dépendante, elle avait été abandonnée et personne n'était là pour lui tendre la main." Elle se tut puis se tourna vers lui : "Tu dois trouver ça très anormal ?

— Non, seulement très triste."

Elle laissa échapper un soupir et regarda par la vitre, perdue dans ses pensées. Puis elle ajouta : "Ça fait tellement longtemps que ça ne va pas.

— Quoi donc ?

— Mon silence, ne jamais être revenue, avoir négligé Peter, surtout. Je veux dire, ça avait du sens au début, je comprenais parfaitement pourquoi je le faisais, mais après la naissance de Thea et de Stella, j'aurais dû revenir, me racheter.

— Alison, tu étais la victime, pas la fautive.

— Je devais tant à mon frère, Daniel. Et je l'ai laissé.

— Tu as fait ce qu'il voulait que tu fasses – il t'a envoyée ailleurs, en réalité."

Elle secoua la tête de façon presque imperceptible, refusant de se laisser dédouaner. “C’était à moi de revenir, parce que lui, comment il pouvait me retrouver ? Mais plus mon absence durait, plus c’était difficile de revenir.” Puis elle soupira, la mine sombre, et regarda encore par la vitre. Sans se tourner vers Dan, elle dit : “Mais comment on va bien pouvoir faire pour le retrouver ?”, et c’était presque comme si elle se parlait tout bas.

Dan avait déjà préparé le terrain, en fait, sans qu’elle le sache. Pendant l’heure et demie qu’elle avait passée à dormir dans le train, il avait rapidement fait le tour des réseaux sociaux en se disant que l’idée de la traque numérique n’était sans doute pas venue à Alison, ce n’était pas son genre, et puis maintenant qu’elle avait perdu son téléphone… Mais il lui avait épargné cette étape car de toute façon, à moins qu’il ait changé de nom, Peter restait introuvable sur la toile.

“On pourrait demander aux gens, dit-il. Essayer les pubs, qui sait, y a peut-être un vieux de la vieille qui sait où il est ? Je suis sûr que c’est une communauté assez soudée, et puis c’est pas si grand, ici.

— J’ai du mal à croire qu’il puisse encore être à Attercliffe.

— Pourquoi pas ? Mes parents sont pile là où je les ai laissés. En général, par ici, les gens ne déménagent pas très loin, même quand leurs maisons sont démolies.”

Il y avait du vrai là-dedans, et elle opina pour le lui signifier, avant de dire : “OK, partons à pied”, et elle sortit de la voiture. McCulloch, quittant sa place préférée à ses pieds, se précipita à sa suite, elle lui attacha sa laisse et lui frotta la tête.

“Il te plaît, ce chien, dit Dan en les rejoignant. Bon, par où on commence ? Les pubs ?

— Ben, il était pas trop du genre pilier de bar.

— Et ce gars, Toddy ?

— Sa rue a disparu, c’était la même que la mienne.

— Dans ce cas, essayons de demander. Il y a un pub dans cette rue, c’est un début. Attends ici.”

Il partit à petites foulées et elle le regarda entrer dans un bar qu’on aurait juré désaffecté sans la petite pancarte “Ouvert” suspendue à une vitre crasseuse du rez-de-chaussée. Qui pouvait bien se trouver là-dedans à midi par ce beau lundi un peu frisquet ? Elle imaginait un scénario incroyable dans lequel Dan ressortait du pub accompagné de Peter, qui dans sa rêverie n'avait pas changé d'un pouce, pas vieilli, et dont le visage s'illuminait de joie au moment où il l'apercevait. Mais Dan ressortit en grimaçant et elle eut un petit sourire triste, puis elle attendit qu'il soit suffisamment près pour lui dire : "Pas tenté par une bière, alors ?

— La patronne a un physique de catcheuse et j'ai bien senti qu'elle m'aimait pas trop.

— Chou blanc.

— Ouep. Deux vieux calés au bar mais pas de signes vitaux d'après ce que j'ai vu, et ils passaient Captain and Tennille, au secours."

Elle éclata de rire, il avança la tête et lui vola un baiser, il vit son visage s'illuminer, quelque chose de chaleureux et de doré, et il pensa : Bon sang, c'est quelque chose.

Il la prit par les épaules et lui dit : *"Ever since the day I met you, baby, I'll believe I had a hold on you"*, et elle répondit : "C'est un test ?"

Il sourit et dit : "Ça se pourrait", alors elle répondit : "Dr Feelgood, « Because You're Mine ». Tu ne m'auras jamais sur des paroles de chanson, Daniel Lawrence, je suis ce genre de tordue.

— Mon genre préféré, dit Dan, et il releva son menton pour l'embrasser encore. Ma tordue préférée de tous les temps. Allez, c'est parti, allons trouver Peter Connor."

Ils posèrent la question dans un autre pub, une pharmacie, un salon de tatouage, un coiffeur pour hommes, une animalerie spécialisée dans les spécimens exotiques – Dan dit au passage qu'il se voyait bien avoir des serpents –, à la poste, dans deux restos indiens, un magasin d'alcool et un marchand de journaux. Les gens se montraient gentils, mais Peter Connor ne leur disait rien de rien. À l'intérieur du vieux bâtiment John Banners, ils tentèrent leur chance dans un petit café, leur question passa d'un employé à l'autre jusqu'à ce que quelqu'un lève la tête de la tourte à la viande fumante devant lui et dise : "Allez chez M. Rashid. Tout le monde y va, ici", alors ils suivirent les indications et se mirent en route pour une sorte de caverne d'Ali Baba d'articles ménagers dont le propriétaire, un vénérable Pakistanais au beau visage majestueux, ne parvint pas à remettre son nom mais fit tout son possible pour les aider, avec une énergie surprenante, soufflant la poussière d'un vieux bottin et leur faisant appeler tous les P. Connor de la liste depuis sa propre ligne téléphonique.

"Facebook ? Twitter ? Instagram ?" proposa-t-il quand la méthode à l'ancienne n'eut rien donné. C'est par là qu'on retrouve les disparus à notre époque." Il avait un sourire blanc d'au moins cent watts et son envie d'aider frisait l'héroïsme.

"Déjà essayé", répondit Dan, et Ali le regarda, perplexe : "Ah bon ? Moi non.

— Rien ne marche ? dit M. Rashid à Dan. Alors réfléchissons." Et il leur parla de sa petite-fille et de son petit-fils, des jumeaux, tous deux étudiants en médecine à l'université de Manchester, des enfants intelligents comme tout, qui travaillaient dur pour honorer leur famille. Sa femme les avait rejoints, à présent, mais elle restait dans l'ombre sans parler, elle se contentait d'observer.

"Ma femme a peur de votre chien", expliqua M. Rashid et alors tout le monde se tourna vers McCulloch qui bâilla. "Quarante ans qu'elle vit à Sheffield mais Raiqa a toujours le mal du pays, d'Islamabad pour être précis." Ali sourit à Raiqa mais celle-ci baissa modestement la tête en guise de réponse.

"Tellement timide, dit M. Rashid. Et elle ne parle pas anglais, jamais voulu apprendre." Il secoua la tête comme s'il était terriblement déçu, même s'il était clairement ravi de parler pour deux, et qu'il ne s'en privait pas. Ils habitaient au-dessus de la boutique, leur dit-il, et envoyaient toujours la moitié de leurs revenus au Pakistan, où un nombre inquiétant de parents en dépendaient, et il ajouta que s'il pouvait retourner là-bas il le ferait, mais juste pour des vacances, parce que son chez-lui c'était ici, à Attercliffe.

Dan, conscient que l'heure tournait, lança sur un ton définitif : "Eh bien, merci pour tout, monsieur Rashid" et ils prirent la direction de la porte en disant au revoir, mais là un vieillard entra dans le magasin, leur bloquant le passage. Il respirait bruyamment et se tapait sur le thorax mais il parvint à prononcer un "Salut" à l'attention de M. Rashid, qui enchaîna : "Ah, très bien, voici M. Higgins, il connaît tout le monde, pas vrai, monsieur Higgins ?

— Facteur, lâcha l'intéressé pour économiser son souffle. Retraité.

— Et conseiller municipal, ajouta M. Rashid, comme s'il en retirait une fierté personnelle. Très estimé.

— Bon, bon." M. Higgins accueillit le compliment d'un sourire maussade. "Circonscription de Darnall, voilà pour mes péchés.

— Nous sommes à la recherche de mon frère, lui dit Ali, plus par politesse que réel espoir. Peter Connor. Il travaillait à Brown Bayley, mais ça risque de pas être d'une grande aide.

— C'est fini depuis longtemps, ça, dit M. Higgins. Il n'y a plus d'aciérie ici.

— Oui, on le sait. Merci quand même, dit Dan et il ouvrit la porte pour qu'Ali et le chien puissent s'échapper, mais M. Higgins n'en avait pas fini.

— Il y a un Pete Connor qui tient une friterie pas loin d'ici, du côté de Tinsley." Il fit une pause et prit une bouffée d'air. "Un gros type avec un œil paresseux qu'on sait jamais s'il te sert toi ou le mec d'à côté.

— Peter n'était pas gros – ce qui ne veut pas dire qu'il n'a pas pu le devenir –, par contre il n'a jamais eu d'œil paresseux", dit Ali, qui faisait son possible pour ne pas regarder Dan, histoire de ne pas rire. Elle se rapprocha subrepticement de la porte ouverte. M. Higgins respirait, prêt à redémarrer.

"Et il y a un Peter Connor, jamais Pete, toujours Peter, vers Northern General, dit-il. À l'hôpital, ça se pourrait ?

— Non, répondit Ali. Je ne pense pas. Il n'était pas dans la médecine.

— Brancardier." À nouveau il se frappa vigoureusement le thorax, frustré par la faiblesse de ses poumons.

M. Rashid se pencha par-dessus son comptoir pour participer à la conversation sans quitter son poste. "Service asthme, dit-il. Problèmes respiratoires. M. Higgins est un habitué, là-bas", et M. Higgins, de nouveau prêt à parler, poursuivit : "Peter Connor m'a poussé sur un de ces brancards plus d'une fois, quand je ne pouvais pas respirer suffisamment bien pour marcher. Un type en or. Pas de sœur par contre.

— Oh", fit Ali dont le mince espoir venait de s'envoler. Brancardier, oui, elle le voyait bien là-dedans, tout à fait plausible.

Peter : aimant, généreux et attentionné par nature. Sans trop de qualifications. Et humble.

“Hmm, fit Dan. Comment savez-vous qu'il n'a pas de sœur ?

— Il n'a personne, répondit M. Higgins. Il m'a dit qu'il était tout seul.”

Ali et Dan échangèrent un regard. Son cœur commença à s'emballer et elle s'obligea à se calmer, à être un peu réaliste. “Où est-ce qu'il habite ? demanda-t-elle.

— Ça, je peux pas vous le dire.

— Oh, s'il vous plaît, pourquoi ? dit Ali quelque peu désespérée et loin de Sheffield depuis trop longtemps pour comprendre ce qu'il voulait dire par là.

“Parce que j'en sais rien, ma belle. Je lui ai jamais demandé.”

Sa poitrine se soulevait péniblement à chaque inspiration, et la femme de M. Rashid, si discrète, lui apporta une chaise en évitant McCulloch. M. Higgins se laissa lourdement tomber sur le siège. “Merci, dit-il. J'ai plus d'air.” Ali se retourna sur lui tandis qu'ils partaient, le regard inquiet. Elle se sentait un peu responsable de son état.

“Imagine s'il est là ?” dit Ali.

Baignés dans la lumière qui ne pardonnait pas du hall de l'hôpital, ils attendaient qu'un membre du personnel trouve le temps de les aider dans leur drôle de requête. Du désinfectant pour masquer la maladie : l'odeur des hôpitaux était la même partout dans le monde, se disait-elle, et ça lui fit penser à Michael. Elle tressaillit imperceptiblement et chercha la main de Dan, qui la serra.

“Si Peter est là, dit-il, on sera pour toujours reconnaissants envers ce pauvre M. Higgins d'avoir un asthme suffisamment aigu pour nécessiter des hospitalisations.”

Il accrocha le regard de la femme à qui Ali avait parlé à leur arrivée. Depuis, elle avait répondu au téléphone, signé des formulaires et orienté des patients et des visiteurs dont les déambulations dans les méandres du bâtiment constituaient une nouvelle épreuve, en plus de celle qui les avait amenés là à la base. Elle regarda donc Dan et se souvint qu'elle les avait complètement oubliés. Elle ne s'en excusa pas pour autant, mais demanda simplement : “Alors, vous cherchez qui, déjà ?

— Peter Connor, dit Ali. Il est brancardier ici, et je me demandais si…

— Une minute, ma grande, je vais vérifier."

Elle décrocha son téléphone et composa un numéro court. Ali sentit son cœur refaire des siennes, c'était extraordinaire la puissance avec laquelle il tambourinait juste parce que cette gentille inconnue appelait un collègue pour savoir si Peter Connor travaillait aujourd'hui. En toute honnêteté, à ce moment précis, Ali ne savait plus quelle issue elle préférait.

"Oui, c'est bien ça, Angie. Merci." Elle regarda Ali. "Il est de nuit. 20 heures-8 heures.

— D'accord", fit Ali, réfléchissant. Dan attendit. Elle le regarda : "Je ne sais même pas si c'est lui", puis à la réceptionniste : "J'imagine que vous n'avez pas une photo de lui que je pourrais consulter ? Ou peut-être sa date de naissance ?

— Non, ma grande, je n'ai pas ça et je ne peux pas." L'une des lignes sonnait à nouveau et il était clairement temps pour elle de s'y remettre. "Vous pouvez laisser un mot pour dire que vous êtes passée ?"

C'était en effet une très bonne idée. Un petit mot qui dirait : Es-tu *mon* Peter Connor, dans ce cas je suis ton Alison. Si ce n'était pas lui, rien de grave. Si c'était lui, il serait prévenu, il aurait le temps de s'y préparer – ou de s'enfuir, parce que ça aussi c'était possible. Mais oui, c'était raisonnable de lui laisser un peu d'espace pour lui éviter d'être terrassé s'il la voyait débarquer soudain de nulle part sur son lieu de travail. Elle prit un calepin et un stylo dans son sac et écrivit :

Cher Peter, pardon d'arriver comme ça à l'improviste, mais je m'appelle Alison Connor, j'ai quitté Attercliffe en 1979, et je suis de retour, je cherche mon frère, et j'espère – je crois – que c'est toi. Je reviendrai aux urgences demain matin à 8 h, à la fin de ton service.

"On pourrait revenir ce soir à 20 heures ? proposa Dan, mais elle fit non de la tête.

— Je suis vannée, et ce sera le début de son service, mieux vaut le voir à la fin."

Si c'était lui.

Et c'était bien possible.

Disons que c'était lui.

Elle ajouta "Alison x" au bas de son mot, plia la feuille et écrivit "Pour Peter Connor" sur le dessus. "Merci", dit-elle à la femme, qui plaça un doigt sur le papier et le fit glisser vers elle sans vraiment regarder Ali, levant juste les yeux et opinant. Elle était de nouveau au téléphone, et Ali vit son mot rejoindre une petite pile de documents où sans aucun doute il serait bientôt rejoint par d'autres. Les chances que ce morceau de papier se retrouve entre les mains de Peter Connor ce soir semblaient encore plus minces que l'éventualité qu'il soit *le* Peter Connor d'Ali, son frère, le Peter qu'elle voulait tant qu'il soit, ça elle le savait à présent.

30

SHEFFIELD,
22 JUILLET 2013

Pour que Dan ait un moment seul avec Marion et Bill, Ali avait insisté pour qu'il la dépose avec McCulloch dans un café de Nether Edge, à quelques encablures de sa maison. Elle lui laisserait environ une demi-heure pour expliquer leur situation, puis elle se mettrait en route avec le chien et sonnerait à la porte. Dan n'était pas d'accord, il voulait qu'elle soit à côté de lui dès l'instant où il entrerait, mais Ali avait dit : "Non, tu leur dois une explication sans moi, la briseuse de ménage." Non, ça ne prenait pas, avait-il dit ; il endosserait toute la responsabilité de son ménage brisé, mais est-ce qu'il pouvait compter sur elle pour venir et ne pas déguerpir ?

"Déguerpir ? Où ça ? dit Ali. J'ai déguerpi pour venir ici, je n'ai nulle part où m'enfuir. Vas-y", alors il l'écouta et il sut qu'elle avait eu du nez quand il entra au numéro 42 grâce à la clé qu'il avait toujours gardée, et que Marion se rua sur lui, visiblement touchée, en répétant : "Daniel, mais c'est pas vrai ? Comment as-tu pu ?" car Katelin avait téléphoné et leur avait fait tout un foin de sa trahison. Enfin seulement à Marion, à vrai dire – plus grand-chose n'atteignait Bill, ces temps-ci.

Dan n'entra pas sur le terrain de l'émotion mais s'en tint aux faits purs et durs, et il voyait bien à la tête de sa mère, à son regard plein d'interrogations, qu'elle avait besoin d'être rassurée, et de voir qu'il savait ce qu'il faisait. Elle avait toujours, toujours pris le parti de ses enfants dans l'adversité, et c'est ce qu'elle voulait faire encore aujourd'hui. C'était le genre de mère qui débarquait à l'école et exigeait de voir le directeur pour lui demander pourquoi Joe avait reçu des coups de règle, pourquoi Claire n'avait pas été prise dans l'équipe de hockey ou encore pourquoi Dan – le benjamin, le préféré – n'était que figurant dans la pièce de Noël. Embarrassant, mais ils avaient su en grandissant qu'ils ne seraient jamais laissés dans un coin, qu'il y aurait toujours Marion pour assurer les arrières de ses champions. Mais ça, c'était plus dur à avaler pour elle, et ça avait un petit goût de déshonneur. Elle se voyait déjà prononçant ces mots effroyables à ses amies, oui, Daniel et Katelin s'étaient séparés. Et tout en écoutant son fils parler, elle se rendait vaguement compte – et elle le regrettait à présent – de la fatuité qu'elle avait ressentie ces dernières années lorsqu'elle avait entendu des histoires similaires de la bouche de personnes de son cercle d'amis, la satisfaction rentrée, pleine de suffisance de se dire que oui, la vie à deux c'était difficile, mais que ses enfants à elle savaient ce qu'étaient la loyauté et la morale. Bon, Joe ne s'était jamais marié. Mais Claire et Daniel avaient fait leur choix, et ils l'avaient toujours vue aux côtés de Bill quoi qu'il arrive, oui ou non ? On ne jette pas quelqu'un à la poubelle comme ça, si ? Mais voilà que Dan venait de jeter Katelin à la poubelle et Marion ne savait pas quoi en penser. D'accord, Katelin était irritable, prenait la mouche pour un rien, n'était jamais satisfaite de rien, et elle ne comprenait pas une seconde pourquoi Katelin avait toujours refusé de se marier avec Daniel. Mais c'était bien un mariage, au final, ce qu'ils vivaient, non ? C'était tout comme, en tout cas, il n'y manquait que le nom. Et ça allait être très délicat pour Marion de cautionner et soutenir son cher garçon, maintenant qu'il avait quitté Katelin pour Alison Connor, elle entre toutes les femmes. Elle se demandait : Est-ce que c'était par elle que tout avait commencé, quand elle avait offert ce livre à Katelin à Noël dernier ? Ah, comme cette idée la faisait frissonner et bondir. Bien sûr elle n'avait aucune intention de faire du mal, et si elle avait su qui en était l'auteur, elle l'aurait reposé illico. Cette fille attirait les ennuis comme un aimant, et tout ce chagrin qu'elle avait engendré… Daniel, triste pendant des mois et des mois, lâchant l'université, sortant avec la première fille qui lui faisait de l'œil, bourlinguant pour suivre ses fichus groupes de pop comme une âme en peine. Ces blessures, infligées par Alison, étaient encore à vif au plus profond de Marion. Elle n'avait jamais oublié, et rarement pardonné, le moindre affront fait à l'un de ses enfants, même les chicanes de cour de récré, alors pardonner à Alison Connor, ça jamais.

Bon, et maintenant, elle était derrière la porte et elle toquait, puis elle fit son entrée avec le chien de Daniel en laisse et quelque chose dans ce détail insignifiant – la façon dont Alison s'occupait du petit terrier avec naturel et aisance – parut à Marion témoigner d'une forme d'intimité toute simple, comme si tout était stabilisé entre eux. Elle en fut surprise. Elle s'attendait plutôt à un mélange de joues qui rougissent, de gêne, de regards fuyants. Ceci étant, Alison n'avait que dix-sept ans la dernière fois qu'elle avait posé les yeux sur elle… dix-sept ans seulement et totalement bouleversée. Elle se rappelait l'avoir regardée partir en courant dans leur rue. Elle se rappelait avoir pensé que c'était peut-être mieux comme ça si Alison ne revenait jamais, puis elle n'était pas revenue, mais ça n'avait pas été pour le mieux, pas vraiment ; pas pour Daniel.

“Bonjour”, dit Alison puis elle lui fit un sourire si charmant, généreux, ingénu que Marion sentit immédiatement ses résolutions s'ébranler. Ali s'avança et prit Marion dans ses bras, et Marion, un peu hésitante, lui rendit son étreinte. “J'ai bien l'intention de vous appeler Marion, dit Ali, même si je sens bien que vous serez à tout jamais Mme Lawrence pour moi.”

Accent australien. Fine comme une jeune fille. Cheveux châtain foncé, yeux marron, visage pâle, jolie – oui, très jolie. Depuis toujours.

“Eh bien, Alison, tu n'as pas tellement changé, dit Marion en reculant un peu pour mieux la contempler. Je ne te cache pas que ça me fait un choc de te voir ici, mais c'est agréable. C'est comme remonter le temps !

— Moi aussi je suis contente de vous revoir.” Ali n'avait pas l'intention de s'excuser, ni pour le passé ni pour le présent. Elle était là, un point c'est tout. “M. Lawrence est là ? demanda-t-elle avant d'éclater de rire. Je ne peux pas l'appeler Bill, c'est juste impossible.

— Papa est à l'étage, maintenant”, dit Dan. Il tenta de lui dire avec les yeux à quel point il était *méchamment fier d'elle*, de tout ce qu'elle dégageait, de sa façon d'être, de la façon dont elle avait géré son arrivée, de son allure. Bon sang, même le chien était raide dingue. McCulloch n'avait jamais consacré trop de temps aux femmes, mais là il n'avait d'yeux que pour Alison.

"Je peux monter lui dire bonjour ?"

Marion et Dan échangèrent un regard. Il avait lui-même été choqué de voir à quel point son père était diminué, à quel point son état s'était détérioré depuis sa dernière visite qui – à sa grande honte – remontait à Noël dernier.

"Bien sûr, répondit-il. Mais il… eh bien, il est un peu retranché en lui-même. Difficile de savoir ce qu'il pense.

— Non, je sais, mais j'aimerais vraiment aller m'asseoir un peu à côté de lui, si ça vous va ?

— Bien sûr, dit Marion. Il est dans notre chambre. Il aime s'asseoir près de la fenêtre pour regarder dehors. Je monterai du thé quand il sera prêt." De toute façon, pensa-t-elle, elle n'était pas contre un peu plus de temps en tête à tête avec Daniel. Elle avait des tas de questions qu'elle ne voulait pas poser devant Alison.

Parfois, s'il patientait suffisamment longtemps derrière la vitre, des pigeons venaient se poser sur le rebord extérieur de la fenêtre et le regardaient de leurs yeux en diamant noir. Aucun de ces oiseaux ne lui appartenait. Il y avait aussi des hirondelles de fenêtre ; elles faisaient un nid de boue dans les corniches mais elles seraient bientôt parties pour leur long voyage, et puis elles ne restaient jamais en place, et n'étaient pas assez téméraires pour l'observer comme le faisaient les pigeons. Il voyait d'autres choses aussi mais, curieusement, ses yeux semblaient capables de voir uniquement ce qui était très près ou très loin ; au milieu c'était une zone grise, comme si une couverture de brouillard bas recouvrait la rue en permanence. Marion disait qu'il ne pouvait pas voir de près *et* de loin, mais lui tout ce qu'il savait, c'est ce qu'il voyait. Les oiseaux à la fenêtre, et d'autres choses, très lointaines, comme les changements dans le ciel au nord-ouest ; il voyait ce qui approchait et il savait quand ça arriverait, et si Marion disait : "Oh mince, il pleut sur mon linge", il pensait invariablement : J'aurais pu te le prédire. Mais il ne disait jamais rien. Il s'était aperçu qu'on pouvait perdre l'habitude de parler, et si ça arrivait, on avait un mal fou à reprendre. Marion piaillait comme une perruche, elle disait tout et rien. Il avait envie de dire shhh, simplement shhh.

Donc Daniel était là ; c'était bien, ça. Marion avait quelqu'un à qui parler maintenant, quelqu'un d'autre que Claire. Joe ne venait pas. Il n'avait pas vu Joe depuis… oh, depuis tous ces mois passés à l'hôpital, quand personne ne savait très bien ce qui se passait. Joe était venu, s'était assis près de son lit, l'avait regardé respirer, et après ça il était resté à l'écart ; peut-être qu'il s'était trop reconnu dans le vieil homme triste et silencieux sur son lit d'hôpital. Joe aimait être seul ; la famille, c'était pas son truc. Il vivait dans les montagnes en France, loin de là où il avait vu le jour.

On frappa doucement à la porte de la chambre. Bill ne répondit pas et une voix féminine, qu'il ne connaissait pas, dit : "Monsieur Lawrence, c'est Alison."

Il ne dit rien, parce que c'était toujours plus facile, mais elle entra quand même ; il l'entendit approcher. Une infirmière, peut-être ? Ou une de ces joyeuses dames de la maison de repos l'invitant à venir s'asseoir pour ne rien dire là-bas, plutôt que de s'asseoir pour ne rien dire ici.

Une main sur son épaule, un doux baiser sur sa joue, ses cheveux effleurant son visage avec légèreté, telles les plumes d'un de ses oiseaux de compétition caressant sa peau. Il leva les yeux et reconnut tout de suite Alison Connor. Il la regarda rapprocher la chaise de la coiffeuse de Marion pour venir s'asseoir aussi près de lui que possible.

"Je savais que tu reviendrais", dit-il et les mots roulaient comme des petits cailloux sur sa langue, lourds et un peu biscornus. Elle lui prit la main et de son pouce lui fit de petites caresses très tendres, pleines d'amour.

"Je suis désolée d'avoir été si longue, dit-elle.

— Je savais que tu reviendrais", répéta-t-il, s'entraînant à les dire, ses premiers mots prononcés en six mois. Le médecin avait appelé ça mutisme sélectif mais, s'il avait parlé, Bill aurait dit qu'il n'était pas d'accord. C'était plus simple que ça. Il n'avait rien entendu qui justifie l'effort d'une réponse. Toute sa vie, il avait apprécié le silence, et moins on en disait, moins on avait à écouter. Au stade où il en était, parler ne lui était plus naturel, mais ce qui l'était par contre, c'était d'être assis comme ça près d'Alison. Il avait oublié de nombreux détails de sa vie, mais il se souvenait comme si c'était hier de la première fois où elle était venue voir son pigeonnier et de la première fois où elle avait tenu l'un de ses oiseaux entre ses mains sans paniquer, et, toujours, cette façon respectueuse de l'écouter parler des pigeons, sans malice dans les yeux, rien que de la concentration. Une fille authentique, gentille et calme. Il attendait son retour depuis une éternité.

"Comme un de vos pigeons voyageurs, dit-elle. Comme Trèfle."

Ses yeux faibles brillèrent de larmes et elle dit aussitôt : "Oh, monsieur Lawrence, pardonnez-moi, je ne voulais pas vous contrarier", mais il secoua la tête, et bien qu'il ne réussît pas à former les mots, elle comprit à son expression qu'il n'était pas triste, il était simplement bouleversé. Alison lui parla alors, avec sa nouvelle voix. Elle lui raconta tous les souvenirs qu'elle avait du pigeonnier, tout ce qu'elle avait aimé chez ses oiseaux courageux, intelligents et dignes, et toutes les choses qu'il lui avait apprises à leur sujet. Elle donna les noms des pigeons en les comptant sur ses doigts, et elle parla de Trèfle parcourant près de mille kilomètres pour retourner chez elle depuis Lerwick, elle parla de Violette et Vincent, le couple reproducteur de Flash Pied Emperors, de ce qui faisait d'eux des champions, comment il avait tout de suite vu à l'éclat de leurs yeux et à la courbe de leurs épaules qu'ils seraient des gagnants. M. Lawrence avait renversé la tête en arrière, fermé les yeux, et il l'écoutait dans une sorte de béatitude, comme certains se perdent dans la musique ou d'autres lèvent leur visage pour recevoir la caresse chaude et répétée d'une pluie tropicale.

Quand Marion entra avec le thé, servi dans ses plus belles tasses, elle fut stoppée net et réduite au silence par ce qu'elle vit. Elle plaça les tasses sur la surface la plus proche et se retira sans bruit. Sur le palier, elle se laissa aller à pleurer un bon coup, comme elle disait, mais seulement quelques instants, puis très doucement, pour ne pas perturber la rencontre, elle enleva ses chaussures et descendit l'escalier en chaussettes, d'un pas léger, s'arrêtant entre les marches comme elle le faisait quand ses enfants étaient des bébés pleurnicheurs qu'il ne fallait pas réveiller de leur sieste.

“Qu’est-ce que tu as dit à Alex ? demanda Marion à Dan.

— Une version édulcorée de la vérité. Katelin lui avait déjà parlé il y a des mois, de toute façon, quand je lui ai parlé d’Alison pour la première fois.”

Elle secoua la tête d’un air las, démoralisé, qui l’irrita.

“Tu te souviens d’avoir jeté les lettres d’Alison à la poubelle ? Celles qu’elle avait envoyées de Paris ?

— Quand ça ? Je n’ai jamais rien jeté t’appartenant !” Mais elle se trahit en rougissant.

“Il y a trente ans, je crois que si.

— Ah, il y a trente ans… dit Marion avec dédain.

— Quoi ? Ça ne compte plus parce que c’était il y a trente ans ?

— Vous n’étiez que des gamins. J’ai fait ce qui me semblait être le mieux.” Elle n’avait jamais effacé cet épisode de sa mémoire, néanmoins, et la destruction de ces trois lettres restées scellées, adressées à Daniel, portant l’écriture soigneuse d’Alison, était un geste terrible qui la hantait encore. “Tu étais bouleversé, Daniel, et je ne voyais pas comment te passer ces lettres aurait pu t’aider.

— C’était vraiment pas bien de ta part, dit Dan.

— Aujourd’hui, oui, on dirait, mais à l’époque non.

— Bon, bref, dit Dan en se radoucissant. Je ne suis pas venu ici pour t’en faire voir de toutes les couleurs, maman.

— Je m’inquiète pour toi, dit-elle. Tout ce grabuge, c’est perturbant.

— Essaie de ne pas trop y penser. Compte sur moi pour gérer ma propre vie.” Il était en train de préparer des lasagnes, le genre de plat que Marion appréciait mais ne cuisinait jamais. Elle l’observait alterner les couches de bolognaise, de pâtes et de béchamel, et s’émerveillait comme toujours devant un homme qui sait cuisiner. Bon, elle n’avait jamais laissé à Bill sa chance. Lui de son côté n’avait jamais proposé.

“Comment veux-tu que je n’y pense pas ? Quand mon petit-fils est au milieu de tout ça.

— Alex est grand, maman, il vit sa vie, il poursuit son chemin, et on se parle dès qu’il en a envie. Ça va aller.

— Ça va aller ? reprit Marion. Donc ça veut dire que là ça ne va pas ?

— Écoute, aucun enfant ne veut que les choses changent, dit-il. Aucun enfant ne veut avoir à penser à la vie de ses parents, encore moins à leur vie sexuelle.

— Daniel !

— Désolé, mais c'est vrai, non ?

— Eh bien, je n'en sais rien. Mais je ne t'ai jamais donné la moitié d'une occasion de te faire du souci pour moi, ça c'est certain.

— C'est vrai." Il lui sourit, mais elle n'était pas tout à fait prête à l'imiter.

"Ça n'a pas été rose tous les jours d'être mariée à ton père.

— Je m'en doute.

— Mais je suis restée, pas vrai ? Je n'étais pas obligée, mais je suis restée."

Il mit les lasagnes au four et referma vite la porte pour ne pas dissiper la chaleur. "J'espère que tu l'as fait pour toi, et pas pour moi, Claire et Joe ? Parce qu'aucun de nous ne t'aurait demandé d'être malheureuse pour nous."

Elle remua la tête, évasive. "Je n'ai pas été malheureuse. Je dis juste : ne crois pas que je n'ai pas été flattée par d'autres propositions.

— Bon sang, maman, loin de moi cette idée, dit-il avec un large sourire. Mais si tu fais allusion à ce vieux chacal libidineux de Wilf Barnes, je dirais que tu t'en es bien tirée. Il t'aurait encore poursuivie autour du lit à quatre-vingt-quinze piges, celui-là."

Elle ne put se retenir de rire. "Non, petit insolent, dit-elle en agitant la main dans sa direction. Je ne parle pas de Wilf Barnes." Elle ne savait pas de qui elle parlait, au juste ; il n'y avait jamais vraiment eu d'alternative à ce qu'elle vivait, personne pour la tenter et la faire sortir du droit chemin. Elle voulait juste que Dan sache qu'elle avait fait de son mieux, pour toute la famille.

"Écoute." Il croisa les bras et la regarda avec l'affection la plus profonde, elle attendit qu'il lui dise ce qu'il avait à lui dire, en confiance, parce qu'elle avait en face d'elle son plus jeune enfant, le cadeau précieux qu'elle n'attendait pas, la bénédiction qui arrive sur le tard. "D'abord, je te suis extrêmement reconnaissant d'être restée avec papa, parce que je ne sais pas ce qu'il lui serait arrivé dans le cas contraire. Je sais de quoi tu parles, maman. Je comprends et je ne pars pas le pas léger, et je ne laisserai pas Alex et Katelin tomber, pas davantage que je ne l'ai déjà fait. Mais tu dois être capable de voir par toi-même qu'avec Alison c'est une évidence. Tu ne le vois pas ? Combien elle est à sa place ?"

Marion réfléchit un peu avant de répondre : "Je le vois, oui. C'est une femme adorable, et elle a un lien avec ton père que personne d'autre n'a. Mais elle a laissé quelqu'un derrière elle en Australie, j'imagine ?

— Son mari, Michael.

— Des enfants ?

— Deux filles, toutes les deux adultes.

— Bon ben alors.

— Bon ben alors quoi ?

— Bon ben alors je dis oui, je vois combien elle est adorable, mais, Daniel, ça ne signifie pas que j'approuve.

— OK, dit Dan. Compris."

Claire rappliqua à la minute quand Marion lui annonça qui était là, et son intérêt pour Alison – tout à la fois joyeux, dénué de jugement et légèrement enfantin – fut un soulagement au dîner, parce que même si Bill semblait vraiment plus heureux, il n'en mangea pas moins ses lasagnes avec un lance-pierre et resta silencieux comme à son habitude, tandis que Marion luttait contre son angoisse et n'arrivait pas à profiter du moment. Claire, par contre, sautillait dans toute la maison comme Tigrou, avec de l'enthousiasme à revendre qu'elle distribuait au hasard, et une sorte de folie douce bien agréable. Elle s'était étoffée avec les années mais était toujours aussi bien mise qu'elle l'avait toujours été, bien coiffée, parfumée, et elle avait peut-être fait un petit effort supplémentaire pour ses retrouvailles avec Alison. Coiffure, maquillage, manucure : tout en brillance, impeccable. Elle portait une veste de tailleur jaune surprenante qui appelait au commentaire, et quand Ali la complimenta, Claire retira sa veste tout de suite et dit : "Essaie-la, c'est une Max Mara, je l'ai eue à moins cinquante." Elle n'était pas perturbée une seule seconde par le fait que son frère soit là sans Katelin. C'était comme si tout ce qui lui importait, tout ce qui comptait pour elle était l'instant présent. Alison Connor ? Génial !

“Bon sang, Claire, dit Dan, tu fais trois tailles de plus qu’elle”, mais Ali le foudroya du regard et dit à Claire : “Vas-y, vas-y”, et elle enfila la veste, et oui elle était beaucoup trop grande mais Claire s’en fichait pas mal, elle rassembla plutôt le tissu en trop derrière et lança : “Elle te va ! C’est vrai que t’es mince, dis donc ! Ils ont encore des petites tailles, si tu en veux une, c’est toujours celles-là qui restent, les 34 et les 36, comme pour les chaussures, c’est toujours les minuscules 36 et 37 qui restent, mais moi je chausse du 40 et je porte du 42-44 en vêtements, et par ici c’est les grandes tailles qui partent en premier, il faut que je sois réactive.”

Tout ça était déjà difficile à suivre, mais Claire sauta du coq à l’âne et parla de son nouveau club de lecture de quartier, est-ce qu’Ali restait à Sheffield suffisamment longtemps pour venir à leur première réunion le mois suivant et parler de *Tell the Story, Sing the Song* ?

“Claire, dit Dan avant qu’Ali ne puisse répondre, tais-toi.

— Oops, désolée, dit-elle tout sourire. Je ne ferme jamais mon clapet, mais c’est chouette de te voir, Alison, je suis juste un peu surexcitée, c’est un grand moment, ton retour, toi l’auteure à succès, tout ça.” Daniel capta son regard. “Désolée, répéta-t-elle avant de se concentrer sur ses lasagnes en essayant d’avoir l’air contrit.

— Non, tout va bien, Claire, vraiment, dit Ali, et je suis très heureuse de te voir moi aussi ; je ne sais pas combien de temps je vais rester, mais je viendrai si je peux”, et Claire répondit : “Je m’en remets pas, de ton accent australien”, puis elle se mit à rougir, au cas où ça aurait semblé stupide, mais Ali rit de bon cœur. Elle se souvenait de la joie qu’elle avait éprouvée grâce à Claire lors de leur première rencontre ; quand Claire lui avait mis le même vernis rose qu’à elle, qu’elle avait admiré ses cheveux, elle se souvenait de Claire tellement ouverte et affectueuse. Elle était dénuée de toute malice, aussi adorable maintenant qu’à l’époque. Daniel trouvait sa sœur impardonnable tellement elle était sotte, mais Ali, miraculeusement de retour parmi les Lawrence, était convaincue qu’il ne mesurait pas sa chance d’avoir une famille comme celle-là ; une famille qui nous irrite, dont on dépend, dont on est aimé et qu’on aime. Il prenait tout ça pour acquis – *mes parents sont pile là où je les ai laissés* – mais c'était de l'amour reçu en abondance toute sa vie que naissait cette suffisance, la sécurité solide comme un roc, l'inébranlable foi en la permanence de l'amour filial et du soutien de sa famille.

Alison les observait autour de la table, bien à l'aise dans leur environnement, et elle savait que rien ne les empêcherait jamais de s'aimer les uns les autres, pas même le revers qu'ils étaient en train de subir, que Marion ne savait pas trop comment prendre. Ali voyait à ses yeux en mouvement constant, à ses sourires hésitants, qu'elle était perturbée, sur ses gardes, mais bon, elle avait bien le droit de se faire du souci pour Daniel et son bonheur, et puis jusqu'ici Ali avait un dossier lamentable. Ah… avoir une mère aussi vigilante et loyale que Marion ! Ali la regarda et lut l'inquiétude sur son visage, et en contrepoint l'irritation sur celui de Daniel ; elle avait envie de lui dire : “Sois gentil avec elle, c'est simplement parce qu'elle t'aime”, et elle se demandait aussi si elle parviendrait un jour à gagner la confiance de Marion Lawrence. Il ne restait sans doute pas assez d'années pour accomplir une telle mission, mais comme ça en valait la peine… Et quelle récompense ce serait…

L'hôpital Northern General était moins bondé à 7 h 45 que l'après-midi de la veille, ce qui était une bénédiction parce qu'Ali avait besoin de voir chaque visage qui émergeait des portes intérieures et corridors au-delà de l'entrée où elle était postée, frémissant légèrement dans le froid matinal, s'appliquant à ignorer son ventre qui faisait des siennes et son cœur qui tambourinait. Sérieusement, elle en avait presque marre de ces symptômes d'anxiété aiguë. Marion, au courant de ce qui l'attendait ce matin-là, lui avait proposé un Valium au saut du lit – un Valium et une tasse de thé – et elle regrettait maintenant d'avoir décliné, parce qu'un doux voile d'insouciance ne lui aurait pas fait de mal. Mais il lui fallait rester vigilante, elle ne voulait pas risquer d'être confuse, même si ça aurait été synonyme d'un certain confort. Pour être en alerte, elle l'était, l'esprit agile, focalisé sur l'objectif, même si au final elle ne savait même pas si elle le reconnaîtrait, dans le cas où ce Peter Connor était son frère. Elle n'avait pas de photo de lui, rien que des souvenirs, vieux de trente ans. Mais elle espérait que si l'homme qu'elle attendait était *son* Peter, il reconnaîtrait son unique sœur – il avait des photos, après tout. Enfin il en avait eu, et il était bien possible qu'il n'en ait plus aucune, s'avouait-elle. Mais en imaginant que ce soit lui, et en imaginant qu'il la reconnaisse au premier coup d'œil, alors ce bref regard de reconnaissance révélerait à Ali son identité, et elle ne devait pas le laisser croire une seule seconde qu'elle avait pu oublier son visage si cher, après toutes ces années loin de lui. S'il n'avait pas déjà fichu le camp par une porte de service pour l'éviter.

Elle se sentait seule à attendre comme ça. Le courage de Daniel lui manquait, son aisance aussi, mais il l'avait déposée devant l'entrée de l'hôpital et l'avait laissée gérer ça, car c'était entre Alison et Peter. Il devait revenir à 9 heures.

La grande horloge sur le mur la fixait et prenait son temps. Ralentissait. Revenait en arrière.

Elle scrutait tout le monde, hommes et femmes indifféremment. Certains répondaient à son regard avec un air de défi et elle détournait les yeux.

Un éclat de rire tonitruant la prit par surprise, et la dérangea presque. L'hilarité n'avait pas vraiment à sa place ici.

Et quart.

Un homme passa près d'elle en courant avec dans les bras un enfant qui hurlait et avait le front en sang, leur arrivée provoqua une mini-tornade bien maîtrisée par des gestes efficaces visant à calmer l'enfant, le père et les mettre à l'abri des regards.

8 h 25, et il n'était pas là, alors Ali réalisa qu'elle ne savait absolument pas combien de temps il convenait d'attendre encore, à partir de quand décider que ça faisait trop longtemps.

Ce plan lui paraissait un peu léger, à présent, pour ne pas dire boiteux. Trop d'inconnues.

L'espoir était un poison, mais le désespoir était pire encore.

Elle repensait à Peter à seize ans, son premier jour de travail, quand le contremaître l'avait envoyé à l'atelier un bon moment, mais ce n'était rien qu'une farce pour s'amuser aux dépens du bleu. Ils le laissèrent debout une heure avant de le renvoyer au conditionnement, et quand il l'avait raconté à Alison plus tard, elle avait crié à l'injustice, mais il avait rigolé et lui avait pincé l'oreille en lui disant qu'il fallait qu'elle s'endurcisse un peu, elle en aurait besoin.

Il y avait un homme, grand, voûté, les cheveux gris. Il attendait, il cherchait quelqu'un et, sans conviction, Ali fit un pas vers lui, leva un bras, mais les yeux de l'homme balayèrent son visage avant de se poser sur une autre femme, qui attendait non loin sur une chaise en plastique, feuilletant un magazine. "Maureen", dit-il tout fort, et la femme leva les yeux, se mit debout et, sans sourire, répondit : "Vite, il ne me reste plus que cinq minutes avec ce ticket." Ali les observa s'éloigner puis revint sur l'intérieur de l'hôpital. Neuf heures moins le quart. Ça faisait une heure qu'elle était là et Peter n'arrivait pas. Seule la déception la faisait rester : une masse de déception, trop lourde à traîner loin d'ici. Elle attendit encore cinq minutes, puis dix, quinze, vingt, et à 9 h 05 elle décida qu'elle partirait à et quart, parce que Dan serait déjà de retour, garé quelque part dans Herries Road, à l'attendre.

Elle scruta les aiguilles de l'horloge et à 9 h 15, elle tourna le dos à son maudit espoir, ressortit, descendit l'escalier et c'est là qu'elle entendit la voix de Peter qui l'appelait, et c'était plus qu'un appel, c'était un beuglement, un rugissement sauvage, féroce, comme si tout Sheffield devait savoir qu'il la cherchait. Elle se retourna et le vit avant qu'il ne la voie. Il se tenait entre les portes ouvertes, examinant tous les visages qui gravitaient autour de lui, à la hâte, complètement désorganisé, et il s'avéra qu'elle l'aurait reconnu n'importe où, elle l'aurait reconnu entre mille. Elle sentit un déferlement d'émotion, elle n'en croyait pas ses yeux, elle était soulagée, et une drôle de peur s'empara de sa gorge car quand elle voulut crier son nom, rien ne se produisit, aucun mot ne sortit. Il avait l'air désespérément inquiet ; elle le voyait perdre contenance, et c'était presque insupportable, alors elle s'élança vers lui et il la vit – tout le monde la vit ; tout le monde se retourna pour voir cette femme grimper les marches en direction de cet homme, et ils virent l'homme ouvrir les bras et l'envelopper, la soulever de terre. Puis les larmes, les rires, ils ne pouvaient plus se lâcher, si bien que les gens détournèrent le regard pour leur laisser un genre d'intimité sur cette scène outrageusement publique.

“Peter, je suis désolée, tellement désolée”, fut la première chose qu’elle dit lorsqu’elle retrouva sa voix, et il tint son visage entre ses mains et la regarda.

— Y a pas de raison, dit-il, et sa voix éclatait de bonheur. Vraiment pas. C’est moi qui suis désolé, j’étais coincé, j’ai cru que tu serais partie.

— Je t’ai trouvé, dit-elle, stupéfaite, incrédule.

— Tu m’as trouvé. Tu t’en allais, là ?

— Pas pour longtemps. Je comptais revenir. Je serais revenue tous les jours pour vérifier si tu étais le bon Peter Connor.

— Comment tu as fait… ?

— M. Higgins, un des patients asthmatiques.”

Il acquiesça, indifférent aux hasards de la vie, et ils se regardèrent, un sourire idiot aux lèvres, et toutes les questions qu’ils voulaient se poser se bousculaient autour d’eux, sans réponse. Plus tard, plus tard.

Ali pensa : Mon frère, comme je l’aime, mais elle n’en dit rien parce que c’était Peter et disons qu’ils ne parlaient pas d’amour.

“Je ne sais pas pourquoi je ne suis pas venue plus tôt, dit-elle. Je n’ai pas d’explication, mais c’était de plus en plus difficile à faire.

— Hé, arrête. Tu es ici, c’est tout ce qui compte.

— Je suis si contente que tu n’aies pas quitté Sheffield.

— Moi ? Mais pour aller où ?”

Elle rit. “N’importe où.

— Non, ça me ressemble pas. Toi par contre tu es partie loin à c’que j’entends. C’est quoi cet accent ?

— Australien. Adélaïde. Ils disent tous que j’ai l’accent anglais, là-bas. Hé ! Tu te souviens de Sheila, des lettres qu’elle nous écrivait ?”

Il opina. “Perroquets, serpents, kangourous. Tu es partie la retrouver ? Tu l’as trouvée ?” Aucun reproche, pensa-t-elle. Pas une pointe de reproche.

“Ouais. Je pourrai t’emmener la voir un jour, si tu veux.”

Il secoua la tête. “Moi ? Non… À moins qu’il y ait un bus.”

Ils éclatèrent de rire puis elle appuya encore sa tête sur son torse, sur cette réalité qui s’était matérialisée devant elle, chaude et solide, et il la tint serrée contre lui en pensant à tous ces sentiments nouveaux qui se bousculaient dans son cœur. Une infirmière qui marchait vite dans leur direction s'arrêta pour le regarder, avec son visage humide et ses cheveux tout décoiffés, puis dit : "Ça va, Peter ? Qui est-ce ?

— Ma sœur. Notre Alison.

— C'est chouette. Je ne savais pas que tu avais une sœur." Elle sourit à Ali et poursuivit : "Je m'appelle Dawn, enchantée, ma belle. Vous étiez partie ?

— On peut dire ça, oui, répondit Ali.

— Ouep, dit Peter, le visage rayonnant de plaisir. Mais elle est de retour.

— Très bien, dit Dawn. Formidable. Je vous laisse, alors." Elle fila à l'intérieur de l'hôpital, et son départ sembla sonner le moment pour eux de bouger. Lorsqu'ils se retournèrent pour partir, Alison vit Daniel en train de les observer à une distance respectueuse, avec aux lèvres ce sourire qui la faisait se sentir pleinement aimée. Ils s'avancèrent vers lui et Peter, qui le reconnut immédiatement, ne demanda aucune explication. Il venait d'assister à un miracle ce matin-là ; que Daniel les attende à l'autre bout du parking en devenait presque ordinaire, par comparaison.

Le jeudi matin, quand Dan se rendit à Salford pour le concert à la radio, Alison et McCulloch restèrent à Sheffield et passèrent la journée avec Peter, le chien et sa normalité faisant contrepoids à l'intensité de leurs émotions, à leur voyage dans le passé. Peter avait un petit appartement dans un immeuble peu élevé près de l'hôpital, un endroit qui manquait cruellement de charme, qu'il avait laissé se détériorer et dont les tours de cartons moisis de bouffe à emporter s'amoncelaient sur les surfaces de la cuisine à la manière d'une installation BritArt, ce qui n'aidait pas. Il menait une existence solitaire, disait-il, en dehors du travail et de Bramall Lane, le stade où il allait voir les Blades jouer à domicile dès qu'il pouvait. Et ça lui convenait. Il aimait son appartement aussi, exactement comme il était. Il refusait qu'elle le nettoie ; il s'en occuperait quand ça aurait encore un peu empiré, expliqua-t-il. McCulloch mangea une croûte de pizza sous la table puis couina et gratta à la porte pour sortir, alors ils lui mirent sa laisse et prirent un bus jusqu'aux jardins botaniques, là ils se perdirent dans les allées sinueuses puis s'installèrent sur un banc en fer forgé où, pleins d'hésitation, prudents, ils parlèrent des choses qui occupaient leur esprit. Il voulut d'abord savoir si elle buvait. Oui, dit-elle, mais il y avait des règles : jamais seule, jamais quand elle était triste, et jamais de vodka. Il ne buvait pas une goutte d'alcool, lui dit-il. Il s'était saoulé à mort quelques fois, après avoir quitté Brown Bayley, et il avait réalisé qu'il l'avait en lui, cette propension à l'autodestruction, donc il n'avait pas touché à un seul verre en trente ans.

Alison dit que cette propension à l'autodestruction était un héritage de Martin Baxter tout autant que de Catherine ; puis elle lui raconta, sans donner de détails inutiles, ce que Baxter lui avait fait avant qu'elle parte, et les yeux de Peter devinrent noirs de haine au fil du récit. Il lui dit que Martin Baxter s'était fait écraser et que le conducteur avait pris la fuite, pas plus d'un an après le départ d'Ali de Sheffield. "Personne n'a jamais été arrêté, mais il a été renversé par une voiture à toute allure, une Ford Escort tunée. La voiture l'a heurté de plein fouet puis elle lui a reculé dessus."

Elle fronça les sourcils en entendant ça. "Comment tu connais les détails ?"

Il haussa les épaules.

"C'était toi ? demanda Ali.

— Toddy." Il ne put la regarder en prononçant le prénom de son ancien petit ami, il resta assis le dos raide et les yeux perdus au loin sur les pelouses et les roses tardives.

"J'aurais voulu que ce soit moi, dit-elle. J'aurais voulu le tuer." Puis elle lui posa des questions à propos de Catherine, lui dit que Sheila lui avait appris la mort de leur mère il y a des années, et qu'elle n'avait pas pleuré, mais s'était sentie simplement soulagée que Peter n'ait plus d'obligation envers elle. "Tu étais avec elle quand elle est morte ?" demanda-t-elle.

Il acquiesça. "Elle n'en avait pas conscience par contre, elle était dans le coma. Elle était hospitalisée depuis des semaines, son plus long sevrage d'alcool depuis des années." C'est comme ça qu'il s'était retrouvé brancardier, dit-il ; il passait tellement de temps à Northern General qu'il s'était dit : Autant être payé.

“Peter, je suis terriblement désolée de t’avoir laissé seul si longtemps.

— Non. Tu as bien fait.”

Quelle économie de moyen pour exprimer un univers entier de significations. En quatre mots, Peter venait de l’absoudre, il reconnaissait le rôle qu’il avait joué dans le traumatisme d’Ali, prenait acte des dégâts bien plus graves que Martin Baxter avait causés, et validait en quelque sorte son choix de partir le plus loin possible, jusqu’à ce qu’elle se sente prête à rentrer chez elle.

Elle lui prit la main et la serra, il fit de même.

“Toddy est toujours dans le coin ? demanda-t-elle.

— Non, ça fait un bail, il est parti bosser sur une plateforme pétrolière, s’est marié à une Écossaise. Pas d’enfants. Trois chiens de race, des Rhodesian ridgebacks.

— C’est lui qui t’a dit ça ?

— Sa mère. Je crois qu’elle voulait me faire savoir qu’il n’est plus gay.

— Hmm. Super plausible, cette histoire.”

Il eut un petit rire. “Ouais…

— Tu n’as personne, Peter ?”

Il secoua la tête, sa bouche se figea en une ligne dure. Elle pensa à tous les fardeaux de sa vie, aux sacrifices qu’il avait faits, aux fugaces instants de bonheur volés à l’arrière du cinéma Gaumont avec Dave Todd. Sa vie avait été cautérisée par la bigoterie, l’ignorance et la honte. Elle lui devait beaucoup, le lui devrait toujours, mais chaque fois qu’elle tentait de l’exprimer, de le remercier, de lui témoigner sa gratitude, il coupait court. Tout ce qu’il avait toujours voulu, c’était une vie banale, disait-il, et qu’on le laisse tranquille.

“Ce n’est pas d’une ambition folle.

— Ah, ça…” Son regard passa des fleurs à ses pieds.

“Compte pas sur moi pour te laisser seul, dit-elle. Non, plus jamais, aucune chance.” Elle se pencha et lui fit un bisou sur la joue, ce qui le fit sourire. Il y a bien longtemps, quand elle était petite, elle le voyait comme un prince, beau et fortuné, grand et blond, drôle et courageux. À présent, il avait l’air d’une épave qui s’était fait tout seul : sa vie solitaire, sa honte toujours pas dépassée. Et malgré tout, elle voyait qu’une certaine satisfaction le parcourait. Elle fit le vœu silencieux de l'aider à être aussi heureux qu'il voulait l'être, à jamais. "Tu es coincé avec moi", dit-elle.

Ils étaient heureux en cet instant, côte à côte sur le banc du parc, et ils y restèrent un long moment. Il aimait beaucoup l'entendre parler d'Adélaïde, décrire sa maison, sa rue, l'océan, les parcs. Il ignorait complètement qu'elle avait écrit un best-seller. Elle en fut ravie, sans trop comprendre pourquoi. Il lui assura qu'il le lirait si elle lui en donnait un exemplaire, mais qu'il n'avait pas lu de roman depuis *Croc-Blanc*. Ali trouva ça hilarant et comme son rire était communicatif, il ne fallut pas longtemps avant qu'ils se bidonnent tous les deux, défiant les misérables fantômes de leur passé de les mettre à terre.

"Je pourrais vivre à Sheffield, dit Alison à Dan. Enfin, une partie de l'année." On était lundi soir, une semaine après leur arrivée. Il l'avait emmenée dans un tripot caché dans une ruelle et tenu par un Irlandais pour boire une Guinness et dévorer un paquet de chips Walkers oignon-fromage. McCulloch était assis aux pieds d'Ali et elle se baissa pour lui gratter le dessus du crâne. "On pourrait acheter une maison près des jardins botaniques, peut-être", dit-elle.

Dan fit la grimace. "Oh bon sang, les déjeuners du dimanche avec maman et papa, et les saucisses calcinées avec Claire et Marcus.

— Mais je crois vraiment que je pourrais écrire ici. Un livre qui se passerait à Sheffield, sur les gens de Sheffield.

— C'est encore nouveau pour toi, c'est juste ça." S'il avait voulu vivre à Sheffield, il y vivrait déjà. Il adorait sa famille mais il les aimait encore plus quand ils étaient un peu à distance.

"Tu pourrais aller voir les Owls." Elle aimait bien dire "les Owls" ; ça l'amusait. Les Crows d'Adélaïde et les Owls de Sheffield.

"C'est plus si palpitant, aujourd'hui.

— Je pourrais t'accompagner, scander les chants, apprendre les règles du hors-jeu.

— Mais oui, c'est vrai. Ça pourrait marcher." Il lui sourit, ravi de la voir lui sourire en retour. Il vivrait n'importe où avec cette femme, voilà la vérité. “N’empêche, si on finit par vivre à Sheffield, je me serai un minimum battu contre.”

Elle croisa les bras et réfléchit un moment avant de dire : “Il va bientôt falloir que je retourne à Adélaïde. Assumer les choses, trouver un accord avec Michael.

— Je t’accompagne.” Pas moyen qu’il laisse McCormack revenir dans le jeu. Il se battrait à mort s’il le fallait.

“Il faut que je voie Tahnee et son équipe, aussi, entre deux concerts.”

Il opina. Il savait tout du talent incroyable de Tahnee Jackson. “Je viendrai aussi avec toi pour ça, dit-il. Partout où tu iras, j’irai.

— Parfait.

— On devrait emmener Peter, dit Dan. Bon, il va avoir besoin d’un passeport. Et qu’on le drogue, et qu’on lui bande les yeux.”

Ça fit rire Ali. “Je me demande si on arriverait à l’embobiner pour qu’il nous suive jusqu’à l’aéroport. J’adorerais lui montrer Adélaïde.” Ça changerait sa vie, pensait-elle ; la saison des jacarandas, les soirées sur la plage, le soleil pour lui réchauffer les os.

Elle vida la moitié de sa Guinness et se fit la réflexion que parfois – et en ce moment même – tout semblait possible, et le bonheur parcourait son corps comme l’électricité dans un câble, alors qu’à d’autres moments, ses certitudes se perçaient de lignes de faille. Elle s’était racheté un téléphone, une nécessité, mais les vannes étaient de nouveau ouvertes – e-mails, appels, textos – et il y avait des jours où Ali aurait voulu le balancer dans la rivière Don. De son côté, Dan recevait en moyenne neuf ou dix appels par jour, et c’était presque toujours Katelin, il restait calme et raisonnable quand il lui parlait, quelles que soient ses accusations ou l’ampleur de sa rage. Il se savait en tort ; il savait qu’il ne pouvait pas dire, comme Alison pouvait le dire à Michael, qu’au final Katelin l’avait rendu malheureux. C’était juste que sa place était avec Alison, comme elle l’avait toujours été.

Dan retourna chercher deux bières au bar et, pendant son absence, un nouvel e-mail arriva sur le téléphone d’Ali dans un léger tintement, elle l’ouvrit et le regretta aussitôt. Michael lui écrivait du futur. On était le lendemain à Adélaïde, mais c’était encore la nuit, il n'était que 3 h 12 du matin – un détail parlant, qu'elle remarqua forcément.

Quand je dormais près de toi ces derniers mois, j'ignorais à quel point tu étais loin de moi, alors quand tu as décidé de partir, je n'avais aucun espoir de pouvoir t'atteindre. Je sais que tu penses que je manque d'imagination, et c'est peut-être le cas – dans mon monde, on en a rarement besoin. Mais mes sentiments pour toi sont profonds et véritables, et j'espère que tu examineras de près ton cœur et que tu t'y pencheras encore une fois s'il le faut, pour voir enfin que ce que tu veux, ce dont tu as besoin, tu l'avais déjà.

Dan était parti moins de cinq minutes mais quand il revint avec leurs verres, le visage d'Ali était pâle, sa mine bouleversée. "Quoi donc ?" demanda-t-il. Elle fit glisser le téléphone vers lui et il lut les mots de Michael, puis il la regarda. Elle attendait qu'il parle ; elle comptait sur sa conviction à lui.

"Ouais, dit doucement Dan. Je sais que c'est difficile de lire ça, et il souffre vraiment, mais écoute, c'est tout frais, tout est tellement à vif. L'extraordinaire finira par devenir ordinaire, fort heureusement, et la tempête passera."

Elle acquiesça. Elle allait se raccrocher à ces mots ; la certitude de Dan lui maintiendrait la tête hors de l'eau. Mais elle s'était presque étranglée en lisant le message de Michael, et elle frissonnait en l'imaginant aux petites heures du jour, incapable de redresser son monde qui s'était effondré. Il lui avait écrit plein d'e-mails depuis qu'elle était partie mais n'avait jamais si bien exprimé ses sentiments, même si leurs dernières conversations dans les jours précédant son départ d'Adélaïde avaient compté parmi les plus sincères et ouvertes de leur vie commune. Il voulait savoir, puisqu'elle disait être si malheureuse, pourquoi elle n'était pas partie avant. Parce que, avait-elle répondu, il était possible de s'habituer à une certaine forme de tristesse. Ensuite il avait dit que tout ce qu'elle faisait en le quittant pour Dan Lawrence, c'était remplacer une cale par une autre, et elle n'avait rien trouvé à y redire, à part que Dan lui avait rendu une partie d'elle-même depuis longtemps oubliée, et de toute façon, avait-elle ajouté, est-ce que ce n'était pas vrai que les sentiments de Michael pour elle n'étaient plus ce qu'ils étaient, mais le fruit de l'habitude plus que de l'émotion ? Ça l'avait mis en colère, il avait dit qu'elle avait le droit de décréter qu'elle ne l'aimait plus, mais pas que lui ne l'aimait plus par contre. C'était juste avant qu'elle ne quitte la maison, quand il lui avait dit qu'elle ne savait pas ce qu'était l'amour avant de claquer la porte, et ce souvenir, elle le savait, resterait profondément planté dans son esprit comme une mauvaise graine.

Elle savait ce qu'était l'amour, se dit-elle à présent. Oui, elle le savait.

Et pourtant, on pouvait dire que son cœur n'avait pas pris un très bon départ. Catherine ne savait sans doute pas ce qu'était l'amour, et est-ce qu'au fond un enfant ne reproduit pas ce qu'il voit de sa mère ?

Donc…

Dan la regardait, il voyait passer les ombres de ses pensées sur son visage, et il savait qu'il avait de la force pour deux, et qu'il en aurait besoin. Elle le regarda et dit : “C'est juste que chaque fois que je me sens pleinement heureuse, je me souviens qu'un appel, un texto ne va pas tarder à arriver pour me rappeler le prix à payer pour être ensemble.

— Alison. Il y aura encore d'autres e-mails de Michael, et d'autres appels de Katelin, encore des revendications, encore des explications, encore des excuses, encore des larmes. Mais rien qu'on ne puisse affronter, et on trouvera le chemin, on s'aimera et on montrera ce chemin à nos familles.”

Puis la porte du pub s'ouvrit et un courant d'air froid leur fit lever la tête dans cette direction. Un vieil homme entra, petit, trapu, chauve, les traits grossiers, rougeaud, et Dan lâcha un “Et merde” pile au moment où l'homme s'exclamait : “Hé, Dan Lawrence, je te croyais mort !

— C'est qui ?” chuchota Alison.

Dan s'était levé et lui répondit : “Oh, juste un vieux schnock qui connaissait quelqu'un qui connaissait Joe Cocker. Il m'a obtenu une interview à l'époque, et il pense qu'on est collègues depuis. Je ferais bien d'aller lui dire un mot, mais je vais t'épargner ça. Je reviens tout de suite, OK ?” Elle acquiesça. Il se tut, l'observa et dit : “Garde la foi, compris ?”, comme si elle pouvait changer d'avis quand il aurait le dos tourné, puis il s'approcha de l'homme au bar, et elle vit Dan lui offrir un verre et lui donner des nouvelles tout en regardant Ali de temps en temps par-dessus son épaule pour évaluer son état d'esprit, interpréter son expression.

Leurs regards se rencontraient chaque fois qu'il se retournait car elle ne le quittait pas des yeux. Comme elle aurait voulu lui épargner la moindre inquiétude à son égard ! Elle ne voulait pas qu'il en vienne à se poser des questions sur sa conviction à elle, pas un seul instant. C'était la pensée la plus importante parmi celles qui occupaient son esprit : elle voulait que Daniel soit entièrement sûr d'elle, qu'il sache avec certitude qu'il ne lui arriverait plus jamais de se retourner et de constater qu'elle n'était plus là. Elle prit son téléphone et choisit rapidement une chanson pour lui, parce que c'est comme ça que leur amour avait d'abord trouvé à s'exprimer, et elle avait besoin de lui dire son amour tout de suite, à travers quelque chose de beau, sans égal, expressif et grave ; quelque chose qui parvienne à dire cet extraordinaire fatras d'émotions, sa foi en lui, et sa détermination.

Elle le regardait quand il sentit son téléphone vibrer dans la poche de son jean, elle l'observa le sortir et y jeter un œil puis – comme s'il était seul au bar, et non avec un ami d'ami de Joe Cocker –, elle le vit cliquer sur le lien pour écouter Dusty Springfield chanter "I Close My Eyes" de sa voix veloutée, intime, parfaite. Il se tourna vers elle et ils restèrent comme ça un moment, sans se quitter des yeux. Il bredouilla une excuse à la hâte et revint vers elle avec Dusty qui continuait à chanter, et quand il arriva devant Alison il se pencha pour l'embrasser. "Merci", murmura-t-il.

Elle leva les yeux vers lui qui la regardait d'en haut. "Tu sais, tu es tout pour moi, Daniel. Tout.

— Tant mieux, dit-il en souriant face à sa mine grave. Tant mieux, parce que tu es tout pour moi, aussi."

Personne ne devrait tourner le dos à un tel bonheur, se dit-elle. "C'est notre moment, Alison, dit Dan. Advienne que pourra, OK ?

— OK. Mais il va falloir me répéter que tout ira bien parce que je risque de poser souvent la question."

Le pub était plein, les tables autour d'eux occupées, et même si les gens tournèrent la tête quand il la souleva de son siège pour la prendre dans ses bras, Daniel et Alison ne s'en rendirent pas compte, ils étaient seuls au monde. "Hé, dit-il en levant le visage d'Ali vers le sien pour qu'elle voie qu'il pensait ce qu'il disait. "Écoute-moi, Alison Connor. *Every little thing… gonna be all right.*"

Elle rit. "Je sais ce que tu viens de faire.

— Je sais que tu sais. Je ne t'aurai jamais sur des paroles de chanson, tu es ce genre de tordue."

Puis elle se rassit, et lui aussi, cette fois à côté d'elle, et suffisamment près pour qu'elle sente la chaleur de son corps à travers la manche de sa blouse. Elle finit son verre puis examina la salle un moment, prenant en photo dans sa tête ce petit pub ordinaire, sur-éclairé, caché dans une ruelle ; tous les hommes et toutes les femmes qu'il contenait, la masse hétéroclite des gens occupés à boire, bavarder, réfléchir. Certains la regardèrent à leur tour tandis qu'elle coulait sur eux ce regard franc et ouvert, une ou deux personnes lui sourirent même ; mais tous, se dit-elle, à leur insu ou pas, étaient témoins de son bonheur. Lorsqu'elle se tourna finalement vers Dan, elle le trouva en train de la regarder.

"Ça va ?" demanda-t-il.

Elle sourit. "Mieux que jamais.

— Ah… fit-il. Quelle douce musique à mes oreilles."

RÉFÉRENCES DES CHANSONS

p. 39 : référence à “Big, Blonde and Beautiful”, écrite par Marc Shaiman et Scott Wittman.
p. 58 : référence à “Cry a Tear for the Man in the Moon”, écrite par Richard Hawley.
p. 96 : paroles de “Suffragette City”, écrite par David Bowie.
p. 101 et 117 : paroles de “I Didn’t See It Coming”, écrite par Sarah Martin et Stuart Murdoch.
p. 115 : référence à “Shine on You Crazy Diamond”, écrite par David Gilmour, Roger Waters et Richard Wright.
p. 117 : référence à “Lola” et “You Really Got Me”, écrites par Ray Davies.
p. 119 : paroles de “Star Trekkin’”, écrite par John O’Connor, Grahame Lister et Rory Kehoe.
p. 135 : référence à “So Far Away”, écrite par Carole King.
p. 189 : référence à “Comfortably Numb”, écrite par David Gilmour et Roger Waters.
p. 194 : paroles de “Here Is the House”, écrite par Martin Gore.
p. 195 : paroles de “All That Jazz”, écrite par Ian McCulloch, Will Sergeant, Pete de Freitas et Les Pattinson.
p. 253 : référence à “Yellow Submarine”, écrite par John Lennon et Paul McCartney.
p. 263 : paroles de “Working My Way Back To You”, écrite par Denny Randell et Sandy Linzer.
p. 295 : paroles de “A Case of You”, écrite par Joni Mitchell.
p. 320 : paroles et référence p. 322 à “Sunshine Superman”, écrite par Donovan.
p. 341 : paroles de “Lovesong”, écrite par Robert Smith.

p. 349 : paroles de “Because You’re Mine”, écrite par Nick Lowe, Sparks et Wilko Johnson.
p. 377 : paroles de “Three Little Birds”, écrite par Bob Marley.

REMERCIEMENTS

Je n'aurais pu écrire ce livre sans puiser dans l'expérience et le savoir-faire de plusieurs personnes : toute ma reconnaissance et mes remerciements à Terry Staunton, Derek Owen, Martin Davies, Francesca Best, Darcy Nicholson, Michael Weston King, Andrew Gordon et Chris Couch ici au Royaume-Uni, ainsi qu'à Maggie Dawkins, Louise Rogers, Craig Cook, Sean Williams et Jared Thomas à Adélaïde.

Les admirables sites spécialisés dans la musique que sont Pitchfork, Uncut et Rock's Backpages m'ont donné accès à de précieuses ressources, tout comme le livre de Pat Long, *The History of the NME*, et l'extraordinaire station BBC Radio 6 Music – longue vie à elle.

Merci à Elly, Joe et Jake Viner pour avoir contribué à me maintenir au fait des musiques actuelles, et à Brian Viner, pour tant de raisons, mais surtout pour avoir déniché cette magnifique et imbattable chanson de Dusty Springfield.

OUVRAGE RÉALISÉ
PAR L'ATELIER GRAPHIQUE ACTES SUD
REPRODUIT ET ACHEVÉ D'IMPRIMER
EN MARS 2022
PAR NORMANDIE ROTO IMPRESSION S.A.S.
À LONRAI
POUR LE COMPTE DES ÉDITIONS
ACTES SUD
LE MÉJAN
PLACE NINA-BERBEROVA
13200 ARLES

DÉPÔT LÉGAL
1re ÉDITION : MAI 2022
N° impr. : 2201349
(Imprimé en France)